# リーマンの牢獄

Shigenori Saito
齋藤栄功
監修・阿部重夫

講談社

# リーマンの牢獄

目次

# リーマンの牢獄

カバー写真　Attila JANDI / Shutterstock.com
時事通信フォト
ブックデザイン　鈴木成一デザイン室

# プロローグ

6月とはいえ、夏の陽ざしが容赦なく照りつける。僕（齋藤栄功《しげのり》）は出所の日を迎えた他の受刑者4人とともに、前後を看守に挟まれ、一列になって刑務所正門の出口へと歩きだした。

看守が鉄の扉を開ける。その向こうに14年ぶりの「娑婆《しゃば》」があった。

長野刑務所の正門前はみすぼらしい。煉瓦《れんが》のいかめしい門構えなどなく、ヒビの入ったコンクリート壁の前に、無造作に自転車などが置かれてあるだけだ。

いまは2022年6月29日。朝の8時半である。拘束・収監されて以来、警察の留置場、東京拘置所、そしてここ長野刑務所と合わせて、正確には14年と15日間、僕は一度も「娑婆」に出たことがない。

人生のおよそ4分の1を「塀の中」で過ごして還暦を迎えていた。軽く会釈する。

「さよなら、長野刑務所」

出所の5人は三々五々散っていく。近くの長野電鉄須坂駅まで歩いていく人、刑務所の用意したミニバスでJR長野駅に向かう人……僕は一人になった。もう腰ヒモも手錠もない。出勤してきた刑務官が、足早に眼前を通り過ぎた。もはや監視の対象ではないから目もくれない。

ついさっきまで、高さ5メートルのコンクリート壁に囲まれた巨大な影のなかにいた。それが今や、まるで自分を置き忘れたかのように、日向にぽつんと孤立していた。

「みなさん、僕は社会復帰しました。さっきまで囚人でした。よろしくお願いします」

そう叫びたいけれど、とても街に溶け込めない。いまここにいる自分が、自分とは似て非なるものに思える。何もかも失い、何もかも奪われて、初期化でリセットされたパソコンのようにまっさらだ。懲役によって罪を償ったのなら、白紙に戻ったはずだが、いまは「前科者」の烙印《らくいん》を捺《お》されて、見知らぬ土地で立ち尽くす自分しかいない。

「僕は何者なんだろう」

14年前の2008年6月、僕は巨額金融詐欺の主犯として逮捕された。起業した会社の社名から「アスクレピオス事件」と呼ばれた。古代ギリシャの医術の神の名を借り、病院など医療施設の再生ファンドを運営していた。そこで大手商社丸紅の元課長と組み、米投資銀行リーマン・ブラザーズの日本法人から371億円の出資を受けたが、アスクレピオスの破綻によって償還不能となり、リーマンは全損の被害を被った。

ニューヨークのリーマン・ブラザーズ本社は、サブプライムローン（低所得者向け住宅ローン）を加工した金融派生商品への危惧が広がり、前年から信用不安に見舞われて綱渡りだっただけに、これは泣きっ面にハチだった。日本法人の桂木明夫社長は、担当の部下が本社から叱責されたと自著『リーマン・ブラザーズと世界経済を殺したのは誰か』に書いている。

日本のマーケットは、やはり洗練されているというのには程遠い。どうしてこんな詐欺まがいのことがまかり通り、また我々のような洗練された金融のプロが騙されるのか。

その〈洗練された金融のプロ〉を自負するリーマン本社が、空前の負債総額6000億ドル（約64兆円）を抱えて破綻したのは、僕が逮捕されてから3ヵ月後の2008年9月15日である。

世界のマネーが凍りついた。

僕がかつて所属した米証券会社メリルリンチはバンク・オブ・アメリカに救済合併され、保険最大手のAIGは破綻に瀕《ひん》して事実上国有化された。格付けトリプルAのトヨタ自動車でさえ資金調達難に直面する「金融のハルマゲドン」が出現したのである。

日経平均株価は1万2000円台から6994円まで暴落し、日本の実質GDP（国内総生産）は翌年5・69％も落ち込んだ。この大恐慌寸前の阿鼻叫喚は、日本では「リーマン・ショック」と呼ばれるようになった。

アスクレピオス事件はいわば頂門の一針だった。文化勲章受章者の名門一族を巻き込み、替え玉の偽部長を仕立てて丸紅本社の会議室に登場させ、まんまとリーマン幹部を手玉に取った手口は、当時の雑誌に「『セレブ』猿芝居」「M資金詐欺も真っ青の手口」「経歴や看板は一流でも、遅れてきたバブル男たちの自業自得」とボロクソに書かれても仕方がなかった。

検察の冒頭陳述では、償還した分もひっくるめて総額1500億円規模と見積もられたこの事件の規模は、パンパンに膨れあがったバブルを破裂させるトリガー（引き金）の一つを引き、世界に連鎖危機が波及する先駆けとなった。

ただ、いかんせん事後の津波が大きすぎた。逮捕時は警察署前にカメラの放列が敷かれた僕も、その津波に呑みこまれ、今や事件を覚えている人は数少ない。いや、もう幻の人かもしれない。

とぼとぼ歩きだした。ポケットのメモ用紙には「墨坂神社」と書いてある。そこが弟との待ち合わせ場所だった。出所する刑務所仲間とは距離を置きたかった。入所時は護送バスで刑務所に運ばれてきたから、周辺の地理など分かるはずもない。メモには道順が書いてあったが、須坂駅前でタクシーを拾った。

運転手の丁寧な言葉遣いがうれしい。看守が受刑者に敬語を使うことなど断じてないからだ。料金メーターが一つ上がったところで神社に着いた。財布からおカネを出して支払うのも久しぶりだ。すべてがリセットされたような錯覚に陥る。

境内には太い木々が立ち並んでいた。平日の朝、参拝者なんて誰もいない。石の鳥居の前の道路をパトカーが通りかかる。無人の境内を歩く僕を、不審者と思ったのかもしれない。助手席の警官がじろりと一瞥《いちべつ》してパトカーが通り過ぎていく。職務質問されたら何と答えようか、とたちまち不安になった。

しばらくして神社の駐車場に白いワゴンが滑りこんできた。弟の車だ。すぐ駆け寄った。

「ありがとう、長らく迷惑をかけたな。ほんとうに申し訳なかった」

言葉が続かない。降りてきた弟は、これまで見たことのないような笑顔だった。

厚いアクリル板に遮られた弟との面会は、逮捕以来、160回を超えていた。その度に本を差し入れてくれた。それが心の支えだった。だが、そのアクリル板はもうない。一時間の面会制限もなくなった。

「兄さん、お疲れさま。これ、使ってくれよ」

新品のスマホとパソコンだった。捕まったとき、スマホはまだ市場に出がけのころで、これまで見たことも触ったこともなかった。助手席で操作してみた。弟が「スワイプして」と耳慣れない言葉を使う。次々と画面が変わるのを見て、目を丸くした。

やはり自分は浦島太郎なのか。弟との会話もぎこちない。これから何をして、どこへ向かおうとしているのか。何よりも刑務作業をしていない自分に実感が湧かなかった。


ほんとうに自分はリセットされたのか。

何かがすれ違っている。まだ刑務所にいる自分と、出所でリセットされた自分。二人はどうしても一つになれない。僕は懲役15年の実刑判決を受けた。いまは刑期満了前の仮釈放中で、保護観察官らに生活状況の改善更生を示さなければならない。

それにしても詐欺罪の法定刑は10年以下の懲役（刑法246条）なのに、なぜその1・5倍も重い判決が下ったのか。裁判官の心証が厳罰に傾いたのは、詐取したカネの行方について、取り調べ中も法廷でも貝のように黙秘を貫いたことが影響したのだろう。つまり371億円の行方には未だに謎が残っている。

僕は一審判決に控訴しなかった。そのまま罰を受け入れて服役したのだ。なぜか。それが自分を白紙に戻すリセットができない理由だった。そのパンドラの箱を開けるのは、リセットした自分のはずだ。ジレンマを感じていた。自分が二人いる。刑務所に残ってその謎に蓋《ふた》をしている自分と、まっさらになって蓋をこじ開けようとしている自分。前者は過去を抱えた齋藤栄功であり、後者は過去を断ち切ったアバター（分身）サイトウである。

この二人の間に透明なアクリル板はない。その代わり、姿見の前で鏡像として向かい合っていた。いまの自分は鏡の向こう、自分のアバターのように思える。まるで茫然自失して、肉体を失ったかのようだ。どうしよう。これで娑婆を生きていけるのか。

――おい、と自分で自分に呼びかけた。二人の自分は根こそ同一だが、いまは別人格。いっそ対話させようか。自分への甘えを捨て、厳しく自分を追いつめるためだ。謎はそのほうが立体的に浮かぶ。このスマホとパソコンだって、アバターの武器になるかもしれない。時計の針を逆に回して、まだ獄中にいる自分に、過去を仔細に問い詰めよう。

なぜこうなったのか。何を隠しているのか。３７１億円を一体どこに溶かしたのか。そして、誰もが酔い痴《し》れたバブルの狂気とはいったい何だったのか。

アバターは見えざる影となって、墨坂神社から住み慣れた長野刑務所の独房に引き返した。

# 第1章

# 原点は山一證券

――やあ、齋藤さん。私はアバターサイトウです。あなたの未来から、過去に舞い戻ってきました。きょうは土曜日、刑務作業がない日ですね。齋藤さんはいつも独房で耳栓をして、読書するのが習慣でしたよね。他の独房から流れてくるラジオの音がうるさいからでしたっけ。ちょっと耳栓を外してくれませんか。ぜひとも聞きたいことがあるんです。

「おやおや、出所したあと、未来の僕がどうなるのか、今はまだ想像もつきませんが、とにかく僕のアバターが、また独房に来てくれるとはうれしい限りですね。だって、ここ刑務所では時間が止まっていますから。

とにかく社会のこと、刑務所の中で解決できないことは考えないようにしています。社会がどう動いているかなんて、囚人が考えても無駄です。父が亡くなっても何もできません。家族が元気でいるか、年老いた母は元気なのか、そんなことを考え始めたら、頭がおかしくなってしまいます。だから僕ら受刑者はひたすら刑務作業に集中するんです。与えられたこと、命令されたことに忠実に従い続ける。他のことは一切考えない。考えると眠れなくなる。

いいでしょう。時間はたっぷりありますから、何でもお答えしましょう」

――せっかくの読書を邪魔してすいません。アバターの私は、長らく暗い土のなかで生きてきた蟬の幼虫が、やっと地面にはい出て最後の脱皮をした後のモヌケの殻のようなものなんです。そんなリセットしたアバターとして何より知りたいのは、齋藤さんにとってあのバブルの狂気は何だったのかということです。これまで散々自問自答してきたことでしょう？

「それはまた重たい質問ですね。確かに、大事な知人たちを騙《だま》してまで、なぜ３７１億円を詐取したのか、途中で踏みとどまれなかったのか。それを胸に問い返さない日はありません。僕も一にカネ、二にカネ、三にカネで人生を狂わせた。

その果てに豪邸を構え、外車を乗り回し、愛人まで抱えるようになった。目黒区中根の家はその象徴です。旧王貞治邸の隣の約２３０平方メートルの敷地に地上2階、地下1階の鉄筋コンクリート造りのルーフィング葺き、地下駐車スペースには優に車が3台は入るという総工費7億円の豪邸を建てましたが、そこには半年も住むことができませんでした。

でも、もとからそんな人間ではなかった。それには原点から語る必要があります。

僕はかつての四大証券会社の一角、山一證券の社員でした。まだ本社が東京駅八重洲口の駅前にあったころの１９８６年に入社しました。それから11年間、『飛ばし』と呼ばれる簿外債務が発覚し、山一證券が自主廃業に追い込まれるまで在籍していたのです」

――最後の山一證券社長、野澤正平氏が会見で涙ながらに〈私ら（経営陣）が悪いんであって、社員たちは悪くありませんから〉と訴えた97年のあの日まで社員だったのですね。

「ええ、でも、僕自身は後ろめたい思いでした。入社以来、山一證券の暗部にも触れていたからです。野澤社長の言葉とは裏腹に、〝悪い〟社員の一人でもありました。でも、もともと性格も地味、行動も地味、とりたてて冴えたところもなく、証券マンになろうなどとは夢にも思わない少年だったのに、なぜそこまで変わったのか、と我ながら思います」

## 故郷は長野の寂れた温泉街

「僕は1962年（昭和37年）生まれ、三人兄弟の次男です。ここ長野県は僕の故郷でもあるんです。生まれたのは上田市と松本市の中間にある小さな温泉街です。夜になると山から鹿が下りてくるような寂れた温泉街でした。

実家は小さな商売をやっとの思いで営む田舎のクリーニング屋でした。僕の目には地元の銀行に毎日のように頭を下げ、融資をお願いする父の姿が焼き付いていています。野澤氏も長野市の畳職人の倅《せがれ》だったそうです。いつかきっと銀行員を顎《あご》で使ってやろうという思い、ハハハ……それが就職先に山一證券を選んだ理由でしょうか。

次男でしたから家業を継ぐ必要もなく、とにかくこんな山の中から早く出て行きたい、とばかり考えていました。東京にたくさん親戚がいて、小さい頃から東京へ始終行った記憶が残っています。祖父の兄弟は5人でしたが、うち3人が東京、1人はブラジル、長男の祖父だけ長野の山奥に残ったというわけです。僕は世田谷や八王子に住む親戚の家へ頻繁に泊まりました。

〈八王子のおじさん〉と呼んでいた祖父の末弟は、もともと教員でしたが、現在のJVCケンウッドの前身で、三大音響メーカーの一つだったトリオの社名の由来である3人の創業者の1人となり、東京証券取引所第二部に上場させた功労者だったんです（1986年にケンウッドに社名変更）。

ですから中学生のころ、会社を上場させるってどういうことだ？　株式って一体何だろう？　と考えたことがありました。それが証券界を意識するきっかけだったのかもしれません」

――結局、東京の大学に行けたんですね？

「ええ、兄弟3人とも大学に進学しました。長野は教育県ですが、奨学金の助けは借りましたけれど、家計をやりくりしてみんなで協力して進学させてくれた家族に感謝しています。

入ったのは中央大学法学部です。中央大学の文系4学部が、1978年に都心に近い駿河台から八王子に移転したあとです。『法科の中央』と言われて、司法試験合格者数を東京大学法学部と競っていた時代でしたから、僕も2年ほど司法試験の勉強をしました。でも、法律の条文の暗記が苦手で、これは無理かなと思って諦めました。

偶然ですが、トリオの主力工場が八王子にあって、八王子のおじさんは、僕が大学を卒業したらケンウッドに入社させようかと考えてくれていたようです。でもやはり文科系ですからね、大学4年の春に就活シーズンを迎えたころは、初任給の高い銀行に入ろうかなと思って、都市銀行を受けてみましたが、なかなか内定はもらえませんでした。

ゼミの先生は埼玉銀行を紹介してくれましたが、浦和の本店をみて、最後までそこに骨を埋める気にはなれなかったんです。公務員になろうかとも考えましたが、僕が生まれた家にも余裕がなかった。みんな貧しい中から必死に自分を見つけ出し、自分を作り出そうとしていた時代です」

――それで証券会社ですか？

「山一を選んだのも、これといった特別な理由があったわけじゃない。大手証券4社の中で最も多くの先輩と会うことになり、入社前に様子がつかめたからです。ゼミの先生には、なんで証券会社なんかに行くんだ、と叱られましたが、ワイルドな世界へ自分を置いてしまう僕の傾向がそこらあたりから始まったのかもしれません」

## 入社1年目に副社長が自殺

――山一證券からスタートしたことが誤算の始まりだと？

「いや、あくまでも悪の道へと入って行く選択をするのは僕自身です。責任を転嫁するつもりはありません。僕は本店営業部の配属でした。山一は事法（上場事業法人）や金法（上場金融法人）を担当するホールセール部門がエリートコースで、主に個人客を相手にする大勢のリテール部隊とは厳しく仕切られていました。本店営業部にはそうした厳しい敷居がありません。とにかくノルマを達成するためでしたら、どんな顧客を開拓してもよかったんです。それが僕のスタートでした。

当時は株式市況が大きく動くと、決まって八重洲の山一本社前の画像がテレビに流れました。日本はバブルの入り口に立ち、日本経済新聞の紙面では『証券会社』という文字が躍っていない日はなかったくらい、勢いがあったころです。当時、僕たちの世代は『新人類』ともてはやされ、誇りをくすぐられる日々でした。

ただ、僕が入社してほどなく、衝撃的な事件が起こったんです。今から思うと、山一が転落していく上でも重要な岐路でした。何しろ人が1人亡くなっています。当時の山一證券の筆頭副社長、成田芳穂《よしほ》氏が自殺したんです。

成田さんの姿を見たのは、八重洲富士屋ホテルで開かれた山一の新入社員歓迎会でした。僕ら新人一人一人と向き合い、将来について語り、新人それぞれの話に耳を傾けてくれました。1人に割《さ》いた時間は長くなかったかもしれませんが、その短時間の光景が鮮明に記憶に残っています。はつらつとした大きな笑顔、その裏に深刻な葛藤があったことなど知るよしもなかった」

——ああ、きっとそこですよ。齋藤さんがアバターと最初に別れた時点は。ただの舌打ちでしたが、ずっと黙って呑みこんできた。バブルが崩壊してから30年余、みんな舌打ちしてきたんです。タラ、レバばっかり。こんなはずじゃなかった、と。

「でも、僕らホヤホヤの新人には、当時まだ暗部がよく見えなかったんです。自殺だったことも社内では伏せられました。成田さんが命を絶ってまで訴えたかったことは何だったのか、という疑問が胸をよぎりました。未来に暗い影が差したと感じ、冷水を浴びせられたんです。

裏の事情がおぼろげながらつかめたのは、ここ長野刑務所に入ってからです。弟に差し入れてもらった本を読んでいて、日本経済新聞の記者だった永野健二氏の『バブル　日本迷走の原点』という本が出たのを知りました。さっそく購入注文をして独房で読んでみたんです。

発端は財閥系大企業の代表格、三菱重工が1986年8月、1000億円の転換社債（CB）を発行して資金を調達したことでした。その後、僕も営業マンとして知りましたが、CBというのは発行時に決めた価格で株式に転換できるので、株価が上昇すれば値上がり益を楽に享受できる仕組みでした。証券商品としては極めて珍しくほぼノーリスクで、ある意味、新規公開株よりも安全確実で高リターンな、おいしい商品だったと言えます。

発行する幹事証券には『親引け』分として35％程度が割り当てられます。それをさらにどの客にばらまくかは証券会社の裁量に任され、割当先は最高機密で公開されないので、合法性を装った利益供与には最適と言えました。三菱重工ＣＢは政治家と総会屋らへの闇献金にあてられたのです」

――もちろん、違法だったんでしょう？

「１９８１年の商法改正で総会屋への利益供与は違法とされていました。政治家への利益供与も政治資金規正法に抵触します。三菱重工もそれは承知していたはずです。でも、ＣＢを転換すれば株主になりますから、割当先は潜在的な株主ということになります。総務部と証券会社の間で、予めどこに割り当てるかをすり合わせたことでしょう。割当先には三菱銀行のバックファイナンスがついて、ＣＢの購入資金を用意しなくても済んだくらいでしたから。成田さんが死んだ後、三菱重工ＣＢは１００円が突然2倍になりました。割り当てられた人はほくそ笑んだことでしょう」

――三菱重工はなぜそんな危ない橋を渡ったのでしょう？

「おそらくＦＳＸ（次期支援戦闘機、Fighter Support Experimental）の国産化計画があったからでしょうね。戦後日本の悲願だった〈日の丸戦闘機〉の開発が絡んでいたはずです。

かつて零戦を生んだ日本の航空機産業は、財閥とともに戦後は解体の憂き目を見ました。三菱重工も川崎重工も、航空自衛隊が輸入した型落ちの米国製戦闘機の補修やメンテナンスから出直し、そこで技術を蓄積して80年代の中曽根康弘政権下で国産化気運が盛り上がったのです。日本車やエレクトロニクスの活況とともに、〈戦後総決算〉なんて言葉が新聞に躍った時代です。

しかしこれは日本〝再軍備〟の米国離れの象徴として、米国の軍産複合体の警戒心を招きかねませんでした。輸出先を失う米軍需産業や国防総省から巨大な圧力が日本にかかってきます。国産化の主体となる三菱重工は、政官財の足並みが乱れないよう、うるさ方を黙らせる必要がありました。その実弾が三菱重工CBだったと考えると分かりやすい」

## 総会屋・政治家にCBで裏献金

――結局、FSXの国産化は90年代に頓挫しました。三菱重工は2008～23年に国産リージョナル旅客機（MRV、のちMSV）開発でも同じ轍を踏みました。米国の型式認定が通らず、納期延期を繰り返した挙げ句、断念して約1兆円の投資をドブに捨てました。

「そうです。バブル崩壊で日本の銀行、証券が深手を負うとともに、FSXでも米国から〈国産化を強行するならエンジンを供給しない〉と凄まれて、米国製F16をベースとした日米共同開発に後退しました。でも、この壮大な日米の暗闘は雲の上の物語です。

現場はもっと泥臭い。成田さんの手元には当時、与党総会屋70人に配るCB15億円分の割り当てリストがあったといわれています。それだけでも政財界を震撼させる爆弾でした。三菱重工CBの発行主幹事は業界トップの野村證券にさらわれ、山一と日興は準主幹事に甘んじていました。政治家らに配るのは野村、総会屋に配るのは山一と日興、という具合に役割分担があったそうです。

これにかつて〈法人の山一〉と呼ばれた時期を知る成田さんの誇りが傷ついた。野村や大和に比べ法人営業力の弱くなった山一で、個人営業を主体に預かり資産の拡大で立て直しを図ろうとしてきた横田良男社長との路線対立もありました。永野氏の『バブル』には、全日空ホテルの日本料理店で成田副社長が思い詰めた表情で語る場面が出てきます。

「山一證券は腐っている」

しばらくの沈黙のあと、充血したようにもみえる眼を見開き、彼は切り出した。

「何が腐っているのですか」という私〔永野記者〕の問いに「何もかもだ。横田社長には辞めてもらわなくてはいけない。植谷〔久三〕会長にも退任してもらう」と答えた。(中略)

「二人に退いてもらうとして、一体、誰が社長になるのですか」

そう聞き返すと、

「私だ」

という答えが返ってきた。


このとき、成田さんは日経にリークする気で、胸にリストを忍ばせていたのではないでしょうか。でも、気まずい空気になって切り出せなかった。リストは経済誌などに流れ、総会屋が騒ぎ出し、疑われた成田さんは自宅謹慎となる。ところが、目をつけた東京地検特捜部の田中森一《もりかず》検事が、成田さんを呼んで事情聴取しようとしました。聴取当日の87年1月16日、成田さんは自宅の物置で死んでいるのが発見されます」

——成田副社長の自殺で、その後の山一はどう変わったのですか。

「検察の捜査はそこで頓挫しました。ロッキード事件級の大疑獄でしたが、元財閥の三菱グループに遠慮した検察上層部の及び腰で蓋をされてしまいます。

ところが、88年に新興企業のリクルートが川崎市助役に不動産子会社の未公開株を譲渡したことを朝日新聞にスクープされ、政官財を巻き込んだあげく、竹下登政権を退陣に追い込む事件が起きます。CBと未公開株の違いを除けば、三菱重工とほぼ同じ構造でした。

しかし永野氏の『バブル』では、山一が10年後に自主廃業に追い込まれたA級戦犯は、成田さんを見殺しにした植谷会長、横田社長だったと断罪しているのです」

## 「禁断の果実」営業特金に傾斜

「横田社長は折からの財テクブームを見て、一任勘定で特定金銭信託（営業特金）に1兆円を集める作戦を打ち出しました。この『一任勘定』とは、顧客に無断で証券会社の思惑で自由に売買することができる制度です。むろん、結果に対する責任はすべて顧客が負います。

当時の証券会社の隠語に、『ダマテン』という麻雀用語がありました。リーチせず〈黙って聴《テン》牌《パイ》〉の略で、顧客の知らぬ間に株を売買するのをダマテンと呼んだのです。それ自体は違法なのですが、営業特金は当時違法ではなく、まさに合法的なダマテンでした。現在のように手数料は自由化されていませんでしたから、法定手数料が必ず証券会社に入る仕組みなので、ダマテンで高速で売買する〈回転商い〉で証券会社は稼げました。

こうして取引先に違法性の高い利回り保証（通称〈ニギリ〉）をして資金を集め、会社ぐるみのダマテンで突っ走るという無理を続けることになった。それがいずれ致命的な事態になる、と法人畑の成田さんは危惧したのでしょう。だからスキャンダル暴露で植谷・横田体制を倒そうとしたのですが、その自死で山一は歯止めを失い、禁断の果実の営業特金にのめりこんでいきました」

――で、齋藤さんは否応なく、その先兵になったわけですね。

「山一で最初に営業特金に目をつけたのが永田元雄常務です。その名をとって営業特金は社内で〈永田ファンド〉と呼ばれました。彼の親分は専務・事業法人本部長だった行平次雄氏です。三菱重工CBばらまきの張本人でもありました。副本部長として行平氏を支え、三菱重工との折衝にあたった永田氏は、中枢から外された上司返り咲きのためにも、営業特金を稼ぎの大黒柱に育てようとしたのです。

野村や大和などの証券会社もその後は営業特金に雪崩《なだれ》を打ち、どこも同罪となりましたが、永田氏の功あって行平氏は〝みそぎ〟を済ませると1年で復活し、88年に山一證券社長に就任します。そして92年、会長となって〈山一のドン〉と呼ばれるようになりました。社長のイスを譲ったのは、投資信託本部時代の部下の三木淳夫氏でした。要するに三菱重工CB事件の内情を知る内輪で、身辺を固めてしまったのです。

でも、山一に君臨した行平・三木体制は、僕らアスクレピオス事件の自転車操業とどこが違ったのでしょうか。顧客とともに歩んでいた一般社員の知らないところで、山一の上層部は会社を私物化し、顧客を営業特金といういかさまファンドに誘導していたことになります。損失はすべて先送りですが、そのリスクに口をつぐみ、証券会社としての自殺行為に踏み込んだのです」

## 入社5年目で「政治の街」赤坂へ

「山一は機密が増え、閉鎖的な会社になっていきました。ごく一部のインサイダーと一般社員の間に高い壁ができます。一般社員は何も知らず、自主廃業直前まで山一株を買い支えたんです」

――齋藤さん自身は当時、何をしていたのですか。

「社内の路線対立などまだ知りようがなかった。一営業マンとして、ひたすら営業特金の契約を獲得しようと奔走していました。それが社命でもあったからです。残念ながら、僕は1件も約定に結びつけることができなかった。あと一歩というところまでは行ったんです。ただ、どうしても最後に投資家から要求されるのは利回り保証でした。

僕が約定しようとしていたのは10億円、20億円という単位の、いわば小さな営業特金です。しかし違法な利回り保証をするほどの権限は持たされていない。その時、一任勘定のありがた味――いわゆるダマテン客の重要性を思い知らされました。ダマテン客さえつかんでいれば、証券マン人生はバラ色だとさえ思ったんです。客は利用する道具ぐらいにしか考えていませんでした」

――ちょっと待ってください。その利用するって誰のため、何のためだったんですか。

「正直にいえば、山一證券のため、山一の利益のためです。当時の証券会社は、顧客にとって何がいいか、顧客に寄り添って考える、なんて発想はありませんでした。僕は成田さんの残した教訓を活かすどころか、バブルの毒が五体に回り、一時はフテ腐れて酒に溺れました。

自分自身が考えていたことと、現実とのギャップに気付き、どこに向かうべきなのか考えあぐねていました。そこに学生時代に覚えた酒があった。酒を飲んで考えることを麻痺させ、楽になれたんでしょう。毎日がその繰り返し、会社の命令に盲目的に従う自分ができていくんです。

でも、そんなこと、3年くらいしか続きませんよね。物事の表面的な部分しか見ず、酒に溺れるような毎日では、成長そのものが止まってしまう。中身のないスカスカな人間だと直ぐに折れてしまう。それを教えてくれたのは、江東区にある山一證券の佐賀町寮で同室だった同僚です。山一は新入社員時代、一定期間は寮に入るよう勧めていて、その寮は2人一部屋だったんです。

本店営業部に4年間勤めた僕は、5年目に赤坂支店主任に異動になりました。赤坂にいた僕の同期が米系証券に転職することになり、急遽穴埋めで僕が行くことになったんです。赤坂支店は地下鉄赤坂見附の駅を降りて、白とピンクの段だら縞が〈軍艦パジャマ〉と呼ばれた赤坂東急ホテルの向かいにあって、ここ赤坂は政治の街だと実感しましたね。

近くに永田町、平河町、紀尾井町などが控えていて、とにかく料亭の数が多かった。満ん賀ん、金龍、川崎、口悦……黒塗りの塀に囲われて秘密めいていて、あすこは竹下登さんの行きつけだとか、ここは小沢一郎さんだとか、言われてましたからね」

――齋藤さんは、自分から赤坂支店への転勤を志望したのですか。

「いいえ、僕の志望先はエリートコースと言われていた事法（事業法人）部門でした。本店での営業成績がそれほどでもなかったから、エリートになり損ねたんです。ただ、先ほど言ったように、本店営業部は新規顧客開拓のためなら何をしてもいい〝遊軍〟だったので、政治家開拓に集中した時期があったんです。権力を手にする政治家のもとには、おカネも集まると単純に考えました」

## 議員会館を「絨毯爆撃」

「国会議事堂の裏の議員会館はガードが固く、入館するのは大変でしたが、いったん中に入ってしまうと軒並み訪問できる。議員事務所を絨毯《じゅうたん》爆撃しました。僕にとっては度胸試しでした」

――飛び込み営業で、お客はつかめましたか。

「入社当時は中曽根政権による日本電信電話公社の民営化の直後で、NTT株の上場が予定されていた時代です。170万人近い株主が一挙に誕生するので、株式市場が大衆化しブームが起きると期待されていました。そのあたりの話に政治家、秘書の方々は敏感でした。

かといって、政界はそんな甘いところじゃありません。新人営業マンがいきなり資金運用の話をするなんてあり得ません。狙い目は政治家本人より、その秘書軍団でした。すべては秘書が切り盛りしているし、秘書の株式取引は今ほど神経質ではなかったからです。

でも、どんなに真剣に営業しても、すぐに分かったのは政治家や秘書たちが証券会社をカモにしていることでした。秘書の一人にやっと会えて、資金運用の話ができたとしても、要求されることは一つだけ。〈新規公開株をくれ〉〈新発CBをくれ〉の一点張りです。要するに、濡れ手でアワで、買ったらすぐ2倍になるような〈おいしい商品〉をよこせという。証券会社では、そういう商品は、損をさせた客のご機嫌とりに使うのが暗黙の決まりでした。損失補塡の一つともいえます。

永田町で僕が顧客化できたのはたった1件、それも僕の地元長野の縁で何とか会えた、衆議院議員、羽田孜《つとむ》氏の秘書だけでした。羽田氏は竹下登内閣で農水相を務め、将来の総理候補の一人ともてはやされ始めたころです。けれども、僕にはさっぱりカネの匂いのしない政治家に見えました」

――確かに羽田氏はその後の94年に64日間だけ総理になりました。細川護熙《もりひろ》総理が政権を投げ出した後ですが、財布のヒモは小沢氏に握られていたから短命でしたね。

## おねだり秘書たちのいいカモ

「ただ、この秘書はおねだり客の典型でした。特に損をさせたわけでもない。山一に何の貢献もしていない。なのに、堂々と〈新発ＣＢをよこせ〉などと電話してきた。客を紹介してくれたことはあるが、これまた新発ＣＢをせがむお客でした。新人営業マンにそんな融通がきくわけもない」

――証券会社の監督官庁は大蔵省証券局（現在は金融庁）でしょう？　ＭＯＦ（大蔵省）対策として政治家カードを握っておけば重宝だったのでは？

「政治家カードなんて、めったに切れませんよ。議員会館の度胸試しは結局、失敗に終わったのです。しばらくして赤坂転勤を内示された際、人事部に〈齋藤さんにぴったりの支店ですよ〉と言われました。以前、絨毯爆撃を試みたことが理由かもしれません。

でも赤坂支店に着任した当初は、地元の赤坂、紀尾井町、平河町界隈《かいわい》のリッチ層を顧客化するだけで、政界には近寄らなかった。90年代初頭ですからまだバブルが完全に崩壊していません。市場にも活気がありました。一所懸命に営業活動をしていれば、誰かの目に留まることもある。ある日、支店の次長にこう言われました。

〈齋藤。おまえ、政治家の顧客開拓に熱心だったよな。腕の見せどころだ、休眠口座があるんだ。それをおまえに預けるから、顧客を活性化してくれや〉

休眠口座とは、証券会社に口座を開いているものの、資産を預けっぱなしのお客を指します。証券会社は銀行と違い、資産を預かるデッドストック（売買のない在庫株）だけではほとんど意味がない。株を売り買いし、資産を転がし、手数料を落としてくれるお客でなければ稼げない。銀行と違い、証券会社は回遊魚の集団です。サメと同じで、泳いでいなければ死んでしまう。

投資信託なら預かるだけで信託報酬が入りますが、トップセールスマンを自負する次長がそんな上客を手放すはずがない。厄介な休眠客を、転勤してほどない僕に押し付けたのです」

――部下をシゴキ抜いて、手柄を独り占めにする上司は、当時珍しくなかったですからね。

「この次長は僕にとっていちばん苦手なタイプでした。二重《ふたえ》まぶたが目立つ色白な男で、社長表彰を二度取ったことが自慢でした。仕事ができれば何をしてもいい、と思い上がっていましたから、社内外の女性に手をつけたという噂を度々耳にしました。生保レディーとホテルから出てきたとか、社内の某女子を性のハケ口にしているとか、同僚たちに囁《ささや》かれるような男だったのです。

昼も夜もノルマの重圧にさらされる証券会社はどこも、権力を笠に着て女性社員と情事に及ぶとか、社員旅行で女風呂をのぞき見するとかが日常茶飯だった時代です。僕だって私生活は褒められたものじゃなかったから、口幅《くちはば》ったいことは言えませんが」

## 曰くつきばかりの休眠口座

「案の定、次長に押し付けられた口座は、どれもこれも曰《いわ》くつきのものばかり。連絡先どころか、本人がどこにいるのかすら分からない。口座に何十億円あっても、これでは活性化しようがありません。成果があがらなければ、僕の責任になる。〈無能〉とレッテルを貼られます。そんな休眠口座の一つが、大物政治家、三塚博氏関連の口座でした」

――えっ、それは凄いじゃないですか。中曽根康弘内閣の運輸相として国鉄改革を推進し、竹下登内閣では通商産業相、〈三日天下〉の宇野宗佑内閣で外相、宮澤喜一内閣では自民党政調会長を歴任していた政策通でしょう。

総理の座を狙っていたプリンス、安倍晋太郎氏が1991年に死去すると、安倍派（清和政策研究会）四天王の一人である三塚氏は、領袖の座を争う加藤六月氏との『三六戦争』に勝ち、安倍派を三塚派に衣替えしました。そんな勢いに乗る政治家のカードを引き当てたわけですね。

「でも、三塚氏関連と目される口座は、最初は客の正体がつかめない休眠口座だったんです。なにしろ名義も管理者も違う。当時の証券会社では、借名口座であろうが、口座開設者が架空であろうが、イヌやネコの口座まで開設できましたからね。資金運用の決定権者がどこにいるかなど、皆目分からない口座が大半でした。本尊が三塚氏と割り出すのには半年かかりましたよ。

社外を含む証券マン仲間の徹底した調査のおかげです。でも、お客の正体が三塚氏と分かってから、またババを引かされたと思いました。大物すぎて、一介の証券マンではとてもお目通りがかなわない存在です。一歩間違えばややこしいことに巻き込まれる、時間のムダか、と慎重にならざるをえませんでした。

それでもね、僕にとってはやっとたどり着いた糸口です。将を射んとすれば馬を射よ、でした。どうにか三塚氏の第一秘書だった青池昭義氏（仮名）のアポを取りつけ、しかも面会の場所は絨毯爆撃に失敗した議員会館ではなく、平河町に三塚氏が構えていた個人オフィスでした。あそこなら、多少は生臭いカネの話もできるのでは、と一縷《いちる》の望みを託したんです」

## 眺望と家具に「権力」の後光

——最初に面会した日のことを覚えていますか。

「新築の白いタイルの瀟洒《しょうしゃ》なビルの最上階でした。事務所はひっきりなしに電話が鳴り続けている。30代の男女の秘書が2人でテキパキとさばいて、5本にI本くらいしか奥の青池秘書に取り次がない。僕は待合室でそれを眺めていたんです。先客が2組待っていた。一組は胸にJRのバッジ、もう一組はゼネコンらしい風体《ふうてい》です。執務室兼応接室で何を話しているのか。ときどき青池秘書の〈それで行きましょう、やりましょう〉〈あとはお任せください。親父も悪いようにはしませんから〉という大声が漏れてきて圧倒される。すぐ出てくる人、なかなか出てこない人。緊張と胸騒ぎが募っていたたまれない。正直、帰りたくなりました」

——なるほど、政治家は国民の声に応える存在で、陳情客が門前市《いち》をなして押し寄せる。そこに混じって、休眠口座のセールストークなんて、いかにもちっぽけに思えたんですね。

「ええ、アポの時間からI時間以上も待たされました。でも待っていて、ノルマを達成するためにここに来ている自分のちっぽけな日常に不安と物足りなさを感じました。

その瞬間、青池秘書がひときわ大きな声で僕を呼んでいました。

〈いやぁ、齋藤さん、お待たせ致しました。いやいやいや、大変お待たせして申し訳ありませんで

した。さあ、どうぞ、どうぞ、お入りください〉

応接室は全面ガラス張りの窓があり、外の光景を一望して息を呑みました。彼方に紀尾井町、赤坂に立つ高層ホテルと弁慶橋周辺の緑が広がっている。室内には青池秘書専用のダークブラウンの重厚なデスク。黒い革張りのソファがあって、そこに僕は座らされました。家具調度は国産ではない、この眺望と贅沢な空間が権力というものなのか。僕は酔い痴れました。

青池氏は恰幅《かっぷく》がよく、がっちりした体格、大きな声。前髪をほんの少し、青色に染めていた。青色というより紫に見える。僕を手で案内しながら電話の応対を続けています」

——単なる仕事人間とは違う何かを感じたんですか。

「初対面ですから、ごく微かにですけどね。ビジネスマン風の黒っぽいスーツなんですが、50代にしては少し派手なダブルカフスに、さりげなく光るカフスボタン、赤い糸で斜めに入ったA.AOIKEという刺繍、青のストライプのシャツから連想される少々固く凛々《りり》しい風貌から、やや外れた何かを感じたんです。それが何かはまだ分かりませんでしたが」

**「すべて、すべてお任せしますから」**

「青池秘書の第一声は意外でした。私が贈ったお中元のサクランボと、少々値の張る紅白のワインへのお礼の言葉だったのです。

〈いや～、齋藤さん、丁寧なお手紙、それから素晴らしいお中元、誕生日にまでご配慮いただきまして大変恐縮致しております〉

ありきたりなギフトです。これまでは無視されるか、ゴミ箱行きでした。思いがけない反応に気をよくして、僕はストレートに用件を切り出したんです。

〈青池様、お預かりさせていただいております6億8000万円の件でございます。今後どういったご運用をお考えでございましょうか。ぜひ私どもにお任せいただけませんでしょうか〉

預かってから数年経った口座で、利益率の悪いありふれた電力債と現金のまま放置されていました。積極的に利殖を考えている風がない。

でも、ガツガツ売り込んで、ただの株屋かと思われるのも癪《しゃく》でした。寝かせておくくらいなら、いっそ全額引き出されてきれいさっぱりしたほうがいいと割り切っていたんです。

青池秘書が手帳をめくり、スケジュールを確認しながらさらりと言った。

〈そうですね～、運用ですか。何かいい運用先があれば、齋藤さんにすべて、すべてお任せしますから、宜しくお願い致します。それから山一證券さんからの報告書関係は、こちらへ送ってこなくて結構です。まとめて齋藤さんがお持ちいただくか、齋藤さんのほうで処分しておいてください〉

僕はあっけに取られました。青池秘書との間にはまだ信頼関係などない。〈すべてお任せだから、報告書も送ってこなくていい〉なんて入社以来言われたことがない。

ピンときたんです。こいつは裏金か。無届の献金を無記名の社債にして足跡を消したのか……。

今、僕が懸命に考えていることぐらい、手練《てだ》れの青池秘書はお見通しだろう。それなら素直に言う通りに従っておくほうがいい。僕は急に気が大きくなりました。

〈青池様、現在お預かりさせていただいておりますのは、6億8000万円でございます。こちらにあと2000万円足していただきまして、ちょうど7億円。ラッキーセブンでご運用をスタートさせていただくわけには参りませんでしょうか〉
それがなんと青池秘書に通じたんですよ」

## 奥から2000万円の紙袋をポン

——ほう、ずいぶんと図々しい注文でしたね。弱みにつけこむ〝ワル〟になったわけだ。
「郷に入れば郷に従えですよ。だけど、ちょっとせっかちなあの口調、今でも思い出せます。〈ああそうですか、そういうものですか。ラッキーセブンね、なるほど、それは素晴らしい、ラッキーセブン、7億円ね、分かりました。齋藤さん、それじゃね、残り2000万円を今持っていってください。現金でいいですか。私も忙しくて時間がありませんから、受け取りはいりません。齋藤さんを信じてますから。それじゃラッキーセブンでスタートさせましょう〉
青池秘書はそう言いながら、奥の特別室に消えました。僕は急いでカバンから受領証を取り出し、〈金弐千萬圓也〉と手書きで書き込んで待ち構えました。しかし、半分怖くなった。一体いくら裏金があるんだ。2000万円なんて少なすぎたのか。青池氏が戻ってきました。〈いや〜、齋藤さん、お待たせしました。それじゃお願いしますよ〉と言いながら、2000万円の札束が入った紙袋を無造作に手渡すんです。用意した手書きの受領証など不要でした。証券マンは札の枚数など数えません。1個、2個それで終了です。でも、まだ確認しておかなければならないことがありました。これだけは言っておかないと僕の首が飛びます。

〈青池様、株式を含めたリスク商品での運用ですから、もちろん元本保証ではございません。そこはご納得いただかなければなりません。場合によっては信用取引もあります。ハイリスク、ハイリターンであることをご承知おきください。その点はよろしいでしょうか〉

僕は固唾《かたず》を呑みました。青池秘書は表情を変えませんでした。

〈いや～、齋藤さんに賭けたのですから。どうか思い切ってやってください。結果はね、そりゃ仕方ありませんよ、いろいろありますから。とにかく今日はいい日だ。それで行きましょう〉

デスクの直通電話が鳴りました。青池氏の〈行きましょう〉という一言が最後まで耳に残った。

僕は深々と頭を下げて、応接室を後にしました」

——ついに、念願のダマテン客をつかまえたんですね。

## 有頂天で同僚と「酒池肉林」

「有頂天でした。僕こそ今日はいい日だ。内心苦笑いをしながら、清水谷公園を抜け、赤坂まで歩いた。ふだんは平河町から赤坂程度の近い距離でもタクシーを使います。その日だけは特別でした。僕には平河町、紀尾井町、赤坂の街並みが、快晴の青空の下で輝いて見える。赤いカーペットの上を歩いている気分でしたね。そのまま歩き続けたかった。

山一證券に限らず、証券会社ではすべての運用を証券マンに任せる超のつく上客を〈任され客〉と呼んでいます。僕は7億円という資金を自由に使えるようになった。信用取引のレバレッジをかければ20億円程度の投資が可能になる。〈任され客〉となった三塚先生のために、これを30億円に増やして差し上げようと誓い、少し遠回りでしたが、意気揚々と赤坂の支店に帰りました。その日の僕のうかれ具合ときたら、あれだけ嫌っていた次長の遊びっぷりと大差なかったんです」

——なあんだ、要するに、政治家の裏金運用役になったということ。齋藤さんもやっぱりバブルに染まったんですね。もう後戻りはきかなくなった。

「とにかく僕は、少しうだつの上がらない同僚を連れ出し、予約も取らずに西麻布の『叙々苑』に繰り出しました。そこで倒れるまで酒を飲み、焼き肉にかぶりついた。普段ならせいぜい上カルビ程度なのに、この日は特上カルビや、レアなヒレ肉まで注文した。それから赤坂のキャバレーで生バンドを聴きながら、お気に入りのホステスと午前1時過ぎまで過ごしました。

そこから先は記憶がない。目が覚めると、赤坂プリンスホテルのスイートルームで、ベッドに転がっていました。バスローブを着たままです。朝の7時で、シーツにはほのかにホステスの残り香。しまった、と僕は小声で叫びました。

青池秘書の〈それで行きましょう〉という言葉が耳もとに蘇《よみがえ》ってきました。それから半年ほど青池氏と付き合うようになって、六本木で『スカイ』というバーを経営していると教えてもらいました。そうか、あの青紫に染めた髪は、スカイの青なのかと……」

## みんなが「分け前をよこせ」という顔

——7億円の裏金を一任勘定にしたこと、三塚氏本人は知っていたのですか。もしかすると青池秘書がネコババ？　運用成績を問わないルーズさも、そこから来ているかも。

「そこは問い詰める必要がないことでした。運用を一任されたんだから、どうでもいいんです。でも、支店の職場に戻ってから、山一證券のノルマが容赦なく襲いかかってきました。〈任され客〉とは無断売買、回転売買、何でもできる客を意味しています。結果など一切問われない。極端に言えば翌日資産がゼロになっても何の問題もない。赤坂支店の他の同僚はみな、僕が〈任され客〉をつかまえたことに気づいていました。みんなが暗に分け前をよこせという顔をする。

日本の証券会社は、捕まえた獲物を一家で分配しなければならないライオンと同じです。〈任され客〉を支店全体のために生かさなければならなかったのです。

僕の一日の収入のノルマは30万円。1ヵ月1000万円が最低ノルマと決まっています。それを達成できなければ昇給、昇進は諦めなければならない。結婚もできない。みんなで飲みに行くのも憚《はばか》られる。ゴルフにも行けないし、後輩から白い目で見られる。いつの間にか会社でお荷物扱いされ、目つきの悪い高卒の次長からは、公然とドヤされるようになる。

僕は1993年に結婚しました。同じ赤坂支店で働いていた女性社員とですから、職場結婚なんですが、社内規定があって夫婦2人一緒に勤務はできません。妻が山一を退社して、中堅の某証券会社に移りました。それでも家庭を持ち、長男が生まれたのは、この〈完全任され客〉がいたおかげで、ノルマが苦にならなくなった面もあったかもしれません」

## 選挙の手伝いが年中行事に

――つかのまの安堵を得たが、転落のドラマがそこから始まったということ？

「ええ、お客から運用を高く評価されたって、会社が儲からなければ意味がない。山一證券あっての顧客であって、その逆ではありえないのです。その最たる例が〈完全任され客〉です。裏金7億円はノルマ達成のためにとことん使われました。

僕は心の底から三塚博先生、そして第一秘書、青池氏に感謝しました。むろん、選挙があれば何があっても、三塚氏の地元である仙台市へと駆け付けました。といっても選挙カーの上に立って、応援演説をぶつわけではありません。人の送り迎えに車を運転するなど、もっぱら裏方のお手伝いです。選挙応援は証券マンである僕の年中行事となりました」

――それが、自殺した成田副社長が予見した証券会社の自殺行為だったんですね。顧客をないがしろにし続ければ、先行き自分の首を絞めるのに、ただ今さえ良ければ、と取り繕うだけなんだ。

「証券会社の主力商品は株式です。無断で客のカネで株式などを買い付ける〈ダマテン〉をしてでも、株価を上げなければならない事情が山一證券に限らず、どの大手証券にもありました。

富士銀行を中核とする芙蓉グループの日産自動車株は、このグループと近しい山一證券が主幹事でしたから、株の買い支えは至上命題でした。旭化成、大成建設、清水建設、丸紅なども、何が何でも山一が主幹事を維持しなければならない銘柄だったんです」

## 食物連鎖の末端は奴隷の如く

――でもねえ、エクイティ・ファイナンス（資本市場での資金調達）全盛の時代ですからね。

「確かに日産自動車なんか、〈主幹事を維持したければ、言うことを聞け〉とばかりに、山一社員を奴隷のようにコキ使ったそうです。株主総会前になると、〈総会対策に株価を上げろ〉と命じられ、その流れで営業現場に買い指令が出ていたのではないでしょうか。社内ではエリートのはずの山一の事業法人部門ですが、大企業からの無理難題の嵐に参って、病んでしまった人もいました」

——四大証券といっても、山一は最下位でしたからね。肉食系の野村、日興、大和に対して、草食系の山一はいつ蹴落とされるかと戦々恐々だったんでしょうね。

「証券3社の攻勢を受けて、主幹事の座を守るために特に企業に弱かった。大企業の財務担当役員が〈(引受手数料で)あれだけ儲けさせてやったのに、私たちに損をさせられると思いますか〉と証券会社に対してふんぞり返っていましたからね。つまりは食物連鎖の下のほう。山一にはどこか悲愴感が漂っていましたね。

とにかく僕のノルマは月末までに10万株を客に買わせること。僕だけではない。営業マンは誰もが同じノルマの奴隷でした。上司は二日酔いでアルコール交じりの唾を吐きかけながら、営業マンの尻をたたいて〈客に10万株買わせてこい!〉と毎日吠えていました。午後3時に東京証券取引所の取引が終わると、彼は取り巻き組を引き連れて、雀荘へと向かいます。僕は麻雀そのものが嫌いでしたから、蚊帳《かや》の外でした。自然に風当たりは強くなる。

朝のミーティングが終わると、上司が近づいてきて、机でペラ(買い付け伝票)に書き込む僕を見下ろすのです。伝票を書く手が止まりました。

〈おい、齋藤。日産自動車の株式を30万株仕切るぞ、わかったか〉

『仕切る』というのは、証券会社が投資家の委託注文なしに、思惑で大量の株式を買っておいて、後から組織的に何人もの顧客にはめこむことです。違法な営業方法でした。

が、上司には逆らえない。僕は目をこすりながら、買い付け伝票を10枚用意しました。日産自動車の株価はその時点で約８００円でしたから、30万株で２億４０００万円。30万株は赤坂支店のノルマのすべてです。三塚氏の口座を使えば、即完売となります」

## 損切りできず甘えてシワ寄せ

「個人的には日産自動車は嫌いでした。あそこに未来はないと思って、本田技研工業を買い付ける予定でした。しかしそんなこと、目を真っ赤に充血させ、仁王立ちする上司には言えません。〈なんだ、齋藤。その目つき。それにそんなに伝票いらねえだろ。お前の任され口座で、全部買えるんじゃねえか。いいな〜、おまえ、三塚先生がいて……〉
僕への嫌味です。不愉快なのは、〈仕切り〉という違法行為を平然と上から強要していることです。富士重工（現在のスバル）株ではＩ００万株を「仕切」らされたこともありました。これが山一證券の現実だったんです。
青池秘書に任された口座は、あらゆる山一證券の要請に応えていくことになります。つまり、手数料をちょうだいし、株式の買い付け要請に応え、新規開拓に貢献することです。この結果、潤ったのは山一だけではありません。資本市場の潤滑油となり、一部の投資家にも利益をもたらしました。数十億円規模の効果のある株式買い支えは、いわば公共事業だったと言えます」
――そんな無茶な。どんなに大量に株を買ったところで値上がりするとは限りませんよ。バブルのメッキが剝げた１９９０年代は、むしろ相場は下げ基調で乱高下しましたから、思惑違いで値下がりすることも多かったのでは？

「そのとおりです。買っているのは山一證券だけで、ガリバーの野村が狙い撃ちで売りに回れば、たちまち値下がりします。買ってしまった山一の営業マンは、これを〈塩漬け〉と呼ぶ。塩漬けが増え続けると営業マンは窮する。客の資産は無尽蔵ではありませんから。

直ぐにまた新しい買い付け要請が降ってくる。明日のノルマは待ってくれない。上司の罵詈雑言《ばりぞうごん》と、唾のしぶきが顔にかかる確率が高まるばかりでした。結局、僕らは甘えたんです。苦し紛れに〈任され客〉にシワ寄せした。損切りできなかったんです。

挙げ句に〈おい、おまえの『任され口座』でアンコつくっとけよ〉と命じられました」

## 客はゴミ捨て場、証券マンも使い捨て

――何ですか、アンコって？

「それも証券会社の隠語です。買いと売りがセットされ、利益が出ている取引です。〈日計《ひばか》り〉（一日のうちに売り買いして利益を確定させる取引）とともに、新規開拓客や損をさせ続けている顧客への利益供与に使われたので、〈おいしい〉話ということからアンコと呼ばれています。

問題はアンコの作り方です。証券会社の自己勘定でリスクを取り、買いと売りを決めるのであれば、万が一売り抜けられなかった場合は証券会社がリスクを負う。しかし〈任され客〉の口座を使ってアンコをつくる場合は、リスクを任され客に押し付けることになります。

最終的に売り抜けられず、アンコに包めない場合でも、客は全く事情を知らない。わざわざ証券会社がリスクを取り、買いと売りを決めてくれたと思っているでしょう。

そういうアンコを僕はつくらされました。失敗すればすべて任され客の損。だから、任され客はゴミ捨て場、証券マンも使い捨て――一事が万事、それが証券会社の掟なんです」

――アンコのおかげで、山一證券赤坂支店はいい目を見たんでしょう？

「ええ、取引が拡大し、収入も増えました。新規開拓、ノルマ達成なども楽にこなせました。三塚先生、青池秘書サマサマです。

山一證券の元帳・マイクロフィルムには全データが残っているでしょうけど、任され客が元帳の開示を請求することなどありません。その存在すら知りません。僕にとっても山一にとっても、これ以上都合のいい客はいないことになります。

山一證券では1時間おきに収入を申告することになっています。収入が上がっていなければ、支店長の容赦ない個人攻撃、怒鳴り声、仕切りによる違法取引が始まる。挙げ句にノルマ未達の営業マンの頭には、支店長から灰皿や分厚い『四季報』が飛んでくる。愛の鞭《むち》じゃない。支店長の目は血走り、体は震え、唇からはヨダレが落ちる。狂気の沙汰でした」

――当時、政治家向けのＶＩＰ口座が度々国会で問題になりました。明るみに出たらリクルート事件の再来になるので、証券会社はひたすら隠し通し続けました。その当事者がこうして実態を明かすのは、齋藤さんが初めてじゃないですか。

## 伏見転勤後も口座はフォロー

「ただ、そうこうしているうちに、時代と日本が大きく変わり、僕はそれに気づきませんでした。1996年に僕は京都伏見支店に異動になります。赤坂勤務もすでに約6年、左遷人事だったかもしれません。

でも、後任の人に青池氏の〈任され口座〉を引き継いでサヨナラというわけにもいかず、その後もフォローを続けたんです。京都に行っても連絡を絶やさず、上京して青池氏とも接していました。でも、運用の中身はひとことも報告しませんでした。

言えない理由もありました。お任せ口座の残高は一時11億円まで増えたこともあったのですが、半分以下の3億5000万円以下まで目減りしていたのです。

しかも96〜97年には、山一證券をはじめとした証券・銀行など金融株全般が下落し続けました。96年は住専（住宅金融専門会社）7社の危機が大詰めを迎え、97年はアジア通貨危機と、立て続けに日本が金融不安に見舞われたからです」

——振り返れば、金融不安が再来したのは96年1月、総会屋（小池隆一）に野村證券が数億円の補塡をしたと北海道新聞が報道した日からです。それがきっかけで、日本の銀行・証券界の暗部が暴かれていきました。翌97年になって野村は小池の親族企業、小甚ビルの一任勘定があると認めて、3月に酒巻英雄社長が辞任を余儀なくされます。それが第一勧業銀行（現みずほ銀行）に飛び火し、東京地検特捜部の捜査で大和、山一、日興にも小池の口座があったことが発覚したんです。

「そのさなか、山一の行平氏が日本証券業協会長に就任しました。スキャンダルの責任をとって辞任した野村の鈴木政志氏の代わりでした。行平会長のメンツを守ろうと、山一は頑強に小池の口座があることを否定し続けたんです。

ところが97年6月に第一勧銀の宮崎邦次元頭取が自殺、7月に山一證券本社に家宅捜索が入り、鉄壁のガードが音を立てて壊れました。元総務部付部長を皮切りに、三木氏ら元役員まで逮捕される事態となります。行平氏は日証協会長を辞任し、その夏の山一證券株の下げはきつかった」

## 山一株買い支えに社員も一丸

——そりゃそうです。週刊東洋経済が97年5月の臨時増刊号で、山一の簿外債務疑惑をスクープしましたからね。6月には〈飛ばし〉に関与した企業の元部長の手記が載り、内部資料も流出して山一に〈簿外債務〉と〈飛ばし〉があることはもはや公然の秘密でした。

「でもねえ、僕ら下々の者はその真偽が分からず、確かめる余裕もありませんでした。むしろ悪い噂ばかり流れるので、だんだん感覚が麻痺してしまい、目をつぶって聞き流すようになっていったのです。だって、96年11月の第2次橋本龍太郎内閣では、わが三塚氏が晴れて大蔵大臣に就任したじゃないですか。一時は読売新聞に〈脱税の疑い〉などと一面トップで報じられて窮地に陥りましたが、そんな逆境をはねのけて要職に就いたので僕は気をよくしました。

しかも金融不安を払拭すべく、橋本総理、三塚蔵相が大規模な経済対策を打ち出しました。その目玉が金融市場の規制を緩和・撤廃して日本の活性化、国際化を図る〈金融ビッグバン〉でした。

長野厖士《あつし》証券局長の肝いりプランを、山一證券も僕も信じたんです。で、青池氏の〈任され口座〉の資金を、97年7月以降、山一證券株にどんどんつぎこみました」

——ところが、9月からロンドン銀行間市場で、日本の金融機関のドル資金調達が困難になる〈ジャパン・プレミアム〉が発生します。上乗せ金利をつけないとドルが調達できなくなりました。

日本の信用力に黄信号が灯ったんです。三洋証券、北海道拓殖銀行など〝弱い環〟から次々と資金ショートにさらされました。いよいよ次は山一、との憶測で、山一株は１株１００円を大きく割りこむ〝倒産価格〟に突入します。風前の灯でしたよ。

「正直、山一がまさかつぶれるとは思わなかった。だって、昭和40年（１９６５年）不況でも山一は倒産の危機に直面しましたが、当時の田中角栄蔵相のツルの一声で日銀特融が決まったんですよ。おかげで山一は不死鳥のようによみがえりました。だから山一社内では角栄ファンが多かった。夢よ、もう一度、それが三塚蔵相でした。

僕は信じるようになったんです。そうか、山一證券に日銀特融を発動するために、三塚先生は大蔵大臣になったのか、そうに違いない、とね。うまくいけば半年で3億円が30億円になるだろう、口座にあけた穴なんか一気に取り返せる、とね。

万が一、日銀特融がなくたって、外資のクレディ・スイスやメリルリンチが山一を買収するという観測も流れていましたからね。山一は引く手あまた、絶対につぶれないと確信して、僕はひたすら山一株を買えと指示を出し続けました。

山一社内でも、従業員自社株買い付け資金融資制度によって、個人で山一株を買う社員が大勢いました。僕もその一人です。１０００万円の融資を受けた。それが半年後には10倍になる、そう信じない者が僕の周りにいたでしょうか」

――虫が良すぎますね。実際、芙蓉グループのメーンバンク、富士銀行はついに救済の手を山一に差し伸べなかった。土壇場で山一はロンドンやオランダの金融機関にまで身売りを打診したが、どこからも断られました。

97年の破局に至って、はじめて社員も会社の実態を知ったというのは本当ですか。死相はもっと前に見えていたでしょう？　日本経済新聞が〈山一證券、自主廃業へ〉をスクープした97年11月22日に、齋藤さんはどこでその報に接したのですか。

## 未明のテロップで特報を知った

「寝耳に水でした。大阪・梅田にいたんです。たまたま山一スイスから帰国した2年後輩の同僚と、ホテル阪急インターナショナルに泊まっていました。夜明け前、天気予報を見ようとテレビのスイッチを入れたら、山一の社名のテロップが流れたんです。僕は思わず、よしっ、と叫んだ。前日まで山一株を買い続けていましたから、これで日銀特融が決まると早合点したんです。

ところが、特融どころか、全てに逃げ遅れていたことに気づくまで、そう時間はかかりませんでした。証券取引法上の『自主廃業』は、法人としての山一證券に法令違反があったからであり、それは会社更生法の適用外、日銀特融の対象外でもあることを意味していました。

目の前が真っ暗になった。預かった7億円が跡形もなく溶けてしまった。喉がカラカラになり、朝っぱらのホテルの一室で缶ビールを1本あおったほどです」

——自主廃業の最終判断を下したのは三塚蔵相でしょう? 大臣の秘書が管理する裏金口座の運用先が山一株だったと、万が一にも世に知れたら即刻蔵相辞任でしたよ。

「今なら何とでも言えます。知っていたら金縛り、山一救済には動けなかったろう、と思いますね。ビッグバンは金融機関の淘汰《とうた》を市場の力に任せ、行政は干渉しないのが建て前ですし。でも、あのころの僕は無知でした。〈任され口座〉がまさか救済の邪魔になるとは思っていなかった」

——いくら当時の証券取引法がまだ不備で、インサイダー取引、相場操縦などの規制が緩くて、何でもありの時代だったとはいえ、行政当局として知ってて見過ごしたらけじめがつかない。

「僕がいた伏見支店では、週明けに口座を解約しようとする顧客の行列ができました。前週、山一株を売りつけたお客に、その代金を振り込むよう、平身低頭お願いするなどの辛い後始末をつけなければならなかった。

でも、僕は青池さんにひとこと謝らなければと、翌週すぐ新幹線で東京に向かいました。本社にも立ち寄らず、カラっ風の吹く晩秋で枯葉色に見える平河町の三塚事務所へ飛んでいった。

僕は単刀直入に、結果だけを報告したかったんです。弁解の余地などない。口座のカネを返せと一喝されるかと思いました。しかし青池秘書から返ってきたのは意外な言葉だったんです。

〈いや〜、本当に残念です、ご苦労さまでした〉

それだけです。そのほかは何も聞かれず、何も言われませんでした」

——いやいや、表沙汰にできなかったんですよ。諦めるしかなかった。証券会社がつぶれても、顧客からの預かり資産は保護されますが、会社が存続しないんじゃ、穴のあいた口座に補塡《ほてん》などできない。しかも自主廃業を決定した当の大臣に、アンコなどの穴埋めなんて不可能ですよ。齋藤さんをつついてバレたら、とんだヤブヘビになっていたはずですよ。そこで不問に付したんです。

## 三塚氏も長野氏も消えていった

「でも、あの〈任され口座〉が、山一のためになってくれたこと、市場の潤滑油になったことは確かです。7億円が紙キレになったとしても、三塚、青池氏には何の責任もない。本当に長い間、ありがとうございました、このご恩は一生涯忘れません、と頭を下げたかったんです」

――トラの子だった〈任され口座〉をスッテンテンにして、何を思ったんです？

「つくづく、短期売買で儲けるのが僕は下手だと思い知りましたね。相場に一喜一憂する証券会社はもういいや、と思いました。もっとじっくり腰を据えられる、別の世界に行きたいと」

――三塚氏もそれからほどなく政界から消えていきましたね。

「ええ、〈大手銀行20行は1行たりともつぶさない〉などと大見得を切りましたからね。なのに、北海道拓殖銀行や山一證券などが相次ぎ破綻して、自らの限界と責任を認めざるを得なかった。

山一破綻からわずか1ヵ月後、政府は総額30兆円の公的資金投入枠を設ける金融システム安定化策を決めます。でも、それは銀行・証券の連鎖破綻に国民が恐怖を覚え、税金投入への抵抗感が薄れたからですよ。あくまでも山一の生贄《いけにえ》があってのことでした。僕が期待した日銀特融より大掛かりな救済策でしたが、自主廃業を宣告された山一は一足先に見放されていました。

そこに大蔵省官僚の接待疑惑が発覚し、ノーパンしゃぶしゃぶなど風俗店での接待が週刊誌に流れました。三塚氏はいわばとどめを刺されて98年1月、蔵相を引責辞任しました。それから急速に力が衰え、派閥の清和政策研究会会長の座も森喜朗氏のクーデターで奪われてしまいます。健康も害して2003年の総選挙には出馬せず、04年に世を去りました。

長野証券局長も接待疑惑に巻き込まれ、98年4月に減給処分を受けて退官しました。大蔵事務次官候補の輝かしい未来が、山一関係者の怨嗟《えんさ》の声で吹っ飛ばされたようなものでした。でも〈任され口座〉は借名でしたから、最後まで大臣の裏金が山一株に投じられていたことに気づかなかったんでしょうか。

むろん、簿外債務を隠していた山一證券の行平、三木氏両人は、司法の場で裁きを受けて執行猶予付きの有罪判決を受けました。そして98年には日本長期信用銀行、日本債券信用銀行まで破綻し、金融ビッグバンどころか、大洪水のあとはペンペン草も生えない一面の荒れ地になったのです」

第2章

# 大洪水のあと

――齋藤さん、おはようございます。だいぶ秋も深まってきました。やはり奥信濃《おくしなの》は寒いですね。先日の話の続きをお願いしましょう。山一證券が自主廃業に追い込まれて、社員全員が失職を告げられた時点からですよね。

**社内調査報告書に愕然**

「いまだにテレビ画像でよく流れる、あの野澤正平社長の号泣会見。〈社員は悪くありません〉と何度も言ってますでしょう。では、社員が悪くなければ、誰が悪いのか。いったい誰が何をしたんだ、その説明が全くない。社員はもちろん、家族そして顧客その他多くの方々が、あのとき全容を解明してほしいと思っていたでしょう。

社長会見後に僕自身も、赤坂時代に支店長だった大和田正也氏に電話して〈全容解明と山一再興に動くべきではないか〉と提案したことがありました。しかし〈山一にこだわり、その再興を考えるよりも、一人一人が力強く前進すべきだ〉という大和田氏の言葉に納得し、自分の道を歩む決意を固めたのです」

――翌1998年4月に嘉本隆正常務を中心とする社内調査委員会が『社内調査報告書　いわゆる簿外債務を中心として』を公表します。読みましたか。

「ずっと後になってからです。ペーパーカンパニーを使った〈飛ばしスキーム〉などの詳細を知って愕然としました。ここまで腐っていたのか、ここまでひどかったのか、山一證券には屋台骨などなかった……こんな明らかな犯罪行為、証拠隠滅行為が、ノルマに苦しむ多くの証券マンの目を盗み、長期にわたり行われていたなんて。あまりの衝撃に怒りを覚えました。

そして服役中の２０１３年には、読売新聞記者だった清武英利氏が書いた『しんがり　山一證券最後の12人』（講談社）が出版されます。独房で読んだため、驚いて声を呑みこみました。酒を呑んで憂さ晴らししたかったけど、それもかないませんでしたが、よくぞここまで書き残してくれたと感謝したかった。清武氏はあの号泣会見をこう書いています。

日本の大企業の社長が泣きながら頭を下げる写真は全世界に配信された。米紙ワシントン・ポストはその写真を添えて、こんな社説を掲げた。

〈Goodbye, Japan Inc.（さよなら、日本株式会社）〉

確かにそれは、日本の終身雇用と年功序列の時代が終わったことを告げる涙だった。

僕もまったく同感です。山一自主廃業の是非などではない、もっと大きな時代の流れを汲み取らなければならなかったのだと思います。資本、土地、そして労働も、自由競争にさらされることになったんです。新しい時代は、山一の元社員がそれぞれ切り拓かなければならない。その責任を負ったという気負いがありました。いまは屈辱にまみれていますけど、これからの舞台の主演は一人一人の社員であり家族なんだ、と」

――齋藤さんは証券界から足を洗おうと考えたのですか？

「僕は次に何をすべきかわからなかった。すぐに就職活動へと頭を切り替えることができなかったんです。社員全員が解雇されるのは98年3月末になっていたので、少し呑気《のんき》に構えていたかもしれませんね。妻からも言われました、〈大丈夫？　ちょっとのんびりしすぎてるんじゃない？〉って。

当時の僕は35歳と微妙な年齢でした。京都伏見支店には妻子を連れて赴任していたので、このまま京都に住むのか、東京へ戻るべきか、決めなければならない。結局、東京に帰ることにしましたが、江戸川区のベイサイドエリアに５８００万円で購入したマンションがあったからです。賃貸に出していて妻も共働きでしたので、住宅ローンの返済で汲々《きゅうきゅう》としていたわけじゃないんですが、山一株買い支えのために社内融資制度を利用した借金１０００万円が残っていました。この借金を少しずつ返済することにしましたが、心理的に重荷でしたね。

ハローワークは一度しか行きませんでした。野澤社長が社員の再就職を必死の形相で訴えたせいで、２万件を超す求人が来ていると聞いていたので、それも安心材料だったのかもしれません」

――正確には12月4日までに寄せられた求人案件は１３２５社、約１万６０００件でした。これに対し98年１月時点の正社員７４９１人に契約社員なども加えると、山一の求職者は１万５５０人だったわけですから、数字の上では誰も路頭に迷わずに済む計算でした。『しんがり』には、山一社員が再就職に困らなかったデータとして、正社員の４分の３にあたる５６０８人が98年10月末までに転職先を決めたとあります。

しかし求人の多くは35歳以下の若手の専門職に集中していたようで、〈つぶしがきかない〉36歳以上の中高年はなかなか働き口が決まらなかった。齋藤さんの年齢はその境目にあたります。

「山一には顧客からの預かり資産が24兆円もありましたから、お客さまからの引き出し対応に全社が忙殺されました。僕は最後まで信頼してくれたお客さまに挨拶回りを済ませ、支店に詰めかけた預かり資産の清算業務が一段落したところで、ようやく自分の職探しを始めることができた。それは97年の暮れも押し詰まってからでした。

東京・新川の薄汚れた本社ビルの窓から、墨田川がゆっくりと東京湾へ流れて行くのが見えました。20坪ほどの部屋はひっそりと静かで、テーブルの上には求人票の分厚い束が古新聞のように積まれ、無雑作に置かれていました。僕のほかには誰もいません。多くの社員はとっくにメリルリンチや住友銀行などへの再就職を決めていたのです。

手垢《てあか》で汚れた求人票を一枚一枚めくりながら、僕が探していたのは、証券会社や銀行以外の求人でした。今さら証券会社に行って何をするんだ、銀行で投資信託を売るのか……もういいや、って思いながら。ふと目に留まったのが、新井将敬衆議院議員の秘書募集でした」

――えっ、新井将敬氏ですか。ほとんど相前後して12月22日に、読売新聞が朝刊一面で〈日興証券　新井議員に利益供与〉〈一任勘定で4000万円　証取法違反の疑い　東京地検が捜査〉とスクープしたばかりだったじゃないですか。同日、新井氏は否定会見を開いたけど。

## 「VIP口座」疑惑の生贄に

「でも、僕は新井氏に親しみを覚えていて、密かなファンだったんです。

まだ赤坂支店にいた1994年ころかな、午後9時に仕事が終わると、大和田支店長に連れられて営業マン全員でよく呑みに行きました。支店長は立教大学出身ですが、山一の従業員組合の元委員長も務め、その呑み会は〈大和田学校〉と呼ばれるほど談論風発でした。自民党が下野して非自民8会派による細川護熙政権が誕生していましたから、政治談議もなかなか盛んで、自民党若手改革派のホープ、新井氏もよく話題にのぼりました。大和田支店長は彼を絶賛していましたね。

在日というハンディを背負いながら、東大を出て新日鉄に入り、1年で飛び出して大蔵官僚になると、渡辺美智雄氏の秘書官を足掛かりに政界に進出した経歴といい、テレビ朝日の田原総一朗氏が司会する『サンデープロジェクト』『朝まで生テレビ！』などで見せた舌鋒鋭い論客ぶりといい、その明解な論理と分かりやすい解説に惚れ惚れしていたんです。

背後でうごめく司直の動きや、資金の流れなんて当時は知るよしもなく、僕は新井氏を信じて〈地元〉東京のために働いてみようと思っただけなんです」

――それはナイーヴすぎます。東京地検特捜部は、証券4社と第一勧業銀行の首脳部を軒並み逮捕または辞任に追い込んだあと、要人を優遇する〈VIP口座〉を突破口として、政界ルートにメスを入れようとしていた。そこで新井氏の名が浮上し、読売のスクープは特捜部の号砲だったんですよ。よりによって、その火中の栗を拾おうとした。それほど政治に魅せられていたんですか。

「いいえ、政治家になりたかったわけじゃありません。証券会社の営業でノルマをこなすより、もっと〈地元〉のためになる実のある仕事をしたい、それが政治ではないかと思えたからです。〈地元〉とは長野でなく東京です。そう考えるようになっていたのは、江戸川区に自宅のマンションを購入していたせいかもしれません」

――その気持ち、いまひとつピンと来ませんね。新井氏は自民党に復党後、三塚派に所属していましたから、それが肩入れの動機になったのですか。

「どうでしょうか。確かに三塚氏の選挙応援で、地元の方々を間近に見ていましたが、でも、あの〈任され口座〉は優遇どころではありませんでした。山一がカモにしてしまった。その罪滅ぼしの思いもいくらかあったんですかね」

## ナポレオンの言葉で励まし

「新井氏の秘書募集の求人票は、手垢などついてなくてまっさらでした。おそらく応募しようとしたのは僕だけでしょう。すぐにラブレターのような自己PRと履歴書に職務経歴を書き込んで、品川区大森の新井事務所に送ったんです。大学卒業以来初めての就職活動で、政治家の秘書になるのにどんな手続き、ステップを踏むかなんてわかりません。

じきに事務所の女性から電話がありました。正月明けの1月5日に大森の事務所にお越しくださいという連絡です。採用不採用など詳細は全くわかりません。とにかくお越しください、ということでした。おかげで僕は久しぶりに田舎に帰省して、年末年始をゆっくり過ごすことができました。これで証券マンとは違う人生を歩めるかと思って。

新井事務所は、雑居ビルが立ち並ぶ大森の商店街の小さなビルの2階にありました。6畳ほどの空間に机が四つ並んでいて、秘書らしきスーツ姿の男性が座っていました。案内された机の上には新年会出席先リストが置かれ、その男性から〈これから新井議員の代理として新年会に行ってください〉と指示されたんです。僕はすでに〈チーム新井将敬〉のメンバーでした。

地元商店街に始まり、あらゆる新年会に先生の代理として出席することに緊張感を覚えました。もっと新井将敬氏のことを知っておかなければならない、と考え始めたところに本人が入って来たんです。その顔を見てほっとしました」

――彼とはどんな話をしたのですか。

「テレビで見る新井将敬氏とは違う、何か疲れのようなものが滲《にじ》み出ている気がしました。まあ、年末年始、酒の飲み過ぎかな……くらいしか思い浮かびませんでしたが。そう思ったのは一瞬で、いつものように歯切れよく語りだしたんです。

〈人間、どんなことがあっても決して落胆してはならない。ナポレオンも最後まで戦った。皆さんもどうか最後まで戦ってください〉

印象深い言葉でした。山一證券の破綻を踏まえた気配り、激励だと、そのとき僕は思ったんですが、彼は自分を励ましていたのかもしれません。僕はこの人に尽くそうと決心し、新井氏といっしょに近所の神社にお参りして、初詣の柏手《かしわで》を打ちました」

――しかし新井氏はたちまち検察とメディアに追い詰められ、政界で孤立していきます。秘書はいつまで務めたのですか。

「たったの1週間です。代理の挨拶回りにあちこち行きましたが、そのうちに新井氏が姿を見せなくなった。事務所も開店休業で僕は待機となって、これは続けるのは無理かなと思い始めました」

――かつて自民党副総裁だった金丸信の脱税事件で、新井氏は〈政治とカネ〉追及の急先鋒に立ち、やんやの喝采を浴びた人でしたからね。それが日興証券に口座を持ち、〈そのアドバイスに基づいて普通の取引を行ったつもりだった〉という利益供与否定の釈明は、歯切れがいいとは言えなかった。供与が事実なら議員を辞職する、と新井氏も退路を断つ言葉を吐いた。

## 死に魅せられたレトリック

「新井氏はどこか政治家らしくない政治家で、〈男がすべてをやり直すのは、戦争か恋愛エロスしかない〉と言い切ってしまう人でした。〈死すべき理由〉なくして政治家と言えるか、という大見得を切ったために、自らの首を絞めることになったのかもしれません。新参者の僕は事務所に通うのをやめて、成り行きを見守るしかなくなりました」

――いま思えば、新井氏に勝ち目はなかったですね。特捜部は日興証券の元役員から新井氏の強要があったとの供述を取って、外堀を埋めていました。もちろん、この元役員も取調室では検事に言われるがまま供述書に署名させられたんです。

自民党も冷ややかで、加藤紘一幹事長が彼に離党を促す始末でした。

同じ選挙区だった石原慎太郎氏の公設第一秘書（ゼネコン鹿島から出向）が、1983年の総選挙で新井氏のポスターに〈北朝鮮籍から帰化〉の黒シールを貼って中傷した〈事実は「朝鮮籍から帰化」〉いわゆる黒シール事件が起き、新井氏が自民党を一時離党して新進党に走り、紆余曲折があって復党したことで、党内にわだかまりが残っていたからです。

国会開会中の逮捕許諾請求が、衆議院本会議で全会一致で通る見通しとなって、新井氏は進退に窮します。〈逮捕Xデー〉直前の98年2月18日に会見し、日興との会話を録音したカセットテープを傍証として、重ねて疑惑を否定したものの、弱音を吐く場面もありました。〈二度と皆さんの前に帰ってくることはないかもしれない〉。覚悟を決めていたのでしょう。

そして翌19日、品川駅前のホテルパシフィック東京23階の客室で、〈私は潔白です〉と記した遺書とともに縊死《いし》しているのが発見されました。

「ひどい、ひど過ぎます。検察に差し出された生贄も同然の死を、僕は受け入れることができませんでした。山一證券の成田副社長と同じです。せっかく始めた第二の人生が、いきなりまた自殺という〝喪章〟で頓挫したんです。

生きることって何ですか……。

新井氏が例に挙げた天才ナポレオンでさえすべてに絶望し、1814年4月12日、阿片《あへん》をあおって服毒自殺を試みているじゃないですか。たまたま阿片が古くて一命をとりとめたとか。死に損ねた現実こそが、神が伝えたメッセージと考え、まだ終わりではない、まだすることがある、祈りにも近い思いだったと想像します。

今となってみれば、新井氏も格好悪く、自死に失敗すればよかったのかもしれません」

――彼のレトリックは、1948年生まれのベビーブーマーで、学園紛争を経験した世代に特有の匂いが漂っていました。死に魅せられたような口ぶりは、〈武士道といふは死ぬ事と見つけたり〉の『葉隠』や、自決した三島由紀夫を思わせますね。黒シール事件を機に肝胆相照らした民族派の野村秋介氏（93年にピストル自殺）や、ともに『朝まで生テレビ！』で論客として鳴らした西部邁氏（2018年に支援者の幇助で入水自殺）とも相通じるところがあったんでしょう。

「新井氏の自死した部屋には短刀が残され、ウイスキーの空き瓶が散乱していたそうです。それが人間の現実であり、やはり生きるってきれいごとじゃない。僕はそう思いました」

## 腐敗批判にしっぺ返し

――新井氏の側にも若手論客の〈ええかっこしい〉があった気がします。それが日興の口座がグロテスクな言行不一致に見えた理由ですかね。一匹狼の彼を支援する起業家の〈B&Bの会〉に頼り、株式投資で政治資金を確保しようとしたが、政治の現実からしっぺ返しを食ってしまった。

「彼は社会主義の空疎な〈理想〉を一刀両断にしながら、返す刀で腐敗した政治の〈実存〉も退ける両面作戦で、双方から恨みを買い、立場が難しくなるばかりでした。その隘路《あいろ》を切り開くのが〈死すべき理由〉だったんでしょうか。例えばこんな文章です。

率直にいって、私は自分自身を多数の支持によって選ばれるという理由で何か誇りに思っているわけではなくて、特別な人を愛し愛されるということだけで自分自身を誇らしく思っているのである。そういうわけで、私と政治との真の接触は、私にとっての死すべき理由の確かさという一点にかかっているのである。そして、私が政治的現実よりも愛のもたらす力によって、死すべき理由の存在を納得しているということこそ私の真実である。

（新井将敬『エロチックな政治』より）

恋愛と政治が同一線上にあるのなら、逮捕の屈辱は失恋にひとしい。その捨て身に〈死すべき理由〉の落とし穴があったんでしょう」

――もし新井氏が窮地を乗り切って、齋藤さんが秘書として支え続けることになっていたらどうなったでしょうね。齋藤さんの政治の季節は、そこであっけなく終わったんですか？

「いえ、実は参議院自民党にも履歴書を送り、面接に行きました。でも、新井事務所ほどの緊張感がなかった。採用Ⅰ人の枠で最後の2人まで残りましたが、最終選考で落とされました」

### 振り出しに戻り地域密着へ

「僕の就職活動は振り出しに戻りました。98年3月もすでに後半で、少しだけ焦りを感じたのを覚えています。桜の花が咲き始め、新入社員の話題がテレビで流れだしました。

けれど、僕にはまだ内心余裕があった、死ぬのは人間だけじゃない、企業にも寿命がある、なんて考えながら、これから何をしたいのか、思いあぐねながら4月を迎えました。長男の小学校入学式をパジャマ姿で送り出したのを覚えています。

僕は山一證券本社の求人情報室を、また恐る恐る覗いてみたんです。廃墟のようなビルの中で、求人票をめくり続けましたが、ほとんどの企業が募集期間を終えていました。

どうせダメ元と思って探したんです。今度は政治でなく、東京という地域にこだわりました。信用創造は地域にとって大切だからです。しかも山一證券と違い、経営者の顔が常に見えるようなところがいい。そこで、東京にある地域金融機関を求人票から選びだし、履歴書を送るとともに電話して面接を申し入れてみました。

僕が第一志望と考えた都民信用組合は、人事担当者が〈募集期間は終わっていますが、会うだけ会ってみましょう〉という反応でした。気のなさそうな返事でしたが、どうにか理事会面接へと進み、調査役の理事として4月1日から採用されることになりました」

――年収がだいぶ減るのを覚悟で？

「山一時代の最後は年収1200万円ほどでしたが、都民信組では半分以下になりました。でも、僕は都民信組を通じて東京の地域社会に溶け込み、貢献していこうと考えたんです」

――証券会社とはカルチャーが違いましたか。

「まずノルマがない。この重圧がないことは大きな違いです。山一時代のように追いまくられることがない。しかし地域金融機関は人間的な結びつきの上にすべて成り立っている、と頭では分かっていても、いざ現場に立たされると、何をどうすべきかわかりません。

都民信組は東京の上野と浅草の中間、地下鉄銀座線の稲荷町駅近くにありました。仏壇屋などが立ち並んでいる典型的な下町です。雰囲気は大森と共通していた気がします。下町に溶け込むには、まず地元の有力者に会うことでした。稲荷町駅周辺半径1キロ以内を徹底的に網羅し、商店、会社、病院、一軒家を中心に足を棒にして歩きまわりました」

――おやおや、ドブ板営業ですか。

「証券会社でも、支店では地元の方々と交流があります。しかし信組の地元密着度は比べものになりません。両替、釣銭の手配、定期積金の集金、融資相談、地元商店街への顔出し、下谷神社のお祭りへの参加……とにかく徹底的に地元の人々に会い、顔を覚えてもらうことが基本です。

加えて、窓口業務が終了し、シャッターが閉まったあとの入出金額の厳格な確認。1円でも合わなければ、合うまでとことん原因を突きとめる。ズボラな証券会社にはないカルチャーでした。年末の大掃除みたいに、全員が総がかりで1円に血眼《ちまなこ》になるのには、正直驚きましたね。

お札の数え方もそうです。札束をちょっと揺さぶってから、トランプの手品のように扇状に広げて、10枚ずつさばいていく。マジシャンのように見えましたね」

## デリバティブの選別役

――しかし都民信組だって、そんなことのために齋藤さんを雇ったわけじゃありませんよね。お札を数えるのは、ベテランの職員に任せればいいことです。

「ええ、新入りの僕が、慣れぬ銀行業務に肩身の狭い思いをするのは当たり前です。預貸の利ザヤ稼ぎを本業とする銀行や信用金庫、信用組合などが、僕のような元証券マンに期待していたのは、手数料ビジネスや証券業務の知識でした。

地域への貢献と言いつつ、それは僕も承知していましたよ。

とりわけ株や債券、金利、通貨などの原資産を加工した金融派生商品（通称デリバティブ）は、海外で生まれた高度で先端的な技法を駆使しているので、地域金融機関には手に負えない。都民信組のニーズもそこらへんにありましたね。
銀行業務については素人でお荷物的存在だった僕が重宝されたのは、地域金融機関に資金運用を提案しにやって来る外資系の証券や銀行の営業マンとの応対です」

――例えばどんなところですか。

「リーマン・ブラザーズ、コメルツバンク……他にもたくさん来ましたね」

――おお、因縁のリーマンですか。

「まだ信用収縮が続いていた時代でした。大手邦銀はどこも公的資金導入と不良資産査定で四苦八苦、大手証券も総会屋と山一破綻が尾を引いてまだ身動きできなかったから、外資系が〈鬼の居ぬ間〉に御用聞きのように現れるんです。まさしくニッチ（隙間）ビジネスですね。デリバティブをよく知らない信金、信組なんか、赤子の手をひねるようなものだったでしょう。
不良資産が累積して苦しいのは、中小金融機関も変わりません。30兆円の公的資金は、資本注入によってさっさと含み損を処理しろ、という国の大号令ですからね。しかし処理をどうやればいいのか、途方に暮れる地域金融機関の経営者を相手に、外資系はデリバティブを使った資産運用で巧妙に〝処理〟しましょう、と持ちかけたんです」

――えっ、飛ばしを勧めるんですか。

「さすがに、山一がお灸《きゅう》を据えられたばかりです。あんなに露骨ではなくても、飛ばしに似ているといえば似ています。要するに〈バランスシート（貸借対照表）をきれいにした上で、効率的に有価証券運用によって業務純益をカサ上げし、ＰＬ（損益計算書）を膨らませるお手伝いをさせていただきます〉なんて、甘い言葉を囁いていました」

――ふうむ、その「効率的」ってどんな意味なんです？

「レバレッジ（てこ）をかけることです。信用取引のようなもので、元手の何倍ものリスクを取って、前倒しで配当金を先取りする。それをカリブ海のケイマン諸島のようなタックスヘイブン（租税回避地）に設立した特別目的会社（ＳＰＣ）で行うことになります。〈グローバル・ファンド〉とか〈グローバル・ノート〉とか呼ばれていました」

――危険な香りがしますね。山一の飛ばしスキームだって、海外のペーパーカンパニーを利用していますからね。不良債権をお化粧して、当局に検査されても見えにくくする点では粉飾に近い。

「金融機関には預貸率、預証率という資金運用の目安があります。確かに貸付で資金を運用するよりも、証券投資によって運用したほうが効率的な場合があります。

地元への貸し出し業務の重要性は変わらないとはいえ、貸付による不良債権をこれ以上増やせないのなら、証券運用の比率を上げるしかない。都民信組でも、理事クラスに証券運用の理解者がいなければなりません。デリバティブが組み込まれた複雑な金融商品を利用した期間利益の追求こそ、僕に期待された役割だったんです」

――せっかく証券会社から逃れたけど、証券業務のほうが齋藤さんを追いかけてきた？

「はい、そうとも言えます。でも、金融機関の経営者が直面する悩みを身近に感じることもできたんです。証券運用による業務純益の拡大によって不良債権を償却する、という言葉にならないプレッシャーがかかっているのをひしひしと感じました」

## 牧歌的な世界はもうない

「都民信組はオーナー系の金融機関でした。岡山が創業の地である紳士服チェーン4位の『はるやま』の治山一族の一人、治山孟《つとむ》氏が理事長で、その子息が理事を務めていました。この人が僕と同い年で、幸い考え方も柔軟な人でしたね。資産1400億円のうち400億円を有価証券で運用することにして、デリバティブなど持ち込まれた提案の採否はほとんど二人で決めていたんです」

——現場の営業マンだった齋藤さんに、会計のアドバイスができたんですか。

「僕に能力があったかどうかは別にして、昔の仲間に聞いたり、金融商品セミナーに参加したりして知識を蓄えていきました。僕に期待されていたのは、新しい金融商品の開発が得意な米系投資銀行が提案してきたデリバティブを組み込んだ金融商品の選別です。何がふさわしいかを見極め、ポートフォリオ（資産構成）を組んでいくことでした。

例えば、トルコ国債を組み込んだ投資信託を組成し、損金が出ないよう簿価にしておいて、配当金を先取りするといった仕組みです。担保の3倍もレバレッジをかける代わりに、期間は長期にして途中で実現損が出ないよう設計するとか……何より大事なのは、金融監督庁（現金融庁）検査に耐えうる知識を持ち、会社の自己資本比率を向上させることでしたね。

これは言うほど簡単ではありません。マーケットの行方は神のみぞ知るですから、実に冷酷無慈悲な世界です。一番いいのはリスクを取らないことですが、リスクを取らなければリターンもない。周りの環境は時々刻々と険しさを増している。経営のトップは何かをしなければ、負けてしまうという強迫観念にとりつかれていた。僕はそれを肌で感じていました。だから、都民信組を半年で辞めたんです」

――齋藤さんが夢見ていたような、地元に貢献する牧歌的な世界はもうなかった。その後の都民信組は、破綻した近隣の地域金融機関の受け皿となり、齋藤さんが辞めて3年後に力尽きました。

「無理もありません。治山理事長は全国信用協同組合連合会の会長だったこともありますから、当局から頼まれれば断れなかったのでしょう。都銀でさえもメガバンクに集約されていくなかで、地域金融機関だけ淘汰・統合から逃れられるはずもないじゃないですか。〈グローバル・ファンド〉など不良債権処理先送りの金融商品は、やはり救命ブイにならなかった。結局、そんな小手先のお化粧で救えるほど、傷は浅くなかったんです。

実際、地方も中小も多くの金融機関が破綻しました。どんなに現実が厳しくとも、経営者は一か八かの決断を求められます。行き詰まった彼らは藁にもすがる思いで、どこかに救済を求める。何かアドバイスされても、正しいかどうかは誰にもわからない。窮地に陥れば陥るほど、外資系投資銀行の収益機会、ビジネスチャンスに繋がっていく構図でしたね。だけど、投資銀行の連中は、何の責任も負わない、負ってはならないという、冷酷非情な存在です」

## メリルリンチ証券への転職

――齋藤さんは信組の破局を早々と見切って、沈む泥舟から体《てい》よく逃げ出したとも見えます。

「ええ、あそこで僕も人間が変わったんです。山一證券というムラ社会から解放されて、組織というものへのこだわり、忠誠心がなくなった。組織の呪縛が解けた先に行きついたのが何か、アバターさん、分かりますか？」

――カネ、カネ、カネですかね。

「そうです、カネしか信用できるものがなくなった。運用で苦しんでいる金融機関は、他にもたくさんあるはずでした。生き残りたいなら都民信組のように、地域金融機関は何か新しいことに取り組むべきだと考えていました。ノウハウを求める中小金融機関は他にいくらでもある。そのニーズに応えていくのが、僕の役割かと思ったんです」

――しかし、それでは百八十度の方向転換です。リーマンなど外資系の餌食《えじき》にされている金融機関の側から、金融機関を餌食にするプレデター（捕食者）側にまわることでしょう？証券界の食物連鎖では上位に行けますが、〈地元〉へのこだわりはどこへやら、また証券界に逆戻りするんですか。

「赤坂時代に世話になった元支店長の大和田氏が、先に日興証券に転職していたので、彼に身の上相談をしたんです。たまたま日本インベスターズ証券に空きがあって、そこを紹介されました」

――かつて香港を本拠としていた英系投資銀行、ジャーディン・フレミングと丸紅などとの合弁会社ですよね。

中国の近代汚辱史の張本人でしょう？　もとは1832年に広州でスコットランド人が設立した英国の貿易業者ジャーディン・マセソン商会で、清末期の中国市場に食い込んだ植民地資本です。清を骨抜きにしようと阿片漬けにしたため、1840年に阿片戦争が起き、英国海軍が清軍に圧勝、香港島の割譲や上海などの開港に至ったんです。それが１９７０年代にロバート・フレミングと合併して、ジャーディン・フレミングとなったわけです。

「アバターさん、よくご存じですね。当時の僕は日本インベスターズ証券にフィナンシャル・アナリストとして飛び込んだ途端、〈しまった〉と思いました。英国系の伝統なのか、えらく閉鎖的で、僕なんかよそ者扱いなんです。日本人が20〜30人しかいない小所帯なのに、さらにひと握りの白人が支配している。報酬も基本給は年収８００万円で、あとは彼らにどれだけ近いかで手当が決まるので、常にその鼻息をうかがわなければならない。

結局、半年で辞めて、99年6月に別の外資系証券会社に移りました」

――おやおや、外資渡り鳥みたいですね。どこへ移ったのですか？

「メリルリンチ日本証券です。山一が抜けたあとの穴を埋めようと、日本のリテール（小口金融）市場に乗り込んできた米国の巨大証券会社です」

――あの牡牛のロゴのメリルリンチ？　米国第3位の証券会社じゃないですか。日本のメリルには、破綻した山一證券の元社員たちが１９９８年にエスカレーター式に大量採用されていましたよね。まるで山一が引っ越して、メリルのなかに〝独立王国〟を形成するみたいで、ヘゲモニーを握れば〈メリ山〉になるなんて言われていましたが……。齋藤さんも、山一退職者の〝王道〟を歩み始めたわけですか。

「そこが微妙なんです、アバターさん。１９９９年6月に僕が入ったのは、山一破綻から3ヵ月後の98年2月に設立され、同年5月に大蔵省から証券業の免許を得たばかりのメリルリンチ日本証券で、ここは個人客や中小企業などの小口取引が中心のリテール部門でした。

メリルにはもう一つ、主に機関投資家などを大口顧客とするホールセール部門、メリルリンチ・ジャパン（東京支店）が先にありました。こちらは１９７２年に日本の外国証券会社として第１号免許を取得し、以来着々と27年間地歩を築いて、当時は11期連続黒字と隆々たるものでした。

メリル・ジャパンだけで、世界のメリルのホールセールの収益の３分の１を稼いでいた優等生でしたね。日本のガリバー野村證券が、総会屋への利益供与事件などで営業自粛を余儀なくされたあいだ、97年10月には東京証券取引所での株式月間売買高シェアがメリル８・１％、野村５・４％と首位が逆転したこともあります」

## ホールセールと両輪で

「となれば、欲が出てきて、日本のリテール部門にも進出しようと考えるのは当然です。ところが、山一の破綻前は簿外不良債権が不明で、おいそれと手が出せない状況でした。いざ山一が自主廃業に追い込まれると、簿外債務も明るみに出ましたから、米国のメリル本社は東京市場でホールセール・リテール両輪のフル装備にグレードアップするには〈絶好のチャンス〉ととらえました。

98年１月に日本のリテール市場に進出すると宣言、山一の社員２０００人、50店舗を引き継ぐと、受け皿に名乗りを挙げたのです。山一が抜けた穴にいち早く割り込み、預かり資産のパイをさらう戦略でしたね。四大証券時代から、日本勢３＋外資１の時代に移ろうとしたんです。

失職に戦々恐々だった山一社員にとって、これは朗報でした。98年３月末に全員が職を失う予定で、先の人生が見えなかったからです。だから雪崩《なだれ》を打つように、山一社員が４５００人もメリルに応募したんです。失業率の上昇が金融恐慌の引き金を引くのではないか、と恐れていた日本の政府もメリルの英断を称えたものです」

――清武氏の『しんがり』によれば、採用された山一社員は１６０６人、店舗は31店と少しスケールダウンしましたが、それでも同じ証券業界に横滑りした人たち――当時の社名で言えば東海丸万証券（１００人）、ユニバーサル証券（91人）、日興証券（80人）、大和証券（52人）に比べれば、ケタ違いです。住友銀行（81人）、さくら銀行（41人）など銀行界に転じた人や、非金融界に流れた人もいましたが、やはりメリル転職組が圧倒的な〝団塊〟になっていました。

「実は自主廃業によって山一證券の社員は手厚い保護を受けたんです。泣きながら全世界の人々に〈社員を救ってくれ〉と訴えた最後の山一社長、野澤正平氏のおかげです。彼の号泣はアカデミー賞ものでしたよ。だけど〈メリ山〉だなんて認識は大甘でした。メリルに入って、頭数だけで支配権を握ろうなんて、とんでもない勘違いです。メリルに転職した元山一の社員の大半が、どうせ３年後には解雇されることになるんですから」

## メリル社内での確執

――でも、後から加わった齋藤さんは、先にメリルに再就職していた元山一の同僚たちに合流したんじゃなかったんですか。

「メリルリンチに入って、僕が最初に気がついたのは、メリルリンチ・ジャパンとメリルリンチ日本証券との確執です。社内では前者をJ、後者をJSと呼んでいました。Jは大手センタービル、JSはファーストスクエアにあって、同じ東京・大手町にありながらオフィスが別々なんです。ただ、最初から勝負はついていましたよ。どうみてもJの勝ちなんです。山一から移籍した人たちは、リテール部門のJSなら主導権を握れる、と思ったのでしょうが、JSのトップはすべてJから来た人に握られ、米国から直接派遣された会計士のロナルド・ストラウス氏が社長に就きました。外様《とざま》の元山一組なんかに実権を握らせるはずがない」

――ちょっと待ってください、齋藤さんはどっちについたんですか。

「僕が入社したのはJSでしたが、立場はいつもJとJSの中間です。メリルには先人がいました。僕と同じ86年の山一同期入社組の堀川幸一郎氏（仮名）です。山一の佐賀町寮では彼も寮生でしたが、山一の閉鎖的な体質を嗅ぎとったのか、入社4年目でいち早くメリルに転職しています。東大理系出身の目から鼻に抜けるような頭のいい男で、メリルでめきめき頭角を現し、若くしてMD（Managing Director）に抜擢されて、エグゼクティブ・コミティー（役員会）の一員になっていました。彼なら将来、Jの守屋寿会長の後釜になってもおかしくなかったと思います。

そういう身近な出世頭がいたので、Jに親近感を覚えるのも無理ないでしょう？

彼はのちに僕にとってキーパーソンとなります。遅れてメリルに来た僕は、新入りの49人とともにJSに新設されたBFS（ビジネス・ファイナンシャル・サービス）部門に配属されました。

Jに長年いた坂東謙一氏がヘッド（MD）、その上には熊谷邦彦副社長（DP、Deputy President）がいました。熊谷氏は野村ロンドン、ソロモン・ブラザーズを経てJに招聘《しょうへい》された人で、副社長室はファーストスクエアの上階で広大なスペースを占領して贅沢三昧《ぜいたくざんまい》でしたね」

――そんな勢力争いがあっては、ビジネスどころではなかったでしょう？

「いえ、山一證券と違い、社内がどんなにザワついていようとも、コンプライアンス（法令順守）を重視した上で、顧客本位に適切にビジネス展開をする、それがメリルリンチの伝統です。Jの守屋会長はこれを〈信頼の伝統〉Tradition of Trustと言っていました。

ところでアバターさん、メリルの企業理念の第一に掲げられている言葉を知ってますか」

――ウォール街流となれば、株主の尊重、利益重視あたりですか。

## 「顧客本位」「個人重視」の裏側

「違います。クライアント・フォーカス（顧客本位）です。僕は端的にこう考えたんです。社員よりも顧客を重視するということである、と。社員なんて求人を出せばいくらでも集まるから、その裏返しです。メリルの企業理念には、個人の尊重（Respect for the Individual）という実にアメリカらしい薫りのする言葉もあります。これも裏返せば、尊重に値する個人以外は要らない、ということだと割り切りました。

山一證券から来た人はそこが分かっていなかった。米国のメリルリンチ本体の覚えめでたいJを相手にして勝てる道理がない。何の実績もないんですから。強いてあげれば、社員を騙して10年以上も飛ばしを続けたという実績でしょうか。ですから山一證券のカルチャーをそのまま背負っている人、山一證券というプライドにこだわっている人は、メリルの中枢にいる人たちから真っ先に標的とされ、解雇へと誘導されることになります」

――その確執とはつまり、Jの主流派と、JS内にいる元山一の〝外様〟組との確執なんですね。だから、負け組になるのが見えている元山一の連中とは一線を画したんですか。

「JSは営業開始2年目で、またI000人を公募したんです。山一からメリルに直行したI600人の能力に不満だったからでしょう。追加募集はどこの出身かを問いませんでした。僕はそれに応募した一人で、入社まで4ヵ月ほどかかりました。山一を辞めたあと、都民信組と日本インベスターズ証券と二つも寄り道しましたから、もう純粋な山一出身者とみなされなかったんでしょうね。

山一から直行した元支店長や元部長らエリート組と、僕は群れる気になれませんでした。だって、僕は職探しに出遅れた口でしょう。早々とメリルや住友銀行に再就職先をみつけた彼らを歓送会で送り出す側にいました。職を確保して意気揚々とカラオケに繰り出す彼らに対し、内心いい気なもんだと思わなかったといえば嘘になります」

## ノルマがない代わり「PC」

――メリルリンチが求めていたのはどんな人材なんですか？

「一言でいえば、四半期ベースの収益に貢献する人材です。総本山のニューヨークは人種の坩堝《るつぼ》ですからね。山一にこだわっている場合ではありませんでした……出身や経歴ではなく、四半期ベースですぐ収益を生み出す人材が欲しかったんです。

メリルリンチでは〈収益〉とは言いません。PCという言い方をします、Production Creditの略です。何となく洗練された薫りがしませんか。メリルには収入のノルマなんてありません、PCが全てです。ノルマがない代わりに、PCが上がらなければメリルから去るだけです。

もちろん、PCを生み出すプロセスも重要です。コンプライアンスに則《のっと》った手順を踏むということです。メリルリンチでは、コンプラが武器でもあったんです。僕には専属の弁護士がついていましたから、それだけでもコンプラ重視がわかりますでしょう。

最初は弁護士に監視されているみたいで嫌でしたが、それを武器にして事業展開すればいいわけです。会計士も同様に武器でした」

――配属されたBFSでは、どんな仕事を手掛けたんですか。

「スワップ取引やオプション（選択権取引）などデリバティブ（金融派生商品）を組み込んで、顧客のニーズに合わせたキャッシュフローを生み出す〈仕組み債〉（ストラクチャード・ファイナンス）を組成することでした。例えばスーツを買う際も、吊るしのスーツで済ますか、オーダーメードで注文するかによって仕立てが違うでしょ。丹念な聴き取りで顧客のニーズを汲み上げ、オーダーメードで商品を組成するんです。

逆に言うと、オーダーメードで商品を組成するに値しない顧客は、僕らの対象にならないということです。元本割れとなるリスクや、早期償還するとそれ以降の利払いがなくなるなどのリスクがある債券ですからね。設計から組成・販売まですべてメリル内で行います。それができる業者は、証券業界でも極めて限られています。メリルは厳しい基準を満たしクオリティーを維持できる一社でした。BFSでは会計士や弁護士などを含む3～4人でチームを組んで、仕組み債のスキームを設計します。

だからBFSは多士済々というか、雑多な寄せ集め部隊でした。

僕の隣りあわせの席には、御茶の水女子大出身の女性公認会計士もいて、とても優秀でした。彼女の夫は、オリンパスの不正経理問題で2013年に金融庁から業務停止3ヵ月の処分を受けた公認会計士の隅谷信治氏（仮名）です。もとはJの人ですが、〈投資銀行はもう斜陽〉と僕と入れ違いの99年に退職していました。でも、僕は奥さん経由で隅谷氏と親しくなり、後年のアスクレピオスではもう一人のキーパーソンになります。

仕組み債の話に戻りましょう。メリル幹部だった堀川氏に、診療報酬債権を証券化した仕組み債を組成しようと相談したことがあるんですが、当時は〈数十億円程度では規模が小さすぎる〉と一蹴されました。ある程度のボリュームがないと、手間ばかりかかって儲けにならないからでした。

僕は考え込みました。やはり規模は要るのか。でも、重要なのはメリルが持っているリソースを使いこなせるパイプラインを、個の社員が持っているかどうか。残念ながら、山一證券から採用された人材の大多数は旧来型のセールスマンで、米国メリルの持つリソースを使いこなせなかった」

## ニッチなセグメントをカバー

――パイプラインというのは、要するにクライアント（顧客）のことですね。齋藤さんのチームはどんなクライアントに的を絞ったんですか。

「メリルが持つ強みを理解できる顧客はどこにいるのか、誰なのか……僕はたまたまそれに気づいただけです。一定の期間に決まった収益を挙げなければならないニーズがあったのは、金融法人、学校法人、宗教法人、各種の財団です。金融法人といっても有名どころではなく、具体的には信用金庫、信用組合といった地域金融機関などになります。宗教法人は真如苑や霊友会などお金持ちの新宗教団体ですね。学校法人は川崎医科大学がメリルで資産を運用していました。慶應や早稲田などの有名私大は競争が激しくて、なかなか食い込むのが難しかった。ＢＦＳがカバーしたのはそういうニッチなセグメントでした」

——なるほど、齋藤さんが都民信組に籍を置いていたことがヒントになったのですね。

「その通りです。信金、信組はとても重要なクライアントなんです。仕組み債は金融工学を使った複雑な組み合わせなので、手間も時間もかかります。幸い、よく売れたので助かりましたが」

——齋藤さんの年収はどれくらいだったんですか。

「役職はバイスプレジデント（副部長級）で、基本給は１５００万円でした。でも、入社１年目で仕組み債が売れたので、ボーナスが８５００万円つきました。合わせて年収１億円。メリルにいた3年間はほぼ毎年１億円の収入でしたから、山一に定年まで勤めた場合の生涯賃金3億円を3年間で稼いだことになります」

——はあ、いっぺんに高額所得者になったんですね。

## 8500万円のボーナスに嫌味

「ボーナスのおかげで、山一株買い支えのために社内融資制度で借りたローンの残金400万円を一気に完済できました。それにしても8500万円のボーナスをもらった時は、なぜこんな法外なのかと不思議でなりませんでした。元山一の同僚たちにも、やがて僕のボーナス額が知れてしまう。彼らは解雇の瀬戸際にいましたから、嫌味を言われましたよ。けれど、これもメリルが仕組んだことだったのかもしれません。

僕は山一で端牌《ハジパイ》の身であり、JSには途中入社1年目だったけれど、実績をあげればこんなにボーナスをはずむんだぞ、とみせつける狙いがあったのか、と思います。元山一エリートのプライドを傷つけ、低評価のメリルをさっさと辞めて、別企業に新天地を求める気にさせようという〝高等戦術〟もあった気がします。僕はあてつけのシンボル、いびり出しの見せ玉だったんでしょうかね。

僕の金銭感覚が狂い始めました。目黒区に一軒家の不動産を持つなど、バブリーな生活にはまっていくのはメリル時代が発端です。

BFSヘッドの坂東氏も、後にJS副社長になる福原秀己氏も、環状7号線のすぐ西側にある柿の木坂に自宅があって、僕も憧れたんです。豪邸街の柿の木坂に家を持ちたかった。結局、その近所で旧王貞治邸の隣の土地をみつけて買いました。著名人のお隣さんを自慢したくて」

――報酬以外のフリンジ・ベネフィット（余禄）はどうでした？

「メリルリンチは、仕事ができる者には実に居心地のいい会社なんです。メリルに限らず、米系でトップのゴールドマン・サックス、2位のモルガン・スタンレー、4位のリーマン・ブラザーズなど投資銀行業界はどこもそうでしょう」

## 豪華客船で大名旅行

「ご褒美は、グローバルカンパニーの証しとして、世界中いろいろな場所への大名旅行ができたことです。本社のあるニューヨークはもちろんですが、ハワイ、南アフリカ、ドイツ、カナダ、アラスカなどですね。どれも仕事半分、遊び半分でした。

アラスカへは、メリルがチャーターした豪華クルーズ船セブンシーズ・ナビゲーター号に、全世界のえりすぐりのメリル社員と一緒に乗船したんです。3万トン近い船に乗客はたったの200人です。多くの仲間と知り合い、刺激されましたね」

——で、干された元山一の人たちはその後どうなったのですか。

「メリルも1年間、彼らの働きぶりをみて、これは使えないなと見切ったんでしょうね。外資ですから、無用の人員はドライに追い出しにかかる。解雇なんか簡単です。仕事を取り上げればいいんです。給与も働きに応じて容赦なく切り下げる。1年目は〈立ち上げ2年間は山一の給与水準を保証する〉と言っていたはずが、2年目には手のひらを返して実績主義になるんです。

プライドを持った人ほど、早く見切りをつけて辞めていく。メリルはそれを狙っていたんです。僕が属していたBFS自体が、既得権意識とプライドばかり高いくせに、仕事のできない勘違い組へのあてつけ的存在でしたから。

なので、〈メリ山〉などと言って米国メリルを舐めていた人へのしっぺ返しは、突然襲ってくるわけです。メリルリンチには、元山一の社員をお客様扱いしている時間的余裕や気持ちは、毛ほどもなかった。山一證券の元社員の職を確保するためにわざわざ東京に拠点を構えたわけではない。あくまでもビジネスのために日本のリテール市場に上陸してきたんですから」

——食い違いは、単なるカルチャー摩擦では片づけられないというのですね。

「そうです、日本は山一の延長線上でしかメリルを見ていなかった。僕がＪＳに入ろうとした99年、米国のメリルリンチ本社が保有する全世界の顧客の預かり資産の規模を知っていますか。２００兆円ですよ。50兆円の預かり資産を誇っていた野村證券の4倍にあたります」

## 白人エスタブリッシュメントの象徴

「メリルは世界45ヵ国に拠点を持ち、32証券取引所で会員となっていて、従業員が5万人というマンモス企業です。米国では顧客に小切手帳を発行していましたから、銀行業務にも進出していた。その規模は野村、大和、日興に加えて、今のみずほ銀行、りそな銀行を合わせたくらいの預かり資産があったことになります。

山一出身の営業マンは〈この銘柄、上がりますよ〉と推奨銘柄を売り込むだけの旧式のセールスしか知りません。米国メリルのリテールは、短期債を組み入れた投資信託にカードの決済機能や融資機能を組み合わせたＣＭＡ（Cash Management Account）口座を開発、総合口座で預かり資産を拡大し、組織立った資産運用ビジネスを築きあげてきたので、日本とは次元が違っていました」

——確かに、日本の中期国債ファンドはＣＭＡを模倣して、あの新井将敬氏の尽力で実現しましたけど、01年に三洋投信が元本割れを起こして安全性に不安が広がり、立ち消えになりました。

「フィー（手数料）ビジネスも、日本のように顧客をないがしろにした回転売買で株式手数料を荒稼ぎする前時代的なものではなく、顧客のニーズに合った金融商品を紹介し、購入してもらえたらその運用アドバイスに手数料をもらうというのがメリルの手法でした。元山一のリテール部隊は、その切り替えに順応できなかったのではないでしょうか。

メリルはまた人材の宝庫でもあります。ゴールドマン・サックスがクリントン政権下の財務長官ロバート・ルービン、ジョージ・W・ブッシュ政権の財務長官ヘンリー・ポールソンを輩出したとすれば、メリルリンチもレーガン政権下でドナルド・リーガン財務長官を出しています。たかだか東大卒程度の学歴を鼻にかけるような山一エリート組なんて足元にも及ばない」

——確かにメリルのロゴマークは、ウォール街を象徴していましたね。

「ウォール街に君臨する金融の巨人たち、ゴールドマン、JPモルガン、モルスタ、リーマンなどとメリルリンチの最大の違いは、メリルがWASP（ホワイト・アングロ・サクソン・プロテスタント）の白人エスタブリッシュメントの企業とされていたということです。なのに、元山一の社員の多くは小さなプライドを捨てられなかったんですよ。

マンハッタン島の南端にある石畳の広場には、巨大なブル（牡牛）の銅像があります。相場の上げ潮を象徴する神聖なブルの鋭い眼光が、市場を常に睨んでいるという意味でウォール街の近くにあるようですが、そのブルを会社のロゴマークに使っていたのはメリルリンチだけです。

メリルリンチ（創業者チャールズ・メリルとエドモンド・リンチの名が由来）は米国の魂のよう

な会社と考えられていたわけです。ですから、2008年のリーマン危機の際、メリルを救済合併するのは、バンク・オブ・アメリカ（BOA）以外にはありえなかったと思います。サンフォード・ワイルやチャールズ・プリンスといった非WASPの会長が2代続いたシティグループじゃなかったということです。

当時、格付けトリプルAの世界銀行と直接のクレジットラインを持てる証券会社は、メリル、ゴールドマン、JPモルガン、ドイツ銀行の4社だけで、まだ日本勢には手が届きませんでした。メリル自体も格付け会社S&PやムーディーズからAAを取得していましたが、日本の銀行・証券でAAを取得しているところはなかったと思いますよ。最先端の仕組み債を組成しようとするなら、高格付けのメリルのようなところに属す必要があったんです」

## 24兆円の預かり資産をもう一度

――じゃあ、そもそもなんでメリルは格下の山一の受け皿になろうとしたんです？

「山一證券が清算業務で顧客に返した24兆円の預かり資産ですよ。元山一のセールス部隊に期待されていたのは、いったん顧客の手元に返した24兆円をメリルに再度引っぱり込むことでした。ところが、JSの預かり資産は伸び悩み、1兆3000億円程度にしか達しなかったそうです。

これはメリルにとって大誤算でした。山一、長銀、日債銀と続いた金融機関の破綻の余震は家計を萎縮させ、1200兆円といわれた個人金融資産は、堅実かつ資産の傷みが少なく、引き出しやすい銀行預金や郵便貯金に張り付いていたからです。外資系証券で資産運用しようというマインドはすっかり冷えこみました。

ミレニアム需要をあてこんだ２０００年のＩＴバブルがはじけ、２００１年９月11日にはアル・カイダによる同時多発テロが起きて世界を震撼させるなど、相場環境も逆風が吹きました。また経営破綻した長銀の譲渡先となった米投資ファンド、リップルウッドが、契約に入れた〈瑕疵《かし》担保条項〉を盾に、３年以内に債権の価値が２割以上毀損した場合、政府に簿価で買い取れと迫ったことが、外資系への不信を増幅させました。

しかも99年８月、第一勧業、富士、日本興業銀行の３行が全面統合による新しい金融グループ〈みずほ〉に生まれ変わると発表しました。それを機に大銀行の合併・集約が進みだします。２００１年４月にはさくら銀行と住友銀行が合併して三井住友に、02年に三和・東海・東洋信託銀行の３行もＵＦＪ銀行とＵＦＪ信託銀行となり、さらに06年に東京三菱銀行と合併して現在のＭＵＦＧグループが誕生、現行の〈３メガバンク〉体制に集約される道筋ができたのです」

## メガの不良債権処理で黒字化

――メリルリンチというブランドの神通力は、それらの前では色あせてきたということですか？

「初年度に２６０億円の経常赤字を出したＪＳは、熊谷副社長が３年目で黒字転換という目標を掲げましたが、01年度も赤字２４８億円と３期連続で垂れ流しとなりました。熊谷さんはメリルを去り、あの豪華執務室と派手な外遊は彼の花道のためだったのかなんて言われたくらいです。

それとともに、ＪとＪＳの争いも決着がつきます。２００１年に発足した小泉純一郎政権は、

02年に竹中平蔵・経済財政相を金融相との兼務とし、不良債権処理の〈竹中プラン〉を強力に推進することになります。金融再編の流れのなかで三井住友にはゴールドマン、UFJにはメリルリンチがアドバイザーに指名されました。

このメリルは当然ながらJのほうで、メサイアという特別目的会社（SPC）を設け、3兆円分の不良債権を破格の3000億円で買ったんです。しかもUFJから担保として3000億円分の国債を出させたので、ほとんどリスクをかぶらない。不良債権を少しずつ切り出して売却すれば、長期にわたる収益を確保でき、メリルも黒字化できます。

このおいしい取引を実現したことで、M&A業務やプライムブローカー業務、トレーディング業務を持つJが今後の収益の柱であることがはっきりしたんです。3年連続赤字のリテール部門JSなんて、お荷物以外の何ものでもなかったことになります。

そのころから社内ではJとJSの統合（アマルガメーション）がしきりと語られました。要は、稼げるJに回帰して、JSを切り捨てる——すなわち、山一證券から入って来た人たちを中心に解雇が始まり、支店網も整理していくことを意味していました」

## 波乱の大量解雇

「これには厚生労働省が激怒したそうです。僕は詳細を知りませんが、メリルが山一社員の受け皿になった際、政府が雇用維持の助成金を出していたらしい。それを使い切るや否や首切りに走ったメリルに、厚労省の担当官が〈こんなこと、日本では二度とさせないぞ！〉と違約をなじったそうですが、JSは構わず大ナタを振るったのです。

オフィスが別々だったJとJSは、04年に日本橋交差点の東急百貨店日本橋店（旧白木屋）跡地に完成した地上20階建てのコレド日本橋に移転し、それを機に一体となりました。辞めた熊谷氏の後釜の副社長は、野村を経てメリルに入った福原秀己氏でした。福原さんがリテール撤退の後始末――JSの人員整理や支店縮小を担ったのですが、合体した04年には米国ビズメディア社長に転出して、映画プロデューサーになってしまいます」

――ハリウッドへの華麗な転職でしたね。08年にはトム・クルーズ主演で日本のライトノベルを原作とする映画『オール・ユー・ニード・イズ・キル』をプロデュースしましたが、主演のトム・クルーズが何度でも殺されてはタイムループでまた生き返るという筋立てとタイトルが、いかにも皮肉ですよね。

「米国のメリルは2000年以降のドットコムバブル崩壊で、高コストと低収益に喘ぎ、90年代にデヴィッド・コマンスキーCEOが進めた強気拡大路線の転換を迫られます。02年にスタンレー・オニールがメリル初の黒人CEO兼会長に就くと、規模縮小に大ナタを振るい、1年で社員数を25%減らしました。

日本のメリルにも、吹き荒れるリストラの嵐が及びました。コマンスキーの交代で様変わりを察して熊谷氏も福原氏も去ったのでしょう。06年にはとうとうMUFGと合弁で三菱UFJメリルリンチPB証券を設立し、リテールの営業権を譲渡しました。ホールセール部門だけのJに返ったのです。リテールからの完全撤退で、10年にわたる対日戦略の失敗を認めたことになります。

かつては、メリルの世界6区分のうち日本だけで1区分を占めていて、メリル・ジャパンは米国直結の〝天領〟だったのですが、リテール進出の失敗を機にアジアの一支部扱いとなりました」

## 日本市場凋落の先触れ

――メリルの失敗は、日本凋落《ちょうらく》の先触れとなりましたね。ライバルの外資系証券もその失敗を見守っていましたから、相次いでアジア本部を東京から香港へ移しました。凍りついたジャパンマネーより、伸び盛りの中国のほうがたんまり稼げる。やがて証券市場の出来高でも上海に後れをとり、GDP（国内総生産）でも中国に抜かれるようになってしまいました。

「ええ、東京は金融のハブの座から滑り落ちたんです。メリルの拠点も東京・大阪・名古屋・福岡の4店舗に縮小し、のちに東京と大阪の2拠点だけに絞ってしまいます。ピーク時3000人を超えた社員は1000人を割り込みました。〈メル山〉の夢など影も形もありません。

ところで〈ギャング4〉とは、全盛期の日本の証券大手4社に米投資銀行界がつけたあだ名です。アングロ・サクソンたちは自主廃業前から山一株を売り浴びせて、捕食しようとしていた肉食系です。メリルの元山一社員は〈ギャング4〉と見られているのに気づかなかったんです」

――山一證券では傍流を歩いた齋藤さんが、どうしてその仮面を見抜けたんです?

「いやいや、仮面の下のメリルの素顔を透視する眼力に、僕が人一倍恵まれていたはずもないじゃないですか。山一に入社して半年ほど経った86年秋、転職を考えていた先輩に連れられて、大手センタービルでメリル・ジャパンのオフィスを見たことがあります。第一印象は〈こいつら、完全にプロ集団だ。メリルの何を利用し、どうメリルに貢献するか、それが明確でないと、すぐに弾きとばされるだろうな〉という直感でした。

　そして97年の自主廃業後、少しずつ僕は気づき始めたんです」

　――ほう、何に気づいたんですか。

「あのプロ集団のメリルリンチが、２０００人近い元山一社員を雇うなんて多すぎる、と思ったんです。芥川龍之介に『蜘蛛の糸』という短編があるでしょう？

　地獄の血の池で喘ぐ悪党カンダタを憐れんで、お釈迦様が天から銀色の蜘蛛の糸を垂らしてあげる。カンダタは糸に縋って天をめざして上り始めるのですが、他の罪人たちも何百、何千とその糸にぶら下がり始めて、慌てたカンダタが大声で叫ぶ。〈この蜘蛛の糸は己《おれ》のものだぞ。下りろ。下りろ〉。途端にぷっつり糸が切れて、他の罪人もろとも血の池に落ちてしまう。あれと同じです。メリルの糸にみんなでぶら下がれば、切れるに決まっています。

　外資系投資銀行の平均在籍年数が何年か、アバターさんはご存じですか」

　――知りませんが、終身雇用制をとる日本企業よりかなり短いでしょうね。

「平均在籍期間は2年半です。おそらく大半の元山一組は、その現実を覚悟せず入ったんじゃないかな。僕はメリルに利用されるのではなく、メリルをうまく利用するにはどういう自分でいる必要があるかを考えていたんです。それが正しかったことは、入社して直ぐに分かりました。

　しかも、僕のメリル在籍は3年に達しかけていました。そろそろ自分も辞める潮時かと」

## 都民信組で仕組み債が大穴

――何かきっかけはあったのですか。

「はい、例の都民信組の理事、同い年の治山さんから電話があったんです。都民信組がリーマンから購入した仕組み債に大穴が空いたというのです。

彼と2人で購入を決めたので、そのスキームは覚えていました。キャッシュフローを先取りするために、日経平均株価のオプション取引を組み込んだ〈日経平均リンク債〉でした。下限1万4000円という行使価格でしたが、日経平均が急落してまさかの下限が破られたので、追加担保に20億円のキャッシュが必要になったのです。20億円というと都民信組の業務純益を上回り、逆立ちしてもそんなキャッシュはひねりだせません。

都民信組は2001年12月、金融庁に対し〈財産をもって債務を完済することができない〉と申し出て経営破綻を公表しました。自己資本比率は3・49%でしたね。

調べてみたら、都民信組は僕が辞めてから3年間に経営不振の豊栄や台東、足立綜合の3信組から次々と事業譲渡を受けたのですが、マイナスをいくら足してもプラスにはならない。都民信組の破綻処理では、正常債権は預金保険機構から343億円の金銭贈与を受け、荒川、日興、西京、第一勧業の4信金に譲渡、残りは整理回収機構（RCC）に元本の半値で買い取られました。かくて従業員215人の信組が消えました」

――やっぱり恐れていた仕組み債の〝毒まんじゅう〟が、相場下落によって起動したんですね。

仕組み債に隠れたリスクが、金融機関の致命傷になってしまう。

「自分が組成した仕組み債ではなかったとはいえ、メリルで手掛けているスキームだって似たり寄ったりです。意図して騙したわけではなく、生き延びるために当座のキャッシュフローをつくりだす仕組みでしたが、本当に世のため人のために役に立つのかという疑問が胸をよぎりました。他にも組成した仕組み債で、顧客を破綻させるリスクが顕在化した例が出て、このままでいいのかと怖さを覚えました。カネって、何なのでしょうね。アバターさん」

――『滅びの遺伝子　山一證券興亡百年史』という本があります。日本経済新聞証券部の出身で、常務から日経BP社長や格付投資情報センター（R&I）社長を歴任した鈴木隆氏が、退職後の2005年に書きました。山一が創業101年目で滅びた発端を、1986年の成田副社長自殺よりもっと昔にさかのぼって、第二次大戦直前の1938年に青酸カリで自殺した三代目社長太田収に見出す歴史物語です。

齋藤さん、平成の大崩壊に立ち会った生き証人として、この滅びの遺伝子説を信じますか。

「山一の破綻は相場の失敗のせいではありません。隠蔽、保身、無為、無責任など病んだ組織の行きつく果てだったと思います。〈リーマンの牢獄〉ならぬ、〈サラリーマンの牢獄〉ですね。ただ、59年の歳月を隔てて向かいあう二つの崩壊の共通点は、時代を読み誤り、逆らったがゆえの天罰ということでしょうか」

――ハハハ……リーマンの牢獄がサラリーマンの牢獄ですか。きつい駄洒落だな。

「時代に背を向ければマネーは逃げます。滅びの遺伝子は山一というより、証券界という業態そのものに思えます。時代に逆行とはいかないまでも、時代からズレ始めたように思えました。巨大化するリスクに対抗して図体を大きくしても、恐竜のように適応不全が起きるんです」

――まさしく山一しかり、リーマンしかり。メリルですら、サブプライム危機でバンカメ（Bank of America）に呑みこまれました。２０２０年にはメリルリンチの社名も牡牛のロゴも消えて、今は〈ＢｏｆＡ証券〉というそっけない屋号に変わってしまいます。兵《つわもの》どもが夢の跡……。

「もしかすると、マンモス投資銀行は賞味期限切れなのかもしれません。僕は02年3月にメリルのバイスプレジデントから身を引くことにしました。正式にはその10月に退職したので、メリルには3年半在籍したことになります」

# 第3章

# カネは蜜の味

――〈マンモス投資銀行は賞味期限切れ〉なんて言い切りましたが、メリルリンチを辞めようと決心してから、齋藤さんはどうしていたのですか。

「実は辞めたあとどうするかはノーアイデア、白紙だったんです。

2002年3月に辞めると意思表示してから、僕には半年近く猶予期間が与えられました。即退職してもよかったのですが、坂東ヘッドの配慮でどちらかを選択できたんです。積み立てた退職金5000万円（ほとんど非課税）は退社してからでないと支給されないことになっていましたが、給料はそれまでのI00％が支給され、会社に出勤する必要もありません。

だから正式退社を10月としたのですが、僕にとって有休消化期間ともいえるこの半年間のモラトリアムは、これまでの自分を振り返るためにとても貴重でした。山一證券、新井将敬、都民信組、メリルリンチ……次のステップで成功するには何が必要なのかを考える時間ができました」

## ニューヨークへの「感傷旅行」

「ふと、メリルの本社があるニューヨークへ行ってみようと思い立ったんです。あそこなら、次のヒントがみつかるかもしれない。とりあえず大型スーツケースに服と靴と本を放りこんで、単身ニューヨークへ飛び立ちました。もちろん何のアポも、ホテルの予約も取っていない。一度、吹雪《ふぶ》いた日がありましたから、あれはまだ3月のことだと思います。

ニューヨークの空の表玄関、ＪＦＫ空港で降りて、タクシーに飛び乗るや、〈プラザホテルへ向かってくれ〉と運転手に告げたんです」

――行きあたりばったりに、ノーブッキング（予約なし）で？　５番街に面したあの有名な五つ星ホテルに飛びこんだんですね。

「ええ、とっさに思いついたんです。１９８５年にＧ５（先進５ヵ国）蔵相が過度なドル高の是正で合意した『プラザ合意』の会議場となったから、誰でも知ってる場所ですし」

――ずいぶん贅沢ですね。まだ〈Ｉ億円プレーヤー〉気分が抜けていなかったんですね。

「かもしれません。とにかく値段お構いなしなら、飛び込みで行ってもプラザのスイートには泊まれますよ。そのままニューヨークに居続けました」

――ちょっと待ってください。その半年前、01年9月11日にアル・カイダの同時多発テロがあったばかりでしょう。メリルの米国本社はＷＴＣツインタワーに隣接していましたから、崩壊の衝撃で大きなダメージを受けたはずです。まずあの時のことを聞かせてください。

「あれは忘れられない一日ですね。全員が緊張しました。〈次に狙われるのは東京だ。米国系の金融機関がテロの標的になる〉なんて噂がまことしやかに乱れ飛びました。

マンハッタンにはもう社員証を提示しても入れないとか、被災したワールド・フィナンシャル・センターのメリル本社は倒壊の恐れがある、などという情報が東京にも流れてきました。

Ｊのある大手センタービル、ＪＳのファーストスクエアも、段違いにセキュリティが厳しくなり、身分証がなければエレベーターホールにも入れなくなったと記憶しています。

すぐに避難訓練が実施されましたが、僕ら日本人社員は非常階段を駆け下りながら、とってつけたような泥縄にあきれて、まるで緊張感がありませんでした。〈これで金融が大きく変わるぞ〉なんて言いながら通りすぎた熊谷副社長だって、前夜は相変わらず銀座の高級クラブ『麻衣子』に飲みに行ってましたから」

——でも一時、世界最大の金融センター、ニューヨークが機能マヒに陥りました。

「メリルリンチは緊急措置として3兆円の流動性を確保した、と異例の速さで発表しましたが、さすがと感心しましたね。そのコメントは実は東京から世界に発信されたんです。デヴィッド・コマンスキー会長以外、米国メリル本社の役員は全員、その日なぜか東京にいて難を免れたそうです。まるで事前にテロを予見していたかのように」

——不思議ですね。他にもいろいろ都市伝説が流れました。

「9・11の日付がニューヨークの110番である〈911〉と同じだったので、ブッシュ大統領は事前に知っていた、とかいう類いでしょ。僕もとっさにそう疑いましたけど、まさかね。

翌日、東京からニューヨークへ日本の社員50人ほどが出張する予定があったのです。ニューヨーク近郊の空港が閉鎖されて、成田空港で足止めを食いました。事件後すぐキャンセルすればいいのに、成田で待ちぼうけだなんて、東京はやはり間が抜けてました」

——テロから半年経って、春先のニューヨークは立ち直りかけていましたか。

「マンハッタンには問題なく入れましたが、タクシーも地下鉄も、そして都会全体がいまだに星条旗、星条旗、星条旗……の氾濫《はんらん》でした。グラウンドゼロは瓦礫《がれき》の山。リーマンのアメックスビルや、我らがメリルの本社ビルも、板囲いがしてあって中に入れない。メリルの総司令塔（ＨＱ）はまだ対岸のニュージャージーに仮住まいしていましたね。なのに、板囲いの反対側に並ぶ高級レストラン街は、何事もなかったように盛況でした。何とも言えないチグハグさでしたね」

## 職探しに壁、出会った本に閃く

――春の陽ざしにどこか暗い翳《かげ》りが混じる、そんなニューヨークで何か見つかりましたか。

「準備不足が祟って、プラザホテルの一室で、暇をもて余す日々でした。せっかくマンハッタンまで来たのに、東京と同じく本をパラパラと斜め読みするしかない。本を何冊読んだか分かりません。ヒントを探す一番安上がりな方法が本でした。

でも、僕があてにしていたのは、メリル時代に知りあった現役の投資銀行マンたちでした。しかしアポなしでは、忙しい彼らの時間がなかなか取れない。半ば観光気分で来ている僕なんかの、お相手をしている暇などないのです。

外出してメトロポリタンやＭｏＭＡなど美術館めぐりもしましたが、Ｉ週間ほどでタイムズスクエア近くの長期滞在者用のアパートメントハウスに移ったんです」

――もしかしてウォール街に就職する気だったのでは？

「ええ、あわよくばね。就職を前提にして、会えた友人から感触を探ったのは、スイス系の投資銀行ＣＳＦＢ（クレディ・スイス・ファーストボストン）とか、保険のプルデンシャルとか……。でも、言葉の壁は厚いし、ビザ取得など困難なことだらけと感じました」

——東京からいきなり飛んできて職探しではね。労働許可証もない、在住経験もない、組織のバックアップもない〝三重苦〟では、どこも二の足を踏むでしょう。

「寄る辺ない僕は、また本に頼ったんです。はっと胸に響いた本がありました。日本から持参した本だったのか、それともロックフェラー・センターに出店していた紀伊國屋書店で手に取った本か、もう思い出せません。とにかく心の中にすーっと入りこんできたんです。

それが神谷《みたに》秀樹著の『ニューヨーク流たった5人の「大きな会社」』です。僕にとっては目からウロコの本でした。

神谷氏は早稲田大学を卒業して住友銀行で9年、ニューヨークのゴールドマン・サックスで7年働いたのち、自分で経営する小さな投資銀行〈ミタニ＆カンパニーInc.〉（後に『ロバーツ・ミタニ・ＬＬＣ』と改名）を創業し、日本人の個人で初めて米国の証券取引委員会（ＳＥＣ）への登録を成し遂げた人です」

**「就社」「就職」そして「自立」**

「ニューヨーク暮らしはその本の刊行時で17年間に及び、僕の履歴とは比べものになりませんが、〈就社〉〈就職〉〈自立〉の3段階を経た、と語るくだりに強い共感を覚えたのです。僕がめざしているものはまさしく〈自立〉ではないか、と」

——なるほど。マンモス投資銀行がいくつも大手を振って闊歩《かっぽ》する狭間《はざま》で、モスキート（蚊）のようにちっぽけな金融機関もそれなりに生きていける、という神谷氏の体験談は、齋藤さんにとって、カンダタの頭上に垂れてきた銀色の〈蜘蛛の糸〉に見えたでしょうね。

「本は人を動かすんです。例えば、神谷氏は住友やゴールドマンに在職していた時代を〈丁稚の時代〉と表現し、退職して〈やっと解放された。自由なんだ〉という思いが心の底から湧いてきた、と語っています。僕にとっても山一、メリル時代はその〈丁稚〉の時期だったと胸が震えました。〈同じ投資銀行業務の世界において、私が創設したモスキート投資銀行はそのようなマンモス投資銀行に対するアンチ・テーゼでもある〉という神谷氏の一言に、これだと思いました。

組織人として〈丁稚〉奉公しながらある程度蓄財し、燃え尽き症候群に陥らないうちに飛び出して、自分の〈リインベント〉――自己革新に再投資する。知恵と人脈ネットワークだけが武器なので、大きな資本金を要しません」

## ロバーツ・ミタニ・LLCの実験

「ロバーツ・ミタニは〈自分で自分を雇いたい〉、つまり他人には雇われたくない、資本家にもこき使われたくない個人の集まりでした。株主を兼ねた社員と独立した契約社員しかいない。あらゆる収益はその取引を獲得してきた人が7割をとり、残る3割は会社に属すというルールを定めています。社員同士で協力しあったら、ちゃんと分け前を渡す。ですから給与はなく、損益計算書には人件費という勘定項目がありません。

非上場でLLC（有限責任会社）なのは、税法上は〈導管体〉なので、ニューヨーク市税を除き非課税（パス・スルー）だからです。各人がそれぞれ所得税を払うだけで、会社は法人税を払っていません。それだけでも、株主への配当や課税でがんじがらめのマンモス投資銀行より有利です。日本では２００６年会社法改正で有限会社に代わって合同会社が導入されましたが、課税については米国と違い、株式会社と同じく法人税などが課されます。財務省が譲りませんでした。

ただ、負債に関してのみ有限責任という企業形態は当時の僕には斬新でした。しかも日本人の神谷氏のほか、ユダヤ系２人、中国系、韓国系各１人と、人種もさまざまな一騎当千の５人が国境を越えてマネーとベンチャー企業を結びつけているのです」

——企業というより、緩やかな個人の集まりに近いんですね。でも、それだけでは漠然としています。齋藤さんは神谷氏に会いに行かれましたか。

「残念ながら会っていません。にわか〝信者〟にとっては畏《おそ》れ多い存在で……神谷氏の言う〈供給者起点のサプライ・チェーンをオールド・エコノミー、需要家起点のサプライ・チェーンをニュー・エコノミーと呼ぶのが相応しい〉という考え方は、僕の経験からも的を射ていたんです。確かに日本の証券会社は供給者の発想以外何もなかったと思いましたね」

## ＩＴと医療にフォーカス

「ロバーツ・ミタニが絞りこんだ分野は、医療と金融サービスと教育でした。〈人々にとって一番大切なものは命と健康、二番目にお金、そして三番目に教育〉という単純な考え方ですが、ＩＴ革命をテコに需要家起点のビジネスを展開しようとするんです。

〔現在の医療システムでは〕患者はカルテを見ることもできない。これが国家が管理する「供給者主体」のシステムである。これに対し、ニュー・エコノミーでは、「患者自身が患者の主治医」と考える。カルテは電子カルテであり、患者と医師が共有する。また電子カルテはポータブルであるから、患者はそのカルテを持って納得いく説明を受けるまで、自分に相応しい医者と治療法を探すことができる。〔カルテはサイバースペースで常に医療機関と患者が共有できる〕これがニュー・エコノミーの元での「患者（需要家）起点の医療サービス」の提供である。

（神谷前掲書）

矢も楯もたまらなくなりました。僕は観光ビザが切れるのも待たず、東京へ戻ることにしました。重要なのは地域ではない。ニューヨークを去ることは敗北を意味しない。こだわるべきは地域ではない。自分自身が自由であること、自由であるとは、何かに束縛されていないこと、対人関係で自由であるとは、相手に貢献しているということ、貢献していなければ対等で開放的な人間関係など形成できない――そう考えました」

――ちょうど日本では、サッカーの日韓共催ワールドカップ大会が開かれて、誰もが熱狂していたころでしたね。齋藤さんは東京へ戻ってきて、何から始めたんですか。

「残念ながら僕には、まだ起業する準備ができていませんでした。出資者を募るよりも、自分の考えていることを即断即決してくれそうな会社、まさしく神谷氏流のモスキートを探したんです。これも神谷氏の受け売りかもしれませんが、カバーするビジネスエリアはぼんやりと〈医療〉に決めていました。〝護送船団方式〟によって守られてきた金融機関の秩序が崩壊する過程で、古臭くなった規制を打ち壊すさまざまなビジネスチャンスが生まれ、新たな秩序が形成されましたよね。僕の目には、医療分野もそれと同じく、がんじがらめの規制と古い秩序の典型と映ったんです。狙い目はそこにある」

## キーパーソンが貴重な助言

「必ずしもこれは僕の独創じゃない。実際、医療法という昭和23年（１９４８年）公布の法律によって、医療機関は厳しく管理、保護され、医療はがっちり秩序立てられています。この医療秩序が、金融界同様に米国式に変革されるだろう、少なくとも市場原理によって支配される——競争原理を導入することになるだろう、と考えました。

そうしたターゲットさえ、自分の中で明確になっていれば、あとは簡単です。ネットで頃合いの会社を探すことにしました」

——おやおや、検索エンジンですか。確かにＩＴ革命の先端ではありますが。

「もう紹介者なんていりません。証券会社の中で医療機関に特化して事業展開しようと考えているところなど、日本にあるわけがないと思っていましたから。自分で探すしかないということです。

でも、その前に僕にはキーマンがいたんです。メリルリンチ・ジャパン、かつてＪにいた公認会計士の隅谷信治氏です。奥さんがＪＳで僕の隣の席にいたことは前に打ち明けてますよね。そのご夫婦と親しくなり、彼から様々なヒントを得たんです。彼こそ自由人だと僕の目には映りました。

ビジネス談義をする時が一番楽しかったですね。

漠然と〈医療分野にこだわってビジネスを展開していきたい〉と伝えると、隅谷氏はいっしょに考えてくれたんです。１９９８年10月に施行された債権譲渡特例法という大きな流れがあります。債権流動化をはじめとする法人の資金調達手段の多様化の状況に合わせて、法人が金銭債権の譲渡などをする場合の簡便な対抗要件制度として生まれたものです。05年10月の法改正で、債務者が特定していない将来債権の譲渡についても、登記によって第三者に対する対抗要件を備えることが可能になりました。

２０００年代初頭のデフレ・スパイラルのなかで、これは日本銀行の金融緩和スタンスとも合致していました。デフレ下では保有する資産を流動化していくことが、資金繰りをうまく乗り切る上で重要です。資金を必要としている医療機関、資金を提供する金融機関・投資家、双方にとって利便性が高く、しかも安全・確実な債務者である国保、社保向け債権の流動化・証券化に集中していくことは理にかなっていました。そのうえで、隅谷氏はこんなアドバイスをしてくれました。〈住友銀行グループに、クオークというノンバンクがあります。住友銀行が何を考え、クオークがどんなことに取り組んでいるかをまず調べたほうがいいですよ〉

医療と金融を結びつけて考えた邦銀がすでにあったということです。日本で診療報酬債権を流動化した先駆けは住友銀行でした。で、具体的にどう流動化するか、なぜ流動化する必要があるのか、証券会社として証券化するメリットがあるのかなど、細部について隅谷氏はともに考えてくれました」

## 住友系の「クオーク」が先鞭

――クオークは1999年に信販会社の東総信（東京総合信用）と日総信（日本総合信用）の合併で誕生したところです。当時は比較的新しいノンバンクでした。

齋藤さんは覚えていますか。東総信の葬式で泣いていた未亡人が出産、赤ん坊が「クオーク、クオーク」と泣いたので命名、というシュールなCMでした。2009年にOMCカードなどと合併して現在の社名は〈セディナ〉になっています。

「しかし診療報酬債権の流動化スキームではパイオニアだったんです。僕にとっては、邦銀で住友がもっとも先進的な銀行でした」

――そりゃそうですよ。クオークの生みの親は住友銀行の元専務、松下武義氏です。頭取候補の一人でしたが、イトマンで乱心した〝天皇〟磯田一郎会長に反社会勢力との関係を絶てと諫言《かんげん》、刺し違えで加州住友銀行の会長に追われました。もとはカリフォルニアの日系移民の支援金融機関だったところです。ほとぼりが冷めてから帰国し、クオークの前身の東総信の社長になり、合併を実現しました。大変な切れ者で、合併を終えると、2001年には徳間康快氏亡きあとの徳間書店社長に就き、01年に大ヒットした宮﨑駿《はやお》監督の『千と千尋の神隠し』の製作者になっています。05年にスタジオジブリ事業本部を独立させ、その後の躍進をお膳立てしてしまいました。

「なるほど。先見の明のあるバンカーが背後にいたことが分かります。自分がやろうとしていたことの可能性を、他にも見抜いていた人がいたと思うと心強いですね」

## 診療報酬債権の流動化スキーム

——で、その診療報酬債権の流動化というのはどういう仕組みなんです？

「診療報酬とは、保険医療で医療機関が行った診療行為の対価として支払われる報酬のことです。日本では原則として3割を自己負担とし、残る7割は公的保険（社会保険診療報酬支払基金や国民健康保険団体連合会）が点数計算に応じて支払うことになっています。

この公的保険の支払いは、レセプトチェックなどを終了したうえで約50日後に医療機関の指定口座に入金されます。しかし病院などによっては資金繰りの必要や、資金需給のデコボコをならすために、前倒しで現金化したいというニーズがありました。そこで医療機関が診療報酬債権を一定の割引率で第三者に譲渡し、この第三者が後で公的保険の支払いを受ける仕組みが案出されました。

手形割引と似ています。手形を前払いする代わりに、買い取り業者は前払い金から割り引きます。診療報酬債権の譲渡では、医療機関（原債権者）は申請と同時に入金される代わりに、通常は1割程度割り引かれますが、業者によって率は異なります。その割引分が第三者の収益となる仕組みです。この債権が調剤でも介護でも、公的機関が一部を支払うので、基本は同じ骨組みです。

一般の公的保険の診療報酬支払いが証券化されますと、特別目的会社（ＳＰＣ）または一般社団法人のような第三者が入ります。第三者は立て替え払いするので資金力が要ります。そこで診療報酬債権を資産担保証券（ＡＢＳ）として投資家に発行し、資金を調達する仕組みとなっています。信用力のある企業なら、短期の資金調達手段である無担保の約束手形、コマーシャルペーパーでも

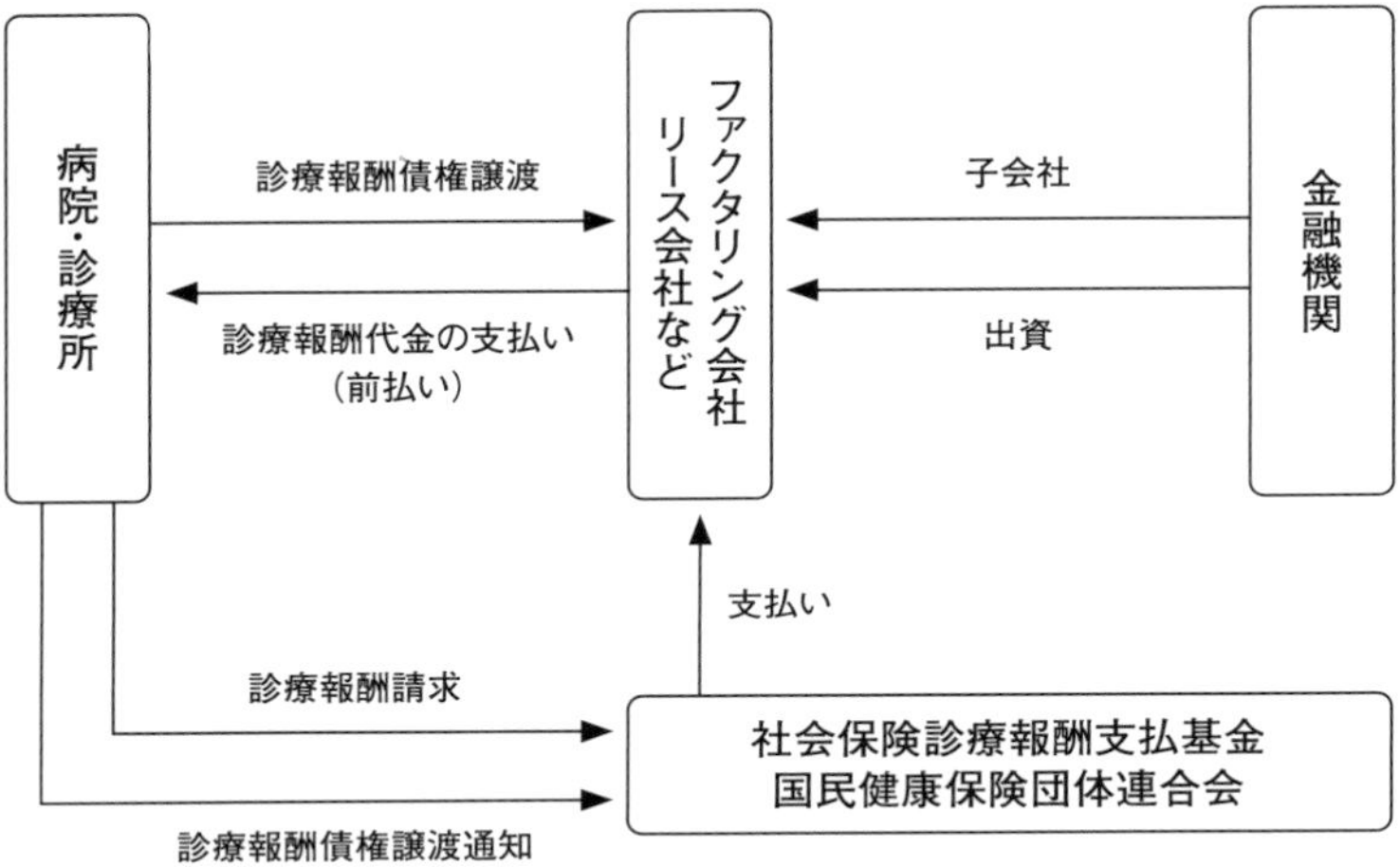


診療報酬債権の仕組み

いい。

またこの第三者がSPCでなく、ファクタリング（債権の保証・買い取り）会社やリース会社などノンバンクであってもいい。仕組みの骨格は同じです。クオークが目をつけたのはそこでしょう。資金力のある親会社の金融機関が、融資または出資で資金を出す形もありえますから。パーツはいろいろ入れ替えられますが、骨格は変わらないから応用が利きます。これは病院ファイナンスのなかの有望分野なんです」

――なにしろ債務者が公的資金ですからね。取りっぱぐれる心配がない。リスクゼロなので、不良債権の回収で傷んだノンバンクには頃合いのビジネスに見えます。

**キーポイントは「真正譲渡」**

「ええ、保険医の登録指定が取り消されることはめったになく、地域中核病院、一定のベッド数を持ち（ベッド設置には厚生労働省の許可が必要なため）患者が実際に入院している医療機関については、医師によるレセプト発行を先取りして診療報酬を医療機関に対して支払うこともあり得ます。これは将来債権の現金化が可能だということです。

でも、当初は都道府県により対応がまちまちで、債権譲渡そのものを認めていない支払い機関もありました。債務者が債権譲渡を認めないとなると、真正譲渡したことにならないため、スキームの根幹を揺るがす大問題が起きます。医師の診断によりレセプトを書いたと同時に有効となるのか、支払い機関に申請した時点で有効となるのか……西村あさひ法律事務所の弁護士は〈診察と同時にレセプトは有効となる〉という見解でした。

この仕組みのキーポイントは、債務者支払いの前提となる債権譲渡の承諾、すなわち真正譲渡にあるんです」

――ふうむ、一見ノーリスクと見えても、落とし穴がないわけではない、か。仕組みは分かりましたが、齋藤さんはその第三者の位置にどうやって立とうとしたのですか。

「神谷氏の提案するモスキート投資銀行なら、それができるのではないかと思ったのです。専門分野に特化した小型証券会社を、ウォール街では〈ブティック〉と呼んでいました。何でもそろっているデパートなどの大型店に対し、小規模な専門店をそう呼ぶのと同じですね。ですが、日本の中小証券会社は昔流の〈株屋〉から一歩も出ないところばかりで、弁護士資格や医学部出身者、執刀医の経歴まである専門性の高い人材のいるロバーツ・ミタニのようなわけにはいきません。

そこで行きあたったのが兜町の三田証券でした」

## 「脱株屋」をめざすブティック証券

――いったい、どこに惹かれたんです？

「三田証券もともとは１９４９年創業の地場証券でした。三代目の三田邦博社長になって〈株屋に将来はない〉と一線を画し、投資銀行業務やトレーディング、富裕層向け運用（ウエルス・マネジメント）などの新分野に乗りだしたんです。１９７０年生まれの三田社長は日興証券（現ＳＭＢＣ日興證券）で４年間修業し、家業の三田に帰って２００１年に社長になったばかりで、まだ30代と若い。そのベンチャー魂は、僕の志向にぴったりだと思いました」

――やっぱりねえ、地場証券の大半は、長年の固定客にあぐらをかき、老舗はどんどん廃業や統合に追い込まれていきました。株以外の金融商品の品ぞろえを増やす大手証券と、売買手数料自由化で切り下げ競争に走るネット証券の板挟みですからね。三田証券は２０２３年３月期まで20期連続黒字だそうですよ。

「そんな先の未来まで、当時の僕には見越せませんでしたが、社長面談で僕は〈御社の役員になってやりたいことがあります〉と売り込んだんです。メリルのバイスプレジデントの名刺を出したせいか、即ＯＫが出ました。

三田さんは〈上場する気はない、社員数30人もなるべく増やしたくない〉〈野村は規模こそ大きいが、一人当たり収益ではウチが上のこともあった〉とモスキート志向だったことが耳に残っています。社長ポストにもこだわっていませんでした。

結局、僕は取締役経営企画室長に採用されました。メリルの退職猶予期間が切れる2002年10月1日に入社しましたから、ブランク期間なしで転職できたんです。

三田証券にとっては革命的な出来事だったと思います。社長も将来ビジョンを描くのに必死だったと思います。それまでは営業部門、歩合外務員部門、ディーリング部門、管理部門という旧来の4部門が幅を利かせていたのですが、僕の入社で新たに得体の知れない経営企画室が加わったわけです。といっても、最初は僕一人、広い部屋に役員専用机が一つ置かれているだけでした」

——たった一人の挑戦ですか。報酬はどうなりました？

「基本給は年1000万円、ボーナスは年2回で各300万円でした。メリル時代から見れば大幅減収ですが、三田社長は僕にアメリカ式のビジネスを実行させるつもりだったんでしょう。入社して1週間後だったかな、僕を信頼しきって3億円の小切手を手渡しで任せてくれたんです。しかも2億円の自己資金を投じていた。来たばかりの僕が持ち逃げしたら、などと疑いもしない。呆れるとともに、いい人だなと思いましたね」

## 「レセプト債」張本人と紙一重

「その信頼に応えて、僕は診療報酬や調剤報酬、介護報酬の債権証券化、ファクタリングに邁進します。新たに金融庁・東京都などから各種の許認可を得なければなりません。証券化で重要なのは、診療報酬債権を持つ医療機関のような〈オリジネーター〉（原資産保有者）の発掘です。僕はまずそこに傾注しました。

最初に近づいてきたのが、協和銀行出身の児泉《こいずみ》一社長が率いているファンド運営会社のオプティファクターです。歯科医をネットワーク化して、診療報酬債権の流動化を手掛けているという触れ込みで、02年から03年初頭まで数ヵ月間取引しました。でも、三田側が〈オプティファクターの資金移動が不透明〉と懸念を示したので取引を停止しました」

——おっと、それは正解でしたね。オプティファクターの創業者父子って、2015年に破綻して発覚した〈レセプト債事件〉の張本人でしょう?

「ええ、オプティファクターは中堅証券7社を通じて、診療報酬債権の証券化商品である〈レセプト債〉を販売し、2470人から227億円を集めていました。ところが、実際にはレセプトの診療報酬債権は購入せず、資金を他に流用して、次々と新しくレセプト債を販売することにより自転車操業式に元利金の償還に充てていたんです。裏を知る社長が13年に死去、粉飾が表面化して15年に自己破産し、販売していたアース証券や関連会計事務所も含め一網打尽に摘発されました。

要するに、集めた資金をほとんど投資に回さず、高配当にみせかけて顧客を釣っていく詐欺商法〈ポンジ・スキーム〉とみなされたんですよ。いくら社保や国保に絶対の信用力があるといっても、そこに証券化の落とし穴があるんです」

——社名に使われた〈オプティマイズ〉って〈最適化〉といった意味でしょう? でも、何が最適なんですかね。齋藤さんは他山の石とすべきでしたね。

「アバターさん、それはまだ無理ですよ。彼らの末路など当時は知る由《よし》もない。でもオプティファクターも、僕らのようにリーマン・ブラザーズに出資の申し入れをしていたそうです。

彼らと類似したケースに、野村證券出身の浅川和彦氏が代表だったＡＩＪ投資顧問があります。２４０％の運用利回りを謳って中小企業の厚生年金基金から１９８４億円の運用を受託、大半が運用損で消失したため被害は深刻でした。類は友を呼ぶ、と言われたら、返す言葉がありませんが。

とにかく当時の僕は投資家を掘り起こそうと、全国の医師系や歯科医系の信用組合を駆けずりまわっていました。愛知県医師信組、愛知県医療信組、神奈川県歯科医師信組……ですが、１件も出資に至りません。やはり三田証券にネームバリューがなく、信用格付けなどがネックとなっていて、〈モスキート〉の悲哀を味わいました。

僕は三田ネームが取引のネックとならないよう、西村あさひ法律事務所などから、証券化スキーム全体へのリーガルオピニオン取得へと動いていきます。

経営企画室も４人体制としました。香港上海銀行と同じ英系グループ傘下のＨＳＢＣ証券から来た松本茂氏が助っ人に加わりました。大阪市立大を出て、野村でニューヨーク勤務10年、それからスミス・バーニー、ＢＺＷ、メリルなどの外資を経たという経歴の持ち主です。ほかに外務省の外郭団体出身者と、三菱銀行出身の社員でチームを組んだのです。三田証券は茅場町の東京証券会館に１００人前後を招待して、新体制発足の披露パーティーを開きました」

――華々しい門出にふさわしい成果が一日も早く欲しいところです。

「あの手この手で応用編を試みました。例えば、防衛施設庁（談合事件で07年廃止）向けの債権は、支払いまで半年近くタイムラグがあるので、診療報酬債権と同じ仕組みが使えます。その流動化を検討しましたが、防衛利権への食い込みはライバルの壁が厚く、実現に至りませんでした。

日販やトーハンのような出版取次向けの債権だって、支払いが遅い旧態依然の出版業界では流動化のニーズが大きいはずです。例えば、コンビニに並ぶ雑誌の代金を前倒しで提供すれば、フランチャイズ加盟店は歓迎するでしょう。三田証券の自己資金を使い、商業登記や第三者対抗要件まで具備したのですが、いかんせんオリジネーターがアダルト・ビデオで有名な『宇宙企画』の親会社だったので、さすがに投資家に説明しにくい。〈顔が悪い〉と言われて実現しませんでした。

ほかにも、ライブやコンサートの事前に予約されたチケット代金などを流動化したり、銀座のクラブでもカード支払い代金の流動化を検討しました。いずれも具体化の際は会計士の隅谷信治氏、西村あさひ法律事務所などに頼み、助言やリーガルオピニオンをいただきました。しかし第三者対抗要件や資金提供額が、なかなか顧客に満足してもらえるものとはならず、アイデア倒れに終わりましたね」

## 第1号は「平和」向け仕組み債

——試行錯誤ですね。産みの苦しみですか。結局、第1号案件は？

「2003年半ばになって実現した第1号案件は、パチンコ・パチスロ機大手の平和向けの仕組み債です。診療・調剤・介護報酬債権を裏付けとした期間1年、10億円、クーポン1％の仕組み債の組成に成功したんです。このときは証券化のために特別目的会社（SPC）を設置し、中央青山監査法人が監査して、西村あさひにリーガルオピニオンを仰ぐという態勢を整えました。

平和は在日系の中島健吉氏が群馬県桐生市で1949年に創業したパチンコ機製造会社ですが、

パチンコ機のエレクトロニクス化などの技術開発を積極的に進め、パチンコを30兆円産業に育てたうえ、パチスロ機にも参入してトップメーカーとして君臨していました。1997年に東証I部(現プライム)に上場を遂げたので、創業者の健吉氏は大富豪でしたよ。

当時の平和の社長は、健吉氏の二男の中島潤氏で、米大手保険グループAIGにいた僕の友人に紹介してもらいました。潤氏は日大医学部出身の臨床医だったそうで、きっとスキームを理解してくれるだろうというのが僕の読みでした。案の定、会うなり5分で即決、対象となる病院名をすべて明かすことを条件に、10億円の仕組み債に投資してくれたんです。帰り際に財務担当に「早めに振り込んであげて」と気配りしてくれました。ほんとうは100億円規模が平和の希望でしたが、当時はそこまで大掛かりに医療機関をオリジネーターに取り込めず、悔しい思いをしたものです。

三田証券はそれまで平和と何のツテもなかった。引っ張ってきた僕の株は上がったと思います。隅谷氏も僕の読みを〈齋藤マジック〉と褒めてくれました。でも、期間I年超の仕組み債の組成は三田にとって未体験ゾーンで、金融庁には私募債の届け出をしなければならないし、100億円超の引き受けの許認可もあります。大手法律事務所の西村あさひ、TMI、アンダーソン・毛利・友常などを交えた展開も、三田はゼロからのスタートでした。

とにかくギャンブル関連企業とはいえ、I部上場会社向けの仕組み債を発行したんですよ。上場会社を投資家に巻き込むことは、有価証券報告書に記載されることになりますからね。会計監査を通らなければならず、運用に失敗すれば株主代表訴訟も起きかねません。その厳しいハードルをクリアできるような商品を組成し、私募債として発行できたという実績は、三田証券にとって大きかったはずです。02〜03年は、日本の証券会社としても未体験ゾーンを切り拓いていたのです」

## ウシオ電機向けには短期債

——三田証券の庇《ひさし》を借りた、モスキートの実験は軌道に乗り始めたんですね。他にどんな案件を進めていたんです？

「03〜04年にかけては、平和向け仕組み債と並行して、ウシオ電機向けにも1年未満の短期債を出しています。診療報酬債権を裏付け担保として、発行限度枠内で多様な形態の債券が発行できるMTN（ミディアムターム・ノート）プログラムを利用し、有価証券報告書には記載されない形式で期間3ヵ月の仕組み債を発行したんです。

ウシオ電機の創業者、牛尾治朗氏は日本青年会議所会頭を務め、早くから財界のプリンスでした。1995〜99年に経済同友会代表幹事として財界の論客となり、お嬢さんは後の総理安倍晋三氏の兄、寛信氏に嫁いでいます。いわば名門一族の企業に足掛かりを得て誇らしかったですね（牛尾氏は2023年6月、92歳で逝去）。

僕は勢いづいていました。僕にフリーハンドをくれた三田社長には感謝しています。神谷氏が言っていた〈大いなる自由〉とはこれのことか、少なくとも第一歩は記した、と僕は考えたんです。次は何が必要だろうか。

三田証券が医療機関に対して単なる資金提供のファイナンスに留まらず、経営指導まで踏み込んでアドバイスすることが重要です。経営難の病院はいくらでもありますからね。

しかし、医療機関の内懐に踏み込んでいく手段が、なかなか見つからないというのが現実でした。結果として別会社を作り、高度管理医療機器の製造販売賃貸業の許可申請や、医業経営コンサルタント資格の取得など会社を挙げて取り組もうということになります。その中核となったのが三田証券の社内ベンチャーとして、株式会社アスクレピオスを設立するという方向性でした」

## 急ぎ過ぎた〝神谷流〟の離れ業

――それがアスクレピオスの発端ですか。それにしても、証券会社が医療機器販売の仲介や医療機関の経営コンサルタントまでやるなんて、かなりの飛躍だな。齋藤さんにも医学の専門知識はない。新たに専門家を募集すれば、否応なく組織が肥大化してしまいますよ。

「ええ、僕は急ぎ過ぎたのかもしれません。診療・調剤・介護報酬債権の証券化なんてことをしている証券会社は、一部の外資を除き日系証券会社にはなかったでしょう。彼らは株屋から脱皮できないことはもちろん、思考停止状態だったのです。

僕の頭の中には、神谷氏のモスキートが、カリフォルニアの医療機器会社の資金調達を欧州で成功させた事例がありました。針金のように細いコイルで脳梗塞を治療する技術が、米FDA（食品医薬品局）の認証を得ることができた素晴らしい先例です。

ところが、三田証券の取締役の間で異論が出て、僕の〝暴走〟にブレーキをかけようとする動きが出てきたのです。三田証券の規模に比してリスクが大きすぎるという理由で、僕の路線はやがて取締役会で否決されることになります」

――精力的に新規ビジネスを開拓する齋藤さんに、やっかみがあったかもしれませんね。住友銀行という大銀行をバックにしたクオークでさえ、そこまで手は広げなかったでしょう？　そこにモスキートを日本で始める最大の矛盾がありますね。

そもそも神谷氏は住友銀行では〈生まれながらのマーチャント・バンカー（英国流の投資銀行家）〉と呼ばれたほど、早くから国際シンジケートローンの組成や巨大プロジェクト・ファイナンスなどのビッグディールで場数を踏んだ人です。ゴールドマン時代には、共同会長から財務長官になったロバート・ルービンや、不動産部長から米輸出入銀行総裁になったケネス・ブローディーらと昵懇《じっこん》になり、ツーカーの仲ですよ。その経験と人脈は日本人離れしています。

株式会社化する前の〈古き良きゴールドマン〉をよく知っていて、その後の荒稼ぎを新書の『強欲資本主義　ウォール街の自爆』『ゴールドマン・サックス研究』で批判しましたし、それがあるからこそ、極小のモスキートで、極大のディールができるんです。失礼ながら、齋藤さんにはおいそれと真似ができない。同じモスキートをめざすといっても、〈ブティック〉三田証券の庇を借りただけで、徒手空拳の齋藤さんには荷が重すぎたのでは？

## 「小よく大を制す」の夢と現実

「背伸びしすぎたということですか？　実はニューヨークへ〝卒業〟旅行した際、もう一冊感銘を受けて、座右の書とした本があったんです。野口悠紀雄氏の『日本経済　企業からの革命　大組織から小組織へ』です。

一言でいえば、小よく大を制す、という本です。戦艦武蔵や大和が、雲霞《うんか》のような戦闘機の編隊に撃沈させられた、という冒頭のたとえは分かりやすかった。当時の日本はメガバンクの合併・再編のように、まだ大艦巨砲主義でしたからね。戦時に備えて国家統制を敷いた１９４０年体制の遺産が残っている。野口氏は日本経済に必要なのは〈大きくて価値の低い企業に支配されている経済を、小さくて価値の高い企業がリードする経済に変える〉ことだと説き、経済リベラリズムによって日本経済を立て直すという小泉政権の構造改革を公然と批判しています」

――野口氏は大蔵省出身のエコノミストですよね。エール大学で博士号を取り、一橋大、東大教授となるなど立派な経歴をお持ちです。その批判は竹中平蔵流の外資直輸入改革を疑問視したものでもありました。ただ、その小企業論は、どこか畳の上の水練に聞こえましたね。

「三田証券に入ってから、僕は毎日不安だったんです。社内を牛耳るのは社長と同じ日興出身の人たち、同族会社で邦博社長の弟もいる。都民信組でさえ従業員が２００人以上いたのに、わずか30人の小所帯ですよ。周りに理解者がいないなかで、一つでも拠り所になる理論が欲しかったんです。

いま読み直してみると、必ずしもしっくりくるわけではない。でも、〈大組織から小組織〉〈組織から個人〉〈組織から市場〉へという流れは、神谷氏の本よりずっと納得感がありました。企業は雇用維持のための道具ではない、と言い切っているあたりは、山一の受け皿となったメリルを思えば、わが意を得たりでしたし、励みにもなりました」

——だとしても、齋藤さん本人は、ほんとうに〈自立〉できてたんですか。モスキートの夢は立派でも、カネの魔力に抗えなかったのでは？　メリルで〈年収1億円プレーヤー〉になってから、金銭感覚が狂ってきたんじゃないですか？

## 長者番付掲載と「文春」記者の来訪

「アバターさん、ご明察ですね。ところで長者番付ってご存じですか。実は僕も長者番付に載ったことがあるんです」

——ああ、国税庁の高額納税者公示制度のことですね。昔は、松下幸之助さんとか、大正製薬の上原正吉さんとかがトップを飾り、ほかに芸能人やスポーツ選手の報酬のバロメーターにもなるので、毎年5月の発表は世間の話題をさらっていましたね。

本来は脱税の密告を促す制度として、1947年から高額所得者の番付が税務署などに掲示されるようになったものです。そのうち怨恨や嫉妬によるウソの通報が増えてきて、所得額でなく納税額の公示に切り替わりました。国にたくさん税金を納めた人を顕彰する番付になったのです。

それでも、リストには実名と住所が記載されることから、載った人に寄付要請や勧誘が殺到し、誘拐・窃盗などの危険もあるということで2005年を最後に廃止されたんです。最後の長者日本一はタワー投資顧問の清原達郎氏でした（自著『わが投資術　市場は誰に微笑むか』を参照）。個人情報（プライバシー）保護を優先する今の社会なら、到底許されない制度でしたけど。

「おお、よくご存じですね、アバターさん。でも、僕がメリルに在籍していたころは、まだ長者番付の制度が残っていたんです。僕の納税額も公示されて、えらい迷惑を被ったことがあります。もちろん、新聞のトップ10リストに載るほど上位ではないし、所得の半分を税金で差っ引かれますので、富豪なんて実感は湧いてこないのですが、当時は全国の高額納税者名簿が市販されていて、図書館などでもまだ手軽に閲覧できたんです。通販などの業者には貴重な情報源で、僕のもとには頻々《ひんぴん》と愛人バンクのお誘いが舞い込んできました」

――やっぱりね。具体的にはどんな迷惑を被りました？

「メリルＢＦＳの坂東ヘッドが、部下の僕らを集めて〈気をつけろ〉と言い出したんです。〈週刊文春が動いている。日本を食い物にする外資系金融機関の幹部は、とんだ高給取りばかり、といった筋書きで取材攻勢をかけているから、しっかりガードを固めろ〉と。

どうせ他人事《ひとごと》と思っていたら、目黒の自宅にいた妻から会社に電話があって、文春の川村昌代という女性記者がやってきたと言うんです。

背筋が凍りつきました。よりによってこの僕が！

妻は〈留守だ〉と言ってどうにか追い払ってくれましたが、今度はメリルのオフィスの受付に川村記者が現れて、僕に面会を申し入れてきた。正面突破か！　応じられるはずがない。会社の評判を落としたら、５０００万円の退職金がもらえなくなります。それが人質になっていますから、お引き取り願いました。

でも、いつか、彼女が面前にぬっと現れて、問い詰めるかもしれない。自宅まで来たということは、目黒税務署の掲示板に出た高額納税者名簿を確かめたんだろう。後ろから足音が聞こえてくるようで怖かったですね」

——ああ、それは凄腕の女性記者ですよ。怯えるのも無理ないな。彼女は１９６６年生まれで、齋藤さんの４歳下になる。名城大学を出てフリーランスとなり、中部経済新聞、月刊時評を経て、ロイター通信、週刊文春、週刊朝日、ＡＥＲＡの嘱託記者を務め、叩きあげのスクープ・ハンターで鳴らしました。文春時代は、霞が関を舞台に数々の武勇伝を残しています。

彼女がＡＥＲＡの嘱託だった２００６年には、第一次安倍政権の政府税調会長だった本間正明氏（元大阪大学副学長）の愛人問題が暴かれ、辞任に追い込まれた事件がありました。ところが、取材していた彼女と財務省主計官（文部科学担当）の不倫騒動のほうが週刊現代の誌面を賑わし、暴露スクープも主計官が漏らしたネタではないかと勘繰られました。

「体を張って記事にしたんだとすれば、相手の主計官はきっと出世を棒に振ったんでしょうね。幸い、僕はそれ以上つきまとわれませんでした。恐れていた記事も掲載されず、ほっと胸を撫でおろしたんです」

## チクった奴がそばにいる

——もしかして、ほんとうに紙一重で、齋藤さんの尻尾をつかみ損ねたのかもしれません。川村氏はその後も八面六臂でしたよ。２０１１年の衆院愛知６区補選で地域政党『減税日本』（代表は河村たかし名古屋市長）から立候補して敗れたり、浅草や赤坂のライブハウスでボサノバやサンバを歌ったりと、いろいろ世間を驚かせてきました。

18年には福田淳一・財務事務次官がセクハラ発言で女性記者を困惑させたと報じられると、週刊誌で「『エロ親父』福田が怖くて、記者が務まるか」と喝破していました。川村記者がもし齋藤さんと遭遇していたら、はてどうなったことやら。

「僕がひやりとしたのは、弱みを嗅ぎつけられたか、と思ったからかもしれません。ああいう肝の据わったメディアに狙われるということは、僕の身辺からのリークがあったはずです。

そういえば、夫婦同伴の外遊で、同僚の奥さんを評して〈銀座のホステスみたいだ〉と口を滑らしたことがありました。ああいう軽はずみな言動が恨まれて、僕のボーナスや女遊びをタレ込まれても仕方がなかったと思います」

——カネと女は付きものです。齋藤さんのウィタ・セクスアリス（性生活）はどうだったんですか。

「包み隠さずお話しすることに、僕は何のためらいもありません。でも、一方的に告白するのは不安です。妻とは入獄前に離婚し、長男の親権も失いましたが、家族に辛い思いはさせたくない。

郷里では冴えない高校生でした。ガールフレンドはいなかったし、恋愛小説もほとんど読まなかったので、言葉で戯《たわむ》れながらお互いを確かめ合う、そんな甘酸っぱい青リンゴのような記憶がないんです。初体験は大学1年生、19歳の時です。新大久保のラブホテルでした。風俗嬢の派遣サービスを利用しました。僕は風俗嬢にワクワクするというより、電話一本で蕎麦屋の出前のように女性が来ることにドキドキしました。もちろん、何の心の交流もありませんでした」

## 銀座の高級クラブ通い

「おカネは奨学金の流用です。当時は中央線沿線の荻窪で3畳一間暮らし、鷺宮や下井草周辺で朝日新聞の配達をしていたこともあり、貧乏学生暮らしでした。筑紫哲也氏に憧れて、築地に移転したばかりの朝日新聞本社まで講演を聞きに出かけたような生活です。渋谷の円山町もうろつきました。東電OLが殺された神泉界隈のラブホテル街を歩くと、赤坂や六本木のシティーホテルとは違った人間のにおいのようなものを感じるんですが、ついに恋愛感情は芽生えなかったんです」

――ふうむ、社会人になってもそんな体験を続けたんですか？

「恋愛よりも、美しい女性を愛でることが先だったような気がします。そこに出会いも別れもあった。メリルリンチ時代になると、おカネの魔力をコントロールできなくなり、銀座6丁目の高級クラブ『麻衣子』にも通いました。常連の上司もいましたからね」

――1971年開業の銀座の老舗《しにせ》ですね。写真家、故秋山庄太郎氏の筆跡をお店のロゴにしている。サントリーの佐治信忠社長や、故勝新太郎や故中村勘三郎ら著名人のほか、IT成金やヤメ検弁護士がたむろしていましたねえ。齋藤さんも随分とミエを張ったもんです。

「僕のもとにはメールで毎日のように、愛人バンクの案内やら、得体の知れない高級クラブからのお誘いやらが続々届いていました。こんなにたくさんの愛人予備軍の美女たちは、いったいどこにいるんだろう。こういう女性を抱くために、男はビジネスに精を出すんでしょうね。

そういう〝悪場所〟を紹介してくれる友人もいました。加入したり、連絡があったりすること自体が、ある意味ステータスでもあるかのように。僕はどうやら破滅型で、危機的状況だとよけい怖いもの見たさが顔を出す。つくづく年収1億円に値しない人間だと思いますね」

――しかし一夜妻ばかりではなかったでしょう？　２００２年秋、メリルを辞めて三田証券に移ってからはどうだったのですか。

「正直、派手な女遊びは難しくなりました。三田証券の報酬はメリル時代からみれば大幅減収でしたからね。しかし浪費は無理でも不倫はできます。03年以降は診療報酬債権の証券化、売掛債権の流動化などに乗り出し、財閥系五大商社の一つ、丸紅との取引も始まりました。ようやく自信が持てるようになったころ、気になる女性、秋山さゆりさん（仮名）に出会ったんです」

## 既婚女性との出張劇

「05年ごろでしたか、丸紅で行われた会議に参加して、彼女を見かけました。丸紅が中心になり、医療機関の商流を改善し、新たな秩序を作り上げていこうという集まりでした。秋山さんは九州のある医療機関に所属していて、他の医療機関向けのコンサルティング業務も手掛けていたんです。なにより声のきれいな人でした。あの声にみんな魅せられたんですが、そういう仕事もしていると聞くと、なるほどとうなずけました。いま思い返せば、それは恋というより、興味を掻き立てられたせいだと思います」

――へえ、さすが丸紅、いろんな経歴の人を引き寄せる磁力があったんですね。

「さゆりさんはとても多才な女性で、夫と子もいる既婚者でしたが、有名私大の大学院生でもありました。聞けば、僕の憧れだったテレビキャスターが、当時はこの私大の客員教授を務めていて、彼の研究室で博士課程にいることが分かりました。あのキャスターと身近に接することができるなんて羨ましい限りだったんです。

ある日、〈大学院の授業終了後に飲もう〉ということになって、彼女が院生の女友だちを連れてきました。話の内容は医療機関とはまったく関係のない、その大学のよもやま話でした。僕には退屈だったんですけど、それがきっかけで急速に距離が縮まりました。奈良、神戸、そして京都の医療機関などに一緒に出張することになります。

当時の僕は各地の医療機関を訪問して、診療報酬債権の流動化の必要性を説いてまわる出張が数多くあったんです。奈良県で訪ねたのは宇陀市の拓誠会辻村病院でした。免疫細胞療法に力を入れようとしていて、我々はその資金繰りのために債権の流動化を勧めたのですが、たまたま関連施設のグランソール奈良で政治評論家の講演会があったんです。のぞいてみたら、評論家の竹村健一氏が登壇していました。さゆりさんと並んで拝聴したことを覚えています。

ほかにさゆりさんと訪れた関西の訪問先は、神戸の広野高原病院、京都市西京区の西京都病院、滋賀県大津市の琵琶湖大橋病院などでした。あのとき、京都で泊まったのは、八坂神社の境内に近い料理旅館『祇園《ぎおん》畑中』だったかな。地方では医療機関から夜の接待を受けたり、宿を手配してもらったりするのはよくあることなんです」

――『祇園畑中』は、外国人観光客がよく立ち寄る、京都らしい風情のある和風旅館ですね。コロナ禍で22年3月末に廃業しました。ところで、さゆりさんは病院にどんなコンサルをしていたんですか。

**貴重なアラームに耳貸さず**

「そこが僕にも今一つよくわからないんです。臨床心理士の資格取得をめざしているとも言っていましたが……。僕のほうは病院ファイナンスが専門で、彼女と常に同席していたわけでもない。東京に帰ってからも西麻布や六本木で彼女と会食し、僕の知らない大学の噂話に耳を傾けました。関係は1年ほど続きました。さゆりさんにも定収入がありましたから、愛人として僕が面倒をみる必要はありませんでしたね。結局、彼女とは別れたんです」

――理由は何だったんでしょう？

「彼女には、とても貴重なアドバイスをしてもらったんです。後に僕の致命傷となる丸紅案件について、丸紅のカウンターパートナーを〈あの人は中身のない人よ〉〈あなたがどうして彼をフォローするのか分からない〉などと、しきりにアラームを鳴らしてくれました。

でも、当時の僕にとって、大看板である丸紅と手を切るなんて考えられないことでした。その時を最後に、彼女が煙たくなってきたんです。後から思うと、さゆりさんの言うとおりでした。彼女は何かに勘づいて、忠告してくれたのかもしれません。

疎遠になった後の彼女の不幸を思うと、今でも胸が痛みます。さゆりさんの気持ちをもっと親身に聞いてあげればよかった。僕も失敗せずに済んだかもしれない」

――彼女と別れた後の05年後半、齋藤さんは三田証券とも袂《たもと》を分かち、丸紅と組んだアスクレピオスの社長として独立します。とたんに収入も増えて、遊びに使えるおカネも増えたはずです。

「ええ、愛人を囲う余裕ができました。それから先は、単なる女遊びから脱線してしまいます。呆れられても仕方ありません。

あれは大阪出張からの帰りでした。自宅へ帰る元気がなかったんです。東京駅で新幹線を降り、そのままタクシーを目黒の自宅まで走らせればよかったんですが、帝国ホテルへ向かいました。理由はわかりません。仕事は順調でしたが、独りぼっちで疲れていました。誰でもいい、安心できてバカな話ができる相手、日常性など全く存在しない空間、時間が欲しかったんです。すべてのしがらみから解放される場所を求めていたのかもしれません。銀座のクラブじゃかえって疲れます。

実は新幹線のなかで、高級エスコートクラブに予約の電話を入れました。ほんとうは危険な遊び、危険な時間が欲しかったんです。仕事から得られるワクワク感とは別な刺激です。危機的状況にある人ほど危険な選択をするそうですから」

## ワインの籠と黒スーツの女

「僕は帝国ホテルにチェックインして、インペリアルタワーのスイートルームに入ります。そこからエスコートクラブに電話してルームナンバーを告げました。僕は自らスリルを演出して、非日常的な帝国ホテルの一室を選んだのです。

そのクラブは〈お客さまのお好みに応じて、女性に好きなワインを持たせましょう〉が謳い文句。美しい女性にワイン、それがシャトー・ムートンやオーパス・ワンほどバカ高くなくても、なかなか風情があるじゃないですか」

――カネずくの関係を一瞬忘れられますからね……。

「ドアをノックする音がしました。黒いスーツの男性が立っていて、僕に身分証明書の提示を求めます。女性もある意味で命がけですからやむをえません。素直に応じました。審査が終わると、今度は上品なノックの音とともに、一人の女性が赤ワインの籠を携えて現れます。

期待に違わず、フォーマルな黒スーツの美しい女性でした。片桐純子さん（仮名）と呼んでおきましょう。室内のソフトな間接照明に浮かぶ、やや面長な彼女の白い頬。ルームサービスの白いテーブルクロスの上に、ローストビーフのお皿やグラスなどが載っていて、その横に赤ワインのボトルをそっと置きました。しだいに僕の緊張感がほぐれていくんです」

## 禁断の身の上話を聞き出す

――もういいですよ、ポルノじゃないんだから、盛り上げなくても。

「いえ、灼けるような渇望を、彼女に洗い流してもらえそうな気がしたんです。僕は赤ワインの栓を抜きもせず、ウィスキーの水割りをちびちび啜《すす》りながら、彼女に尋ねました。

〈あなたはどうして、こんなことをしているの？　高級とはいえ、派遣の風俗嬢と変わらない仕事だというのに〉

それから僕は質問攻めにして、身の上話を聞き出したんです」

――齋藤さん、それって風俗の人に禁句の質問でしょ？　どうせ嘘八百の身の上話だもの。

「彼女は京都出身でした。北区紫野のあたりで近くには金閣寺などがあります。高校は名門女子高とか。僕は伏見支店にいたから土地勘もあるし、京都は特別な場所なんですよ。いつしか純子さんを京都の日本的な美しさのすべてを背負った存在とみていました。真っ白なテーブルクロスに載っているのは赤ワインだけじゃない、純子さんの人生そのものが載っているように思えたんです。

途中でワインも開けて、夜明け近くまで2人で飲み明かしました。純子さんがお酒に強いのには驚きました。僕は睡魔に襲われ、笑顔を絶やさない彼女の顔がぼやけてくる。欲望の対象の目の前で、不覚にもスーツ姿のまま寝落ちしてしまいます。

〈帰ります〉という声に一瞬目が覚めかけたけど、淡い水色になったガラス窓を横目でちらと見たきり、僕はまた夢の中へ。彼女は静かにドアを開けて立ち去りました。携帯番号を記した帝国ホテルのメモ用紙を枕元に置いて」

——おやおや、ちゃんと布石を打たれている。

「それでも、アバターさん。もう一度会おうという強い意志が、僕に芽生えたんです。彼女は27歳、たった数時間の話だけで、彼女の人生の何が分かるんです？　分からなければ、何度でも会えばいい。それで、メモの携帯電話にかけてみたんです」

## 中絶と父親の自殺で窮地

「黒いスーツを着こなし、淑女を装った山の手の有閑レディのイメージは、2人が重ねた逢瀬《おうせ》の3回目ぐらいまででした。嘘で塗り固めた人形のドレスの下には、東京で風俗嬢を続けるしかない厳しい現実が隠れていました。でも、純子さんが紫野出身であることは嘘じゃない。東京で暮らすほんとうの自分の姿を、洗いざらい僕に打ち明けてくれました」

——昔から、その手の話はよくありましたよ。やれ証文だの指切りだの、遊女の誠《まこと》と四角い卵は〈絶対ありえないこと〉の譬《たと》えです。

「純子さんは少し前まで、僕の家の近所に住んでいたんです。馬主でもある事業家のドラ息子と京都で知り合い、そのまま同棲するようになったらしい。やがて身籠ったのですが、男の母親は純子さんが疎《うと》ましくなって出産を許しませんでした。中絶が不可能になる前に、母親は知り合いの医者に純子さんを連れていき、中絶させたのです。病室で目を覚ますと、ステンレスの皿に載った血の塊が枕元に置かれていたそうです。

その後、ドラ息子は純子さんを連れて、恵比寿のマンションに引っ越したんですが、生活が成り立たず、クスリに溺れる毎日となります。彼女がそのマンションから逃げ出した理由は、警察の家宅捜索がきっかけでした。東京にはもう住む場所さえなくなったんです」

——そこで京都の実家に帰ればよかったのに？

「戻れなかったんです。親の反対を押し切り、駆け落ち同然に上京したからです。凶事はまだ続きます。純子さんの父親が事業に失敗して自殺したんです。その葬式にも出席できませんでした。親戚からも疎んじられていたようです。純子さんがあるとき突然、京都から持って来た犬のぬいぐるみを抱きしめて僕に聞きました。

〈齋藤さん、農薬っておいしいの？〉

父親は数日間何も食べず、最後に農薬をあおって死んだようです」

## タコ部屋脱出へ部屋を用意

――ホントかなあ。身の上話が悲惨すぎるのでは？

「彼女が選んだのは、六本木の風俗嬢として生きること、風俗店の住み込みの男性店員たちとともに狭いマンションでタコ部屋生活を送り、体を売り続けることだったんです。なぜそこまでして欲望の街、六本木にしがみつかなければならなかったのか、僕には分かりません。

僕は彼女が男の欲望を満たすためだけの対象であることに耐えられませんでした。純子さんが現代版の女奴隷のように見えました。僕はせめて見知らぬ男とのタコ部屋暮らしから解放してあげたかったんです。

出会ってから1ヵ月ほど経ってからでしたか、休日に彼女とドライブに行きました。帰りにポルシェ911カレラが首都高に入ったところで、ステアリングを握りながら言ったんです。

〈六本木にマンションを用意したんだ。今からそこへ向かうよ。今日からそこに住んで欲しい。これから寒くなるし、暖かい部屋に引っ越そうよ〉

そう言って僕は、彼女の髪を撫でたんです」

――うわっ、ベタな場面だな。彼女から言えば、してやったり、では？

「アバターさん、笑うなら笑ってもいいですよ。僕なりに理由がありました。一言で言えば、すさんだ東京の底辺で、風俗嬢をすることで何とか自分を守り、維持しようと懸命にもがいている女性を救いたかったんです。でも、はたからみれば、単に家賃が月60万円、60平方メートルのマンションに、愛人を一人囲ったにすぎない。それは分かっています。当時の僕の月収は約４００万円でした。それくらいなら出せる余裕があったんです」

## BMWを買い与える

「住む場所が決まったら、次は純子さんに風俗嬢をやめさせることでした。僕は彼女のために資本金１０００万円の会社をこしらえ、その代表にして資本金と多少の運転資金を用意し、運用は彼女に任せました。

以前、西麻布交差点のすぐ裏あたりに、ニューヨークのチェルシー地区にある高級ホテルの名を取ったバーがあったでしょう？　彼女はそこの共同経営者的な立場に収まったようです。

バーにはロック・ミュージシャンの布袋寅泰《ほていともやす》、ソニー・ミュージックエンタテインメント（ＳＭＥ）の丸山茂雄社長らが客として来るようになり、ミュージシャンのたまり場で知られて、そこそこ上手くいっていたようです。しかし、僕は彼女を24時間監視しているわけじゃない。風俗関係の仕事を、彼女がきっぱり辞めたのかどうかまでは知らないんですよ」

――ほかに誰か男ができたかとか、疑わなかったんですか？

「寝取られ亭主のように気を揉んだって仕方のないことじゃないですか。純子さんがもう一度自分の夢を描き、それに向かって生活していけるような基盤をつくってあげたかっただけなんです。

できれば、自主的に学校などに通い、知識を身につけてほしかった。僕の期待に応えるように、しばらくすると彼女は自動車免許、一級小型船舶免許や美容師関連の資格を取ったようです。だけど、純子さんは車の免許を取っても、一向に運転しませんでした。それもまた僕には、彼女が遠慮しているように思えた。僕はあえてＢＭＷ－Ｚ３を買い与えました。

見返りなどを求めて純子さんにカネを注ぎ込んだわけじゃない。車を買い与えただけで満足でした。いいえ、そこまで言うと、格好よすぎますね、肉体を求めることはあったのですから」

——いいようにムシられたのだとしても？　いやはや、齋藤さんは、人がよすぎたんじゃないのかな。

「その先はもう僕の手を離れました。僕も愛人は彼女一人じゃなかった。

これはずっと後の話になりますが、逃亡先の香港から、一度純子さんに電話したことがあります。別の男性と宇都宮で餃子を食べている最中でした。僕のために席を外して、別の場所に移動してから話を続けてくれました。でも、僕の役割はもう終わったと感じましたね。

ある意味、女性はドライです。だから女性は美しさを保てるのかもしれません。それからもう一つ、おカネでスタートした女性との関係は、おカネがなくなれば自ずと消えていきます。まさにカネの切れ目が縁の切れ目、そう考えておいたほうが精神的に楽です」

## 最初のアウディＡ４で病みつき

——齋藤さん、果たしてそれが美談なのかどうか。純子さん以外の別の愛人のことはまた後で聞くことにしましょう。でも、ポルシェに乗り、愛人にＢＭＷなんて、どこでそんなクルマ道楽を始めたんです？

「父が日産、マツダ、GMに乗っていたものですから、子どものころにカーマニアの素地ができたのかもしれません。マツダのロータリー・エンジンには僕も憧れました。でも、結婚1年目の1994年、社会人になって初めて買った車はアウディA4－2・3です」

——おお、アウディA4の初代モデルですか。新車で？

「もちろんです。4輪駆動車の量産を始めた世界最初のメーカーだと思います。あれで僕はドイツ車に病みつきになりました。

日本車はエンブレムをさほど重視しませんが、1932年の4社合併を象徴するアウディの四つの輪といい、飛行機を象徴するプロペラと青空と白雲のBMWといい、三芒星のメルセデスといい、ドイツ車にはエンブレムに格別のこだわりがあります。

アウディに2年乗って、BMW525iに乗り換えました。山一自主廃業の1年前ですよ。会社の危機をよそに、いい気なもんだと思います。

BMWのキャッチフレーズは〈駆けぬける歓び〉Freude am Fahren。自然吸気の直列エンジンに執着していて、走り心地が絹のように滑らかなんです。99年にメリルに入社してから、一回り大きいBMW750iLに買い替え、02年のメリル退職時にはメルセデスCLK2・0を買いました」

——ついにメルセデスですか。ドイツ三大メーカー制覇ですね。

「のちにベンツ社と合併するダイムラー社のディーラーの娘の名が、メルセデスだったとか。そのせいか、いかつい風貌の割に運転しやすく、ドレスを着た女性でも運転できるように設計されていると言われます」

## メルセデスに9000万円の散財

「フェラーリに代表されるイタリア車は、どうもエンジン音が高音で僕の好みに合わない。ある証券会社の人からも〈齋藤さん、フェラーリには乗らないでくださいね〉と言われました。

三田証券時代からポルシェ911カレラに乗っていました。それが純子さんをドライブに連れていった車なんです」

――ふうん、車名を聞くだけでマニアっぷりが察せられますが、マニアなりに哲学があるんですね。その病がどんどん昂《こう》じた挙げ句、いちばん高額だった外車はどれなんですか。

「逮捕前年の07年に買ったメルセデスSLRマクラーレン6・5ですね。F1レーシングカーのメーカーで知られる英マクラーレンと、メルセデスAMGが共同開発したスーパーカーで、9000万円かかりました」

――うはっ、想像を絶する値段だな。そりゃもうビョーキですよ。

「日本には数台しかないとか。ディーラーから銀座4丁目の交差点で納車したい、と言われました。大型トラックの荷台の扉が静々と開け放たれると、そこからメタリックシルバーのSLRが現れるという演出です。CMにでも撮るつもりだったんですかね」

――それを実行したんですか？

「いや、さすがに勘弁してもらい、晴海通りのもっと先の勝鬨橋《かちどきばし》あたりで納車してもらいました。ずっと人通りの少ないところで」

――いやいや、勝鬨橋だって結構、車が走っていますよ（笑）。乗ったら周囲の目線を感じて快感でしたか。バカげていると思わなかった？

「映画『バック・トゥ・ザ・フューチャー』のデロリアンみたいに、ドアがカモメの翼のように上に開くガルウィングなんです。しかもボンネットの鼻づらが長くて、運転席から前がよく見えず、路上駐車なんてほとんどできないくらいです。広々としたガレージと、家に堂々たる車寄せがある人しか、乗っちゃいけない車でした」

――笑えますね。いったいどこに駐車してたんです？

「アスクレピオスのオフィスが丸紅本社近くなので、毎日新聞社の地下駐車場に駐めて、シートをかぶせてました。目黒の家のガレージでは狭い。露天ではどんな悪戯《いたずら》をされるか分かりませんし」

――自宅から乗ってこれないんじゃ、ほとんど実用に供さないってことですよね。

「走らせるのはごくたまにでしたね。でも、SLRマクラーレンもSLK－AMGもSL－AMGもハードトップなのに、乗ったままボタン一つでオープンカーへと変わるんです。わずか10秒で変身しますから、六本木の交差点で信号待ちのさなかにこれをやって、通行人たちが目を丸くするのがたまらない快感でした。車をオープンにするのは、真夏よりもむしろ真冬なんです。カラっ風が吹く冬の東京、黒のスーツに赤いマフラーをなびかせ、首都高を真っ白のサラブレッドを駆るように疾走するんです。メリルBFS部門ヘッドの坂東氏も車が好きでしたね。メルセデスSL55－

AMGのほか1台持ってましたよ。僕が逮捕された後、フォルクスワーゲン傘下に入った英国のベントレーに乗っているという噂でした」

――みんな子どもっぽいなあ。07年はクルマ道楽のピークだったのですか。

「一時は高級車ばかり7台も保有していました。BMW-645、BMW-M6、メルセデスG55-AMG、メルセデスCL63-AMG、メルセデスSL65-AMG、メルセデスSL55-AMG、それからランボルギーニ-ガヤルドと、やみくもに買いましたね」

――あれほど避けていたイタリア車まで？

「ランボルギーニのエンブレムも牡牛でしたでしょ。どことなくメリルのロゴに似てるんです。それに1999年にアウディの傘下に入りましたから、資本からいえばドイツ車であり、僕にとってはアウディ回帰でした」

――呆れましたね。ミニカー収集に夢中な少年みたいですね。女性についても、齋藤さんは相手の心が見えずとも、とにかく色とりどり揃えたがる。きれいな羽子板人形をコレクションしているみたいなところがあります。その不見転《みずてん》が丸紅案件では落とし穴にはまった。で、そのクルマはみんなどこへ行ったんです？

「アスクレピオスの破綻が迫ったとき、全部手放しました。1台も残っていません。あっけない夢の終わり方でした」

# 第4章 「丸紅案件」の魔物

――そろそろ齋藤さんが躓《つまず》いた丸紅案件の出番でしょう。ここでその全容を解剖してみませんか。そもそもの発端は何だったのですか。

### 魚心あれば水心

「2004年の5月連休前、僕がまだ三田証券の取締役経営企画室長だったころです。医療機関や薬局を中心に、診療報酬や調剤報酬の債権を流動化する僕らのネットワークが順調に拡大しているさなかに、コンサルティング会社を経営していた片岡智弘氏から〈丸紅の保証つきの案件があるんだが〉という話が舞い込んできました。

片岡氏は僕より一足先に医療機関のネットワーク化を進めていたので、03年初頭に僕らのパートナーになってもらった人です。彼は慶應大学からゴールドマンやメリルリンチを経ていました。彼のような米系投資銀行マンは、目ざとい人が多かったということです。

僕にとってこの話は、魚心あれば水心でした。

ネットワーク化を進めるうえで、病院に医療機器を販売する大手商社は魅力的な存在だったんです。すでに伊藤忠ファイナンスなど、診療報酬債権を買い取る商社系金融子会社はあったのですが、丸紅は医療機関の物流を支配する大きな存在として登場してきました。

丸紅はもともと山一證券と近しい芙蓉グループです。山一が開いた銀行・損保・商社向け合同研修で、丸紅の外国為替ディーラーと一緒になったことがあります。銀行は山一主幹事の地銀が主でしたから、丸紅の存在は目立っていました。銀行・証券とは違う自由な雰囲気だし、着ていたのも金ボタンに紺のブレザーで颯爽としていましたね。

だから、いよいよ最大のライバルが現れた、と僕は緊張感とともに興奮したのを覚えています。とっさに考えました。〈ラーメンからミサイルまで〉何でも売ると豪語する大手商社相手に、何か一緒にビジネスはできないだろうか。しかも商社マンは意外とおカネに頓着しない。とはいえ、僕もファクタリングや証券化に忙しい日々で、商社とコラボする糸口を探しあぐねていたんです。そこに餌も撒かないのに向こうから獲物が飛び込んできた。しめた、と思いました。

もちろん、片岡氏はこの案件にとんだ爆弾が隠れていることなど気づいていませんでした。彼は奥さんが米国のグリーンカードを持ち、国内外を出たり入ったりと忙しい身で、この話は途切れかけたのですが、どういう経緯があってか、連休明けに丸紅メディカルビジネスユニット（部）の嘱託社員、山中譲氏がいきなり三田証券を訪ねてきたのです」

——そこから先は山中氏との直取引になったのですね。

「僕と松本茂氏が応対しました。それが丸紅案件の第Ⅰ号なのですが、彼の提案はこうでした。最初に投資家から一定の金額を、丸紅のゲートキーパー（門番）企業に拠出します。それに対して本体の丸紅株式会社から同時に〈買約証、請求請証《うけしょう》、物品受領書〉なる書類を投資家に提供します。これらの書類には、資金拠出日を起点に3ヵ月から半年後に〈記載金額を支払うことを丸紅株式会社が保証する〉と書かれていて、実質的には丸紅の債務保証を約束する内容でした」

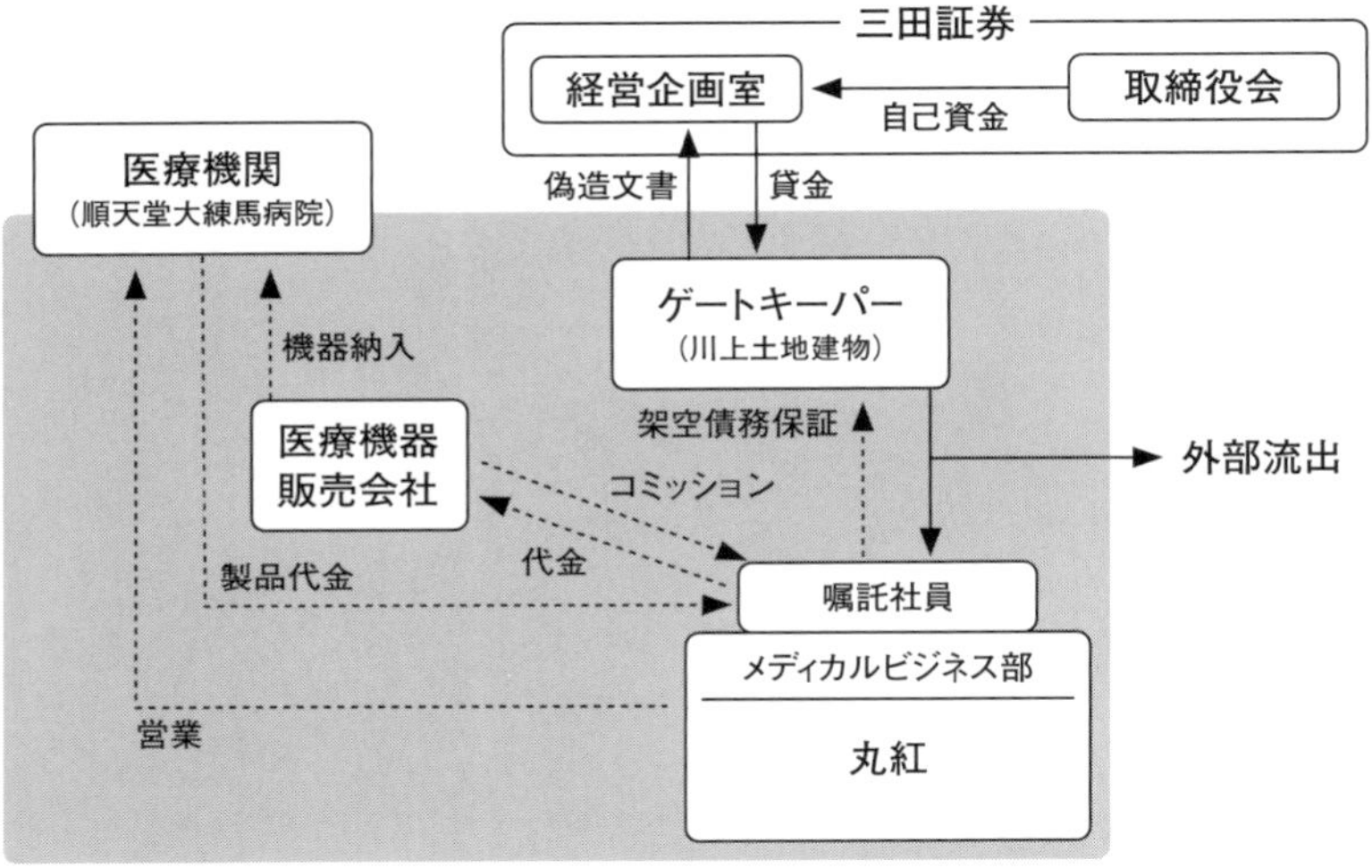


〈丸紅案件〉第1号のスキーム

——ちょっと待ってください。金融で言うゲートキーパーとは何ですか。

「一般には、機関投資家のために組み入れ対象のファンドの選択や配分比率などを助言する専門家のことですが、ここでは丸紅山中氏の〝身代わり〟とみていいかもしれません。第1号案件では05年に開院する予定の順天堂大学医学部附属練馬病院が導入する医療機器の債権で、ゲートキーパーは川上土地建物、投資家にあたるのは三田証券自身でした。まず三田証券と川上土地建物が金銭消費貸借契約を結び、04年6月30日に3億1000万円を貸し付け、返済期日は3ヵ月後の9月28日、返済金額は3億4650万円で、年利47％という高利になります。

しかし貸付契約だと、出資法や利息制限法の上限を超える金利となるため、出資に対する見返りとして〈納品請求受領書〉が丸紅本体から発行される、というのです。しかも利息制限法を上回る分は、三田証券とアドバイザリー（顧問）契約を結んで支払われることになります。そして〈この取引は丸紅株式会社の一般債務として計上されている〉と山中氏は説明しました」

——なんと47％ですか。闇金融並みの法外な利回りですね。

「その後、第2号案件が持ち込まれます。第2号では横浜昴《すばる》病院関連の債権で、ゲートキーパーは株式会社ジーフォルムでした。金銭消費貸借契約を結んだ三田証券は、04年10月25日に1億3500万円の貸付を行い、返済期限は51日後の12月15日で、返済金額は1億5750万円、年利は119％に達します。これも利息制限法の上限超過分はアドバイザリー料になりました」

——119％？　とんでもない暴利ですよ。資金繰りにアップアップの瀬戸際企業ならいざ知らず、上場企業の丸紅にはコマーシャルペーパーでも何でも短期資金を調達できる手段があるのに、そんな高利のカネを必要とするはずがないのでは？

「そこがファクタリング（債権買い取り業務）のうま味であることは間違いありません。証券会社には、上限金利を超過した分をフィー（手数料）収入で得る便法がありましたから。

僕が取締役会に対し〈丸紅案件に取り組むべきだ〉と提案した理由の一つは、丸紅社員の肩書を持つ山中氏からの積極的な働きかけがあったからです。もちろん、リベートなんかもらっていません。経営企画室の事業はうまく回っていましたから、無理する必要はなかった。とはいえ、さすがに三田証券の自己資金を投じることになるので、取締役会でも異論が噴き出し、最初に下した結論は〈没〉でした。

理由はアバターさんの危惧と同じです。大きく言って二つありました。第一に、なぜ3億円などといった半端な資金を、丸紅メディカルビジネス部が中心となって調達しなければならないのか。裏返せば、丸紅本体の財務から3億円を充当してもらえれば、それで済むことではないのか。

第二に、リターンが大き過ぎることです。証券会社として、この取引の形態を単純化すれば貸金になります。出資法・利息制限法を上回りかねない利息を支払ってまで、丸紅が資金調達する必要があるのかということです。

冷静に考えれば妙なことばかりでした。丸紅本社はどこまで関与しているのか。債務者である丸紅への通知、承諾を必要とし、丸紅の印鑑証明の提出、さらに丸紅本社への内容証明送付を条件とするのは当然のことでした。そこに目をつむって、一嘱託社員である山中氏の説明だけでOKは出せない、という結論でした。三田証券のこの姿勢は一貫していて、正しかったと思います。

しかし、僕自身は諦めきれなかった。大きかったのは、医療機関を丸ごと再生するかのように謳う丸紅案件に取り組んでみたかったからです。実際にやってみなければ成否などわからない、と言って取締役会の決定を覆したのは僕なんです」

――やっぱり丸紅の大看板を後ろ盾にしたかったんですね。

## 正体不明のゲートキーパー

「そこで三田社長と僕と岩佐健一常務の役員3人で竹橋近くの丸紅本社に乗り込み、ゲートキーパーの2社、川上土地建物とジーフォルムの資産査定（デューディリジェンス）を行ったうえで、是非を決めようということになりました。

本社メディカルビジネス部の会議室に出迎えたのは、山中氏やその部員たちで、一橋大学出の佐藤浩一部長は姿を見せませんでした。急ごしらえの資料を用意した山中氏から利益上乗せの提案があり、資産査定でも格別の疑問点をみつけられなかったので、他の投資家を交えず三田証券の自己資金だけで3億1000万円を貸し付けることに決めました。期間は2ヵ月に短縮され、返済金額3億4650万円、年利70％になったと記憶しています」

――資産査定が杜撰《ずさん》だったのでは？　本当は本社会議室を使えるなら大丈夫だと安心したんでしょう？　だいたい、このゲートキーパー2社の正体は何なんです？

「川上土地建物は社名から分かるように不動産会社です。社長の川上巖氏は、関西学院大学の出身で、70歳以上の高齢でしたが、不良債権処理に辣腕《らつわん》を振るった三井住友銀行元頭取の西川善文氏とはアポなしで会えるという触れ込みでした。丸紅とは長い付き合いだそうで、初対面でもなかなか折り目正しい紳士に見えました。

ニューヨークのロックフェラー・センターを三菱地所が購入した際も一翼を担ったとのことでした。山中氏のことを〈かわいがっている〉と語り、この人と接していれば、丸紅メディカルビジネス部の情報が入りやすくなるだろうという思惑が僕のほうにもありました。

ジーフォルムは建築設計の会社でした。60代の高橋文洋社長は東京理科大学出身で、大学卒業後に建築士の資格をとり、日建設計に入って電源開発（現Jパワー）の原発設計にも携わったそうです。その後、順天堂大学附属病院の新病棟などの設計に関わり、山中氏と顔見知りになったとのことです。独立して四谷に事務所を構え、のちに九段に移りましたが、設計士2人を抱え、見たところ実体のある企業でした」

――でも、なぜ丸紅の医療機器販売に、不動産と建築設計という畑違いの会社を挟まなければならないんですか。怪しいと思わなかったんですか。

「川上、高橋氏の2人とも、このスキームのことを語りませんでした。今になってみれば、彼らは詐欺スキームと知っていて加担していたのではないかと思えます。でも、当時は丸紅のような大企業が、まさかそんなことはすまいという先入観が強かったんです。丸紅と組みたい一心で、目が節穴になっていました」

――山中氏の正体は見抜けなかったんですか。

「メディカルビジネス部は、もと航空機の輸入販売などを担当していた輸送機械部を前身とする輸送機・産業システム部門の傘下にありました。輸送機械部は日本を震撼させたロッキード事件丸紅ルートの中心になりました。1976年、米ロッキード社が全日空に旅客機L1011機の売り込みを図った贈収賄事件で、田中角栄前首相のほか檜山広、伊藤宏、大久保利春氏の丸紅首脳3人が逮捕されたことはよくご存じですよね。丸紅は大きな汚点となった旅客機輸入から撤退し、新規分野で巻き返しを図ったのでしょう。

04年4月時点の組織図を見ると、最末端にデジタルプロダクト部とメディカルビジネス部が、他の機械分野とは場違いの部として並んでいます。いかにも肩身が狭そうで、慣れない新規分野の開拓に丸紅が苦闘していたことが分かります。

山中氏は丸紅の生え抜きではありません。三菱商事系の在宅医療機器販売のエムシーメディカルを経て、2002年に丸紅の嘱託社員となりました。父親も商社関連の仕事をしていたそうですから、コネ入社かも。医療機器業界に顔が利くので丸紅に引き抜かれたとも考えられます。

僕も彼に連れられて、東海地方の有力な医療機器販売会社を訪問したことがあります。村中医療器や栗原医療機器、そして八神製作所でしたか。八神はシンガー・ソングライターの八神純子さんの実家でしたからよく覚えています。

山中氏が川上土地建物やジーフォルムとどこで接触し、どうやって彼のスキームに巻き込んでいったのか、今でも分かりません。事件後、僕の代理人になった藤本勝也弁護士の調べによれば、03年2月ころ、丸紅から課されたノルマを達成するために、山中氏がジーフォルム代表の高橋氏から数百万円を借り入れたのが発端だそうです。同年12月には川上土地建物から1900万円、翌04年には3000万円を借り入れてノルマを達成し、僕らの丸紅案件が動き始めてほどなく、山中氏には晴れて丸紅課長の肩書がついたと記憶しています」

## 初回いきなり支払い延期

――じゃあ、強引に実現した第1号案件は、うまく滑り出したんですね。

「とんでもない。最初から躓きかけたんです。04年8月28日が返済期限の応当日だったのですが、前日に山中氏が1ヵ月の支払い延期（リスケジュール）を申し入れてきた。三田証券の応接室のソファから、山中氏が床に身を投げて土下座して謝ったんです。

何が起きたのか、僕と松本氏には理解できなかった。丸紅の一般債務がデフォルト（債務不履行）した瞬間です。こんなことが起こり得るのか。僕の頭の中は真っ白。これが組織としての丸紅の意思なのか、商社ではこういうことが起きうるのか、と驚くばかりでした。まさか彼の作り話だったとはみじんも思わなかった。

僕は直ちに三田社長に報告し、判断を仰ぎました。社長を中心に緊急取締役会を開いた結果、1ヵ月延期を承認することに決まったのです。僕は独自に三田証券管理本部の常務に債務確認のため、丸紅本社への内容証明送付を申し入れました。しかし担当者への内容証明送付に留め、事を荒立てまいとして丸紅本社への送付を見送ったんです。

当事者限り、としたこの内容証明が、〈丸紅案件〉の詐欺スキームの発覚を遅らせました。丸紅本社のCFO（最高財務責任者）や財務部門に送っていたら、たちまち発覚したことでしょう。でも、三田証券にとってはベストの措置でした。1ヵ月後に丸紅名義の口座から三田証券に、元利とも約束通りの金額が振り込まれ、被害を免れて利益を計上できたからです。

これでウソが隠れているかもしれないとの疑いは晴れました。1ヵ月のリスケがあったことなど、僕の頭から完全にデリートされます。リスケのせいで利回りは約47％に下がりましたが、とりあえず焦げ付きを避けられたので、すべてが無事終了した気になりました」

## 嘱託社員ゆえの「背伸び」

――手形のジャンプと同じですね。最初のアラームが鳴ったのに、目をつむったんですか。しかし内容証明を当事者限りとしたのは、騙した当人に握りつぶせと言うようなものです。暗黙のうちに山中氏との共犯関係を認識していたのではありませんか。

「後年、検察にそこを突かれました。しかし人間の心理には微妙なグレーゾーンがあります。こういうケースで、故意か過失か、どちらかに決めつけるのは難しい。こいつは〈未必の故意〉とでもいうんですかね。最初は騙されていた被害者が、どこかで共犯の加害者に転じてしまう。その移行は切れ目がないんですが、〈未必の故意〉とは、故意を拡大解釈して有罪に持ち込む検察の巧妙な理屈とも思えますね。

とにかく第2号案件以降は、丸紅の支払い保証方式が〈買約証、請求請証、物品受領書〉から〈納品請求受領書〉に置き換わっただけで、あとの骨組みは第1号案件とほとんど変わりません。以後、3〜4ヵ月ごとに〈丸紅案件〉が来て、そこで高収益があがる。丸紅の〈納品請求受領書〉によって、すべてのサイクルがスムーズに継続することになります。初期のころはゲートキーパーにカネを振り込み、返済もゲートキーパーから来るという具合に、アスクレピオスはあなた任せだったのです。双方にとってそれが心地良かったので」

——グレーゾーンと自覚しながら犯意がない？　でも、齋藤さんが組みこまれたこのスキーム、山中氏には発端があったはずです。それはどこだったんですか。

「僕はその全容を知りません。アスクレピオス事件の裁判では、山中氏の主任弁護人の高野隆氏が分離公判にしたからです。高野弁護士は、弁護人立ち会い権などを認めた米連邦最高裁の〈ミランダ判決〉（1966年）に因み、95年に日本で〈ミランダの会〉を結成して黙秘権などの権利保障を推進し、近年の刑事弁護の流れをつくった人です。

でも僕なりに推測しますと、山中氏は丸紅に途中入社した嘱託社員だったがゆえに、無理な背伸びをしたのではないでしょうか。どこかで売り上げに穴をあけたか、ノルマ達成に架空売り上げを計上したかで、他の売り上げで穴埋めしたため、その資金繰りが自転車操業になった気がします。

しかし彼は丸紅の上司に内情を打ち明けるわけにもいかず、手形割引で資金を捻出することなど論外だったでしょう。そこで法外な高利でも外部からの貸金で、当座の穴埋めをしたのではないでしょうか。

その場しのぎの弥縫《びほう》策ですが、第I号案件では期間を51日に短縮したため、資金繰りが間に合わなくなり、リスケに追い込まれたのでしょう。裏に循環取引的な綱渡りがあったのかもしれません。ほかにも山中氏から緊急融資を申し込まれたことがありましたが、やはりカネに汲々としていたんですかね。三田証券経営企画室は、いざというときの駆け込み寺だったのかもしれない。規模こそ違いますが、この綱渡りは山一の〈飛ばし〉に似ています」

## 金粉をまぶした「不見転」

――回し車のハムスターみたいに走り始めたら、もう抜けだせなくなるんですね。

「この段階では〈詐欺〉の2文字は僕の頭の中にも、三田証券社内にもありませんでした。僕は堀川幸一郎氏や隅谷信治氏らメリル出身の投資銀行仲間に、山中氏を紹介してるんです。僕の知恵袋となってくれたチームに顔合わせしようと、05年10月に三田証券を辞めた時点で、銀座に6、7人集まって会食したこともあります」

――チームのみなさんはボランティアで相談に乗ってくれたそうですね。なぜなんです？

「僕は三田証券に所属し、他の友人も他に事業がありました。でも、言ってみれば過去に取り扱ったことがない珍しい案件だったから検討してみた。そして〈丸紅がリスクを取る〉と判断した上で、証券会社として何ができるか探っていくことになるわけです。

僕の最初の動機は、このスキームなら〈誰も損をする人がいないんじゃないのか〉〈そんな夢のような商品にたまたま巡り合うことができたんじゃないのか〉と思ったからです」

――リスクがなくてハイリターンの金融商品などこの世にありませんよ。証券マンであれば誰しも知っている自明の理でしょう？

「しかし、一つぐらい例外があるんじゃないか――そう祈らざるを得ないほど現実の投資は厳しかった。機関投資家をはじめとして多くの投資家が悲惨な状況へと追い遣られていく。それが投資の世界における現実です。だから多くの投資銀行マンたちを巻き込んで〈丸紅案件〉を精査したんです。僕の独りよがりの考えでないことを確かめるために、なるべく厳しそうなデューディリジェンスを実施する投資銀行を巻き込むことを考えたんです。

ただ、金融取引だと利息制限法で最大でも年利20％という〝上限〟が課せられているのに、商社が取り扱うモノの取引は利益率の制限がない。それを上手に絡めると、実質利回り20％を遥かに超えるおいしい金融商品ができます。CTスキャンでも、手術ロボットでも、売値と原価、キックバックなどは商社が握っていて、そこに立ち入らないことが実に心地良かったんですね。

触らぬ神に祟りなし。お互い詳細には立ち入らないことで、期間利益だけは計上できていたんです。とはいえ、最終的な犠牲者はむろん投資家や資金提供者がかぶります。このスキームの最も恐ろしい部分です。ぼかしがかかって、事実を把握できないことほど恐ろしいことはありません。

後から契約書を見直してみると、切羽詰まった時もあったのか、万一山中氏が死亡した場合は奥さんが生命保険の保険金を三田証券に支払うという手書きの誓約書までありました。ところが06年7月13日付から丸紅とゲートキーパーの業務委託契約書が挟まれるようになります。やはり受領書や請求請証で支払い保証を偽装するのは難しいとみて、体裁を整えたのでしょう。

丸紅社長の印鑑証明についても、ライフケアビジネス部（メディカルビジネス部から改称）の部長名の書類が添付されていますが、これは投資家から釘を刺された山中氏の苦肉の偽装でしょう。この頃から僕の友人たちの意見を容れて、契約書全体も匿名組合契約として整備されたのです」

――合わせて文書も偽造されたはずなのに、やっぱり不見転《みずてん》でしたか。米国の低所得者向け住宅ローンを流動化させたサブプライムローンだって、ローン債権をまとめてスライスしたり賽《さい》の目切りにして混ぜ合わせ、〈リスク分散〉の金粉をまぶした〈不見転〉のトリプルAでしたからね。

「でも、ハムスターが回し車をくるくる回し続ける限り、このスキームのままでは数億円規模の連鎖にとどまって、とても百億円、千億円単位には届きません。それに証券会社内でメディカルビジネスを拡大していくには、規制が厳しくて無理がありました。

だから僕もいずれ三田証券の殻を破ることになると思っていました。第1号案件がいったん没になりかけたことを教訓にして、丸紅案件の進行役として04年9月に三田証券に社内ベンチャー企業〈アスクレピオス〉を設立したんです」

## 社内ベンチャーが独立

——その株式会社の社名にギリシャの医神の名を冠したのはなぜですか。

「医療機関を再生するとの思いをこめました。受験生時代から漠然とヘレニズム文明への憧れがあって、古代ギリシャの名医ヒポクラテスとどちらにするか迷った。ロゴマークは〈アスクレピオスの座像〉ですが、週刊朝日に広告を出したときに作ってくれたデザインを転用しました。色はメリルリンチのロゴと同じ紺色です。

事業目的は医療法人向けの経営コンサルタントとし、三田証券に一部出資してもらいました。初年度の05年3月期決算は、売上高2500万円、純利益はたったの28万8000円です。業務が本格化する以前の萌芽期でした。一変するのは05年10月、僕が三田証券取締役を辞任してからです。

僕はアスクレピオスを三田から独立させ、その社長として医療法人経営コンサルに専念するようになります。三田邦博社長には3000万円の転換社債を引き受けてもらったうえ、監査役に就任していただいたので、一応円満退社でした。

でも、丸紅案件にのめりこむ僕と、他の取締役のあいだに溝ができていたのは事実です。僕が辞めたあと、三田社長から〈後釜が来るよ。君の気に入らない人かもしれないが〉と言われました。誰かと思ったら、元山一エリート組で支店長だった人に決めたらしい。三田社長はそれなりに社内バランスに苦慮していたんです。

僕が抜けてからの三田証券は、ＭＳＣＢ（転換価格修正条項付転換社債）やＭＳワラント（行使価格修正条項付新株予約権）を多用するようになります。これらを割当先に有利な条件で公募し、三田が割当先となる第三者割当増資を行って、発行体企業の運転資金を確保できるようにしながら荒稼ぎする手法ですね。不振企業に〝輸血〟できますが、モルヒネ効果で安楽死するリスクもあります。橋梁のサクラダや創薬のアンジェス、ゴルフ場のＰＧＭホールディングスなどで、三田証券の名を轟かせました。

あれがブティックとの分かれ道でしたね。意地でも僕はアスクレピオスを早く黒字化し、軌道に乗せなければならなかった。３年以内に３０００万円のＣＢが償還できなければ、アスクレピオスが三田証券の支配下に入り、何のために起業、独立したのか、意味がなくなってしまいます。

正直、独立当初は僕と社員Ｉ人（ウエスト・ランデスバンク出身の女子アシスタント）だけですから、最低でもファクタリングで何とか食いつなげると思っていました。でも2期目の06年３月期、売上高は63億８０００万円、純利益は2億Ｉ９００万円と、一気に規模を拡大させ、社員も10人に増やせたんです。僕の年収も７０００万円程度まで回復しました」

## ＲＢＳが徳洲会証券化の衝撃

――へえ、モスキートが大化けするきっかけは何だったんです？

「刺激的な出来事があったんです。04年11月30日、日本最大の病院グループ、徳洲会が病院全事業の証券化を行い、２０００億円を調達したという、あっと驚くニュースがロンドンから伝わってきたんです。僕らは色めき立ちました」

——ほう、どこがアレンジしたのですか。

「英国最大のメガバンク、RBS（ロイヤル・バンク・オブ・スコットランド）です。2000年にはイングランド四大商業銀行の一角、ナットウエストを買収し、04年には中国銀行の10％株主になるなど、飛ぶ鳥を落とす勢いでした（もっとも2008年に崖っぷちに立ち、200億ポンドの英政府支援を仰いで、現在は『ナットウエスト』に社名を変更）。そのRBSがベッド数で世界第3位の徳洲会に目をつけたのです。何しろ04年度の医業収益2400億円、医業利益は375億円と利益率は15・6％に達する優良グループでしたから。

合意したスキームでは、徳洲会がグループの全保有不動産と将来の診療報酬などすべての病院事業を信託受益権という形で証券化し、これを売却する特別目的会社（SPC）がこの受益権を担保にRBSから2000億円の銀行借り入れ契約を結ぶというものです。

借入期間は20年超、据置期間は7年超で、とりあえず04年12月に徳洲会は1150億円をRBSから借り入れました。残りの850億円分は、徳洲会グループの他の医療法人の資産を担保に、引き続き資金調達が行われるという発表でした。

同グループの既存の国内借り入れは1300億円ありましたが、公的機関以外の民間融資はすべて返済してしまいます。調達する2000億円とこの返済の差額と、据置期間の元本返済不要額1680億円を、徳洲会病院の新設、移転、機器高度化の設備投資に充てるというのです」

——全病院事業を証券化して、資金を調達した徳洲会の狙いは何だったんですか。

「第一は資金コストの低下、第二は直近の投資資金の確保でしょう。将来の診療報酬まで担保にして、病院の設備投資を行うというこのファイナンスを、旧住友銀行で医療機関融資を担当し、02年に国際医療福祉大学助教授に出向中だった福永肇氏が〈凄い〉の一語で感嘆した（『病院』06年10月号）ように、画期的な出来事だったんです」

――徳之島育ちの創業者、徳田虎雄氏は、自由連合を率いる衆議院議員でしたが、02年に難病の筋萎縮性側索硬化症（ＡＬＳ）を発症、その療養のため国会に出席できなくなっていた時期でした。のち寝たきりとなり、瞼《まぶた》しか動かせない難病だったのに、驚くべき胆力でしたね。

「僕の周辺でも、ＲＢＳに出し抜かれて地団駄踏んでいたのが、山一やメリルで僕の同僚だった堀川氏です。徳洲会はこの証券化をオランダの銀行などとも交渉していたそうですが、実はメリルリンチもそこに加わって競っていたのです。堀川氏が僕に耳打ちしたメリルの提案は６０００億円という規模でした。

どうしてメリルが敗れたのかは分かりません。規模が大きすぎたか、数千億円の融資となると、他の金融機関と分担（パートアウト）しなければなりませんが、それがうまくいかなかったのか。堀川氏が僕の医療機関の債権証券化のアイデアに〈それじゃロット（規模）が足りない〉と言っていたのが耳元によみがえりました。やっぱりか、病院ファイナンスは規模なんだ！　モスキートじゃ無理なんだ！　憑かれたようにそう思うようになりました」

## 匿名組合・任意組合で規模拡大

――でも、山中氏の原スキームは要するに金銭消費貸借契約、つまり貸金でしょう？

それを匿名組合（金商法）や任意組合（民法）を使った手の込んだ契約に切り替え、投資家に販売できるようにして、このスキームの規模拡大を容易にしたのは、誰の入れ知恵だったんです？

「それは仕組み債組成といった最先端の金融手法に長《た》けた、知人の外資系投資銀行マンのグループです。彼らは丸紅山中氏との原スキームを、より洗練された取引にしてくれたんです。メリル・ジャパン出身の公認会計士だった隅谷信治氏はそのひとりでした。05、06年はほとんど連日、アスクレピオスに顔を出すようになっていましたから。

ゴールドマン・サックス、メリルリンチ、リーマン・ブラザーズ、ウエストLB、モルガン・スタンレーなどの投資銀行マンも出入りしましたが、誰ひとりとして原スキームが〈詐欺だ〉と口にする者はいませんでした。山中氏も〈商社金融には利息という考え方がない〉などと奇妙な説明をしていましたが、利益を青天井にできるモノの取引は、彼ら外資系証券の猛者《もさ》も門外漢ですからね。そこは商社の独擅場《どくせんじょう》とみて、誰もツッコミを入れなかったんです。

彼らは特別目的会社（SPC）や匿名組合・任意組合など便利な道具立てを駆使して、投資銀行業務の対象となりうる投資商品に見事に変身させたんです。利息制限法や出資法を上回るリターンについては、証券会社に認められている他の事業会社に対する経営アドバイス業務によりフィーとして徴収するなど、契約形態が変更されていくことになります。そして、従来とは似ても似つかない、日本の銀行、証券、商社にとっては未体験ゾーンに踏みこんだのです」

――待ってください。匿名組合とか任意組合とかを説明してくれませんか。

「資金調達のための手段、器《うつわ》と思ってください。要するにファンド組成です。任意組合契約は、民法第６６７～６８８条に規定され、複数の人が出資をして共同で事業を行うスキームです。組合員である投資家が事業者に業務の執行を委任し、事業者が業務執行組合員として事業運営を行います。アスクレピオスはゴールドマン・サックスやリーマン・ブラザーズ、みずほ銀行などと任意組合契約を結び、アスクレピオスが事業者となり、事業運営をしました。

もうひとつの匿名組合は、商法第５３５条に規定される匿名組合契約に基づき、出資者は出資だけで運営には口を出さず、事業者が運営を行い、責任を持つスキームです。出資者は分配金を受け取る権利だけを持ち、所有権は事業者が保有します。その営業から生ずる利益を分配することを約することによって、効力が生じます。こうした組合をアスクレピオスは数百組成しました」

――ふうむ、仲間の知恵袋が授けたアドバイスは善意だった？　それとも下心ありですか？

「ファイナンスやコンサルを組み合わせた病院再生の将来性を見越し、アスクレピオスがその先駆けになると見込んで、あくまでも善意で助言してくれたんだと思います。基本的にボランティアだった彼らに僕は恩義を感じこそすれ、責めるつもりなどはありません。結果的にはアスクレピオス事件の際、東京地検特捜部に彼らが軒並み任意で事情聴取を受けるなど、ご迷惑をかけたことは申し訳なかったと思います。

特捜部の検事は〈齋藤一人でできるわけがない〉と決めてかかり、誰が首謀したかを執拗に突いてきました。ゴールドマン出身の野口真人《まひと》氏と、メリルの友人堀川氏から貴重な助言をいただいたのは確かだけれど、そのどちらかと問い詰められれば返答に窮します。野口氏はアスクレピオスの取締役になってくれたし、堀川氏らも株主になってくれたんです。一網打尽が検察のシナリオだったんでしょうか。野口氏は僕との会話の録音テープを、弁明のために検察に提出したそうです。

確かに京大出身の野口氏と、東大出身の堀川氏は、出身の大学や外資がライバルだったこともあり、どこか張り合っているところがあって、堀川氏から〈野口さんはどうしてる？〉と探りを入れられたこともありました。でも、2人ともついに丸紅案件の虚構は見抜けなかったんです」

## 〈虚構〉の薄氷に実体が乗る

――結局、アスクレピオスは頭のてっぺんから足の先まで虚業だったんですか。

「いや、虚業というより、グレーゾーンのあるスキームを、投資家に伝えていなかったのが問題でした。立ち上げたアスクレピオスという会社のエンジンをかけ、事業を回していくために、盲点のあるスキームを利用したことになります。偽造された丸紅の保証書を足掛かりにして、次々に投資家を呼び込んだからです。

最終的にアスクレピオスは30人の社員を抱えることになりますが、事件で逮捕されたのは僕Ｉ人だけ。社員は山中氏のスキームのことなど何ひとつ知りません。投資家の開拓といい、オリジネーターの医療機関探しといい、社員たちの地道な努力の賜物です。そこには実体がありました。

その実体が〈虚構〉の薄氷の上に乗っていたんです。取締役の野口氏は〈丸紅案件はリアルオプションである〉などと解釈していましたけどね」

――それはどういう意味です？

「リアルオプションとは、金融工学における事業評価法のひとつで、将来の不確実な要素に対し、柔軟性がない事業よりも柔軟性がある事業のほうが投資家からの評価が高いというものです。画期的な技術革新や戦争など予測不能の重大な不確実性に直面した場合、複数の選択肢を持つ企業のほうが生存確率が高いとみるからです。でも僕の耳には、丸紅案件のような〈空白〉を抱えたアスクレピオスには、逆に大化けする可能性があるという励まし、あるいは希望的観測に聞こえたんです」

――しかしそれは〈空白〉の不確実性をむしろ高評価するという虫のいい理屈ですよね。サブプライムで喧伝された確率的な〈リスク分散効果〉と同じく、かえって将棋倒しになる潜在リスクに転じるのに、金粉をふりかけて隠すイチジクの葉のようなものでしょ。金融工学の専門家が寄ってたかってそんな理屈を通したとは驚きです。

「華麗な屁理屈、呪文だけのブードゥー魔術だったかもしれません。20年間にわたって米金融界の尊敬を集めたアラン・グリーンスパンFRB（米連邦準備制度理事会）議長ですら、リーマン・ショックの将棋倒しを招いたCDO（債務担保証券）については〈数学の知識は相当あるつもりだが、その複雑な手法は私の理解を超えていた〉と退任後に本音を漏らしているほどです」

――〈マエストロ〉と呼ばれた議長まで知ったかぶりだったんですか。他は推して知るべしですね。ニューヨーク大学ビジネススクールの夜間部出身で、債券トレーダーから叩き上げたリーマンCEO（最高経営責任者）兼会長、ディック（リチャード）・ファルドも、はなからブラックボックスだったでしょうね。

「だけど、誰もがそれに酔っていたわけじゃないんです。丸紅の山中氏は僕らの疑問に応じて逐次体裁を整えていきましたが、検分した隅谷氏が〈丸紅とゲートキーパーの間の契約書が不備〉と鋭く指摘していました。そのミッシングリンク（失われた環）がこのスキームのミソだったんです。あの時、とことん問い詰めなかったことがつくづく悔やまれます」

## 丸紅本社至近の雑居ビル

「独立後のアスクレピオスは、神田錦町の目立たない雑居ビルに入居します。丸紅案件で知り合った川上土地建物の川上氏の紹介でした。僕がつけた唯一の注文は、竹橋の丸紅本社の至近にオフィスを持つことでした。そこは大通りから離れた地味なビルでしたが、丸紅本社から徒歩5分だったんです。

やがて山中氏らライフケアビジネス部の連中が、足繁く顔を出すようになりました。ちっぽけなわが社が彼らのアジトみたいになったことが、僕に無類の安心感を与えたんです。丸紅の大看板に頼ることで、まだ無名だったアスクレピオスの信用補完ができると考えたからです」

——齋藤さんは、その丸紅に何を期待していたんです？

「診療報酬債権の証券化スキームと見比べれば分かるように、肝心なのは社保・国保のような絶対の信用力に支えられる構造でした。丸紅案件では、それを大手商社の信用力に置き換えたんです。多くの投資家を信用させ、オリジネーターに債権を譲渡させるには、モスキート単独では力が及ばない。寄らば大樹の陰なんです。だから僕にとっては、丸紅が最終リスクを負ってくれることがどうしても必要でした。秋山さゆりさんの警告に耳を貸さなかったのもそのせいです」

――それじゃあ、丸紅のほうは齋藤さんに何を期待したんですか。

「僕が主宰するファンドのオーナーとして、資金を医療機関へ投入できる能力があると考えていたんだろうと思います。つまり、全ての最終リスクは、僕が運営するファンドが負うと思っていたんでしょう。この場合のファンドとは、匿名組合や任意組合だったんです。

これは丸紅と僕らの双方が、互いに責任を転嫁する奇妙な構造でした。このスレ違い、互いの〝見て見ぬふり〟は、仕掛けを大きくしてくれた投資銀行マンたちの責任ではありません。土台が〈虚構〉だったこと、それに薄々気づきながら手を拱《こまぬ》いていたのが災いの元でした。巻き込んだ友人たちには合わせる顔がないけれど、当時の僕は前に進むしかなかったんです。

06年初頭、アスクレピオスは副社長として、群馬県の上場会社を中心に桐生市で税理士事務所を営む福田博重氏を招聘することになります。山中氏の紹介でした。60歳ですが〈エッジな税理士〉と呼ばれてなかなかのやり手だったようで、中央大学商学部出身なので僕ともウマが合いました。拓殖大学大学院で修士課程にも進んだようです。彼のおかげで群馬の有力企業であるヤマダ電機などから匿名組合への出資を実現することができました」

――狙い通り、大手商社の看板で、人脈の裾野が広がってきたのですね。

## みずほ銀行が1億円融資

「このころ、みずほ銀行丸の内支店の新人行員が、飛び込みでアスクレピオスに現れました。いきなり〈1億円使ってください〉と営業してきたのがきっかけで、06年春に1億円の融資が実現したんです。みずほには芙蓉グループの富士銀行が合流していますし、元メリルの行員も転職していたので親近感がありました。

これまでの僕は証券会社や地域金融機関、外資系投資銀行としか縁がなかったのですが、ついに三大メガバンクの一行を取引銀行にできたんです。アスクレピオスの信用力が確実に向上しているという実感が湧いてきました。

また、みずほには医療機関向け融資のリストがあるだろうから、彼らに近づいて損はないと思いました。たまたま丸の内支店には、みずほコーポレート銀行（旧日本興業銀行）の藤木太作氏がいて、医療機関の顧客開拓を進めていました。早稲田大政経出身で僕と同い年です。隅谷氏から紹介してほしいと頼まれて、六本木の神戸牛レストラン『瀬里奈本店』で会食したこともあります。

そんな縁で、07年12月にはみずほとアスクレピオスで共同任意組合をつくることになりました。その任意組合を通じ、医療機関への診療報酬債権を裏付けとした融資スキームに発展します。最終的には任意組合に対しみずほが50億円のコミットメントライン（無審査で随時融資を受けられる融資上限枠）を付けてくれました。みずほの後ろ盾のおかげで、ファクタリング先の医療機関も増えていき、出資者、投資家のネットワークも無理なく拡大していけるようになっていたのです」

——順風満帆だった？　信頼関係の源泉が丸紅の大看板だったとすると、みずほの後ろ盾も得て絶大な効果があったことになりますね。

「決定的な瞬間がありました。06年初夏、何の前触れもなく丸紅ライフケアビジネス部の佐藤浩一部長が、アスクレピオスのオフィスに現れ、資本参加を検討したいと申し入れてきたんです。アスクレピオスを丸紅本社内に移転してはどうか、という話まで浮上します」

――結果として丸紅の資本参加はもちろん、アスクレピオスの丸紅本社内への移転も実現していません。なぜでしょうか。

「やはり根幹にあった例のスキームが障害でした。丸紅の出資提案は、このスキームが露見する一歩手前で物別れになったのです。丸紅サイドも資料提出にこだわりませんでした。お互い深く立ち入らないことで、スネの傷には触れず、心地よい距離を保つことができたんですね。すべての事実を知れば、短期の利益計上はおろか、何もかも瓦解したと思います。

しかしなぜ、丸紅はもっと厳しく精査しなかったのでしょうか。僕は佐藤部長の紹介で数千万円の生命保険に入りましたし、黙って丸紅の言いなりでいれば、いいことずくめみたいに言われたのに、最後は水泡に帰しました。

おそらく山中氏の持ち込みだった医療機器販売の案件には、ミッシングリンクがあると丸紅も薄々勘づいていて、そっと仕切りを設けて隔離したのかもしれません。あれでアスクレピオスは〈虚構〉のエンジンを止めるチャンスを失ってしまったのです。

いつだったか、佐藤部長や丸紅社員らと4人で会食したことがあるんです。一橋大出の紳士然とした佐藤氏が、会食中にいきなり居眠りした。一度ならず馬鹿にされていると感じました。まともに相手にするような相手じゃない、早く帰りたい、というメッセージかとも。

アスクレピオスは、監査法人を大手のPwC中央青山から京都のグラヴィタスに代えていますが、どの監査法人でも指摘されたのは〈川上土地建物とジーフォルムの先が見えない〉ことでした。まさにそこが僕らのアキレス腱でした。業を煮やした僕は、医療経営コンサル会社専門の監査法人を自力でつくろうと考えたほどです。懇意にしている会計士を中心に7人を集め、銀座にある外資系の傘下に置こうとしたのですが、実現には至りませんでした。

そうかといって、丸紅と疎遠になったわけではありません。佐藤部長を交えて、アスクレピオスは忘年会、慰労会などを共同で行うようになります。丸紅側もアスクレピオスには利用価値ありと判断し、実働部隊として利用できるところは利用していこうという方針に変わったのではないでしょうか」

——利用するとは、丸紅の期間利益計上の手段として、アスクレピオスの運営するファンドを活用することでしょう？　当時の週刊東洋経済の記事によれば、丸紅は3年間で20億円相当の利益をアスクレピオスとの取引で得たそうですから、稼げるあいだは〈不見転〉で続けられるだけ続けようと丸紅も割り切っていたんじゃないの？

「とはいえ、乗っかってしまったスキームの息の根をどうやって止めるか。自転車操業をやめることとは利益の計上をやめること、すなわち30人規模となった社員を路頭に迷わせることになります。だから、ハムスターの回し車にストップをかけるには、まとまったカネが要るんです。それをどうやって捻出するか。僕は深く考え込まざるをえませんでした。

問題含みのスキームに乗ってエンジンをかけ、会社という車を走らせたのなら、そのエンジンを止める方法、止める力こそ最も重要なことだ。後日、取り調べの検事にそう指摘されました。エンジンを止められないなら、最初からかけるべきではない、とも。

でも、せっかく起動したエンジンをすぐ止める人はいないでしょう。2005年10月にアスクレピオスが独立し、3ヵ月程度でエンジンがかかってから、僕はいつ自転車操業を切り上げて、どう資金提供者や出資者全員におカネを返すかを、ずっと考え続けました。

きれい事はどうでもいい。証券会社出身の僕が思いついたのは二つです。一つはアスクレピオスを上場させ、上場と同時に自社株を売却し、リターンを得ること。もう一つは市場を利用してこのスキームで得た資金を運用し、キャピタルゲイン（売買益）を得ることです」

## 「上場益で帳消し」のハードル

「むろん契約書通り、丸紅が全ての債務を負うのが本来あるべき姿です。契約書にそう書いてあるからです。しかし核心のスキームは表沙汰にできない。後者のキャピタルゲインより、僕が集中したのは前者の上場益で帳消しにすることでした」

——しかし上場には2期連続黒字など、審査に通るための高いハードルがあります。

「おっしゃる通りです。当時の東証マザーズ市場（現在はグロース市場）など新興市場に上場するにしても、2期分の決算書類の他、非常に厳しい資産査定、社内体制の整備が必要でした。上場準備に要する2年は長すぎる。しかもアスクレピオスは丸紅との協業を生かし、実業を早急に成長させねばならないが、僕にはその時間がない。

上場に向けての各種セミナー参加はもちろん、ニューヨークのナスダック（NASDAQ）市場を見据えて、現地の投資銀行を通じ、ニューヨークの法律事務所まで意見を聞きに行ったのです」

――えっ、いきなりナスダックですか。

「ええ、ナスダックは全米証券業協会（ＮＡＳＤ）が運営している株式市場で、この協会の頭文字からそう呼んでいます。米国にはいくつも株式市場があって、時価総額で最大なのはニューヨーク証券取引所（ＮＹＳＥ）です。コカ・コーラやゴールドマン・サックスなど大手優良銘柄ぞろいですが、上場審査も厳しい。

これに対しナスダックは、主にハイテク企業やＩＴ関連の企業など新興企業が占める割合が高く、マイクロソフトやアップル、ネットフリックスやテスラなどが上場しています。日本勢では任天堂、マキタやくら寿司などですね。一言でいえば、世界最大の新興企業向け株式市場です」

## ピンクシートめざし渡米

「でも、僕の狙いはニューヨークでピンクシート銘柄に登録することでした。ご存じですか、ピンクシートＬＬＣが運営している店頭取引（ＯＴＣ）のことで、銘柄は７０００を超えます。

ピンクシートの最大の特徴は、監査が不要で、短期間かつ低コストで登録が可能だということです。発行会社の財務内容などの登録基準がなく、マーケットメーカーとなる証券会社を通して、ＮＡＳＤの子会社であるＮＡＳＤレギュレーションに簡単な財務資料を提出し、ピンクシートＬＬＣへの登録が完了すれば即取引可能になる。

ピンクシート登録のメリットは、①株式時価が明確になる、②流動性は低いが株式売買が可能となる、③米国での事業展開がしやすくなる、という点だと思います。これを真似て日本でも日本証券業協会が1997年7月から『グリーンシート』を創設しましたが、さっぱり定着せず、クラウドファンディング合法化で2018年3月末に廃止されましたけどね」

――ピンクシートもかつては、エンロンやワールドコムなど2001〜02年にかけて巨額の不正会計事件を起こした企業が登録していたんですよね。

「よくご存じですね。ピンクシートは2007年3月、大幅な制度改革を行い、特定の条件により区分（トランチング）されるようになりました。僕が調査を始めたのはこの改革以前です。日本での情報は限られていましたから、直に聞くに限ると、クレディ・スイス・ファーストボストン（CSFB）ニューヨーク支店のプライベートバンカー（富裕層の資産運用専門のバンカー）にアテンド役を頼み、05年12月にニューヨークへ飛んだのです。

プライベートバンカーは、子供の進学から別荘購入に至るまで、顧客のあらゆる要望に親身に対応することになっています。CSFBのプライベートバンカーがアテンドした法律事務所も、彼らがふだん懇意にしているウォール街の老舗でした。2社訪問しましたが、僕へのアドバイスの中身はまったく同じでした。

〈ミスター・サイトウ、ピンクシート登録は明日にでもできる。スタートはそこからだ〉

つまり、ピンクシート登録と同時に自社株の流動性が生まれるわけではないんです。ピンクシートに登録するより、私募債を発行して資金調達を始めるほうがいい、という結論でした」

## 東証の「裏口」で勝負

——おやおや、私募債で資金調達するというのは、すでに日本で実行していた匿名組合による資金調達と同じことでしょう？　丸紅案件スキームによる資金調達を、東京からニューヨークへ広げろと言っているに等しい……。結局、振り出しへ戻る、か。

「その通りです。規制緩和が行き届いたニューヨークといえども、流動性のない未公開株に十分な流動性を与えることは容易でない。上場とは株式に流動性を与えることですが、登録しただけでは株式に流動性は生じないということなんです。しかし、それによって僕の方向性が見えてきたんです」

——やはりニューヨークでなく、東京で勝負ですか。

「僕の目標は定まりました。株式交換、株式移転などを通じたアスクレピオスの裏口上場です。裏口上場とは、非上場企業が自身より規模の小さい、または経営不振の上場企業を買収し、上場企業を存続会社とした合併を行い、正規の審査を経ずに実質的に上場企業となる〈逆さ上場〉のことです。僕の主たる狙いは東証マザーズ市場でした。

暗部が露見する恐れのある上場審査を避けるために、未上場企業の株式と上場企業の株式を交換した上で、未上場企業が実質上場され、上場企業は上場を維持できる。つまり、一石二鳥なんです。〈裏口上場〉というと聞こえは悪いが、自己所有株式を公開し、市場で売買できるようにする意味では、ＩＰＯ（新規株式公開）と変わりません。

もちろん、すでに上場している会社のほうは、東京証券取引所から一定の上場廃止猶予期間入りを宣告されます。この期間内に、上場審査に堪え得る社内体制の整備、上場審査基準を満たさなければ上場廃止になります。それでも、裏口上場をするメリットがアスクレピオスにはありました。アスクレピオスの株式が上場会社の株式に変身し、市場で売買することが可能になるからです」

## 上場貫徹の二つの条件

「ところで、アバターさん、会社を上場させる上で何が最も重要だと思いますか……。

第一はまず会社を上場させるという強い意志です。上場って会社を公にすることです。皆さんから支持されるような事業内容でなければならない。経済学者ケインズの言う美人投票に似ていて、自分がいいと思っただけでは駄目だということです。そして、まず上場ありき、何としても上場させるという強い意志が大切なんです。上場に堪え得る会社の理念、皆さんから支持されるような会社の理念がそこになければならない。

たかが〈理念〉、と思われるかもしれません。候補先企業の主幹事だったみずほ証券の担当者が、真っ先に僕に求めたのはアスクレピオスの企業理念の開示でした。みずほ証券としては当初、株式交換には反対だったんです。ところが企業理念に始まり、上場会社の体裁を整えているかなどを調べるにつれ、この担当者の姿勢が軟化していきました」

——なるほど、二つ目は何なんです？

「辣腕の会計士の存在です。僕は優秀な会計士さえいれば上場できると思います。幸い僕の周りには優秀な会計士がいたんです。会計士が死命を制することを僕は痛感しました」

——丸紅案件がありますからね。ボロを出さないようにしないと……そこでまた、メリル時代から親しい隅谷氏が登場するのですか？

「それが違うんです。隅谷氏は別件で忙しくなって、アスクレピオスには顔を出せなくなりました。他にも何件か別の上場案件があって忙しかったようです。逆に僕は自分の会社アスクレピオスのことで頭がいっぱいでした」

――ああ、もしかすると別件の中には、隅谷氏が金融庁の処分を受けることになったオリンパス関連もあったかもしれませんね。オリンパスは野村證券OBの横尾宣政氏の投資助言会社を通じて、本業と関連が薄く売上高数億円の国内3社を732億円で買収し、隅谷氏が関与したのは2006～08年でしたからね。彼も〈オリンパス疑獄〉からは逃げ遅れたようです。じゃあ、裏口上場の会計士は誰に頼んだんです？

## 異業種交流会で知り合った凄腕

「ここで登場するのが、公認会計士の宮本良一氏です。宮本氏とは、僕がメリルリンチにいたころ、異業種交流会で知り合いました。2時間ほど話しましたが、慶應大学卒業後に米国に留学して、米国の公認会計士資格（USCPA）も取得しています。その試験結果がカリフォルニア州で2番だったそうです。でも、ふだんはそんなことを鼻にかけるような素振りも見せない人でした。

メリルリンチ時代には、生き残りに必死の地域金融機関の資本増強のために、僕が宮本氏に頼んだことがあります。当時は金融庁の前身の金融監督庁が〈危ないところはつぶせ！〉と大号令をかけていたので、かつて僕の職場だった都民信組などからさんざん愚痴を聞かされました。

宮本氏にお願いしたのは、古巣の都民信組と、わが長野にある上田商工信組の資本増強ですが、結果的に業務委託契約を結んだのは上田だけでした。宮本氏は国内では増資に応じるところはないとみて、香港にまで飛んで出資者を募っています。しかしその上田も長くは保ちませんでした。都民信組破綻と同じ01年12月、金融庁に引導を渡されて破綻、翌年夏に八十二銀行、長野信用金庫、上田信用金庫などへ事業を分割譲渡して解散しています」

――それきり、しばらく会っていなかったのですか。

「はい、再会したのは、ちょうどアスクレピオスの上場ビジョンが描けず、僕が頭を悩ませていた時期でした。夜も遅い午後10時ころ、アスクレピオスの役員と2人で赤坂に酒を飲みに出たところ、かつての職場だった旧山一證券赤坂支店のビルの路地裏で、聞いたことのある声を耳にしたんです。宮本さんとお弟子さんの二人連れでした。

もっけの幸いと、アスクレピオス上場に力を貸してほしいと宮本氏を口説いたんです。その日からです。宮本氏とこのお弟子さんの献身的な日々が始まったのは」

――言い方は悪いが、2期分の黒字決算をでっち上げるミッションですよね。

「ふだんの宮本氏は、キャリー付きのスーツケースをガラガラ引きずって、顧問先を回っている感じですけどね。副社長に招聘した税理士の福田博重氏に意見を聞いたところ、努力家だとのことでした。愛妻家でもあり、たまに奥さんの話題が出ました。

しかしアスクレピオスには何日も泊まり込んで、社員の作業をリードしてくれました。わが社内ではビジネスホテルの安い布製スリッパを履いて、パタパタ歩いていたのが印象的でした」

――宮本氏は丸紅案件の問題点を知っていたのですか。

「正直なところ、僕は宮本氏にそれを打ち明けたことは一度もないんです。契約書は残らず渡しましたが、その解釈は宮本氏がしています。契約書の文言や書類の有無についても、彼に質問されたことも議論したこともありません。過去にさかのぼって契約書を改訂するよう求められましたが、作業は全てアスクレピオスの女性職員が対応し、印鑑をもらい直さなければならない多くの書類は、僕の指示で印鑑チェーンの『はんこ広場』から三文判を買ってしのぎました。

会計士はあくまでも善意の第三者です。全リスクを起業家が負っているからこそ、利益もオーナーが独り占めできるということになるんです。そこに微妙な隔たりがあるんです」

## ライブドアのお手並み拝見

――しかし見事に裏口上場に成功したのだから、つけ入る隙がなかったんでしょう。

「たまたま06年1月、ライブドア本社が東京地検特捜部と証券取引等監視委員会の家宅捜索を受け、堀江貴文社長ら幹部4人が逮捕されています。6月にはニッポン放送株買い集めをめぐり、ライブドアの梯子《はしご》を外した元経産省官僚の村上世彰氏も逮捕されて、ベンチャー企業上場をめぐる〝成長仮装〟型ファイナンスへの批判と警戒が強まった時期でした。宮本氏はそれを意識してか、ライブドアの公認会計士の対処法をかなり気にしていたのが印象的でした」

――当時のライブドアの財務は、税理士資格を持つCFO（最高財務責任者）宮内亮治氏、監査役が大橋俊二弁護士、監査法人は港陽監査法人の代表社員、小林元氏という組み合わせでした。宮本氏からすれば、彼らのお手並み拝見でしたかね。

「確か宮内CFOは懲役1年2ヵ月の実刑判決が確定し、港陽の小林氏は在宅起訴でしたが、執行猶予付きの有罪判決を受けましたね。後日、アスクレピオス事件で僕のインサイダー取引を担当した特捜部の検事は、取り調べでこう述べました。〈ああいう風にされるとこちらとしても手が出せませんよ。困りますね〉。それが宮本氏評価の第一声ですね。事件後も宮本氏は一切処分を受けていません。僕が聞いたところだと、自宅の庭の草むしりに専念されていたようです」

——誰もが金融商品取引法を怖がって、抜き足差し足だったさなかに、堂々と裏口上場を進めたのですから、いい度胸ですよ。で、株式交換の相手先はどう探したんです？

「よくぞ聞いてくださいました。正直言って、創薬ベンチャーのLTTバイオファーマ以外の会社は思い出したくもありません。LTTバイオ以外にも3社あったと記憶しています。いや、大阪へラクレス上場の会社を入れると4社かもしれません。

なぜ思い出したくないのか。1社目とは一度ミーティングをしましたが、何の進展もなく自然消滅です。

2社目はミーティングの開始早々、クチャクチャとガムを噛むような音がしたんです。僕は会議室をざっと見渡し、相手先の役員と犯人がわかったので、思わず言ったんです。

〈おい、ミーティング中にガムなんか噛んでる奴は、さっさと出ていけ〉

それで破談です。もう一社は、受付の女性に会議室で待つように言われたのに、2時間経っても誰も現れませんでした。受付の女性すらいつのまにか消えていた。僕らも挨拶することなく、この幽霊会社を後にしました。

これが東証マザーズに上場していた会社の現実です」

――１９９９年に東京証券取引所が開設した新興企業向け株式市場のマザーズは、鳴り物入りの上場第１号があのリキッド・オーディオでしたからね。芸能人絡みの暴力団フロント企業が見え隠れしたうえ、大神田正文社長が監禁と暴力行為で逮捕されるなど、最初からイメージが最悪で、マザーズ銘柄も玉石混淆でした。LTTバイオはどうだったんです？

「あそこだけは常識的でした。会議中にガムを嚙んだり、アポイントをすっぽかすような者はいません。僕らもあらゆる選択肢を排除することなく、交渉に当たったつもりですが、こうなると上場企業とはいえ、自ずと選択は狭まっていくことになります」

## 創業者は上皇后さまのいとこ

――LTTバイオが野村證券を主幹事としてマザーズに上場したのは、２００４年11月でしたね。創業者は由緒正しい水島一族だったとか。

「かつての皇后陛下、現在の上皇后、美智子さまのご親戚です。創業者の水島裕氏は、父が東京帝大の分子化学の研究者で文化勲章を受章した水島三一郎氏です。母は日清製粉会長、正田貞一郎氏の二女勅子氏でしたから、貞一郎氏の三男、英三郎氏の長女である美智子上皇后は、水島裕氏にとっては母方のいとこにあたります。小学生以前からの顔見知りだったとか。

一族はキラ星のごとく医学部教授や研究所所長がずらりと並ぶ名門です。

裕氏も東京大学医学部大学院を出て聖マリアンナ医大教授となり、体内の薬物伝達経路を究明するドラッグ・デリバリー・システム（ＤＤＳ）研究の第一人者でした。１９９５年に新進党公認の参議院議員（比例区）として当選、98年に自民党に鞍替えしましたが落選し、１期で終わっています。入れ替わりに娘の水島広子氏が政界に進出します。広子氏も慶應大学医学部を出て、精神科医として母校の講師などを務める才媛でしたが、２０００年の衆議院選挙に栃木一区から民主党候補として出馬、自民党の大物、船田元氏を破って初当選しました。

１年生議員ながら、マスコミ出演が相次ぎ、代表質問に立つなど話題をさらっています。03年の総選挙では船田氏に苦杯を舐めましたが、比例区で復活して民主党〈次の内閣〉の雇用担当相を務めました。05年の〈郵政選挙〉では再び敗れて渡米、政界引退を表明しましたが、〈民主党のマドンナ〉と呼ばれ、09年の鳩山由紀夫政権では総務省顧問を引き受けました。現在は水島広子こころの健康クリニックの院長です。

父の裕氏は医学界に復帰し、日本リウマチ学会の会長や抗加齢医学会の理事などを歴任、03年１月に医薬品開発を目的に設立したのがＬＴＴバイオなんです。当時は、水島ファミリーのベンチャー企業と言ったほうが通りがよかった」

## マネーは万人を平等にする

――系図好きの人には、垂涎《すいぜん》の的になりそうなセレブですねえ。

「でも、セレブの家柄をアスクレピオスの箔付けにする気はありませんでした。たまたまだったんです。でも、マネーのいいところは、全ての人々を平等にするということです。

創薬で企業が成果を上げることは極めて難しい。資本市場と創薬ビジネスを融合させることそのものに合理性があるのかさえ疑問ですが、創薬ベンチャーに資本市場から資金調達する道を開くというのは、国の政策的色彩が濃かったようにも思います。LTTバイオでいち早くその政策を実現したのも、水島裕先生の功績かもしれません。LTTとはLife Science and Transfer Technologyの略で、創出された医薬品を一刻も早く医療現場に届ける架け橋となりたいという願いが込められているそうです。

ただ、血筋と同じで、どんなに立派な志であっても、マネーは人を平等に扱う。その非情さこそが、水島先生を大いに悩ませたことだったかもしれません」

——医薬品の製造販売は承認を得るまでに長い期間を要します。その開発期間中は売上高を期待できないため業績の低空飛行が続く。往々にして風評を流して株価を煽り、デイトレーダーを餌食にする〈ハコ企業〉と化すんです。そこに〝悪い虫〟が忍び寄ってくる。

「そういう異物の介在がなければ、僕らも合併のチャンスに恵まれなかったでしょう。LTTバイオに突如現れた大株主が井筒大輔氏です。当時は35歳くらいだったでしょうか。東証マザーズ上場の電子商取引運営会社、アイ・シー・エフ（現オーベン）の創業者です。07〜08年に起きたパチンコ情報の〈梁山泊グループ〉による株価操縦事件で、グループ代表の豊臣春国氏とともにアイ・シー・エフ社長の佐藤克氏まで逮捕されました。彼らは株式市場の異端児です。

この井筒氏が06年9月、水島ファミリーの資産管理会社で筆頭株主の水島コーポレーションと創業者夫人や長男からＬＴＴバイオ株をまとめて取得したんです。水島先生が六本木ヒルズのレジデンス棟にマンションを購入するために株式を手放した、と聞いたことがあります」

## 異端児株主がマジックを指南

「井筒氏への株売却に反発したＬＴＴバイオ社長の稲垣哲也氏は辞任しました。ゼリア新薬工業で研究開発本部長を務めた稲垣氏は、新薬開発の中心人物でしたから、創業時からのメンバーも去りました。存亡の危機に瀕した創業者の水島裕会長が、やむなく社長を兼務したのです。

その井筒氏が水島氏に会って指南した業績向上の秘策が、株式交換方式によるＭ＆Ａ（合併・買収）だったのです。株式交換なら、現金なしで優良企業を買収でき、買収先を連結決算に組み入れることで、業績の飛躍的向上が可能になるからです。

水島氏はこのマジックに飛びついたことになります。流動性はマネーだけではない、株式も流動性を持つことで限りない欲望を満たしていくんです」

――しかし齋藤さんのほうは、水島氏にどんなツテがあったんですか。

「きっかけとなったのは、三田証券社長の弟、三田康貴氏に紹介されたオーナー系上場企業の娘婿です。彼がＬＴＴバイオ株を保有していたんです。最初に会ったのは六本木交差点近くのフラワーショップの上にある人目に立たない高級カラオケハウス『フィオーリア』です。

彼からＬＴＴバイオ株を市場外で譲り受けました。額にして3億円弱でした。時価13万円相当の株を15万円で引き取らされたので、足元を見られたのでしょう。

その後、丸紅案件への投資にも関心を示したので、森・濱田松本法律事務所で弁護士立ち会いのもと彼に説明しました。若いのに、まったく予想のつかない人物という印象でした。丸紅案件に初投資することになりましたが、現金で3億円を持参してきたのにはたまげましたね」

——井筒氏のシナリオと連動していたんですかね。

「分かりません。LTTバイオの種玉《たねぎょく》を得た僕は、06年秋口に水島裕氏と直接面会する機会を得ました。アスクレピオスの古びた本社などと違い、LTTバイオのオフィスは愛宕グリーンヒルズの上層階にありました。オフィスから眼下に見えた芝公園と増上寺、そして東京タワーの風景は今も忘れられません。

皇族方を思わせる上品な雰囲気を醸し出す水島裕先生が、僕の前に静かにお座りになられました。単刀直入に僕は話を切り出し、水島先生ら居並ぶLTTバイオ取締役の面々に、株式交換を前提とした合併の提案を行いました。僕はこの株式交換のアレンジャーとして、山一證券時代の先輩で赤坂支店長だった大和田正也氏にマンデート（委任）します。あれは06年11月ころですね。大和田氏は日興コーディアル証券でM&A部門の部長でしたが、例によってブルドーザーの如く目標達成へと突進していきました」

**社長の座を譲った理由**

「2度目に大和田氏に会った際、〈ところで齋藤、LTTバイオの社長は誰がやるんだ？〉と聞かれました。斜め後ろにいた山中譲氏が〈僕がやります〉と声をあげたのです。大和田氏とは初対面なのに、自信ありげで、尋常でない決意を感じました。それで決まりです」

――ちょっと待ってください。どうして齋藤さんが社長にならなかったんです？

「山中氏は念願かなって有頂天だったようです。晴れて上場企業の社長として檜舞台に立てるからでしょう。丸紅がアスクレピオスに協力していた医療機器販売を、ＬＴＴバイオが継承することで、うまく回していけると考えたんだと思います。

でも、僕はそれどころではなかった。ギリシャ神話のシジフォスのように、ようやく山のてっぺんまで押し上げた巨石は、再び谷底に転がり落ちる運命にあることがわかっていました。

水島氏のほうは、あらゆる人脈やツテをたどって、アスクレピオスとは何か、齋藤栄功とは何者かを調べたと聞いています。僕らは水島先生の信頼に足る会社でなければならなかった。それなのに07年初頭、肝を冷やすような偽造印疑惑が起きたんです」

## 偽造印と日本橋居酒屋の「怪」

――えっ、丸紅案件のスキームがバレたら合併は白紙、すべてが水の泡じゃないですか。

「きっかけは山中氏と副社長の福田博重氏が仲違いしたことでした。福田氏が〈山中氏は丸紅の偽造印を持っている〉と言い出したんです。福田氏はメーンバンクであるみずほ銀行に報告し、当然、みずほは僕にヒアリングを求め、藤木太作氏が神田錦町のオフィスに来ました。

僕は〈何も知らない。どういうことなのかわからない〉と答えるしかありませんでした。福田氏が副社長として警鐘を鳴らすことそのものは、間違いではなかったと思います。

おそらくそれで、みずほは丸紅案件に関する調査を大手のＴＭＩ総合法律事務所に依頼したんだと思います。僕が手がけた内部調査は山中氏へのヒアリングにとどめました。当然、本人は否定していましたし、ＴＭＩの調査も手ぬるくて、丸紅ライフケアビジネス部と山中氏本人にヒアリングしながら、リーガルオピニオンでは当たり障りのない結論になったんです。

福田氏と僕は膝詰めで協議しましたが、この件をきっかけに福田氏は副社長を辞めることになります。でも、１０００万円出資したアスクレピオスの株式は手放そうとしなかった。アスクレピオスに決定的に不利な証拠をつかんだのであれば、〈投資したカネをすぐに返せ〉と迫るかと思ったのですが、退社しただけでした。結局、山中氏との個人的な諍《いさか》いなのかと思ったんです」

――ミステリーの根はもっと深かったということ？

「福田氏が怪しんだ発端は、アスクレピオスがキックオフパーティーを開いた06年春以前にさかのぼります。出資者探しに関わっていた三田証券が丸紅の印鑑証明書がないと問題視したところ、山中氏がすぐ提出したので〈手際が良すぎる〉と福田氏が思った。知り合いの弁護士にそのコピーを見せたら〈３００万円で偽造する業者もいるから、印影がぴったり重なったって本物とは断定できない〉と言われました。

そこで、投資家集めに加わっていた別の税理士に頼んで、丸紅本社に確かめに行ってもらったんです。アポもなく突然の訪問でしたが、当時はまだメディカルビジネス部だった応接室で初対面の部長と名乗る人物が応対、アスクレピオスの丸紅関連書類を見せると〈当社のものです〉と言われたので安堵した。この投資は実現して、無事償還されたのですが、06年秋に増額を持ち掛けたところ、今度は代表印の印鑑証明を要求されたので実現できなかった」

――仲介した税理士の確認だけではまだ足りず、証明書の実物を持ってこいと？

「福田氏によれば、当時の山中氏は丸紅の課長でありながら、アスクレピオスでは企画をすべて決定し、必要書類を作成していて、社長の僕をさしおいて天皇のような存在に見えたそうです。福田氏に対しては〈田舎の税理士〉と陰口を叩いていて、最初から相性が悪かった。2人の対立に火がついて、偽造印疑惑を蒸し返すことになりました。

山中氏は偽造印の有無よりも、福田氏から〈株を取り戻せ！〉の一点張り。興信所を雇い、身辺まで探りましたが、何も出ずじまいでした。福田氏の退社で仲違いは沙汰やみとなったのですが、08年春に事件が起きてから、2年前に会った部長と名乗る人物が小柄な佐藤部長と風体が違い、ふだんのブレザー姿でなく、ラフな服装の大柄な男だったことに気づきました。そんなトリックができるのは山中氏しかいないと思ったそうです」

――えっ、部長の〝替え玉〟芝居は丸紅のほうが先になるんですか。

「僕は現場にいなかった……とにかく、福田氏は株を手放さず、ＬＴＴバイオとの株式交換後に売り抜けて3億円以上の利益を得たのですが、あとで証券取引等監視委員会の担当官にインサイダー取引にあたるかどうか調べられました。最後は事なきを得ましたが、08年3月にまんまと売り抜けたホームページ制作会社社長は、特捜部に告発されています」

――アスクレピオスと投資家がグルになった大掛かりなインサイダー取引を疑ったんでしょうね。結局、偽造印はどこにあったのですか。

「たぶん、神田錦町のすぐ近所にあったユナイテッド・インベストメントという会社に置いてあったと睨んでいます。不動産屋の息子だという山中氏のポン友がいて、山中氏が始終出入りしていましたから。ポン友はフェラーリを乗りまわし、見た目はボンボン、アスクレピオスにも現金で2億円を出資してくれました。

山中氏とポン友は05年4月から、共同でこの会社の代表取締役に就任しています。もとは桐生市にあった企業で、所有者が転々と変わり、04年7月から05年4月まで福田氏が監査役でした。福田氏によれば、無償で彼らに提供した会社かもしれないが、その後は何も知らないと言っています。この会社はサービス業の事業再生から、いつのまにか居酒屋経営に乗り出していました。途中入社とはいえ、本社の現役課長が居酒屋のオーナーだなんて、丸紅は知っていたんでしょうか」

――しかし居酒屋には実体があったのですか。

「ありました。05年7月に馬喰町に和食ダイニング『えっさほい』を開店、当時流行し始めた100円ショップにヒントを得て、つまみもドリンクも全品100円の立ち呑み屋『100ダイニング日本橋』を同年9月に開いています。髙島屋本店のそばで、17坪の路面店です。一日150人が集客目標でした。

タウン情報サイトの取材に山中氏本人がオーナーとして登場し、06年3月までに直営店を10店、その後はフランチャイズを2~3年で100~200店展開するなどと大風呂敷を広げています。〈小銭は財布が重くなるので、両替えしたら帰る前に使い切ろうと思うのでは〉というコメントを残しています。神田店もオープンしたようですが、うまくいかず店じまいしたのでしょう。07年2

月には会社解散を決めています」

## 国税調査に「虫よけ」税理士

——愛人の秋山さゆりさんが警告していた齋藤さんのカウンターパートナーって、山中氏のことでしょう？　二面性にどこかで気づいていたんですね。で、ひとまず偽造印に幕引きした後は？

「それが泣きっ面にハチで、ほとんど相前後してアスクレピオスに国税の調査が入ってきました。06年末に増資を実施して、資本金が1億円を超えたからです。そうなると、管轄が神田税務署から東京国税局に移り、国税の調査が入ります。

緊張しましたね。帳簿を逐一調べられたら、尻尾をつかまれるかもしれませんから。山中氏とジーフォルムの高橋文洋氏から、東京国税局の調査官だった植田茅《ちかや》税理士を紹介してもらいました。1984年退官のベテラン税理士です。

植田氏が便利だったのは、数千万円、数億円単位の現金を引き出す際、植田税理士に依頼すれば、彼が管理する銀行口座から引き出せたからです。銀行から自分で直接引き出すとなると、警戒されてチェックがうるさい。足がつかないようゲンナマを受け取るとき、二人はすべて植田氏を通していたようです。要するに、足がつかないカネの欲しい人、マネーロンダリング（資金洗浄）したい人には、大変便利な税理士だったのです。

植田税理士のオフィスは、京橋税務署から至近の場所にあり、国税にも睨みが利きそうな60代の年配の税理士でした。植田氏には二つ返事で国税対応を引き受けてもらい、〈齋藤さんは出てこなくて結構です〉と言われました。調査にきた国税職員と名刺を交換すると、僕はすぐ部屋から退出して植田氏に任せました。それ以後、僕は二度と呼ばれることがなく、調査は無事済んだんです」

## 34歳の上場企業社長が誕生

——へえ、大したもんですね。〈元国税局調査官〉という肩書の虫よけ効果は。

「この植田税理士に封印していただいたパンドラの箱は、やがてその蓋が開くことになります。とにかく、どうにか乗り越えて、結局、水島裕先生と僕は手を握り合うことになったんです。これはひとつの縁であり運でした。かくて07年5月、LTTバイオは、株式交換方式により、アスクレピオスを07年9月1日付で完全子会社化するとプレスリリースしたんです」

——片や売上高のカサ上げ、片や上場企業の看板と、お互いメリットがありました。

「LTTバイオの07年3月期の売上高は12億6700万円、これに対しアスクレピオスの同期売上高は50億9300万円です。まさに〈逆さ上場〉のためのM&Aです。その結果、LTTバイオは08年3月期の連結売上高が、対前期比4・3倍増の54億4900万円の見通しだと公表します。これで水島氏の長年の悩み、売上高低迷が解消されたのです。

同年6月27日、新LTTバイオは株主総会を開き、新社長に山中氏を選出しました。34歳の上場企業社長の誕生です。

この株主総会には僕も参加しています。まるで与党総会屋のように最前列に座って、水島先生のスピーチを拝聴していました。株主はみな水島裕ファン、もっと言えば、皇室に連なる水島ファミリーのファンだったのかもしれません。参加した株主は一言も声を発さず、会場はしんとして、水を打ったように静寂そのもの、水島先生の小さな声に聞き入っていました。

ちょうどそのころでしたね。日経バイオテクの専門記者が近づいてきたのは。6月か7月に山中氏と2人でインタビューに応じましたが、なぜか記事が掲載されませんでした。山中氏がアスクレピオスとのシナジー効果を滔々《とうとう》と語ったんですがね。うなずいていた記者の本音は1年後に明らかになります」

——齋藤さんにとって、不幸にも07年夏は〈最後の夏休み〉となりましたね。

「その夏、アスクレピオスは東京湾で遊覧船クルージングを楽しみました。社員の慰労も兼ねて、船上でディナーに舌鼓を打ちながら、3時間ほど東京の夜景を堪能したんです。

小さな遊覧船でしたが、パーティールームを予約し、アスクレピオスの顧問税理士となっていた植田茅先生もご招待しました。一言ずつのスピーチで、植田氏が述べた言葉が忘れられません。〈齋藤さんは、若いころの私に似ているところがある。ちょっと危なっかしいが、そこはフォローしてあげたいと思っています〉とおっしゃった。

僕には何のことだかわかりませんでした。まさか、アスクレピオスが爆弾を抱えていることを公言するはずがない。第一、僕自身も核心的な証拠を手に入れているわけではありません。すでにエンジン全開、アウトバーンを全速力で走っているのに、どうして〈危なっかしい〉とわざわざ言ったんだろう。真夏の夜の夢のさなか、妙に胸に残りました」

## 個人保証はすべてチャラ

――しかしお金の面だけで言えば、株式交換によってアスクレピオスの株式価値は数十倍になったでしょう？　ＩＰＯと同じく創業者利益を手にしたはずです。

「手持ちのアスクレピオス株が、東証マザーズで流通するようになったのは確かに大きい。アスクレピオス株1株に対し、ほとんど利益の出ていないＬＴＴバイオ株は40倍近い株数が割り当てられたはずです。９月１日に正式に株式交換によって、アスクレピオスがＬＴＴバイオの完全子会社になった結果、26・２４％を保有する筆頭株主となり、僕が副会長に就任します。水島先生は会長にとどまっているものの、僕が事実上の新オーナーです。

水島先生としては、数百億円程度なら差し上げましょう、くらいに考えていたのかもしれません。最初にお会いしてから、六本木ミッドタウンのザ・リッツ・カールトン東京で合併記念パーティーを開くまで、水島先生とは一度もおカネの話をすることなどありませんでした。ときどき先生にかかってくる電話は宮内庁とおぼしき筋からのようでした。水島先生とはそういう人です。

裏口上場ですから、東京証券取引所の鐘を鳴らすことはできませんでした。それどころか、ＬＴＴバイオの主幹事証券だった野村證券と、監査法人のトーマツが経営統合発表とほぼ同時に撤退を表明したので、「裏に何かある」と市場に疑われてしまいました（監査法人は07年４月からプライム監査法人に交代）。でも上場当日の早朝、メーンバンクのみずほ銀行の担当者が、アスクレピオス本社を訪れ、〈齋藤さん、これは儀式ですから〉と言いながら、銀行に差し入れていた連帯保証など僕の個人保証の書類を、目の前で破り捨てたんです。

それを見て、ああ、ようやくここまできた、と内心安堵しました。野村に捨てられても、みずほが拾ってくれると思った。裏口とはいえ、アスクレピオスが上場を果たすことによって、僕の個人保証など要らない企業に生まれ変わったんです。

その時点でLTTバイオの全株式を売却し、隠れたアキレス腱である丸紅案件を終了させればよかった。あれが最後のチャンス。事件後に東京地検特捜部の検事に言われた通りでした。あそこで始末をつけるべきなのに、しなかったんです」

## 東証が3年半の「要監視」指定

「次なる目標、次なるノルマが僕を待っていたからです。丸紅案件スキームを終わらせるどころか、投資金額も拡大の一途を続けます。欲望は無限です。〈無限とは一つの欠陥であり、完全ではなく限界の欠如である〉というアリストテレスの言葉を僕はまだ知りませんでした。

当時すでにこのM&Aに疑いを持ち、審査していたのが東京証券取引所です。不適切な合併として、LTTバイオを2007年9月1日から11年3月31日まで、3年半も上場廃止猶予期間入りという決定を下しました。

ライブドア事件を機に株式市場の秩序が揺らぎ、剣が峰の東証は合併審査を厳格にしていました。上場会社が非上場会社と吸収合併等を行った結果、〈当該上場会社が実質的な存続会社でないと取引所が認めた場合において、当該上場会社（略）が3年以内に施行規則が定める基準に適合しないときには上場廃止となる〉という上場規程601条1項5号を適用、僕らを要監視ボックスに放りこんだのです。

次の一手を考えなくてはなりませんでした。もう一度、株式交換をするにしても、今度は未上場が上場を呑む〈不適当合併〉ではなく、ジャスダック上場の大がマザーズ上場の小を呑む形の合併なら、東証も文句はつけられまい。僕の頭はそれでいっぱいでした。

しかし、この合併からわずか半年後にアスクレピオスは破綻します。踵《きびす》を接するように08年5月7日に水島先生が急逝されました。僕は海外逃亡中でしたが、先生が心痛のあまり亡くなられたかと思うと、今でもいたたまれなくなります」

——おっと、もうひとつ、忘れちゃいけません。LTTバイオの怪しい株主の影は？

「曲がりなりにも病院再生を謳っている以上、闇の勢力を含めたリスク管理をないがしろにしていたわけではありません。もちろん、丸紅案件のスキームは蓋をしたままでしたが、アスクレピオスは07年に警視庁の外郭団体、暴力団対策協議会に加盟しています。

アスクレピオス顧問には、元警視庁捜査四課（03年から組織犯罪対策部四課、22年以降は暴力団対策課）警部の加藤裕彦氏を迎えました。加藤氏はこの分野に強い藤本法律会計事務所に所属していましたから。藤本勝也弁護士は太平エンジニアリングの後藤悟志氏の紹介です。藤本氏は後にアスクレスピオス事件で僕の代理人を務めてもらいました」

——なるほど、07年から08年にかけて梁山泊グループが一斉に逮捕されましたね。警察官ＯＢのガードで封じこめようとした齋藤さんは、井筒氏本人と会ったのですか。

「一度会いました。それを隅谷さんに打ち明けたところ、〈井筒氏には会うな〉という指示がきたので、以後は近づかないようにしました。他にも芸能プロダクションの社長とか、隅谷氏から会わないよう釘を刺された人物が何人かいました」

## 「丸紅案件」に丸紅の関与なし

「しかし丸紅案件のタネ明かしの日が来ます。国税調査を巧みにかわしてくれた税理士、植田茅氏が築地の事務所に07年11月半ば、僕と山中氏、ジーフォルムの高橋氏の3人を呼び出しました。

ミーティングルームにはホワイトボードがあり、その前にこれから授業が始まる中学生みたいに、最前列に山中氏、次が高橋氏、僕は最後部に着席しました。植田氏が入ってくると、一瞬、僕らも姿勢を正しました。

先生は笑みひとつ浮かべない真顔でした。僕はまだ、なぜ呼び出されたのかと考えていたのですが、先生が話し始めるや、3ヵ月前の船上スピーチの真意がやっとわかったんです。

〈ようやく株式交換も終わって、丸紅との取引についてもきちんと整理していかないといけません。ところで山中さん、丸紅はこの取引について、どこまで関与しているんですか?〉

一瞬、僕は全身が凍りつきました。先生はやはり丸紅案件に〈空白〉部分があることに気づいていたんだ。しかし今さらそんなことを聞いてどうするのか。僕は山中氏の答えが怖かったんです」

——齋藤さん自身は直に山中氏に聞いたことがないんですか。

「問い詰めなかったのは僕の責任です。聞いたことはもちろんあったのですが、山中氏の答えは常に〈僕は丸紅で特別任務を任されています〉でした。第1号案件からすでに3年、丸紅案件の規模は拡大し、僕自身もカネにまみれていました。植田氏の問いに山中氏は悪びれることなく、こう答えました。

〈一切関与していません。丸紅は関係ありません〉

植田氏は叱ることも、咎《とが》めることもしなかった。高橋氏も黙ったままです。僕は山中氏の背中を凝視し、エドヴァルド・ムンクの『叫び』の絵のように、動くことすらできませんでした。爆弾が炸裂した瞬間です。植田先生の声など聞こえません。山中氏も高橋氏も目に入らなかった……」

——3人を呼び出したのは、わざと齋藤さんにそれを聞かせるためだったんですか。これからは抜き差しならない共犯だ、という現実を突きつけるために。

「僕は、今さら何を言ってるんだ、と思いながらも一言も発することができない。ジーフォルムの高橋さんは全く動揺するそぶりを見せませんでした。その場が凍りつくように固まったままだったのを覚えています。僕も大声を出して〈何言ってるんだ、そんなバカな話なんてあるわけないだろう〉と叫びたい思いをこらえて、3人の落ち着いた姿を見てただ座っているだけでした」

——どうも変だな。齋藤さん、だしぬけにタネ明かしだなんて飛躍しています。事前に何かあったからこそ、植田事務所に3人が集まったんでしょう？　何か隠しているのでは？

「さすがですね……アバターさん、実はある出来事がありました。そこで僕はカエサルのようにルビコン川を渡っていたんです。この日のミーティングはとどめでした。でも、それが何だったかを明かすのはもう少し先にしましょう。同時進行の他のプロットと複雑に絡んでいますから。

ただ、〈丸紅は無関係〉という爆弾宣告に衝撃を受けたのは事実です。薄々感づくことと、言葉でダイレクトに言われるのは、天地ほども衝撃が違うのです。僕は逃げられなくなった。

I人で帰りました。トボトボと歩きながら、昭和レトロな居酒屋に入り、ビールをあおって考えました。改めて植田氏の気持ちと、後に続く言葉を考えたんです。

第一は〈当然、丸紅は関与していると思っていたけど、丸紅さんも大変だね。丸紅さんのことを考えると、私はフィーなんか受け取れないな〉と言おうとしていたのか。

第二は〈こんなものに最初から丸紅が関与しているわけがない。でも、ま、どうでもいいことさ、カネさえ入れれば、私には丸紅なんてどうでもいい〉が本心だったのか」

——植田氏は何もかもを知っていたんでしょう。おそらく山中氏は開き直って〈俺はLTTバイオの社長だ、もう丸紅案件なんか関係ない〉というところでしょう。齋藤さんにダーティー役を押し付けるという肚ですかね。

「逃げ遅れた僕が、間抜けだったということです。そのうえ、植田氏はロリンザー仕様のメルセデスを乗りまわしていました。ロリンザーというのは有名なベンツのチューニングメーカーです。僕もドイツ車マニアですが、エアロパーツやホイールなどロリンザー仕様はかなり派手で尖っていて、腰が引けます。一介の税理士が持つ車かと、そのバブリーの正体を察知すべきでした」

## 当局がマーク、7年後に逮捕

「しかし、彼らとグルだったはずの植田氏も、アスクレピオス事件で当局にマークされました。特捜部の吉田久検事には、取り調べ中に〈これだけ植田氏の銀行口座を汚したわけだから、何らかのメリットを植田税理士も得ているんだろう？〉と言われました。

それから7年後、僕が獄中にいた2015年に、法人税法違反で逮捕されたと知りました」

――確かに、09年から13年にかけて医療法人秀真会や出会い系サイトの開発会社システムソリューションズなど顧問先4社に架空計上を指南したとして、法人税計約4億8000万円を脱税した容疑ですね。植田氏は起訴され、16年9月に東京地裁で懲役5年、罰金1億5000万円の実刑判決を受けました。

彼も〈国税ノンキャリア組の星〉でした。たたき上げで札幌国税局長の座を射止めた浜田常吉氏が02年1月に逮捕され、国税OB税理士の評判が地に墜ちたのと同じですよ。浜田氏も退官後、引く手あまたの税理士となり、97年から2000年にかけて2億5000万円を脱税していた。

彼ら国税OBには誰もがコネを期待し、税務署の現役からお目こぼししてもらえるという実態が明るみにでて、国会でも散々追及されました。浜田氏や植田氏は氷山の一角でしたが、税理士の3分の1を占める国税OBの肩身がずいぶん狭くなり、この2人はまさに他山の石でしたね。

「僕の事件で尻尾をつかまれた植田氏は、実は僕と同じく、あすは我が身でした」

# 第5章
# 破局の足音

——齋藤さん、長野刑務所は厳冬期の寒さが辛いとか。

「ええ、窓は二重になっているんですが、僕が入所したときは暖房なしでした。弱い暖房が入ったのは、僕が入所して5〜6年経ったころかな。

国家に睨まれた経済事犯への懲罰は寒冷地獄なんですかね。ライブドア事件の堀江貴文氏も、ここに収容されました。彼は懲役2年6月でしたから、僕より刑期はずっと短かかったんです。堀江氏は収監時には〈Go to Jail〉のTシャツを着たり、獄中でもメルマガを連載するなど、むきだしの国家権力に負けず意気軒高だったかに見えますが、痔を患い、ずいぶんと苦しんだそうです。堀江氏が出所後に出した『刑務所なう。』と『刑務所わず。』でも明らかです。

ささやかな暖房の恩恵には与れなかったはずです。やっと使い捨てカイロが許可されたのは、僕の残刑期が3年足らずになってからです」

——廊下や作業場で堀江氏とすれ違うこともあったのですか。

「ええ、でも、私語は厳禁ですから、看守の前では声もかけられません。お互い自分の殻に閉じこもるしかないんです。独房で自問しました。アスクレピオスはホリエモンをめざしていたんじゃないか、ってね」

## 「医療版ライブドア」をめざす

――それは憧れですか？

「あの当時の言葉で言えば、〈医療版ライブドア〉の実現でしょうか。米国の先行例を追って〈インターネット接続無料〉というサービスを二束三文で買い、グーグルやヤフーに単身で闘いを挑んだ堀江氏のライブドアに、若者はこぞって拍手喝采を送っていましたからね。

僕自身はすでにトウの立った中年でしたが、制度的に行き詰まって閉塞感のある医療機関の壁を破り、もっと患者本位で風通しの良い業界に変えてみたかった。無謀な戦いを挑むモスキートの心意気は、彼らと同じだったと思います。

アスクレピオスが最も力を入れるべきだと考えたのは、医療ポータルサイトの構築であり、サイバースペースを自由に流通できる電子カルテの開発でしたからね。アスクレピオスのＩＴ事業は、子会社のプロスパークが担っていたのです」

――しかし時代の寵児のライブドアだって、コアのポータルサイト部門はずっと赤字でした。その穴を自社株売買益などの計上で埋めていた。コアビジネスのないアスクレピオスと五十歩百歩でしたね。

「金融機関の改革の次は医療機関、との見立ては間違っていなかったと思います。カネと命、どちらも人間にとっては最重要です。ただ、患者本位とは何かが、まだ十分煮詰まっていなかった。電子カルテやポータルサイト構築に投じた金額も、５億円と小さすぎました。少なくともその20倍は必要だったでしょう。

ほかに考えていたのは、メディカルスタッフのネットワーク化です。医師・看護師など医療機関における人材の大都市偏在が大きな問題でした。医師、看護師など医療スタッフのネットワークを構築し、ボトルネック解消をめざしていました。

そのひとつが、防衛医大出身者のネットワーク化です。彼らは国から借金をして医者になったので、借金を返済するまで国家の指示に従い異動しなければならない。一人平均約4000万円の借金がありますから、それをアスクレピオスが肩代わりする代わりに、アスクレピオスが支援する全国の医療機関の医師として勤務する契約を結ぶわけです。これは株式会社アスクレピオス・ヒューマン・リソーシスが担い、防衛医大出身の医師に代表になっていただきました」

——今となっては、死んだ子の齢《よわい》を数えるようなものです。資金繰りが超高利で回転させる丸紅案件を原型としていては、いくら大きな夢を描いても早晩行き詰まったのでは？

「アスクレピオスとしては、丸紅という枠を超え、将来の医療機関像を睨んで、医療機器などの値段を把握し、その物流をコントロールすることも考えていました。

担当は株式会社アスクレピオス・パートナーズで、役員にはホギメディカル出身の柳泉信義氏に入ってもらい、神戸にある医療法人博愛会広野高原病院の再生で実績をあげた、京都銀行出身で一級建築士の山藤由近氏、埼玉記念病院事務長の宮崎重則氏、さらには伊藤忠商事メデイカル部門の新孝之氏を役員に迎えて、医療機関の物流改善に万全を期す体制を整えていたのです。実はこの子会社こそ当時の最先端モデルでした。僕らが破綻するや否や、同業者が後追いしましたが、現在のユカリア（当時はキャピタルメディカ）もその一つです」

## 大規模パンデミックにも備え

「また、将来発生すると予測される疫病の大規模パンデミックに備え、医療機関のリスク管理マネジメント、リスクアセスメントとその管理策のレビューや、院内感染リスク、職員感染リスク、情報漏洩リスクのコントロールまで手を広げようとしていました。

病病連携、病診連携、医師中心の病院間の連携だけでなく、患者の電子カルテを前提にした事務方の連携強化（患者の受け入れ体制の情報をＩＴ導入により共有、可視化すること）、病院の外部委託事業者の厳格化（具体的には委託事業者の業務マニュアル提出や視察、エビデンスの提示など）を見据えた体制を構築しようとしていたんです。長い目で見ての布石でした」

——ずいぶんと先見性があったんですね。新型コロナウイルス感染症による医療崩壊を考えると、その必要性は今でも薄れていません。ただ時代に先行しすぎたのかもしれませんね。

「２００６年１月、六本木ヒルズのライブドア本社に強制捜索が入り、堀江社長が逮捕されたことは、僕らにとっても他人事ではなかった。メディアのゴリアテに挑む若きダビデの夢に、冷水が浴びせかけられた。アスクレピオスにも、彼らと共通した〝死相〟が現れていたんです。

おカネをたらふく呑みこんだクジラが、狭い池の中で身動きができない窒息状態のことです。調達と運用が不均衡で、いい買い物がなく、イグジット（出口）がみつからない。ライブドアのような株式市場のプレデター（捕食者）も、そこに資金を供給する外資系のマンモス投資銀行も、似たり寄ったりの袋小路でした」

## 「池の中のクジラ」に出口なし

——堀江氏のライブドアは05年にフジテレビの事実上の持ち株会社、ニッポン放送の買収を狙い、ＭＳＣＢ（転換価格修正条項付転換社債）で調達した８００億円と東証の時間外取引で規制の網を掻いくぐり、みごとに奇襲作戦に成功しました。が、そこから売り抜けられず、経産省官僚出身の投資家、村上世彰氏に高値売り抜けのダシに使われます。

フジとの手打ちで得たＩ４００億円で手当たり次第にＭ＆Ａを進め、割安な企業を買い漁ったものの、掘り出し物は少なかった。所詮はライブドアの株高頼みの株式交換で、にわかづくりのコングロマリットは迷走するばかり。捜査がなくてもいずれ暗礁に乗り上げたことでしょう。

「米国のサブプライムローンだって、同じく調達と運用の不均衡の所産でしたでしょう？」

——ええ、金融緩和で溢れるマネーの行き場がないところに、焦げ付きリスクが高いとされた低所得者向け住宅ローン債権をトリプルＡに化けさせるマジックが登場した。ハイリターンに目がくらみ、雪崩を打って不見転のマネーが流れ込んだのです。

「メリルリンチの日本拠点に大ナタを振るったＣＥＯ、スタンレー・オニールですら、喉元過ぎて熱さを忘れました。06年にはサブプライムを証券化したＣＤＯ（債務担保証券）の組成と販売にのめりこみ、02年から3倍になった75億ドルという過去最高益を謳歌しています。

調子に乗って国内最大のサブプライム業者を買収し、オニール自ら４６００万ドルのお手盛りボーナスを手にしたのが仇になります。潮目が変わるや、07年第3四半期に79億ドルの評価損を記録、慌てて大銀行との合併を画策しますが、10月に解任されました。後任にはゴールドマン出身でニューヨーク証券取引所CEOだったジョン・セインが就きますが、在任わずか1年、リーマン・ショックの直撃で、メリルの歴史に幕を引く役を務めさせられます」

**群馬を一大拠点に資金調達**

「アスクレピオスにも同じ末路が待っていました。

基本的に池の中のクジラは同じです。押し寄せるマネーの出口をどこにみつけだすか、解のない窮地に追い詰められます。アスクレピオスは資金調達と運用の両輪が回らないと成り立たないのに、片輪しか機能しなかった。僕の刑事事件で検察側はこのスキームを〈病院再生ビジネスに絡めた複雑かつ精緻〉な仕組みと呼んでいます。こう要約されました。

①投資家が投資事業組合を設立してこれに投資した上、同投資事業組合と丸紅との間で病院再生事業に関する業務委託契約を締結するとともに、丸紅が投資額に利益を上乗せした業務委託費の支払を保証する

②同投資事業組合は、丸紅の取引業者として病院再生事業の実績を有するジーフォルムに業務の再委託をする

③ジーフォルムは、他の業者も使って病院再生事業を実施する

④丸紅の支援の下で病院再生に取り組むことになる病院は、銀行から融資を受けた上で病院再

資金調達面では、前章で触れたように匿名組合、任意組合などの投資事業組合を通じて投資家の出資を募るほか、アスクレピオスへの銀行などの直接融資もあり、アスクレピオスが新株を発行する増資という手もありました。僕を含めプロ集団だったアスクレピオス役員の６人が、これまでのツテを生かして順調に資金調達先を広げることができたのは、折からの金融緩和でマネーが潤沢だったせいもあります。

とりわけ副社長となった税理士の福田氏が大車輪の働きで、顧問先の群馬の投資マネーを呼び込んでくれたのがありがたかった。上州は〈アスクレピオス群馬支店〉と言っていいほど一大拠点になりました。日本一の家電量販店であるヤマダ電機のほか、東証２部（現スタンダード市場）のホームセンター『セキチュー』、名古屋セントレックス（現ネクスト市場）に上場していた中古住宅販売の『やすらぎ』（現カチタス）など群馬を代表する企業が、匿名組合に出資してくれたんです。

ヤマダ電機の山田昇社長、セキチューの関口忠社長（14年死去）、やすらぎの須田忠雄社長には、僕も福田氏に同行して挨拶しました。山田社長が僕らの追加出資要請に対し丸紅代表取締役の印鑑証明を強く求め、石橋を叩いて渡る姿勢を見せたのはさすがでしたね。

群馬財界に一声かければ、県内だけですぐ20億円は集まりました。裏口上場した07年９月はちょうど第一次安倍政権が退陣、地元の福田康夫氏が自民総裁選に勝ち、政権の座に就いた時期ですから、群馬全体が盛り上がっていましたね」

——東京の感触はどうだったんです？

「当然、有力な投資家がいました。その代表は、空調設備工事とメンテナンスの太平エンジニアリングの後藤悟志社長ですね。実兄の後藤高志氏は現在、西武ホールディングス会長兼ＣＥＯです。アスクレピオスがみずほ銀行を取引先にできたのも、後藤兄弟のおかげだったと言えます。

兄の高志氏は東大経済学部を卒業して第一勧業銀行に入行、３行合併でみずほコーポレート銀行の副頭取を務めた後、西武鉄道に移ります。有価証券報告書の虚偽記載で逮捕されたオーナーの堤義明氏の会長辞任後、社長に就任、再建を進めて西武グループに君臨するようになりました。

弟の悟志氏は青山学院大卒で家業を継ぎましたが、アスクレピオスのよき理解者で、みずほ銀行まで僕に同行し、協力を要請していただきました。急場の資金需要にもすぐ用立てていただいたので、返済時は丸紅を上回る利回りを付けています。

07年はみずほ銀行丸の内支店の90周年記念でした。ロシア革命と同年に開店した由緒ある支店ですから、内幸町の旧第一勧銀本店で開かれたパーティーに僕も招待されました。藤木氏の紹介で第一勧銀出身の杉山清次頭取にも挨拶しましたし、旧富士銀行発祥の地の日本橋小舟町の〈接待ビル〉でも二度接待されるほど親密だったのです。

そのほか、メリルリンチからの直接投資ではありませんが、メリルに口座を持つ京セラ創業者、稲盛和夫氏の財団からも40億円を投資していただき、これは償還しました。

06年春、アスクレピオスは紀尾井町の旧赤坂プリンスホテルで〈レッドサークル・メモリアル〉という盛大なパーティーを催したんです。リーマン・ブラザーズ、三井住友銀行、みずほ銀行、日興証券などのほか、投資家や医療業界関係者を含め約２００人の招待客が集まりました。群馬財界からも多数来賓としてご出席いただきましたね」

――「レッド・サークル」とは「丸に紅」の意味ですよね。意味深だな。丸紅案件の債務保証は、そうしたファンドの契約時にどう使われていたのですか。

「そこが急所ですね。丸紅の山中課長から、まずプロジェクト名となる医療機関の名前が入り、丸紅代表取締役の印鑑を捺した〈納品請求受領書〉という、丸紅からの支払いを約束した書類を発行します。Ａ４の紙Ｉ枚きりですが、山中氏が茶封筒に入れて持参するんです。この受領書がファンドの資金集めの原点となります。これに基づいてアスクレピオスが事業者となり、匿名組合契約書を作成します。あとは投資家が納品請求受領書と契約書を確認し、投資するかしないかを最終判断するのです」

――要するに、アスクレピオスが組成したファンドのあらゆる契約書に、丸紅の債務保証代わりの偽造受領書が差し入れられていたということですね。印鑑も文面も偽造だったのに、誰もが真正の丸紅の文書と信じていた。そうした契約は総計で何件くらいあったのですか。

「Ｉ００件？　２００件？　数えきれません。どんどんファンドを組成して総額がＩ５００億でしたから。どんな機器がどこの施設に納入されているのかは、ゲートキーパーしか知りません。実際は何も納品されておらず、納品請求受領書だけが乱発されていたとしても、投資家の皆さんにはその受領書を見せて〈最後は丸紅がリスクをとりますから〉と説得して勧誘したのです」

## 誰も丸紅に確認を取らず

――丸紅に受領書が本物かどうかを直に確かめた投資家は一人もいなかったのですか。

「確かに投資家は投資する際の判断材料として、丸紅ライフケアアビジネス部宛に内容証明付郵便を送り、債務確認の手続きを取ることができました。しかしアポなしで丸紅本社に確かめに行った群馬の税理士を除くと、丸紅本社に内容証明付郵便を送るなどで債務を確認した投資家は一人もいなかったのです。

内容証明付郵便というのは、心理的な盲点ですよ。何か事を構えるときの〈宣戦布告〉になりますから。大商社の丸紅に遠慮して、事を荒立てまいとする気持ちがどうしても働く。初期段階では、丸紅の他部門も同様の納品請求受領書を発行しているのかどうか、僕らも調べてみたんですが、商社には商社の慣習があるとのことでウヤムヤになりました」

――まさに〈不見転《みずてん》〉ですね。行動経済学で言えば、見たくないものが見えない確証バイアスかな。でも、サブプライムの証券化商品などとは違い、意外に単純な手口だったとも言えます。

「簡単なだけに、このスキームを単なる丸紅リスクと捉えれば、理論的には店頭デリバティブで丸紅CDSを手当てすることで、フルヘッジ（完全リスク回避）も可能でした」

――んんん？　何ですって、チンプンカンプンですよ。

「アッ、すみません。僕も20年以上前に堀川氏から手ほどきを受けたんです。金融工学の講義みたいになりますが、ちょっと我慢して聞いてください。

金融の原資産を加工するデリバティブは、取引所を介する市場デリバティブが一般にはお馴染みですが、証券会社の店頭で売買する店頭（ＯＴＣ）デリバティブのほうが取引規模は圧倒的に大きい。２０１３年時点では、世界全体の店頭デリバティブの取引残高（想定元本ベース）が約７００兆ドル、市場デリバティブはその7分の1でした。日本でも金融庁が集計する店頭デリバティブの取引残高は、15年3月末に３７２６兆円と天文学的な数字に達しています。

もしここでドミノ倒しが起きたら、想像を絶する大惨事になる。原資産は金利と為替が多く、日本では金利スワップが店頭デリバティブの70％超を占めていますが、ほかに為替予約、外国為替証拠金取引（ＦＸ）、通貨オプション、ＣＤＳ、商品先物など多様です。取引参加者も大企業から中小企業、教育機関、宗教法人まで多岐にわたります」

## 「金融の黒死病」でヘッジ可能

――で、肝心のＣＤＳって何なんです。

「クレジット・デフォルト・スワップ（Credit Default Swap）の略称で、対象企業が破綻し、借入金や社債などの支払いができなくなった場合に備えて、ＣＤＳの買い手が売り手にプレミアム（保証料）を支払い、いざという時には金利や元本に相当する支払いを受け取れるという仕組みです。倒産保険に似ていますが、ＣＤＳは刻々変動し、誰にでも売買できる流動性があります。リスクは売り手に移動しますから、輻輳《ふくそう》して連鎖すると手に負えなくなります。

08年9月、リーマン破綻と並行して世界最大の保険会社ＡＩＧが直面した危機がそれでした。

ＣＤＳの売り手として巨大なリスクを引き受けていたため、かねて〈ＣＤＳのドミノ倒し〉を警告してきたニューヨーク連銀総裁が、８５０億ドルを緊急融資してＡＩＧ株の79・9％を押さえました。でなければ、５０００億〜１兆ドルの大穴が空き、ＣＤＳを大量に売っていた英国ＲＢＳ、仏カリヨンなど欧州の金融機関まで大津波に呑みこまれるところでした。

――〈保険〉というから紛らわしいんです。ひとたび牙をむけば、金融の黒死病です。

「丸紅のデフォルト（債務不履行）リスクを避けるために、丸紅のＣＤＳを事前に買ってヘッジしておく。毒をもって毒を制すです。たぶん、日本のリーマンやゴールドマンもそうしていたはずです。事件発覚で丸紅リスクが一時高まりましたからね」

――不謹慎な想定ですけど、丸紅が破綻していたらリーマンは逆に全損にならず、齋藤さんの罪は問われなかったかもしれないと？

「いや、それは別問題です。でも、リスクは紙一重、丸紅も紙一重だったんですよ。

そろそろアスクレピオスの両輪の二つ目、つまり収益を生み出す源泉である医療機関のオリジネーター探しに転じましょう。アスクレピオスの証券化の大半は、オリジネーターとなる医療機関の経営改善を通じて、十分なキャッシュフローを生み出すのが目的でした。金の卵となる医療機関の経営改革、そうした医療機関の発掘、創造に僕らの未来がかかっていたんです」

## 医療法7条が病院経営の壁

「でも、いざそうした医療機関を開拓しようとすると、丸紅はまったく頼りになりませんでした。

山中氏が持ってくる茶封筒の偽造文書に記された施設名以外、紹介してもらったことは一度もありません。確かに丸紅ヘルスケアビジネス部の佐藤部長とは、04年に山中氏とともに沖縄県の琉球生命済生会琉生病院を訪れ、済生会病院への資材買い入れなどを丸紅が仲介する計画を話し合いました。05〜06年には佐藤部長や山中課長とともに、兵庫県の博愛会広野高原病院を訪れ、丸紅がCTスキャナーを導入し、透析センターや有料老人ホームの建設に参加するなどを話し合っています。大阪府八尾市にある今川病院へも佐藤部長らと訪問しました。

外からみれば二人三脚ですよ。佐藤部長が僕に言ったんです。〈齋藤さん、今川病院の経営が上手く行かなくなったら、丸紅が買い取ってしまえばいいってことですか〉とね。

もっとも、丸紅の内実は中性子治療などの設備の機能には詳しいが、病院の経営全般に提言できる商流のプロがいなかったんです。となれば、アスクレピオスは独自のネットワークで医療法人を開拓しなければなりません。実はこちらのほうが投資家を募るよりずっと難しかった。投資家は自社の事業に関する資金調達ですから、金融庁に対し投資家募集に関する届け出義務はありません。商法、民法の規定に従えばいい。しかしこれが医療法人だと、大きな壁が立ちはだかる。医療法第7条で、日本の医療機関は明確に〈営利〉が否定されているのです。

これが日本の医療機関の十字架になってるんです。医療法人の7割が赤字なのに、理事長は原則として医師または歯科医とされているため、経営のプロによる改善が進みません。結局、姑息《こそく》な抜け道で利を貪《むさぼ》るか、病院転売で不良債権のババ抜きに走るしかない」

——医は仁術とは限らない。手塚治虫のブラック・ジャックも、法外な手術代を要求するでしょう？

「アバターさん、僕らが対象としているのは超人的名医じゃありません。普通のドクターは患者の命を守るだけで精一杯のはずです。一方で、患者に差別をつけてはならない、そのために赤字経営では医療を維持できません。

だから僕ら営利を目的とする株式会社が医療法人の経営に携わり、利益と合理性を追求する指導を行ってバランスを取るべきなのに、医療法でその選択肢を排除していることが問題なんです。

そもそも個人開設の診療所は許可制ではなく、届出制なので医療法第7条5項には該当しません。非営利の原則の対象となるのは、〈医療行為〉ではなく〈医療法人〉という主体なんです。病院として株式会社であることを許された数少ない例外が、元首相、麻生太郎氏の実弟、麻生泰氏が社長だった麻生グループの病院です。あれは既得権ですかね。

しかも医療法第54条には〈医療法人は剰余金の配当をしてはならない〉と記されています。禁じられているのは〈医業や歯科医師業で得た利益を構成員に分配すること〉です。医療法人における〈利益〉は、より良い医療の提供という目的に充てる手段と考えられているのです。

剰余金の使われ方によって〈営利／非営利〉が判断されます。経営安定のために内部留保をする、設備投資やスタッフ教育に使う、などはもちろん可能です。給与の支払いは利益分配には該当しません。ところが株式会社のようにアガリの利益を配当として配ることは禁じられているというのが一般的な解釈です」

## バルクでどう病院をつかむか

――じゃあ、利益追求ができない医療法人は、現実にどうやって食っていくんですか。

「たくさんのＭＳ（メディカル・サービス）法人をぶら下げていて、ここが事前に医療機関の利益を吸い上げる構造になっているケースが多い。当然、そこにはカネにまつわる複雑な利権――医療機器メーカーからのキックバックなどが絡んで、簡単には手が出せないというのが現実です。

それだけに、僕らは診療報酬債権という医療機関のおカネの流れの核心を押さえ、医療機関内部に踏み込んで、医療法に則った医療法人の経営改善とは何かを提案しなければならない。

もちろん僕らは医療法人の理事として運営に参加することはできません。せいぜい評議員、監査役が限界でした。理事を派遣するにしても、名義を借りるだけになりました」

――マジシャンが鎖で手足をがんじがらめに縛って、水槽に飛び込むようなものですね。

「そもそも医療機関の開拓は地道で手間のかかる作業でした。三田証券時代から培った、ファクタリングを通じた医療機関のネットワークをベースに、一件一件シラミつぶしに開拓していかなければならないんです。金融畑の僕らだって一から開拓していたら、やたらと手間暇がかかる。そこでまとめてオリジネーターを鷲づかみにする手はないかと考えました。

医療機関には、日本私立病院協会（日私病）といった業界団体があります。加盟する医療機関をまとめられればいいのですが、短兵急にはかなわない。これは勘でしたが、大阪は経営難の医療機関が多いと聞いて、経営改革のニーズが東京より大きいとにらみ、天王寺区にある大阪府私立病院協同組合に通うことにしました。

たまたまその団体には、丸紅ライフケアビジネス部の部員も通っていたので、共同歩調を取ることができました。この協同組合に在籍していた東芝出身のアドバイザーの紹介や同行で、ようやく何件か大阪、奈良の医療機関を訪れることができました。これが後に梅田のインテリジェントビル内に〈アスクレピオス大阪〉を開く契機になりました。

山中氏や秋山さゆりさんと一緒に訪問した奈良県の拓誠会辻村病院は、その紹介事例の一つでした。ファクタリング業務から経営改善へと進み、辻村病院が取り組もうとしていたガン細胞だけ攻撃する画期的な〈免疫細胞療法〉のラボ建設を手伝ったのです。

徳洲会グループの全病院事業証券化などと比べれば規模は小さいが、医療機関の収益構造そのものを変えるような取り組みでした。辻村病院の門前薬局はアスクレピオスが運営することになっていて、院長は僕らの株主にもなってくれました」

――バルク（まとめ）買いで医療法人を鷲づかみにするチャンスは出てきましたか？

「06年初めに東京、大阪、神戸、京都、沖縄などの医療機関のファクタリングを手掛けながら、ふと気がついたことがありました。琵琶湖大橋病院、西京都病院、草津温泉病院（現草津こまくさ病院）などを視察して、実質的に上場企業と主従の関係にあると知ったんです。それがジャスダック上場が間近という介護サービス・臨床検査大手のメデカジャパン（現ＳＯＹＯＫＡＺＥ）でした。

創業者の神成裕《かんなりゆたか》氏は東京理科大学の夜間で学んだ苦労人で、１９７５年に23歳で血液の臨床検査会社の関東医学研究所を起業し、90年に株式を店頭公開しています。01年にメデカジャパンに商号変更し、機能型介護サービス施設『ケアセンター・そよ風』を全国150ヵ所以上も展開していて、埼玉に大きなラボもあり、これが魅力的でした。

よく表記を間違えるんですが、社名はメディカル（医療）とカイゴ（介護）を合わせた造語の〈メデカ〉であって、〈メディカ〉じゃありません」

## ミルク補給で実質支配

——04年7月30日にメデカは、当時としては画期的な決算発表（04年5月期）をしています。支援先の医療機関などへの貸倒引当金を積み増して、多額の赤字を計上しました。

「メデカと支援先の医療法人との密接な関係は、前身の関東医学研究所時代から医療界ではよく知られていて、一言でいえば、上場している株式会社が経営不振の医療法人に支援と称してミルク補給（親会社から子会社への資金補助）する仕組みなんですね。それが隠せなくなったので、注目を集めた決算説明会だったのです。

メデカの支援先の医療法人の出資者は、実はすべて神成氏のダミーでした。つまりメデカの株主の目を盗んで、実質的に神成氏個人が経営する病院群に融資をしていたんです。しかも神成氏のファミリー企業を通してね。これって自分で自分の足を食うタコに近い。

この決算発表でメデカは臨床検査部門を分社化し、介護事業を柱に据えるために、医療機関などへの債権を厳格に評価し直して、約31億円を新たに貸倒引当金に繰り入れました。

これは単なる不良債権のオフバランス（簿外）化ではありません。ミルク補給によって、株式会社が医療法人を実質支配していることが透けて見えたんです」

――苦し紛れにミルク補給を売掛金や間接融資に計上したメデカを見て、斎藤さんはチャンスと思ったのですか。メデカ支援先のベッド数は、合計すればおよそ２０００床ありましたからね。

「神成裕社長はこのとき〈思い切って不良債権の処理をした〉と語っていますが、現実はそれほど甘くなかったはずです。〈介護事業の拡大に注力し、東証Ⅰ部上場をめざす〉と言った神成氏の気持ちに嘘はなかったでしょうが、神成氏の野心と僕らアスクレピオスの野心が同じ方向を向いていたことは間違いありません。東証マザーズでまだ謹慎中のアスクレピオスは、あわよくばジャスダック上場企業との株式交換でその〈仮免〉状態を脱出できたらと考えていました」

――齋藤さんは敢えてそのリスクを取りに行ったんですね？

## ババをつかまされる

「時間が惜しかったんです。丸紅の佐藤部長に聞いたら、メデカとは過去に取引があったものの、神成氏と仲違いして絶縁状態になったそうです。警戒すべきでしたが、逆にメデカ再生の立役者になれば、株式会社が医療法人を支配する仕組みが手に入ると考えたのです。

ＬＴＴバイオとザ・リッツ・カールトン東京で合同パーティーを開いた07年9月に、相前後してメデカとも日本橋室町のマンダリン・オリエンタル東京ホテルで合同パーティーを開きました。神成裕社長率いるメデカの面々と、傘下のおよそ10ヵ所の医療機関の事務長を招いて、総勢Ｉ００人ほどが出席しました。会場に流したＢＧＭは、神成氏の企画で復活させたという『うめぼしのうた』で、株式交換による指定替え会見は〈もう秒読み〉との気運を盛り上げたんです」

――へえ、どんな歌なんです？

「赤面するような、たあいない歌詞ですよ。もとは明治時代の尋常小学読本に載っていた唱歌なんですが、〈うめサブロー〉というキャラクターと介護老人向けの〈元気体操〉が付いています。

〈もとよりすっぱいこのからだ
塩につかってからくなり
しそにつかって赤くなる
うめぼしのうた〉

実体は嘘に浸って真っ赤な赤字の梅干しでした。隅谷信治氏に紹介された西村あさひの米田隆、錦織康高弁護士からは、株式交換のもくろみに〈ジャスダックとマザーズの市場の相違をもっと厳しく受け止めるべきだ〉と釘を刺されました。大証と東証がまだシノギを削っていた時代ですから、東西をまたぐ株式交換となれば、大揉め必至という意味でしょう。それでも最終的にはメデカの資産査定を西村あさひにＩ５００万円で委託して、株式交換の準備を進めたのです」

――イソップ物語の〈酸っぱい葡萄《ぶどう》〉だったかも？　思ったよりメデカの闇は深かった。

「うがった見方をすれば、メデカジャパンというか、神成氏個人が傘下の医療法人の経営を圧迫し、食い物にしていたという見方もできるかもしれません。困ったら経営などに関心のない支配下の医療法人への債権をでっち上げ、売り上げに計上することもできたからです。神成氏の口から、07年に循環取引で創業社長が辞任した冷凍食品の加ト吉や、09年に破綻したＳＦＣＧ（旧商工ファンド）の〝帝王〟大島健伸氏の名を聞いたことがあります。メデカも加ト吉も火の車でしたから、その資金繰りに商工ローンや地下金融に片足を突っ込んでいたのかもしれません」

## 不可解な「中国コネクション」

――神成氏は一枚上手でしたね。メデカの〈蟻地獄〉にどれだけ貢がされたんですか。

「合わせれば、Ｉ６０億円ほどになります。まずメデカの筆頭株主だった日本アジア投資（ＪＡＩＣ）から、メデカ株を60億円で譲り受けました。

日本アジア投資は独立系ベンチャーキャピタルで、04年にジャスダックに上場、中国などに投資先ネットワークを持っていました。メデカ株の譲渡はすぐまとまったのですが、中国語なまりの日本語を話す女性が仕切っていて、背後の〈中国〉をちらつかせました。

次にメデカの病院向け債権を70億円で買い取って、不良債権処理に協力しました。そしてメデカの支援先である草津温泉病院で起きた診療報酬3億円不正請求問題では、請求した医師の刑事告発を見送り、駐車場など不良債権の処理に30億円を投じました。地元自治体も救済に前向きでしたから、アスクレピオスの病院再建第一号にしようとしたんです」

――筆頭株主になって外堀を埋め、不良債権も引き取るなど、三顧の礼で迎え入れようとした？

「まだあるんです。06年11月には神成氏個人に５万株のアスクレピオス株を無償譲渡しています。翌年９月のＬＴＴバイオとの株式交換時点で売れば、彼は労せずして１億円を手にできたはずですよ。07年夏には駄目押しのつもりで、神成氏を神田錦町のアスクレピオス本社に呼び、社長室で２０００万円のゲンナマを渡しました。神成氏が目を丸くして喜んだのを覚えています」

――そりゃまた露骨ですね。それでも、メデカはなびいてくれなかったのですね。

「無念です。メデカ本体と支配下の医療法人が抱える不良債権を押し付けるだけ押し付け、神成氏個人の負債を帳消しにし、資産形成まで力を貸したのに、彼はアスクレピオスにもＬＴＴバイオにも何もしてくれませんでした。

実はメデカ支援先の医療法人の事務長に、ヒアリングしてみて驚きました。アスクレピオスが買い取った病院債権の実態は、ほとんどが神成氏個人の資金調達手段でした。適当な理由をつけ、無理やり病院に負債を押し付けるので、言う通りに従う病院などなかった。神成氏も資金不足の病院が出ると、他の病院から契約書１枚で現金を抜き、自分の懐《ふところ》を潤わせつつ資金不足の病院の穴埋めに充てていたそうです。

――病院のハゲタカですか？　ババ抜きゲームの錬金術に見えます。

「医療機関や介護施設のビジネスって、獲物を喰らう豺狼《さいろう》の後ろで、虎豹《こひょう》が大口を開けて待っているんです。アスクレピオスは散々餌食にされたけれど、メデカだってユニマットの高橋洋二会長に食われました。第三者割当増資を機に介護施設を持っていかれ、09年には神成氏も追放されます。

不可解なのは、それでも神成氏がゲンキ・グループの会長に収まり、国内にある社会福祉法人を息子に運営させながら、上海、大連、瀋陽、広州や台湾、カンボジアのクリニックと提携していることです。神成氏の両親がかつての満州東部、吉林省和龍市に住んでいたため思い入れがあるんだそうですが、ＪＡＩＣとともにこの〈中国コネクション〉は気になりますね」

――アスクレピオスは、メデカ以外にはどこにカネを入れていたんですか。

「手元に資料がないので、記憶で申し上げましょう。

・蓄熱発電開発費（川上土地建物の紹介）10億円
・有料老人ホーム・グラシアス（ジーフォルムの紹介）10億円
・創造学園大学への貸付金（山中氏の紹介）３億円
・大阪の八尾市今川病院（ファクタリング先）10億円
・神戸の広野高原病院（同）３億円
・池袋の不動産ＲＥＩＴ（三井恵介氏の提案）３億円
・六本木の焼肉店『弦』３億円

このほとんどが焦げ付きました。このほか、ＬＴＴバイオ株の買付代金４億円、資金調達費用が50億円、丸紅に20億円かかったので、合計で約１２０億円になります。メデカにつぎこんだ１６０億円をあわせると２８０億円になりますね」

——リーマンから詐取した371億円のうち90億円がまだ不明ですけど、このリストに目を凝らすと、本業とは何の関係もないバラマキが混じっている。

「ええ、ゲートキーパーを介して、アスクレピオスはむしられ放題でした。蓄熱発電なんて熱力学の原理に反していて、永久機関と同じくありえないものだそうです。高崎の創造学園大学は山中氏の群馬人脈を通じて持ち込まれたのですが、クリニックにMRI（核磁気共鳴画像装置）を導入する話が、いつのまにか大学認可取り消しを防ぐ政治工作資金に化けてしまったんです。

やがて創造学園は決算粉飾がバレて学生が激減、覚せい剤使用・所持で逮捕された元アイドルの〈のりピー〉こと酒井法子さんがリハビリ中に介護資格を取ろうと入学したけれど、13年に文科省の解散命令が出て卒業できなかったという曰くつきの学校法人でした。教育も医療も最底辺ではブローカーの餌食でした。

六本木の焼肉店『弦』は山中氏のレストランです。居酒屋をやめて高級焼肉屋をオープンしたんですかね。その山中氏からは〈齋藤さんも抜いてくださいね〉と言われました。私腹を肥やす共犯にしてしまえば、口外できないだろうという計算でしょう」

## LTTバイオから切り離し画策

——山中氏と齋藤さんは、丸紅案件の秘密を共有する協力者になったんですか？

「協力者？　とんでもない、山中氏はLTTバイオとの株式交換が成立した07年9月1日の翌日から、アスクレピオスの切り離しへ動きだしました。どうやらLTTバイオの監査法人が、裏口上場問題の早期解決を強く[illegible]、それが解消されなければ、ＬＴＴバイオの上場廃止もありうると厳しい意見をつけていたらしい。

ＬＴＴバイオはみずほ銀行を仲介役として、水島裕会長を派遣してアスクレピオス切り離しを一方的に宣告してきたのです。何が何だかわかりませんでした。その極めつきが、植田税理士の事務所で〈丸紅案件に丸紅の関与なし〉と告げられ、僕が茫然自失したあの日になるんですよ。

伏線がありました。07年6月5日に山中氏が丸紅に辞表を提出したあと、僕は丸紅の佐藤部長に呼び出されて〈山中は詐欺師だよ〉と耳打ちされてるんです。あれは〈優秀な部下を取られた。あんなに面倒をみたのに〉という恨み節だったのか、〈危ない[illegible]上場企業の社長としてよろしく頼む〉という心境だったのか。それとも、トカゲの尻尾切りだったのか。

アスクレピオスへの丸紅の出資が破談になったとき、いち早く僕らの〝虚構〟を勘づいていたのかもしれません。そして07年8月9日、リーマン・ショックの予兆とも言えるパリバ・ショックが世界を震撼させました。フランス大手銀行、ＢＮＰパリバに欧州中央銀行（ＥＣＢ）が15兆円の資金供給に踏み切ったのです。

佐藤部長に聞かれました。〈齋藤さんのところはサブプライムの影響はありませんか？　資金調達に支障は？〉。サブプライムと直接関係はなかったのですが、かつての上司で日興コーディアル証券の大和田氏からも、07年11月に銀座に呼び出されて〈ＬＴＴバイオがアスクレピオスを切り離そうとしている。その仲介を頼まれた〉と言われました。僕は上の空でした。ＬＴＴバイオとアスクレピオスの二つを切り離したら、元も子もなくなるのに、どうして？　と。

僕がLTTバイオに辞表を出したのはその11月中のことです。副会長の肩書はわずか3ヵ月で消えました。まだ取締役でしたが、それ以降、愛宕グリーンヒルズに顔を出せなくなります。筆頭株主で実質オーナーの僕が自分の会社に近づくことすらできないんです。これっておかしくないですか。破局の足音は確実に迫ってきたんです」

## ポンジ・スキームの〈物語〉

——齋藤さん、そろそろ〈詐欺〉の根源を見極めようじゃありませんか。

「ええ、流刑囚だったドストエフスキーも言っています。〈刑務所をみれば、その国の文化が分かる〉と。獄中の読書で僕もいい本にめぐりあいました。大恐慌研究の第一人者、チャールズ・キンドルバーガーが書いた『熱狂、恐慌、崩壊——金融危機の歴史』(高遠裕子訳)です。エピソードが豊富で、僕のような愚行がこれまでにも数多くあったと知ることができました」

——確かにキンドルバーガーはFRBのエコノミスト出身で、戦後復興のマーシャル・プラン策定にも関与した人ですが、2003年に92歳で亡くなって故人でした。齋藤さんが読んだ訳本は、シカゴ大学名誉教授、ロバート・アリバーが2011年に改訂した第6版です。01年のエンロンやワールドコムの粉飾、08年のリーマン破綻とバーナード・マドフの巨大詐欺事件まで網羅していますから、格好のケーススタディーになりますけど。

「そうなんです、第7章でマドフの詐欺と〈ポンジ・スキーム〉を比べています。ポンジ・スキームとは、高利回りを謳い、釣った客から集めたカネを投資せずに配当にまわす詐欺のことで、

1920年代の詐欺師チャールズ・ポンジの名が由来です。日本のネズミ講のからくりもポンジ・スキームにあたります。そこには必ずハイリターンをもっともらしく説明する〈物語〉がある。客がその虚構を信じている限り、ハムスターの回し車は回転し続けます。が、虚構が破れると、車輪が止まって瓦解する。アスクレピオスの〈物語〉は、モスキート投資銀行の夢、丸紅の支払い保証、そして医療機関の再生でした。

僕らの行く手に滝つぼが見えてきた。傾いた難破船上で〈各人勝手に逃れよ〉との号令に、甲板から海に飛び込むようなもんです。自分を救いたい一心で、誰もが他人を蹴落とすカンダタになります。嘘八百を吹聴《ふいちょう》するだけでなく、身の程を超えた贅沢に走り、常規を逸した散財に耽るのも、身を焦がすような不安に駆られるからなんです。僕がそうでした」

――ゴルフやカラオケ、麻雀とか……気分転換するものはなかったんですか。

「ゴルフは下手くそですから、誘われたら行く程度でしたね。ゴールドマン系のアコーディアのゴルフ場会員権は買いましたけど、起業して間もない社長は楽しむ余裕がありません。

僕が唯一、すべてを忘れることができたのは、好きな車を運転して、車と一体になれた瞬間なんです。車は裏切らないし、思うとおりになってくれる。ステアリングを握れば、どこへでも連れてってもらえるし、どんなに走っても愚痴ひとつ言わない」

## 「ゲレンデ」で疾駆する至福

――単なる鋼板と油の塊なのに、まるでペットみたいに感じてたんですか？

「ペットじゃありません。それ以上です。メルセデスGクラス、通称〈ゲレンデ〉という高級SUV（スポーツ用多目的車）をご存じですか。六本木や麻布界隈をわが物顔に走っていますから、見たことがあると思います。Gとはドイツ語でオフロード車を意味するゲレンデヴァーゲン（Geländewagen）の頭文字です。NATO（北大西洋条約機構）と共同開発した軍用車両を民生用にアレンジしたのがもとで、1979年に登場しましたが、ほぼ半世紀経ってもエンジンとインテリア以外はマイナーチェンジだけで変わらないんです。

陸、海、空を表す三芒星を掲げたそのAMGモデルは、あらゆる市場を征服したい起業家の高揚感にぴったりでした。六本木あたりの軟弱な成金たちを尻目に、ゲレンデを走らせると、軍用車で戦場を驀進《ばくしん》しているような気分になれます」

――確かにごっつい。マッチョな気分になれるというわけですか。

「納車されたピカピカの新車、G55‐AMGに乗って、最初にどこへ行ったか分かりますか。成田空港に長男を迎えに行ったんです。海外経験を積ませようと、夏のあいだシカゴなどでホームステイさせていたんですが、妻と迎えに行き、帰りにレインボーブリッジを渡った夕暮れの情景が忘れられません。ゲレンデを乗りまわす喜びに浸りました」

――他人に見せびらかすより、せっかくのオフロード車なのに遠出はしなかったんですか？

「僕が選んだのは軽井沢です。遠出といっても200キロ、朝4時に東京を出れば、6時前には軽井沢に到着します。そのドライブに特にこだわりの車を走らせました。メルセデス最高級モデルSクラスをベースにしたAMG仕様車で、S65‐AMGです。エンジンはV型12気筒SOHCツインターボ。僕はこの車以上の車を知りません。

僕の夢は軽井沢に別荘を持つことでした。ＬＴＴバイオとの株式交換にメドが立つと、暇をみつけては車を走らせ、軽井沢で物件を見てまわりました。芸能人や旧華族の別荘など20〜30件も不動産屋に案内されましたが、どれもピンと来ません」

## 万平ホテルで朝のコーヒー

「最後に〈これがダメならもうご案内する物件はありません〉と不動産屋が切り札を出してきました。旧軽井沢のこんもりした森の中、万平ホテルから歩いて１分ほどの３５０坪の別荘地でした。お隣は森ビル兄弟の別荘とか。近くには作家の堺屋太一氏の別荘もありました。

07年７月に１億３９００万円でここを買ったのは、万平ホテルでモーニングコーヒーを啜る身分になりたかったからです。田中角栄首相とキッシンジャー氏が１９７２年にここで会談しているし、ジョン・レノンも射殺される前年まで、オノ・ヨーコと毎年避暑に来ていましたからね。軽井沢が外国人の避暑地として拓かれた歴史とともに、あのホテルはあります」

――堀辰雄の「風立ちぬ、いざ生きめやも」の舞台ですものね。

「買った別荘地は森のなかの更地でした。だけど、上物の別荘を建てるまで、僕は娑婆にとどまれなかった。一度もあの緑の木立を散策する別荘族にはなれず、手放してしまいました。いまの〝別荘〟は、その軽井沢から北西へ50キロ、浅間山と四阿山《あずまやさん》を越えて、菅平の裾にある塀の中です。

刑務所に弟が差し入れてくれた本のなかに、直木賞作家の馳星周が書いた『走ろうぜ、マージ』

がありました。馳さんが飼った犬の実話ですが、そこにも軽井沢がでてきます。馳さんは軽井沢に別宅を設け、老犬の最期を看取るんです。独房で声を殺して号泣しました」

――でも、別荘地を転売して利を得る下心もあったんでしょう？

「不動産も流動性が加われば、おカネや有価証券と同じです。大阪大学の小野善康教授によれば、流動性には〈人生の成功の目に見える指標〉〈社会的地位、社会的評価の向上〉などの効用があるそうです。後ろ暗いカネでも真っ当なカネだと自己暗示にかける必要がありました。

独立後のアスクレピオスが、毎年のように社員総勢を連れて豪華な旅行を楽しんだのもそうです。社員が喜んでいたかどうか、それはどうでもよかった。僕自身、成功者になれたとの自信が欲しくて、その価値観を全社員に押し付けていたんです」

## 京都の豪遊と脅迫電話

「05年12月にはマンハッタンの病院視察と称してファーストクラスでニューヨークに飛び、社員20人とともに華やかなクリスマス・シーズンを満喫しました。翌06年は年央に社員旅行を企画、シーズンたけなわのハワイ島でゴルフ三昧に明け暮れました。

07年は12月7日から京都で2泊3日の豪華忘年会です。趣向を凝らし、30人に増えた社員全員に和服を誂《あつら》えさせることにしました。一人一人のサイズを聞いたうえですから準備は数ヵ月がかりで、京都の老舗、豆田商事に特別オーダーしたんです。もちろん費用は会社持ちで、前年度の配当金から1000万円を投じました。おっと、アバターさん、呆れて笑ってますね」

――やっぱり齋藤さんも、贅沢三昧に「拡張された自我」を見て悦に入ってたんだ。

「いま思えば滑稽かもしれません。社員全員が豆田商事で和服に着替え、鴨川沿いの京都南座へ勢ぞろいで練り歩き、尾上菊五郎の『義経千本桜』や松本幸四郎（現白鸚）の『勧進帳』を観ました。和服姿の総勢30人が四条河原町をぞろぞろ歩けば、それは通行人の目を惹きますよ。着物の専門誌がカメラを提げて取材してました。芝居がはねてからは、祇園の料亭を借り切り、舞妓さんを揚げて京都の夜を堪能しました」

――まるで落語のお大尽みたいな豪勢な遊びっぷりですね。

「いえ、大事なのはこれからです。僕は内心怯えていた。最初の晩に泊まった京都駅のホテルグランヴィアと、翌日宿泊した川端沿いの老舗旅館に脅迫電話がかかってきたからです。〈京都から出ていけ。出ていかないと命の保証はないぞ。新幹線東京駅で帰りを待ってるからな〉僕は警察に通報しました。グランヴィアでは部屋の前に警官が立つという緊迫した状況でした。僕は新幹線で東京に帰るのをやめ、大阪伊丹から羽田へ降り立つ空路に変更したんです。タクシーを手配し、京都府警のパトカーに先導してもらって京都を脱出しました」

――いよいよ闇の勢力が近づいてきたんですね。

「僕の身近にいる者以外、京都旅行の日程など知らないはずです。なのに、なぜ宿泊先が突き止められたのか。顧問弁護士だった藤本勝也氏の指示で、警視庁組織犯罪対策部四課の元警部、加藤裕彦氏が動いてくれました。上がってきた名前は、当時渋谷の裏社会を支配していた広域暴力団、住吉会傘下の親分でした。しかし誰の依頼だったのか、彼らは口を割りませんでした。

僕はどこでトラの尾を踏んだのか。梁山泊グループか、病院再生をめぐるトラブルか。僕をLTTバイオから切り離そうとしていた山中社長が、京都旅行に不参加だったことも気になりました。資金回収などで暴力団と揉めてるのか、とも思いました」

——齋藤さんが出入りしていた高級クラブや愛人関係は大丈夫でしたか。

「やはり女性の話に行くんですね。いいでしょう、お話しします。僕は六本木が嫌いでしたから、片桐純子さんを例外として六本木にはあまり近づきませんでした。でも、仕事から得られるワクワク感とは別な刺激が欲しかった。危機的状況にある人間ほど、危険な選択をするんです」

## 政治家に捨てられたあの愛人

「危険地帯のひとつが、銀座の高級クラブ『宵待草』でしたね。ＯＬから銀座に転身し、トップホステスになった内藤恭子ママが開いたお店です。政治家が盛んに出入りしていました。有名クラブの『ドルフィン』や『エレガンス』から流れた〝夜の蝶〟を侍らせていましたね。当時、自民党幹事長だった麻生太郎氏も、政治団体、素淮《そわい》会の交際費が06年2月14日の1日だけで２０５万円を支出、そのなかに料亭幸本などとともに『宵待草』の９万４１０円も入っていました。

そこのホステスだった甲斐由美子さん（仮名）と愛人バンクで知り合いました。法政大学を卒業し、三井住友海上で苦情係をしていたのですが、夜は『宵待草』でアルバイトをしていて、馴染みだった民主党の中井洽《ひろし》氏に口説かれて愛人になったそうです」

——中井氏は日本社会党の衆議院議員だった故中井徳次郎氏の息子で、１９７６年の総選挙では三重1区で民社党から立候補して初当選、のち新進党、自由党を経て、民主党副代表になりました。短命に終わった新進党羽田孜内閣の法相、そして民主党の鳩山由紀夫内閣と菅直人内閣の両方で国家公安委員長という要職に就いていました。

「病院のREIT（不動産投資信託）にも心血を注いでいて、我々の業界も無縁ではなかったのですが、とにかく女性関係がルーズでした。銀座のホステスに赤坂議員宿舎のカードキーを使わせていたと週刊誌に追及されると、〈妻と死別したので不倫ではない〉などと弁解して世間の失笑を買っています。

中井氏の秘書同然だった由美子さんは、どうやら捨てられたらしい。詳しいことは打ち明けてくれませんでしたが、経済的に困窮していたのかもしれません。愛人バンクの風俗嬢として働くことになり、僕がその客となったのです。僕は、なぜ体を売らねばならないのか、と例によって説教強盗になります。結局、アスクレピオスで社員に採用することにしたんです。彼女だけじゃありません。同時に銀座のカラオケ店で働いていた妹もいっしょに採用しました」

――おやおや、姉妹2人ともですか。目立ちますね。今ならきっとSNSに密告されますよ。

「由美子さんは容姿端麗だし、機転の利く賢い女性に見えたので、資本金1000万円で会社を用意し、それを元手に副業をしてみたらと勧めました。姉妹にはアスクレピオスの株主にもなってもらいました」

## 愛人バンクに飛び込んだGS女性社員

「実際、自宅にも会社の金庫にもゲンナマはうなるほど溢れかえっていたんです。しかし法相や国家公安委員長を歴任するような政界の重鎮だって、一皮むけば欲望の塊でしかない。結局、中井氏は僕が服役中の12年、野田佳彦首相率いる民主党が大敗した総選挙に出馬せず引退し、その5年後、胃がんを患って74歳で亡くなりました。その罪は僕より重いと思いませんか」

――そう言う齋藤さんだって、目クソ鼻クソじゃないですか。

「罪を犯す者の愚かさなど説明できません。罪を犯している自覚があり、その危うさを痛感しているからこそ、さらに狂った行動に走るんです。犯罪者の心理など矛盾だらけですよ」

――でも、齋藤さんは当時まだ45歳。色事はそれだけで済まなかったのでは？

「アスクレピオスのビジネスが拡大すればするほど、それに比例して愛人バンクなどからの誘いも増えてきます。いろいろな女性がいるんですよ。

日銀総裁の姪と称する女性もいて、海外留学もして金融関係に就職し、〈叔父さま〉のことを平気で口にするんです。生活が苦しいわけじゃなく、純子さんや由美子さんとは境遇が違います。では、なぜ秘密クラブにわざわざ登録するんでしょうか。

ホテル・ニューオータニで一夜をともにした彼女に聞いたら、〈女としてのエクスタシーを感じることができるか、それを確かめるため〉と言い放ちました。あの一言が忘れられませんね。真のエクスタシーを感じて帰っていったのかどうか、僕には分かりませんが。

ゴールドマン・サックスの東京代表、持田昌典氏（２０２３年末退任）と同じフロアで勤務しているという女性もいましたね。彼女も女であることを確かめようとしていたんでしょうか」

——ゴールドマンのアマゾネス軍団が、男に不自由していたとは思えませんけど。

「たまたまゴールドマンとの出資交渉のさなか、六本木ヒルズのゴールドマンの担当者からオフィスに呼び出されたことがありました。階下の総合受付から軽い気持ちで彼女の携帯に知らせたら、焦って〈困る、困る〉の一点張りでしたね。

流動性ってきわめてデリケートな信頼のうえに成り立っています。人間はさまざまな悩みを抱えていて、こっちの悩みは善で、あっちの悩みが悪だ、なんて誰が決められます？　どんな悩みでも認めてやれば、その人は生き返ります。それでいいんじゃないでしょうか」

——しかし、それはドン・ファンの勝手な言い分に聞こえますね。

「一夜だけで消えていった女性ばかりじゃありません。ある日、外資系の調査部にいた足利尚子さん（仮名）と、秘密クラブを通じて知り合うことになりました。

尚子さんは調査部を退職後、ＭＢＡ（経営学修士号）を取るため私立大学の大学院に通っていました。手っ取り早く収入を得ようと風俗に手を染めたんでしょうか」

## 東京の闇を支える女たち

「尚子さんはおぞましい客に出逢ったことがありました。官僚出身の代議士から愛人バンクにお呼びがかかり、国会近くのＡＮＡインターコンチネンタルホテルの一室に行くと、先生はおもむろにベルトを外し、ズボンとパンツを脱いで、〈これから自慰するから見ていなさい〉と言って始めちゃったんです。思わず彼女が目をそらすと、〈ちゃんと最後まで見てなさい〉と命じたんだそうです。他人に見られていないと、エクスタシーに達しないんでしょうか。それを聞いて僕は彼女を叱りました。そうまでしておカネを稼がなければならないのかって」

——また齋藤さんの〝援交〟癖ですか。どうも女性の大学院生に弱い。

「はい、性懲りもなく、尚子さんを愛人バンクから解放しようと、設立した中間法人ヒポクラテスの代表にしたうえで、資金提供しながら付き合うことになりました。アスクレピオスは公認会計士を通じて、たくさんの特別目的会社を抱えていましたから、紛れ込ませるのは容易でした。

大学から遠くない赤坂にマンションも確保しました。尚子さんは車のA級ライセンスを持っていたので、メルセデス・ベンツCLK350をプレゼントしたんです。

いよいよアスクレピオスの破綻が迫って海外逃亡を決意したときは、数日前に帝国ホテルのラウンジに彼女を呼びだし、当面の生活資金にと1500万円を渡したんです。彼女はうつむいたまま黙りこみ、かつての元気な笑顔は消えていました。

〈私、齋藤さんが過去にどんなことをされていてもいい、と思っているんです。どんなことがあっても生きててほしいんです〉

帝国ホテルの雑踏の潮騒が、遠くへ退いていく気がしました。

〈あの〜、私のことを1ヵ月も2ヵ月も放っておかないでください〉

彼女にそう責められて、僕は謝りました。

〈私、赤坂の豊川稲荷に初詣して、占ってもらったんです。そしたら、大丈夫です、あなたの大切な人は、あなたから離れることはないでしょう、って言われました〉

返す言葉もありません。〈じゃあ、今度は大学の前で待っててくれる？　ゲレンデに乗ってくるから、今度はA級ライセンスの君に運転してもらうよ〉と言うのがやっとでした」

——齋藤さん、そんな口約束をしても、次の機会が来ることなどありえないと分かっていたはず……。

「ちょっと格好をつけた言い方になるかもしれませんが、美しいものを守らなければならない、弱い人たちの生活を守りたい、その一心でした。僕は女性という弱者を救済するために、リーマンをはじめとした強者に負担を求めたんです。

当然、こんな僕の身勝手が許されるはずもありません。しかし投資銀行はリーマンが破綻する前夜まで、勝者然として大手を振って闊歩していたでしょう？　強者には、闇で生きる者への慈悲の心を見せて欲しかった」

——平成の〝義賊〟ですか。

**食われた側のリベンジ**

「結果的に僕の言っていることは、すべて狂っています。でも、社会を底辺で支える現実もまた、悲しくも狂っているんです。アスクレピオス事件はある意味で、マンモス投資銀行への僕の個人的な復讐だったのかもしれません」

――10年前、自主廃業に追い込まれた山一證券の仇討ちですか。

「山一もアスクレピオスも根は同じです。マーケットに負けた、将来見通しが甘かった、リスク管理ができていなかった……要するに知識不足のせいです。資本主義にとって、何より重要なのは〈創造的破壊〉だと言いますが、数多くの機関投資家や金融機関が涙を呑んで消えてゆく。僕はその一部をこの目で見ました。

でも、その裏側であたかも時代の要請に応えるかの如く、静かに、しかし激しく、貪欲に暴利を貪る外資系のマンモス投資銀行が身を潜めていました。

僕自身もそれに乗って満足を得たし、真の幸福を手に入れたかのように錯覚した。市場リスクをコントロールするためにデリバティブを駆使し、仕組み債などを売り込んで収益機会をとことん追求し、多くの利益を得て富を享受できたことへの感謝はいまも忘れることがありません。

しかしながら、競争激化によって、対象とする法人の階層は次々に下げていかざるを得ず、金融知識のない、無知な投資家を巻きこみます。そこに僕はマンモス投資銀行の限界を感じるようになりました。サブプライムローンは、米国におけるその個人版でした。低所得層をおだてて搾取するマジックですよ。でも貪欲の限界を感じたら、彼らにも慈悲のかけらなりとも示して欲しかったんです」

――それと猟色《りょうしょく》とはあくまでも別問題です。愛人バンクの顧客が、彼女たちを救い出すメシアになるなんて、ファンタジーが過ぎるのでは？

「それがバブルのダークサイドじゃないですか。投資銀行の餌食となった機関投資家の思いを一身に受け止め、体を売り歩き都会をさまよう女性たちの無念も合わせて、僕は復讐したかったのかもしれません。だから最後は勝者の象徴、ゴールドマンにすべてを被せたうえで逃げ切りたかった。残ったババを引かせたリーマンには、ほんとうに申し訳ないことをしたと思っています」

――それは意外な謝罪ですね。ゴールドマンとリーマン、どっちもどっちでは？

「米系投資銀行にも寿命があるんです。あらゆる市場をコントロールし、暴利を貪り続ける構造そのものがもう限界だと、彼らもどこかで自覚していたはずです。もうはまだ、まだはもうです。奈落に落ちる前に逃げきりたい一心で、巨額の資金をたった1枚のペーパーで右から左へ動かす、世界中のどこへでも送金できる、それを〈グローバリズム〉と呼んで誰もが讃美しました。けれども何十社、何百社という機関投資家がマンモス投資銀行の食い物にされ、消えていく現実は、女性が体を売るのと同じです。見ていて辛く、苦しく、そしてあまりにも悲しい現実が、そこには横たわっていたんです」

――ああ、分かった、そこにモスキートの意地が隠れているんですね。

「社長の山中氏も欲望は似たり寄ったり。自分を見失い、万能であるおカネの奴隷となる我が身こそ全ての原因です。これ以上、独りよがりになるのは慎みましょう。アバターさんにお尋ねしますが、この出口なしをどう思います？」

## 赤坂の韓国クラブ『ポンジュ』

――うーん、難しいですね。ひとつ言えることは、齋藤さん自身、時代の要請に応えられないと気づいていて、アスクレピオスの寿命が尽きかけていることが分かっていたんじゃないですか。それがよりリスキーな方向へ、無謀なポンジ・スキームへと突っ走る動機だったのでは？

「確かに、そういう自分への懐疑、先行きへの不安を、女性と分かち合えたかというと、言葉に詰まりますね。彼女たちとは何を話していたんだろう。

僕自身も含めて、僕の家族の存在をも揺るがすような言葉を放った女性は、これまでお話ししたデリヘル嬢や愛人バンクの女性の中にはいません。もっとも重要な存在って、空気のように意外と気づかない。僕が逃げ場を失うほど追い込まれて、はじめてそれが分かったんです」

——おカネだけでない関係ということですか。そういう女性がいたんですか。

「僕は赤坂にあった韓国クラブ『ポンジュ』に通っていたんです。なれそめは06年から07年にかけて、独立してアスクレピオス社長として動きだしたころですね。アシアナ航空の御曹司に連れられて立ち寄ったんです」

——ああ、そんな高級クラブが一ツ木通りに並行したエスプラナード通りにありましたね。実質経営者の姜奉珠《カンポンジュ》さんの名を冠した店でした。音は似ているけど、ポンジ・スキームとは何の関係もありません、念のため。

「僕が『ポンジュ』に行ったのはビジネスの延長線上です。当時、健康を強く意識するリッチ層が韓国にいて、彼らを対象に日本の医療機関の人間ドックとゴルフをセットにしたツアーを企画し、韓国から誘致することを考えました。日本の受け入れ医療機関は、千葉県南部の基幹病院である亀田総合病院にしました。優れた人材を集め、高精度機器を導入して急性期医療を担い、集中治療部門を整備した急性期高度医療に力を注いでいたからです。そのために韓国アシアナ航空、大韓航空と業務提携できないかという交渉をしていたんです」

――当時の亀田総合病院は、大学病院並みの設備を整えた私立病院として有名でしたからね。でも、厚労省を批判した副院長とトラブルになった2015年以降、亀田4兄弟が母親まで巻き込んで、骨肉相食むお家騒動で大揺れですけど。

ところでアシアナの御曹司って、錦湖《クムホ》アシアナグループの朴世昌《パクセチャン》氏ではないですか。『ポンジュ』のような高級韓国クラブには、独特の雰囲気があったでしょう?

「日韓の政治的諍いが別世界のようでした。韓国は日本にとってなくてはならない存在と思えました。当時の民主党副代表の赤松広隆氏、元プロ野球選手の張本勲氏、元プロボクサーの具志堅用高氏の顔をよく見かけました。サムスン電子の幹部や、当時ソウル市長で08年から大統領になった李《イ》明博《ミョンハク》氏の兄弟ら、韓国政財界の大物のたまり場で、さながらリトルソウルでしたね。

その後、ポンジュのママは、韓国人ホステスの不法就労などの容疑で逮捕されています。あれも狙い撃ちだったのでしょうか。98年に縊死《いし》した在日出身の新井将敬(朴景在)氏の思い出がよみがえりました」

## ソウルから日本の建築学研究科に留学

「でも、僕はポンジュで一人の女性にめぐりあったんです。僕が追い詰められたときも、言葉をかけて寄り添ってくれるひとにね。二度目にクラブを訪れたとき、チーママから紹介された新人の朴美林さん（仮名）です。韓国から日本に留学に来た30歳の女性で、私立大学の建築学研究科に通う大学院生でした。大学院へ通うだけあって、日本語が上手でしたね。何となく日本人よりも日本的な印象なんです。まるで中学校の同級生と出会ったみたいな印象でした。今日初めて会った赤の他人ではないという懐かしさ、デジャヴ（既視感）ですよ」

――おやおや、また大学院生ですか。ようやく心を通わせられる女性を見つけたと思った？

「常に笑顔を絶やさない。おカネに困っている風にもみえません。クラブで会話を楽しみ、大学院で建築・デザインを学んでいて、生き生きとしていました。僕も肩が凝らずに何でも話せた気がします。こういう人は愛人じゃない、結婚の対象なんだろうと思いました。

だからこそ、最初は美林さんに深入りすまいと思ったんです。ちょっと気になったのは、なぜチーママが彼女を僕の担当にしたかです。

韓国から日本の大学院へ留学するのには、いったいどの程度のおカネがかかるのか。わざわざ日本に渡ってきたのですから、それなりの覚悟があったことは間違いないでしょう。唐突なのは承知のうえで、『ポンジュ』のチーママと美林さんを誘い出し、赤坂の大衆的な料亭『三河家』で、〈奨学金の足しに300万円を出そうか〉と提案してみました。

『ポンジュ』は愛人やデリヘル嬢を紹介するようなクラブではありません。おかしな行状を見せたら、アシアナ航空や大韓航空との取引が危うくなりますから、軽率なことはできません」

――しかし美林さんは心を許してくれた？

「ささやかな奨学金を進呈してから、彼女は変わりました。大学院で製作したデザインの模型を僕に見せてくれるようになったんです。畳一畳大の建築模型を、ジャンボタクシーに乗せて運んできて、僕がオフィスにしている麻布のマンションで見せてくれました。

彼女が僕を〈あなた〉と呼ぶようになったのはいつごろからでしょうか。僕もそれが自然だと思うようになっていました。出会ってしばらくしてから、スキーとスノボーに誘いました。中央高速を西へ走って、八王子ジャンクションを過ぎたあたりでしょうか。

僕が乗っていたのは例のゲレンデです。当然、左ハンドルでした。東京ではそのほうが駐車しやすいし、右手の指先に挿したタバコの灰を落とすには、灰皿が右側にあるほうが便利です。その時、ハンドルに置いた僕の右手を美林さんがしっかり握って、頬を寄せてきたんです。僕はとっさに〈危ないよ、運転してるから〉と日本語で言って、そっと手を引きました。彼女はスネたような声をあげましたが、それでもしばらく僕の右手を握ったまま、頬を肩に寄せて、遠くを見ていました。遥か彼方の富士山、日本の象徴にまなざしが吸い込まれていくように」

——それって、新たな恋の芽生えですか。

「彼女に車や時計や靴、宝石、そんなプレゼントをした記憶はありません。でも、おカネずくの愛人ではなく、心の寄りどころ、恋人になっていたんでしょう。僕が次第に追い詰められていった2007年も終わりごろ、彼女が僕に突然言ったんです。

〈あなた、困ってるんだったら、韓国の私の家で匿《かくま》ってあげる、だから心配しないで……〉

もちろん、僕は仕事や犯罪のことなど、一言も彼女の前で口にしたことがありません。それなのに、なぜそんな言葉が出てきたのか。僕の苦境をどこかで耳にしたのか、それとも暗い表情から僕の内心を察していたのか、まったくわかりません。

考えました。もし僕が美林さんを頼って韓国へ渡り、身を隠すとしたら、それは僕が日本を棄てることであり、僕の家族を棄てることでもあります」

――でも、家族を棄てられなかったということですか。

「彼女のいるソウルなら行ってもいい、と何度思ったかわかりません。でも僕は日本を棄てることはできても、妻とまだ15歳だった長男から離れる選択はできなかった。あの時、ソウルへ向かったら、僕はどうなっていたでしょうか」

――さあ、いよいよ次は、マンモス投資銀行とのコンゲーム（詐欺芝居）の章です。

「ええ、とっくに退路は断ちました。覚悟はできてます」

# 第6章
# コンゲーム

——さあ、齋藤さん、コンゲーム（詐欺芝居）の本番です。モスキートがマンモス投資銀行を口車に乗せた次第を語っていただきましょうか。

「そもそもの発端は06年9月あたりで、最初リーマンではなく、米系投資銀行の雄ゴールドマン・サックスでした。アスクレピオスにアシスタントとして入った女性が、たまたま以前の職場、ウエスト・ドイチェ・ランデスバンクで三井恵介氏と一緒で、その三井氏に橋渡しをしてもらいました。彼は僕と同じ中央大学卒（学部は商学部）で、米国のバンカース・トラストやベア・スターンズなどを渡り歩いた外資系の投資銀行マンです。その彼がたまたまゴールドマンの日本法人の会計士と親しかったので口利きしてくれました。

のちにLTTバイオの取締役に就いてくれた三井氏はビジネスライクで、この件では成功報酬として取引額の1％を支払う条件でした。そこが仲介料なしで丸紅案件を精緻化してくれたメリルの友人たちのボランティア姿勢との違いです。このときの資金調達について〈3月期末対策ですか〉と聞かれた記憶があります。しかし僕は初回のミーティングに出たきりで、あとは蚊帳の外でした。丸紅課長になっていた山中譲氏が三井氏と親密になって、交渉を主導したのです。

山中氏は当初、ゴールドマンの何たるかがよく分かっていなくて、単なる外資とみていたようですが、僕は懐疑的でした。天下のゴールドマンがデューディリジェンス（資産査定、以下デューディリ）で精査すれば、丸紅案件の空白部など、見破ってしまうのではないかと危惧したんです。丸紅からの出資を断念したときと同じように、その二の舞になると危ぶんでいました」

## デューディリで精査を危惧

「僕の脳裏には、メリルリンチのレベルの高いコンプライアンス体制がありました。ディール一つ一つに、関係諸法令に合致するかどうかのリーガルチェックはもちろん、投資家にとって真に適した取引かどうかを徹底的に精査していましたからね。とにかく新プロダクト委員会を通さないと取引を進められない。そのメリルと同等、もしくはそれ以上に高く評価されているのがゴールドマンのコンプラなんです。彼らの厳しいチェックが丸紅案件に入ることを考えると、印鑑証明すら出し惜しむような僕らに資金を出すわけがないと正直思っていました。

ですから、ゴールドマンとの交渉には同席する気にもなれませんでした。時間の無駄、と思ったんです。山中氏が主導している案件、すなわち丸紅の案件に、僕が説明することなんて何もない。

ゴールドマン側も自信満々でした。〈ジーフォルムのGはゴールドマンのGだ〉とか〈いざとなったらジーフォルムなんて買ってしまえばいい〉などと放言する始末。山中氏まで〈ゴールドマンがどんとカネを出してくれたら、もう１００万円単位の小口投資家なんて要らなくなる〉などと前のめりになりました。

見かねて僕は〈米系の投資銀行はみんなプライドが高いから、自分を安売りするようなことは言わないほうがいいよ〉とアドバイスしたほどです」

――齋藤さんが交渉に距離を置いた理由は他にもあったのでは？

「ええ、実は裏口上場を助けてくれた宮本良一会計士から〈ゴールドマンとのミーティングには出ないほうがいい〉と言われたんです。宮本氏は商売柄〈危険だ〉とは口が裂けても言いませんでしたが、丸紅案件を伏せたまま、外資に出資を仰ぐのは危うい、と言外に警告したんでしょうか」

――山中氏主導だったとすれば、アスクレピオス対ゴールドマンというより、丸紅対ゴールドマンの交渉だったように見えます。

「だからこそ、06年9月27日ごろ行われたゴールドマンとの初回の顔合わせに、丸紅本社ビル15階の役員フロアの応接室が使われたんだと思います。ゴールドマン側は会計士ほか2人のスタッフが来ていました。山中氏はまだ現役の課長でしたし、別の課長も同席しています。ただの場所貸しで丸紅が役員応接室を開放すると思いますか？　ゴールドマンも丸紅の肩入れを確信したはずです。

それ以降は、丸紅に近い竹橋そばのＫＫＲホテル東京の一室や、六本木ヒルズのゴールドマン本社でも2回ほどミーティングが行われたと記憶していますが、やはり皇居を見下ろす丸紅役員応接室の〝借景〟効果は抜群に効いたはずです。

その半年後に今度はリーマン・ブラザーズとの交渉が始まるんですが、歴然たる差がありましたね。リーマンとの交渉は、丸紅本社7階のライフケアビジネス部に付属した普通の応接室でした。調度は役員応接室に比べればずっと地味でしたよ。ウォール街ナンバーⅠとナンバー4にここまで差をつけるのかと感心したくらいですから」

――しかし齋藤さんの予想に反して、ゴールドマンはカネを出しました。

「ゴールドマンが、僕らの組成した任意組合である投資事業組合への出資に応じ、実際に入金があったと聞いたとき、ほんとうに嬉しかったですよ。これまでの苦労が報われる、すべてをクリアしたと思いました」

### 勝ち組投資銀行のお墨付き

「組成する投資事業組合はアスクレピオスが運営するといっても、実質的には丸紅案件のスキームに支えられていますからね。ゴールドマンが出資したということは、丸紅が最終責任を負い、ディールが完結するという完璧なスキームに、米系投資銀行ナンバーⅠのお墨付きを得たんだと解釈しました。

最初から人を騙そうとしている人が、手の内をすべてさらすことなどありません。このコンゲーム、どちらが勝つか負けるかだとすれば、勝ち組につくのが投資の鉄則です。ゴールドマンは明らかに世界を代表する勝ち組でした。それに乗ったんです。

強いていえば、ゴールドマンと丸紅では月とスッポン、格が違います。ゴールドマンがカネを出すんだったら、丸紅ももはや逃れられないと思ったんです。契約書があり、支払い保証もあり(いずれも偽造でしたが)、これで丸紅は債務を免れることができなくなったと考えました」

——このときゴールドマンが出したのは、一部報道で30億円とされていますが。

「いいえ、確か100億円程度だったと思います。償還期限は3~4ヵ月、110億円以上を返済することになっていたんじゃないかな。年率換算30~40%というハイリターンですから、ゴールドマンにとっては短期で荒稼ぎできるおいしい話でした。

でも、アスクレピオス創業者の僕は、交渉の経緯をほとんど知りません。仲介役の三井氏が教えてくれなければ、誰が出席していたかもよく分からなかったんです。僕は当事者じゃなかった。ゴールドマンは僕に何も期待していない。条件を記した文書が手元にないのですが、ゴールドマンのデューディリが甘くなって、丸紅の支払い保証が架空だと見抜けなかったのは、ハイリターンに目がくらみ、丸紅が丸抱えかのように役員応接室まで使わせたことが大きかったんです」

——仕掛けが巧妙だったとしても、ゴールドマン側に石橋を叩いて渡る姿勢は見えなかった？

「最初から乗り気でしたね。やはり米国から供給される豊富な手元資金を抱えるマンモス投資銀行も、そろそろ怪しくなってきたサブプライムに代わる投資先に飢えて物色していたんですよ。

２００６年以来の世界的なバブルは限界が近づいてきて、07年８月にはサブプライムの２兆円市場が崩壊しましたし、その直前にはリーマンに次ぐ米国第５位の投資銀行、ベア・スターンズの二つのヘッジファンドが16億ドルの損失でつぶれています。08年の本震を１年前から予告していました。

それでもシティグループのＣＥＯ、チャック・プリンスがいみじくも言ったように〈音楽が鳴り続けている間は踊り続けなければならない〉。ミュージック・チェア、椅子取りゲームなんですよ。椅子が足りないのは百も承知。音楽が鳴りやんだら、とっさに手近な椅子に飛びつく構えだが、鳴っている間は踊らにゃ損々なんです。バブルは分かっていても逃げられない」

——07年後半はアスクレピオスが株式交換し、裏口上場をやり遂げた時期と重なっていますね。

「そうなんです。僕らはサブプライム商品とは何の関係もないけれど、カネの出口が見いだせない

〈池の中のクジラ〉状態は共通していました。しかも丸紅案件を抱えていますから、ひたすら走り続けないと倒れてしまう。メデカジャパンには株式交換を働きかけつつ、他方でハイリターンの出資者を募って、カネを回し続けなければなりませんでした。それがゴールドマンとリーマンを巻き込んだコンゲームの実状なんです。

しかし〈もうはまだ〉という相場の格言どおり、バブル破裂が迫り、鳴り響く音楽のテンポが速くなるほど、いまのうち利をせしめようとリスクの高い取引に手を出そうとする。ゴールドマンも首の皮一枚残して見切り千両ができると踏んでいたんです」

――ジーフォルム経由で入金したゴールドマンは、とりあえず07年半ばの期限内に無事償還を受けられたので、リスクが顕在化する前に出口をみつけたことになります。でも、その償還資金はどこから出したんですか。

「僕にもよく分からない。山中氏側の差配でしたから。たぶん、どこかの出資か融資でつないだのでしょうか。自転車操業の綱渡りでしたが、山中氏がしきりと僕にささやくんです。〈齋藤さんも抜いてくださいよ〉。手数料として自分の分をもらってください、という意味だと思いました。

それが僕が渡ったルビコン川だったんです」

## スーツケースにぎっしり札束

「07年の5月か6月、まだそう暑くなっていない時期に、植田茅事務所に車で来てくれと言われました。築地へ行くと、大型スーツケースにぎっしり入った1万円札のゲンナマが出てきたんです。

3億円かそこらの大金です。〈これを持ってってくれ〉と言われました。それだけです。

もちろん、ゴールドマンから入ったカネの一部を引き出したと想像できました。ああ、これが手数料相当の分け前か。そう思ってすんなり受け取りました。100億円のディールに数パーセントの手数料という計算なら、そう高いわけでもない。いきなり金色のモルヒネを打たれて、僕の感覚も麻痺したんです」

――スーツケースは植田事務所が用意したのですか。

「植田氏はゲンナマの扱いに慣れてますからね。といっても、あのスーツケースはデカすぎて、あとで築地に返しにいくのも骨だったくらいです」

――しかしねえ、3億円の1万円札はやたらとカサばりますよ。わざわざ銀行送金でなく、ゲンナマで渡すなんて、〈ワケあり〉のカネと白状したに等しいじゃないですか。常人なら一生お目にかかれない光景です。

「植田氏は〝マネロンの請負人〟だったんです。口座に足跡を残せない〈ワケあり〉のマネーを、彼の口座を通して引き出すことができた。それ専門の仕事師でした。

どんな金融機関でも、億を超える現金の引き出しは、窓口で目立ちすぎます。裏金か、脱税か、マネロンか、と銀行の担当者は震えあがります。ところが、税理士の植田氏を介在させると、なぜかお咎めなしでした。

植田氏に手数料をどれだけ払っていたかなどは分かりませんが、法外だったでしょうね。植田氏とジーフォルムの高橋氏は長い付き合いのようで、最初は高橋氏から節税対策で現金が必要だと言われ、植田氏が用立てていたようです。

もともと現金の運び屋が高橋氏の役回りでした。現金をリュックやスーツケースに入れ、神田錦町に運んできてくれたこともあります。おそらく高橋氏も何億円かは抜いていると思います」

――いったい、何のためのカネだったんです。丸紅スキームの口止め料ですか。

「そういった説明を受けた記憶がないんです。スーツケースがはち切れそうなゲンナマに、僕はあっと息を吞んで屈しました。受け取った時点で僕はアウト、彼らの仲間になっていました。

逮捕後に特捜部検事からも、カネの行方を根掘り葉掘り聞かれました。〈入りと出を突合《とつごう》していくと、どうしても合わないんだよね。どこへやったんです？〉。僕は黙秘を貫きました。以前お話ししたように、僕が乗っていた愛車ゲレンデのナンバーを、警視庁はNシステム（自動車ナンバー自動読取装置）で追跡して、どこに立ち寄ったかを探っていたのですが、追及されても〈それは別のゲレンデでしょ〉などと言ってかわしました」

――どこに隠したんです？

「それがキモですから、後で説明します。とにかく、ゴールドマンとの成約がなければ、次にリーマンに出資を打診することなどありえなかった。ゴールドマンはリーマンの入り口だったんです。LTTバイオ社長に転出した山中氏が、アスクレピオスを切り離しにかかったのも、ゴールドマンとの交渉に成功して、僕をもう用済みと思ったせいかもしれません」

――ゴールドマンの出資と踵《きびす》を接するように、リーマンとの出資交渉が始まりますね。07年はゴールドマンとリーマンの間で行ったり来たり、ジャグリング（お手玉）しているみたいだ。

「メリルリンチにいた實貴孝夫《みき》氏がこのころリーマンに移籍したんです。實貴氏はメリルでは隅谷信治氏の後釜で、僕は堀川幸一郎氏に紹介されていたので、とっくに顔見知りでした。隅谷氏と實貴氏は慶應大学の島田晴雄ゼミの先輩後輩でもありましたね。たぶん、アスクレピオスの案件を手土産に、リーマン入社早々の手柄にするつもりだったんでしょう。ゴールドマンとの成約も耳に届いていたでしょうから、自分が仲介すればもっと巨額の取引が実現できると踏んだのです」

**遅れてきた「ハゲタカ」**

「實貴氏はリーマンでは法人営業本部事業法人部部長になりました。転職後、丸紅の山中氏にリーマンからの出資を受け容れるニーズがあるかどうかを確認しています。山中氏も以前、實貴氏に丸紅案件のスキームを持ちこんだことがあったそうですが、ゲートキーパーのジーフォルムの身辺をリーマンが洗い、一級建築士の登録更新を数ヵ月も怠っていることを突き止めて、成約にはいたらなかったそうです。

07年8月上旬から10月中旬にかけて、實貴氏とリーマンのハイ・イールド・ディストレスト・トレーディング部長の舛田幸大氏が神田錦町の僕のオフィスを訪れ、出資交渉を始めました。当方は、堀川氏のアドバイスを受けながら僕が担当しました」

――ちょっと待ってください。舌を嚙みそうな、そのハイ・イールド何とかって何ですか。

「日本語で意訳すれば〈高利回りハゲタカ〉部ってところかな。ディストレスト（distressed）とは経営が破綻したか、行き詰まって沈没寸前の企業の隠語で、ディストレスト債権を買ったり、証券化したディストレスト債などは、リスクは高いが儲けの大きい投資の代名詞です。腐りかけたもののほど割安でおいしいんです。

だから、外資系は腐肉をついばむ〈ハゲタカ〉と呼ばれたんです。リーマンには堂々とそう名乗る部門が存在したんです」

——實貴氏が〈ハゲタカ〉部の部長を同行してきたというのは、アスクレピオスもいわば〝キズモノ〟、または際物扱いされていたということですか？

「まさか、そんなわけはない。アスクレピオスが届け出ている許認可業務は、投資顧問業（金融庁）、貸金業（東京都）、高度管理医療機器に関する製造販売賃貸業（厚労省）です。検察は僕らを医療コンサルタント会社と定義しましたが、実態はコンサルというよりファイナンス会社という側面のほうが大きい。僕の中では、金融ではみずほ系の芙蓉総合リース、サイバーではライブドアをめざすという意識でした。僕らの病院再生ビジネスが、リーマンの目には〈ディストレスト投資〉と映っていて、同類項とみたんじゃないでしょうか」

——なるほど、１９９０年代の不良債権処理では、ゴールドマンやモルガン・スタンレー、メリルなどが、機能不全に陥った邦銀を尻目に大暴れしましたね。

「破綻した日本長期信用銀行（現新生銀行）を買った米系ファンド、リップルウッドもディストレスト投資の一つでした。そのなかでリーマンは遅れてきた〈ハゲタカ〉だったんです」

## 六本木ヒルズ〝仲間〟が大暴れ

――齋藤さん、覚えていますか。六本木の交差点近くに〈TSK・CCCターミナルビル〉という1200坪の薄暗い幽霊ビルがかつて存在してましたよね。

もともとはロッキード事件の黒幕だった右翼の巨頭、児玉誉士夫を後ろ盾にした在日系暴力団、東声会のフロント企業の牙城で、元公安調査庁長官まで関わるような幾多の地上げ詐欺の名所だったんですが、テナント退去を進めていた双海通商の裏でリーマンが動いていたとされています。最終的には住友不動産が116億円の安値で入手したためリーマンの名は消えましたが、あの六本木の魔窟に恐れ気もなく手を出していたんです。

「そう言えば、2005年2月8日朝、ライブドアがフジテレビの親会社ニッポン放送株の29・5％を突如買い占め、既保有株も合わせて35％の筆頭株主に躍り出た一件でも、リーマンの名が浮上しましたね。

トリッキーな資金調達手段であるMSCB（転換価額修正条項付転換社債）をリーマンが引き受け、ライブドアの軍資金を用立てています。ライブドア副社長の熊谷史人氏が、かつての未来証券の上司からリーマン投資銀行本部の幹部を紹介されたのがきっかけでした。04年11月10日には、リーマン在日代表の桂木明夫氏とライブドア社長の堀江貴文氏のトップ会談が実現しています。

当時、ライブドアのオフィスは六本木ヒルズの38階、リーマンは31階と〝ヒルズ仲間〟でしたから、堀江氏と熊谷氏がエレベーターで下層階に降りれば、そこに桂木代表とマネージング・ディレクターの柴田優氏が待っているという案配でした」

――ついでにゴールドマンも六本木ヒルズの大口テナントでしたからね、みんなあの〝虚栄の塔〟に同居していたんです。

「ライブドアもディストレスト銘柄を次々と買い漁っていましたから、〈ハゲタカ〉ビジネスがリーマンの中核だったことの証左です」

## 他力本願なのに全能感

――リーマンとの契約にはその後の調達に制限がついていたが、ライブドアも味をしめて、傘下のライブドア証券でMSCBを引き受ける投資銀行業務に傾斜します。利の薄いネットの本業より、さまざまな企業にMSCBを発行させてたっぷり鞘を抜くようになり、皮肉にもMSCB引受高でライブドア証券はUBS、メリル、野村、大和に次ぐ国内第5位まで一時躍進しました。

「とは言っても、實貴氏はなかなか慎重でしたよ。丸紅との折衝でも〈変なところがあったらすぐ帰る〉と息巻いていましたから。合意に至るまでに業務委託契約をはじめとして債権譲渡契約書を精緻に書き直したのはリーマン側です。僕は契約書をプリントアウトし、製本しただけでした。業務委託契約書に捺印した丸紅の印鑑も僕が偽造したわけじゃない。

アスクレピオスのスキームは、実は投資家として加わった僕の知り合いの投資銀行マンたちが、ことあるごとに知恵を出し合い、自らの手で精緻に作り変えていったものです。被害者がいつのまにか加害者になってしまうポンジ・スキームになっていたのは、その頂点に丸紅の支払い保証、いわゆる納品請求受領書が鎮座していたからなんです。

この受領書、およそ証券会社や投資銀行の人間が聞いたこともないような、A4判のたった1枚の紙ぺらなんですよ。この紙以外、僕にはどうでもよかったんです」

――山一時代の〈完全お任せ口座〉と同じく、他力本願なのに全能感《ユーフォリア》に浸ってしまった。

「ただ、丸紅案件の受領書の文言や作成に、僕は一度も関わっていないんです。そこだけは神聖にして犯すべからざる山中氏の領域でした。

契約書は被害者であるリーマン自身が確認し、その被害者の手によって有利に書き直されていたから、實貴氏もすっかり信用したんです。そこに山中氏から〈丸紅は300億円の枠を決済済みだから、包括的納入契約を結んで投資事業組合に業務委託手数料を支払う〉などのおいしい条件が添えられました。リーマンも医療機関に個別にローンを出した案件がうまくいっていないらしく、〈丸紅・アスクレピオスとはぜひ一緒に組みたい〉と乗り気でした。

こうして合意に達し、07年10月25日にアスクレピオスは、リーマンの舛田部長が取締役を務める関連会社エル・ビー・エー有限会社（LBA）と任意組合〈アスクレピオス・エルビーエー投資事業組合〉を結成し、LBAはこの組合の業務執行組合員となります。

――リーマンから詐取した合計371億円のうちの第1弾ですね。

「はい、5回に分けて出資が行われました。初回の出資額は98億円、償還は106億3300万円で、償還期限は4ヵ月後の08年2月29日です。年利換算では24・48%になります。

この初回は検察の調べによれば、山中LTTバイオ社長が10月29日に同社内で丸紅代表取締役副社長である松田章氏名義の納品請求受領書を自ら偽造し、丸紅で部下だった嘱託社員、山浦伸吾氏に持たせて舛田氏に届けさせています。

さらに同日、丸紅ライフケアビジネス部部長、佐藤浩一氏らの名義を偽装した業務委託契約書をアスクレピオスで作成し、管理部門にいた〈情を知らない〉アスクレピオス取締役に持たせて舛田氏に提出しています」

――〈情を知らない〉とは、〈特段の事情を知らない第三者〉という意味の法律用語ですよね。この場合は訴追の対象ではない人だと検察が念押ししているようなものです。

「はい、彼は信用金庫出身でアスクレピオスで事務方を務めていた幹部です。山中氏から佐藤部長の印鑑を預かり、僕が山中氏に〈丸紅と投資事業組合の業務委託契約書くらいは、アスクレピオスで作ろうか〉と言って契約書をつくらせていた。僕も彼もその印鑑が偽造とは知らなかった。98億円の入金は翌10月30日でした。三井住友銀行本店営業部のLBA舛田氏名義の口座から、近所の三井住友銀行丸の内支店のジーフォルム名義の口座に送金されました。

この98億円の出資は、もしかするとゴールドマンの100億円出資の償還に事後的に充てられたのかもしれません。とりあえずの償還期限は短期のつなぎ資金で乗り切り、その返済期限がまた10月にきて、リーマンの初回の出資を回したという構図です。それが事実だとすれば、綱渡りが続いていたことになります」

## 立て続けに追加出資話

――第2弾はしかし、第1弾と並行していたようですね。次々と新しい事案が舞い込んでいると見せかけ、立て続けに追加出資を持ちかけています。

「ええ、検察の調べでは、事務方のアスクレピオス取締役からリーマンの實貴・舛田氏に宛てて〈11月5日案件が決まりました〉とメールを送っています。〈案件名・愛知医科大学病院、金額43億円、償還日・平成20年1月31日、償還予定金額46億6550万円〉とあります。年利では35・6％ですが、すべて架空だったのかもしれません。

11月1日に第2弾の偽造文書を舛田氏に提出し、11月5日にはLBA舛田氏からジーフォルムへ同じ口座を通じて43億円が送金されています。償還期限は08年2月29日になっていますから、期間4ヵ月弱ですね。ところが、同じ5日に早くも次の第3弾の誘いをかけています。（07年）11月9日スタート、（08年）3月14日エンドで、愛知県豊明市の藤田保健衛生大学病院と福島の会津中央病院に対し70億円でした。〈実際、三菱商事との案件取り合い〉などと、リーマンの決断をせかすような殺し文句まで入れてましたね。

そして11月8日、いよいよ371億円詐取最大のヤマ場――丸紅部長の替え玉を登場させるシーンになります。山中氏から頼まれて、僕が手配したんですがね」

――いやはや、舞台が本物の丸紅本社で、なりすましですか。

「本物の佐藤浩一部長と鉢合わせしないよう、不在の時間帯に引き合わせることにし、丸紅本社内の部屋を手配させるなど、いろいろ工作をした。偽部長は白バイ警官が演じました」

――えっ、まさか現役じゃないでしょう？

「福岡県警交通課にいた元警官です。白バイに乗っていたので、親しみを込めて〈白バイさん〉と呼んでました。報酬なしですから、カネ目当てで引き受けてもらったわけではありません。ふだんは、アスクレピオスの主力事業となっていた病院のファクタリング先を発掘してくれていた人です。

一度、僕を大阪ミナミの居酒屋へ招待してくれました。当時流行っていたVシネマの『難波金融伝・ミナミの帝王』の話題で盛り上がったんです。宗右衛門町のありふれた居酒屋です、まさに『ミナミの帝王』がトイチの高利貸しを営む舞台となっていたところです。その夜はスナックへとハシゴしました。銀座なんかとは全く違う、元警官らしい大阪庶民の夜を堪能しました」

**「よっしゃ、やったるわ」**

――『ミナミの帝王』のうがった台詞が泣かせます。〈合名会社・合資会社・有限会社・株式会社と数ある中で、株式会社が一番アテにならんちゅう原則を忘れとった〉。アスクレピオスには他山の石ですよ。

「白バイさんとは意気投合しました。あの大阪ミナミの夜の延長線上で、よっしゃ、わかった、やったるわ、齋藤さんも色々大変やな〜、そんな感じです」

――齋藤さんの人徳でしょうか。もっと別なところで活かしてほしかった……。

「下手にプレゼンなどして、印象を良くしようとするのが今どきの投資銀行流ですが、僕は反対でした。〈プレゼンは負け〉と山一證券時代に叩きこまれたからです。だって負けるシナリオがあるからこそプレゼンするんでしょう？　強気で通せ、というのが昭和の証券界の教えでした。

そこで考えたのが〈ニセの佐藤部長〉という苦肉の替え玉作戦でした。出資の第1弾、第2弾はすでに入金済みですから、今さら引き返せません。佐藤部長本人をかつぎだしたら、たちまち丸紅首脳陣に露見してしまいますからね」

——出資額が巨額なのに、出てくる丸紅のメンツが元課長ら小物ばかりですからね。やむにやまれぬとはいえ、替え玉の手口はあきれるほど泥臭いなあ。

「前もって日本橋髙島屋に連れていって、ブレザーとスラックスを新調しました。佐藤部長の好みはツートンカラーのブレザーのようでしたから、いかにも商社マンと見せるための装いでした。さらに佐藤部長名義の偽名刺をこしらえて、白バイさんに持たせ、〈今後ともリーマンのお力をお借りしたい〉とか何とか適当に挨拶させたんです」

——いやはや、それじゃ地面師も顔負けの猿芝居だな。

「漠然とですが、山一證券時代の〈面接照合〉の代行みたいなものと思っていましたね。当時、信用取引をする顧客は、支店長が面接して本人確認をする決まりとなっていたんです。信用取引は証券会社が株券を担保に融資するようなものですからね。でも、時々は支店長の都合がつかず、総務次長が面接照合を代行することがあったんです」

——甘いな、裁判所でそんな言い訳は通じませんよ。替え玉は立派に詐欺罪を構成してますよ。

「白バイさん本人も、いたたまれなかったんでしょう。〈ちょっと所用がありますので、恐縮ですがこれで失礼〉と席を立ちました。あんまり会話をするとボロが出ますからね。

幸い、白バイさんは一切罪に問われませんでした、それだけでも僕はホッとしています」

――いいですか、アスクレピオス事件の捜査は警視庁捜査二課が担当したんでしょう？　警官ＯＢを逮捕したら同士討ちになります。ここは白バイさんをお目こぼしして、代わりに齋藤さんを生贄にした。地面師やＭ資金詐欺師の替え玉なら、捜査二課はお手のものですからね。

「でも、リーマンはこの替え玉部長を信じたんです。作戦が成功し、出資第3弾も08年3月14日を期限に75億９５００万円を償還することで合意、11月9日に70億円が振り込まれました」

## リーマンのカネも抜いた

「このころです。リーマンのカネの一部を〈抜いた〉のは。リーマンからジーフォルムに第1弾以下続々と入金があり、僕は呼ばれてゲレンデで築地の植田茅事務所に行きました。ゴールドマンのときと同じように、超大型のスーツケースで優に3〜4個はあるゲンナマが待っていました。

僕の分は8億円、山中氏と山分けだったとすると、2人で計16億円になりますが、この大金はすべて植田氏の口座を通じて銀行から引き出されたものです。おそらくジーフォルムに入ったカネの一部を口座からおろしたものでしょう。それをフィーの先取り、ピンハネとでも言いたくなりますが、抜いたことは間違いありません。

山中氏から〈丸紅案件はすべて虚構だった〉と聞かされたのはその直後、11月半ばの植田事務所で行われたミーティングです。その自白になぜ僕が黙っていたかを、第4章では説明を省きましたが、実はすでに二度もゲンナマに屈したという伏線があったんです。アバターさんに急所を突かれて口を濁しましたが、もう伏せておく理由はありません。

ゲンナマをどこに隠したかをリプレーしましょう。自分の8億円のほかに、山中氏に〈3億円ほどアスクレピオスの別室に置いといてくれ〉と頼まれたものですから、合わせて10億円以上を詰めた重いスーツケースを、汗水垂らして僕のゲレンデに乗せました」

――どこへ向かったんです？

「築地を出て少し遠まわりになるのですが、警視庁桜田門の前を通り、千鳥ヶ淵を抜けて、毎日新聞社の前から神田警察通りへと入って、アスクレピオス近くの駐車場へと車を乗り入れています。警察と新聞社の鼻先をかすめて、自分の会社に運びこんだわけです。

すでに夕方の6時を回っていたと思います。複数のスーツケースを数回に分けて駐車場から会社へと運び入れました。幸い社長室に入るまで社員とは鉢合わせしませんでしたが、はち切れそうなスーツケースの中身がすべて現金だなどとは、誰にも想像できなかったでしょうね。

社長室に入るには二つのセキュリティーをクリアしなければならないうえ、社長室には鍵がかかるようになっていましたから、安全に保管できます。社長室近くには山中氏専用の一室もありました。こちらも社長室並みに厳重で、施錠付きのワードローブがあり、現金3億円相当を保管しました。何日かすると消えていましたから、山中氏が運びだしたんでしょう」

## 大汗かいて保管に四苦八苦

——滑稽だな。汗水流さずそんなアブク銭をつかむから、その処置に四苦八苦することになる。

「社長専用の大型金庫には札束が1億円強しか入りません。小分けにしないとどうにもならない。そこで駿河台下のスポーツ用品店ヴィクトリア本店に飛びこみ、スキー用のキャリーケースを2台買ってきて、2億円ずつ分けました。

2億円程度はスーツケースに入れたまま金庫の裏に置いておき、残る5億円を目黒の自宅に運びました。駐車してあったメルセデスS65のトランクにも、しばらく2億円相当を積んだままにしておきました。不用心？　車が車ですから、その筋の人の車と見られないこともない。迂闊《うかつ》に手を出す人はいないだろうと勝手に安心していました。

自宅へと運び入れた現金5億円相当は、以前から三井住友銀行の袋に入れて保管していた現金と併せ、スーツケース二つに詰め直しました。札束なんて厄介な古新聞並みでしたね」

——そこから先、カネはどこへ行ったんです？

「それはまた後で、資産隠しの手口とともに明かすことにしましょう。

続いて11月中に第4弾、第5弾が連打で持ちかけられます。

### 第4弾　案件・済生会病院系

出資額50億円、償還は50億5000万円

期限は07年11月29日と約2週間、年率26％
入金（50億円）は11月16日

第5弾　案件・社会保険病院系
出資額110億円、償還は123億円
期限は08年4月30日と5ヵ月案件、年率28・4％

第4弾は資金ショートしかけたのか超短期です。第5弾では投資先病院を明示しないなど、契約書がどんどん粗く杜撰《ずさん》になっています。行き当たりばったりを示す現象ではないでしょうか。

山中氏側からリーマンに送られたメールでは、〈リーマンの条件には相談に応じる〉などと、利回り上積みまでほのめかす。丸紅案件第1号のリスケと似ていますすね」

――とにかくリーマンから取れるだけ取ろうと、矢継ぎ早に案件を〝捏造〟しているのは、内情が火の車であることをうかがわせます。しかも齋藤さんは山中氏の言いなりだ。

## 無力感から副会長を辞任

「山中氏にしたら〈8億円渡したからもういいだろう、これは手切れ金だ、ご苦労さん〉といった意味合いだったのかもしれません。僕は無力感を味わわされ、カネを突き返す気力もなかった。

LTTバイオに副会長辞任の辞表を出した僕は、狂ったようにカネを浪費します。アスクレピオスの本社を神田錦町から、日本橋三越そばの新築インテリジェントビル『日本橋室町プラザビル』

に移しました。余勢を駆って京都に社員総出で大名旅行して、豪華忘年会を楽しんだのもそうです。どうせこの不始末は、最後は丸紅が尻ぬぐいさせられるんだ、と高を括っていたんです」

——京都でかかってきた脅迫電話も、齋藤さん対山中氏の対立がピークの時期だったでしょう？しかも忘年会に山中氏は参加していない。関与を疑わなかったのですか。

「疑いました。山中氏は実家が千葉にあるのですが、流用した資金の投資先からの回収が難航したため〈親分〉に口利きを頼んだところ、回収分を折半する通称〈取り半〉にOKしたそうです。それがトラブルになり、住吉会系の愛国団体幹部とパレスホテルで会ったことがあります。脅迫電話もたぶん、その絡みだと思いました」

## LTTから解任と絶縁状

——山中氏とは簡単に〈袂を分かつ〉わけにはいかなかったのですね。

「08年の正月早々、僕は丸紅の佐藤部長とLTTバイオの山中社長に銀座に呼ばれて、高級中華料理店で〈来期はどれくらい収益を期待できるか〉とヒアリングされました。でも、第1弾から第5弾までの償還期日を見てください。アスクレピオスは08年2〜4月に償還が集中しています。これをどう返済するのか。

メデカジャパンに投じた160億円は炎天下の砂地に撒いた水のように、あっという間に不良債権処理に蒸発してしまった。しかも起死回生の株式交換も進みそうにない。八方塞がりでした。

それでも〈来期の収益は？〉なんてしれっと聞くのですから、巨大商社は収益のためなら、詐欺であれ違法取引であれ、カネをむしり取ることしか考えていないんだと痛感しました」

――齋藤さん、バーナムの森ってご存じですか。シェークスピア劇『マクベス』の？

「ああ、主君を殺して王座を簒奪《さんだつ》する武将マクベスが、３人の魔女に予言されるんですよね。〈バーナムの森が立ちあがって動き出さない限り、汝が戦に負けることはない〉と聞いて安心した。森が動くことなんかありえないと思ったからだが、森の枝を刈って迷彩にした敵兵の大軍が怒濤《どとう》の如く押し寄せるや、〈バーナムの森が動いた！〉と命運が尽きたことを思い知る……。

ありえないこと、ブラック・スワンだっていつか起きるんです。僕にとってバーナムの森が動きだした瞬間は、丸紅案件が完全な虚構だと知った瞬間でした。ウォール街の負債資本比率は32対１に達していて、池の中のクジラは一針つつけば、たちまち破裂するほどパンパンでした」

――モスキートの側も、齋藤さんと山中氏がどうにもならないほど亀裂を深めている。

「08年１月25日、僕が草津温泉のスキー場から東京に帰ってくると、弟から急を告げる電話があって、アスクレピオスの取締役たちが僕を探しているというのです。神田錦町の学士会館に集まっていたので、飛んで行くとみんなが血相を変えて〈投資事業組合に入ったカネはどこに行った？　説明してくれ〉と問い詰めるんです。

あまりに唐突なので僕は〈知らない〉と答えるばかり。すると僕の携帯が鳴り、ＬＴＴバイオの取締役からでした。僕は取締役の解任と資本提携の解消を通告されました。前年11月に副会長を辞任したとはいえ、まだ26・23％の株式を保有する筆頭株主です。一度も取締役会に出席することも、招待されることもなかった。抗弁の機会すら与えられない解任でした」

――社長の留守中にアスクレピオスで何か起きたんですね？

「どうやら、山中ＬＴＴバイオ社長が丸紅の元上司だった佐藤ライフケアビジネス部部長に、丸紅案件の正体を白状したんです。佐藤部長は即座に自首を勧めたそうです。白状というより、山中氏は救済・駆け引きを求めたのかもしれません。罪の意識などない、と僕は判断しました。だって彼は僕の頭越しにアスクレピオス取締役の吉元浩氏を呼び出し、いきなり〈すべて嘘だった〉と告げたんです。この吉元氏は山一證券出身で、赤坂支店でいっしょだった僕の同期生です。真偽を確かめるため、もう一度山中氏を呼びだして確認したうえで、〈投資資金の使途が分からなくなっている〉と他の取締役に知らせ、丸紅の近くにある学士会館に緊急招集したわけです。

丸紅もどう収拾するかを考えたに違いありません。まずＬＴＴバイオとアスクレピオスの切り離しです。それは山中社長が着手していたことですから、水島会長を説き伏せて〈齋藤切り捨て〉に動きだしたのでしょう。みずほ銀行も水島会長に呼び出され、アスクレピオスとの絶縁を通告されましたが、担当の藤木氏は僕の側に立って支援続行を約束してくれました。でも誰が水島氏を説得したのか。その4ヵ月後の5月に水島氏が急逝されたので、今となってはもう藪の中です」

――一方的に解任されて、齋藤さんのほうも何か手を打たなかったのですか。

「知恵袋の隅谷信治氏に携帯で打ち明けました。丸紅スキームが虚構だったと聞いて、隅谷氏は〈だから僕は丸紅案件に深入りしなかったんです〉という反応でした。そして〈齋藤さん、とにかく持ってる資産は全部売ったほうがいいです〉と忠告してくれました。

山一、メリル以来の友人、堀川幸一郎氏にも説明しました。彼はアスクレピオスの株主だし、匿名組合にも出資してもらっていましたから、金銭的にも迷惑をかけることになります。旧ホテルオークラ別館のバー『ハイランダー』で会いました。堀川氏は一言も僕を責めませんでした。〈齋藤さんの会社が日に日に大きくなっていくもんだから、僕も応援せざるをえなかったんだよね〉と悔しがっていました。

がらりと態度を豹変させ、〈カネはどこへ行った〉と問い詰める人もいました。僕との会話を録音して検察に提出したそうです。巻き添えを恐れたんでしょう。僕は砂地に頭だけ隠すダチョウのように、背後に迫るライオンからひたすら目をつぶっていようとしたんです」

## ゴールドマンに一縷の望み

「しかしその傍らで刻々と、第Ⅰ・第2弾の償還期日2月29日が迫ってくる。このままでは3月期末が乗り切れない。最後の頼みの綱はもう一度ゴールドマンからカネをひっぱることです。まさにリーマンとゴールドマンのジャグリングです。

ゴールドマンにババを引かせる第3ラウンドが始まっていました。あわよくばリーマンを上回る500億円ほど出資してもらえないかと思いました。再び山中氏主導で交渉を始めました。

一度嘘をついたら、次々に嘘をつかなければならない。同時並行で、大阪ヘラクレス上場（現在は東証スタンダード上場）のトレイダーズ証券（現トレイダーズホールディングス）傘下の投資顧問会社を買収しようと動いていました。仲介したのはＡＩＪ投資顧問が実質支配するＩＴＭ証券でしたが、社長が元山一證券という古巣つながり。でも、ＡＩＪとＩＴＭはその後、全国の年金基金から集めた1500億円の3分の2を運用失敗で失い、それを隠して摘発されたくらいですから、僕らの買収話も進みませんでした。

とにかく時間がない。でも意外や、ゴールドマンには手応えがあった。やはり初回に味をしめて、2匹目のドジョウを狙っていたんです。米国のサブプライム危機はまだ対岸の火事と思っていた。山中氏は一縷《いちる》の望みをつないだはずです。

最終的にゴールドマンは3億ドルの出資実行を決め、契約調印の際に丸紅CIO（最高情報責任者）の同席を求めてきました。リーマンのように一部長の交渉同席では納得してくれない、ということです。これがカンダタの蜘蛛の糸がぷつりと切れた瞬間です」

――そりゃ、山中氏も真っ青になったでしょう。当時の丸紅CIOは誰でしたか。

「山中氏が代表印を偽造した松田章代表取締役副社長か、08年4月にCIOに就いた代表取締役専務執行役員の船井勝氏あたりでしょう。だが、CIOはアニュアルレポートやホームページに顔写真が載っている。〈白バイさん〉みたいな替え玉を仕立てたら、たちまち見破られてしまう。

船井氏の担当は総務部、人事部、リスクマネジメント部、法務部の担当役員で、コンプライアンス委員会の委員長でもある。しかも佐藤部長は丸紅案件の虚構をすでに知っているんです。それはリーマンが全損のババを引き、ゴールドマンがタッチの差で逃げ切りが決まった瞬間でした。

2月のある日の夕方、疎遠になっていた山中氏が突然、アスクレピオスに現れました。

何を言いだすかと思ったら、「どうしていいか分からない」という泣き言でした。今さら丸紅も引くに引けないのだから、CIOに同席をお願いしたらどうかと言うと、山中氏は〈できない〉と一言呟《つぶや》きました。今や袂を分かった間柄とはいえ、責任を一手に背負わなければならない彼が哀れになりましたが、それでも最後まで印鑑偽造などの手口を僕に明かしませんでした」

——最悪の結末ですね。アスクレピオスも進退窮まった。

「ゴールドマンから出資を仰げないと知って、僕はアスクレピオスの終わり、いや人生の終わりを覚悟しました。山中氏は黙って帰っていきましたが、自首するならせめて従犯になりたかったのか、彼らの資金融通スキームを営利目的に改造したのは齋藤主導だったと、翌日から僕に主犯を押し付けていったようです。

とにかくゴールドマンから丸紅のＣＩＯ同席を求められた瞬間、僕にはありありと見えました。地平線の彼方から、黒々と〈バーナムの森〉が押し寄せてくるのが。

危ういとなると、たちまち人心は離れていくものです。アスクレピオスの取締役たちも、すでに浮足立っていました。筆頭株主なのにＬＴＴバイオファーマの取締役を解任された僕を、学士会館で目のあたりにしたわけですからね。まだ室町の新オフィスに移転して間もないのに、会社はもう壊れかかっていました」

**ぴたりと寄り添う「蛭」**

「ところが、前途に待つ巨大な奈落にむかって、ただ流されていくしかないこの僕に、たった一人だけ、ぴたりと寄り添い、蛭《ひる》のように張り付いた人物がいたんです。ほとんど毎日のように携帯に電話をかけてきて、親切そうに様子を聞いてきました」

――えッ、誰ですか、そんな奇怪な人がいたんですか……むしろ怖いですね。

「僕自身は、自分が危うい崖っぷちにいるという認識に欠けていたのかもしれません。何のために近づいてくるのか？　そんなことを考える余裕がなかったのかも。

孤立して相談相手もいない僕は、きっと群れからはぐれ、たった一頭でサバンナをうろつく、丸々と肥えた水牛に見えたことでしょう。知らぬ間に死臭を発していて、プレデターにいつ襲われてもおかしくないことに気がつきませんでした。どこに隠していいか分からない札束の山と、車や不動産、それに腕時計など貴金属もありながら、立ち往生していたのです。

実はその人物は以前から僕の前に登場していました。裏口上場のためにＬＴＴバイオファーマ株を市場外でまとめて購入したことがあったでしょう？」

――ああ、三田証券社長の弟さんに紹介された株主でしたっけ。初対面は六本木のゴトウ花店の上の高級カラオケルームでしたよね。あれはいつごろでした？

「06年夏だったと思います。オーナー系上場会社の娘婿だという黒崎勉氏（仮名）でした。まだ30歳前でとても若かったのですが、その場でＬＴＴバイオ株を譲渡してもらうことで合意し、三田証券と日興コーディアル証券の場外クロス取引で約3億円弱のＬＴＴバイオ株を取得しました。こちらの足元を見たのか、市価13万円より1割高く売り付けられ、年齢の割にしたたかだな、と感じました。黒崎氏はまた丸紅案件のスキームにも興味を示し、森・濱田松本法律事務所の弁護士立ち会いのもとで説明してくれと言われたんです。

そこで丸の内パークビルディングの森・濱田のオフィスに、僕と税理士の福田副社長と2人で参上して、小野寺良文弁護士の前でプレゼンしました。黒崎氏は後ろで黙って聞いていて、ひとことも口を挟みません。06年の秋か初冬だったと思います」

## 北京風の訛り、南信濃移住

――小野寺氏は確か知的財産のエキスパートですよね。東京大学農学部で応用生命科学を学び、法曹界に転じた異能の人です。司法修習52期で２０００年に森・濱田に入所していますが、どうして丸紅案件の鑑定役に出てきたんでしょうかね。

「さあ、丸紅案件の本質は病院ファイナンスで、知財とは畑違いでしたが、黒崎氏と小野寺氏は見たところ親密そうでした。名の知れた大手法律事務所ですから、有力な後ろ盾がいることを僕に誇示したかったのかもしれません。

黒崎氏の日本語には北京風の訛《なま》りがあります。小学生までは中国で育ち、それから長野県の南信濃に移住したらしい。中学生から株式投資にのめりこみ、学校の授業が終わるとまっしぐらに証券会社に通っていたとか。高校は僕の知らない南信の県立高校のようですが、〈日本人なんか信用できない〉と呟いてました。とにかく上京して拓殖大学に入りました。

20歳前には日本で最年少の投資顧問会社社長になったそうです。目黒区碑文谷近くにあるその投資顧問会社に行ってみたことがあるのですが、オフィスと呼ぶにはあまりに見すぼらしく、昭和初期の木造アパートのような感じでしたね。大学卒業後、消費者金融の武富士の武井保雄会長のもとで住み込みの修業をした、と本人から聞いて、なるほどと思いましたが、20代にどうやってそこからのし上がったのか、不思議でなりませんでした。

黒崎氏は右腕だという霧島明穂氏（仮名）を連れてきましたが、彼と同じ南信の県立高同級生で、いかにも事務方みたいな人でした。森・濱田では小野寺氏と霧島氏が正面に着席したので、まず僕はこの2人を説き伏せなければならなかったんです」

――小野寺弁護士は中国語ができ、2014〜20年には森・濱田の北京事務所首席代表を務めています。中国つながりで黒崎氏と親しくなったのかもしれません。ただ、若い黒崎氏の後ろには誰か金持ちのスポンサーがいたのでは？

「はっきりとは分かりません。一度、パチンコが本業で投資家としても知られる大阪華僑南華公会の王厚龍会長の名を出してみたら、〈ああ、騙されましたよ〉とそっけなく答えました。

とにかく丸紅案件のプレゼンを終えたあと、ほどなくOKの返事が届きました。おそらく丸紅が最終リスクを取るなら問題ない、との小野寺氏の助言を得て、黒崎氏自ら決断したのでしょう。小野寺氏も丸紅に内容証明付きで支払い保証を確認するという手間を取らなかったのです。結局、アスクレピオスが組成する投資事業組合に3億〜5億円を出資してもらいました。期間はやはり3〜4ヵ月の短期で、償還の利回りは年率30％程度のハイリターンだったと思います。

OKの返事をもらってから2週間以内に、僕は丸紅本社に乗りこみ、契約書類を整えたんです。このとき黒崎氏は同行せず、霧島・小野寺氏に任せきりにしていました。代わりにプレゼンに出なかった山中課長が出迎えたんです。やはり丸紅本社の皇居の〝借景〟は効果てき面でしたね。でも、僕が仰天したのはそのあとです。

神田錦町のアスクレピオスに、黒崎氏がイタリア製のマセラティのクアトロポルテに乗っていきなり現れたんです。全長5メートル、重量2トンもあるデカいサルーン車です。しかもわが社に運びこんだのが、ルイ・ヴィトンの革製のトランクケースにぎっしり詰めた札束でした」

——エッ、またゲンナマですか。しかも3億円以上……よほど銀行口座に足跡を残したくないおカネなんですねえ。外車といい、ヴィトンといい、それを成金趣味というんです。似合う人はポーターつきで豪華客船に乗るような欧州の貴族か、プライベートジェットを持つ米国か中東の富豪あたりですよ。

「これはまずいな、と思いました。そんな大金をなぜ銀行振り込みでなくキャッシュなのか、黒崎氏からは何の説明もなく、当たり前のような顔をしていました。入金日の直前でもあり、ひとまず受け入れて、そのまますぐほ銀行に持ち込んだのですが、何と10万円足りなかったんです。セコい男です。お札を数えるのを怠ったこちらの落ち度ですから、黒崎氏には請求しませんでした。

出だしから不安になりました。紹介者の三田社長の弟さんにこっそり〈大丈夫か〉と相談しましたよ。〈今まで問題になったことはありません〉という返答でしたので、目をつぶることにしましたが、隅谷氏にも紹介して、首実検してもらったことがあります。黒崎氏は緊張してました」

## プライベートバンクのエージェント

——ゲンナマは脱税幇助《ほうじょ》になりかねません。誰か金主がいて、その〝裏金〟もしくは脱税資金の運用を任されていたのかも。黒崎氏の出資第1号は無事償還されたのですか。

「はい。初回がうまくいったので、黒崎氏にはそれから数ヵ月に一度、丸紅案件の投資事業組合に投資してもらい、ハイリターンの償還を繰り返しました。当時は丸紅案件の一般の投資家の1人でしたが、彼は豪語していました。〈アスクレピオスには20億円の枠を用意してありますから〉と。でも、数億円単位をその都度転がす〈ロールオーバー〉でした。

07年春ごろからしきりと僕に持ちかけてきたんです。〈自分はスイスのプライベートバンク（PB）のエージェントをしている。齋藤さんも将来のためにぜひ口座を開いて、資産をスイスに飛ばし、グローバルな運用を心がけたほうがいい。お世話させていただきますよ〉という話でした。日本にある外資系PBは日本の当局の管理下にあり、日本法が適用されますが、オフショアにあるPBなら日本法は適用されず、税法上のメリットが享受できます。それはメリルリンチにいた経験からよく知っていました」

——確かに1996年の〈金融ビッグバン〉を機に、日本の富裕層を狙ってシティバンク日本法人がPB業務に参入しましたね。メリルなどの投資銀行とは一味違う対日戦略だったのですが、金融商品から不動産・市況商品《コモディティー》や美術品まで〈個人資産のコンシェルジュ〉と言われるほど、きめ細かな助言で資産を増やしていく本来のPB業務を逸脱してしまい、強引なセールスや脱税指南が金融庁に摘発され、三度の業務停止命令をくらって撤退を余儀なくされました。

その穴を埋めようとしたスイスUBSやドイツ銀行も、金融庁の監視下に置かれ、リーマン・ショックで大火傷《やけど》する羽目になります。これに対しPB専業のスイス勢などは、監視の緩い香港のオフショアに拠点を構えていました。だものだから、日本の富裕層も国内を避け、香港で口座を開いて資産管理を任せることが流行りました。ライブドアの宮内CFOもその一人で、東京地検特捜部は堀江氏が香港に資産逃避させたのではないかと疑って懸命に調べていましたね」

## 香港に飛んで口座開設

「問題はどうやって資金をオフショアに飛ばすかです。プライベートジェットで金塊や札束を運べる人ならいざ知らず、気がかりなのはその手段でした。

僕はメリルリンチ時代にクレディスイスのニューヨーク支店に口座を開き、英国領バージン諸島（ＢＶＩ）に特別目的会社（ＳＰＣ）を設けて、シティバンクからニューヨークへＢＶＩ経由で送金したことがあります。メリルの日本法人に在籍していたことのある外国人社員が窓口でした。オフショアバンクを使うところまでは同じなのですが、送金を一般銀行でなく、地下銀行を使うところが黒崎氏のユニークなところでした。

本当に地下銀行は実在するのか？　僕がそう聞くと、黒崎氏は〈ご安心ください。絶対に間違いありません。いっしょに香港に行きましょう〉と自信満々でした。

彼が持ち込んだ3億円余の札束の山を目にしていましたから、東京にも地下銀行があると聞いてそんなもんかなと思ったんです。丸紅案件のいいお得意さんでもありますから、話に信憑性がありました。そこで丸紅の山中課長にも〈スイスのプライベートバンクに口座を持たないか〉と誘って、香港ツアーを計画したんです。

口座開設だけは書類郵送では不可能で、本人が香港に行かなければなりません。あれは07年の初夏だったと思います。黒崎氏も同行したので3人旅でした」

——訪れたプライベートバンクはどこだったんですか？

「スイス取引所にも上場しているEFGインターナショナルです。本店はチューリヒにあって、世界40拠点で展開、香港では瑞士盈豊銀行股彬有限公司と呼ばれていました。現在は香港でもっとも高層のICC（環球貿易広場）ビル18階にオフィスを構えていますが、当時はビルの完成前だったので、摩天楼が立ち並ぶ香港島金融街の一等地にあったと思います。その奥まった応接室にウィリアムという担当者が待っていて、口座開設の手続きを済ませました」

——ふうむ。舞台装置は完璧ですね。

「ただ口座を開いても送金はこれからです。ほどなくそのチャンスが巡ってきました。黒崎氏からもささやかれました。〈10年で倍になる〝年金〟がありますから、万一に備えて2億円ほど資金を入れておきましょうよ〉とね。タックスヘイブン（租税回避地）ではほとんど課税されないからこそ可能な高利回りの金融商品のことなんです。

そこにちょうど、ゴールドマンの出資金の一部を抜いた5億円のゲンナマが入ってきた。築地の植田事務所でスーツケースごと受け取った例の大金です。どこへ隠したかって？　買ったばかりの僕のメルセデスCL63－AMGに積みこみ、山中氏を助手席に乗せて竹芝のインターコンチネンタル東京ベイへ車を走らせたんです。黒崎氏が海沿いのホテルの一室を手配し、〈そこに5億円を持ってきてください〉と指示したからです。地下銀行を通じて香港に送金するためでした」

## 帯封を剝がし輪ゴムに代える

――地下銀行の受取人、もしくはポーターがホテルにやって来たのですか。

「とんでもない、待っていた黒崎氏から僕が言われたのは〈ダブルベッドの上に帯封のついた現金5億円の札束を山積みにしてください〉という指図でした。それはもの凄い光景でしたよ。砂場にダンプの荷台からザーッと土砂を流しだすような感じです。でも、その眺めを楽しむわけじゃありません。銀行の帯封をべりっと剝がして、黒崎氏が買ってきた黄色い箱に入った輪ゴムで、100万円を一つ一つ束ね直していく作業を3人で始めました。

何でこんなことをしなければならないんだろう？　そう考える暇はありませんでした。地下銀行を通してスイスに送金するには、日本の銀行名の入った帯封はまずいということだ、と勝手に納得してました。黒崎氏は慣れた手つきで、次々と輪ゴムで札束をくくっていく。とにかく早い。みるみる破った帯封の山ができる。職人技に見えましたね。

札束はしかし500個ありますからね。僕と山中氏も手を激しく動かして、輪ゴムに束ね直していきました。大のおとな3人が座り込んで、札束相手に格闘するなんて、思えば滑稽な光景でした。

5億円のうち黒崎氏に2割の手数料を払って1億円、僕と山中氏がそれぞれ2億円という配分だったと思います。札束すべてを輪ゴムでくくり直すと、僕と山中氏はすぐ部屋を出て、黒崎氏だけ残りました。あとは彼がどこかへ車で運び去ったんだと思います。

数日後、六本木のグランドハイアット東京のショットバーで、黒崎氏の指示に従って僕はスイスEFGでの年金運用の申込書にサインしました。でも、後から聞いたところでは、山中氏は黒崎氏に解約を告げて、2億円を手元に戻したそうです」

――銀行の帯封を剝がす作業はどうせ足跡消しでしょう？　途中でネコババされたら追跡しようがない。香港の窓口にいたウィリアムという、姓も知らない男は信用できるんですか。

確かに胡錦濤時代までは、中国でも地下銀行花盛りでした。しかし習近平時代になってから、海外への資産逃避を防ぐため、中国当局が反腐敗を旗印に徹底的につぶしていました。ところが、よけい地下に潜って始末が悪くなっています。ドロンしてしまう事例が後を絶たない。

「エージェントだという黒崎氏を丸ごと信頼しきっていたんです。上場企業オーナーの縁戚だし、森・濱田の後ろ盾もある。実は黒崎氏から口座開設後に〈EFGとの契約書類やパンフレットを自宅か会社に送りましょうか〉という電話がありました。僕は後で当局に捕捉されることを恐れて受け取りませんでした。今はつくづく悔やまれます。いざ、預けたはずの資産をおろそうにも、口座番号も本人確認の方法も分からない。黒崎氏というエージェントを通せば、手続きなどクリアできると思っていたのが甘かった。僕の口座にほんとうに入金されたのかどうかも確かめられない」

――無防備すぎますね。〈371億円の詐欺師〉と言われた当人が、こうも騙されやすかったとは驚きです。故意だとしたら周到に仕組まれていますね。

「黒崎氏とウィリアムは緊密に連絡を取りあっていました。その後、黒崎氏に招待されて僕はもう一度香港に行きます。EFGの口座に地下銀行を通じて送金したお礼でしょう。香港島の超一流ホテルに泊まりましたけど、宿泊代など一切向こう持ちでしたね。黒崎氏とウィリアムがアテンドしてくれて、香港島の2泊3日を堪能しましたよ」

## マカオで覚えた「夜総会」の味

「黒崎氏は日本でもそうですが、サウナが大好きで香港でも彼と2人で汗を流しました。さらにヘリでマカオ（澳門）にも飛び、悪名高い〈夜総会〉にも参加することになりました」

——何ですか、その〈夜総会〉って？

「ナイトクラブのことですが、実は密室の乱交パーティーで、黒崎氏は目がないんです。僕の行きつけの赤坂の韓国クラブ『ポンジュ』に連れていったことがありますが、彼はああいう人目につくところで遊びたがらない。常に密室にこもり、互いの弱みを握れるから、チクられる心配もない。その僕も銀座や赤坂のクラブに顔を出すことはめっきり減りました。

それしても、マカオの夜総会はこの世のものとは思えないほどの肉弾戦でしたよ。ああいう役割を女衒《ぜげん》というのかな、黒崎氏の素顔がちらと見えた気がしました。

こうした接待攻勢の見返りに〈日本の富裕層をもっと紹介してくれ〉と、彼とウィリアムから執拗に迫られました。

——齋藤さんだって、早くから資産隠しの意図があって、黒崎氏を手づるにしたかったんじゃないですか。魚心に水心。山中氏は途中でなぜ心変わりして、2億円を手元に戻したんでしょうか。

EFG以外の資産隠しルートでも見つけたのかな。

「僕にはわかりません。彼はアングラ社会をよく知っていますから、地下銀行の仕組みにどこか胡《う》散《さん》臭さを嗅ぎつけて、警戒したんでしょうかね。

僕は黒崎氏に全幅の信頼を置いていました。07年7月以降の僕は軽井沢で別荘探しをしていて、その軽井沢で1件、西麻布のマンションを2件と、5億4000万円相当の不動産を購入していました。その代金は兜町にある不動産会社インテルアクトに3回に分けて現金を渡し、2割の手数料を支払ったんです。インテルアクトは黒崎氏の会社だったはずです」

——これもまた手数料20%ですか。直取引で払えば手数料が5%で済むのに、なぜわざわざ法外な手数料のインテルアクトを介在させたんですか？

「足がつかないからです。現に銀行振り込みで代金を支払った別の赤坂のマンションは、アスクレピオスが破綻するや、破産財団に差し押さえられました。万一の場合を考えて、高い手数料でも黒崎氏に頼ったのです。これは丸紅案件とは別で、彼も潤うわけですから」

## 転居祝いに「胡錦濤ファンド」の花籠

「とはいえ07年11月まで、黒崎氏と僕の付き合いは比較的ノーマルな範囲だったと思います。でもある一件で、彼の意外な一面を見ました。

12月にアスクレピオスは室町にオフィスを移転させたでしょう？　引っ越し祝いにたくさんの花籠や胡蝶蘭《こちょうらん》の鉢植えが届いて、ビルのエントランスは花で埋まりました。リーマンも、丸紅も、みずほも花を贈ってきましたよ。ひときわ目を惹く花籠があったんです。その名札には誰しもギョッとします。『胡錦濤国家ファンド』と記してあったんですから」

——中国に政府系ファンドはいろいろありますが、現役の国家主席の名を冠したファンドがあるなんて聞いたことがありませんよ。全権を握る人間が、なんで一つのファンドに名を貸すんです？

「アスクレピオスには、北京大学を卒業した中国人の女性社員がいたんですが、いち早くその花籠を見つけて、びっくり顔で僕にご注進に及んだんです。

黒崎氏が手配した花籠、と判明しました。彼の中国コネクションは侮れない、と思いました。彼には貴重な3ショットの写真を見せてもらったことがあります。小泉純一郎首相と胡錦濤主席に彼が挟まれている図柄でした。凄い人脈だなと感心したものです」

——どうですかね。03年5月に小泉・胡の初会談がサンクトペテルブルクで開かれて以来、両首脳はバンコク、チリ、ジャカルタとすべて海外で会談しています。小泉首相が毎年続けた靖国神社参拝を中国側が嫌がったからです。首相ですら海外でしか会えなかったのに、黒崎氏はどこで3ショットを撮るチャンスを得たんでしょう？〈胡錦濤国家ファンド〉なんてペテン師がよく使うコケおどしじゃないですか。

「彼の口癖は、日本のヤクザなんて怖くない。中国にはもっと怖い連中がいる、でした。あちらの黒社会とも接点があることを匂わせて、暗に威嚇しているかのようでした」

——〈蛇頭〉や黒社会の影をちらつかすのは、〈白髪三千丈〉式の誇張に聞こえますけどねえ。

「ずっと後年ですが、丸紅案件で黒崎氏を手伝っていた霧島氏も、白馬村のスキー場で不審死を遂げたとか。3ヵ月も行方不明でしたが、雪解けで遺体が発見されたそうです」

——齋藤さんには誰も手出しできませんよ。突然失踪したら、最有力容疑者になりますから。ところで、黒崎氏の丸紅案件への出資はいつまで続いたんです？

「いちばん最後の案件が07年末から08年にかけてでした。香港と上海から送金された計7億5000万円です。中国コネクションはやはり実体があったんです」

——ついに中国マネーの直接投資ですか。どういう筋のカネか見当はつきました？

「成約したのが上海なんです。07年12月のことでした。僕は契約調印に海外に飛ぶのが億劫だったし、契約文書はすべて英文ですから、慣れない僕ではチェックしきれない。

そこで外資系証券にいたことのある愛人の足利尚子さんに、僕の代理として上海に出張してもらったんです。僕がつくった中間法人代表という肩書が活きました。彼女は英語も堪能ですし、投資契約も素人ではなかったからです。付き添い役として、アスクレピオスの取締役を一人、上海で合流させました。そんな具合でしたから、金主を探るなんて無理だったんです」

——結構頼りになる愛人がいたもんですね。これまたゲンナマで授受したんですか。

「まさか、今回ばかりは銀行振り込みで、みずほ銀行の口座に振り込まれました。といっても、ちゃんとスクリーンがかかっていて、背後の大陸で蠢《うごめ》く投資家たちの正体は見えません。ただ、この最後の案件は、アスクレピオスが破綻したために償還に至りませんでした。困った黒崎氏は何としても回収しようと、丸紅に対し民事訴訟を起こしたそうです」

——そこまで深入りしたのだから、彼との関係はノーマルの一線を越えましたね。

「黒崎氏はお礼に、六本木ヒルズのレジデンス棟最上階で開いたクリスマスパーティーに僕を招待してくれました。07年12月7～9日の京都忘年会の後で、檜坂《ひのきざか》がきらびやかなデコレーションで飾られるころです。出席者は10人ばかり、霧島氏もいましたね。どこかの航空会社の女性キャビン・アテンダント（客室乗務員、ＣＡ）が５人ほど来ていたのは、コンパニオン代わりですか。

居住者しか予約できないというレジデンス棟のゲストルームが使えたのは、彼が高い家賃を払って一部屋借りたからです。ま、ミエでしょうね。夜９時になると、ＣＡの一人が〈あら、門限があるので帰らなくちゃ、お母様に叱られちゃうわ〉と言い出し、ぞろぞろと５人のシンデレラが帰ってしまいました。黒崎氏のメンツは丸つぶれ、僕もばかばかしくなって……」

――実は〈夜総会〉を期待してたんでしょう？　そうと察して、ＣＡも逃げたんだ。

「08年の年明けに彼はまたそのゲストルームでパーティーを開きます。この雪辱戦はマカオ並みの〈夜総会〉になりました。僕も毎週のように彼の催すパーティーに顔を出すようになり、いつしか心のよりどころになっていたんです。女の子がレイプだと騒ぎだし、黒崎氏を訴えると息巻いていたのを、僕が50万円の慰謝料を出して収めたこともあります。ただ、どんな乱れたパーティーでも大麻とかクスリは抜き。さすがに黒崎氏も麻薬には近づかないようにしていたんでしょう」

――それすべてが欲得ずくの計算だったんじゃないんですか。要するに、芸能人の性加害疑惑で週刊誌に暴かれた「アテンド役」という小判ザメでしょ。

「だとしても、アバターさん、僕はさらにもう1回、黒崎氏主催の密室パーティーに参加してしまいました。断れなかった。08年2月28日、僕の誕生日に催してくれたパーティーですからね。日比谷のザ・ペニンシュラ東京のスイートルームを借りきって男４人に女４人、また霧島氏がいました。まさか乱交パーティーに発展するとは思わなかったんですが、黒崎氏が勝手に盛り上がって、気持ちよさそうに女の子と王様ゲームではしゃいでました」

## ホテル暮らし、首都高の彷徨

――クジ引きで王様にあたった人の命令は絶対で、何でも服従しなくちゃいけないんでしょ。性的な征服欲を満たすだけで、ただのガキですね。日比谷交差点の角に建つペニンシュラホテルって、香港の本店に比べると金ピカでケバケバしいし、品格のかけらもないんですね。

「パーティーだけじゃありません。正月もだいぶ過ぎてから、2人でゲレンデAMGに乗って川崎大師に遅めの初詣に出かけました。境内の人出はもう寂しかったけど、半日がかりで僕のために邪気祓いをしてくれた。人は気弱になると、それを善意と信じたくなるんです。

おまけに黒崎氏は僕の目黒の自宅にも来て、笑顔で妻に挨拶してました。家族ぐるみの付き合いだと思って、僕も妻には〈何があっても、信用していいのは彼だからね〉などと言い聞かせたものです。彼が僕を裏切ることなんて絶対にない、と信じて」

――そして、LTTバイオ取締役解任、ゴールドマンとの破談、と破局が来るんですね。

「リーマンへの償還資金400億円が調達できないといっても、正直、僕には他人事に思えました。やることはやってきた、という思いが強かった。思考停止です。取締役解任を告げられたとき、僕はむしろこれでフリーだと感じたんです。

僕に残されたのは自首、自殺、逃亡の三択でしたが、逃げようと思ったのはあの瞬間です。

僕は3月7日以降、アスクレピオスに寄りつかなくなった。新オフィスのある室町界隈の三井村も、六本木ヒルズのショッピングモールも歩けない。家族には〈僕の巻き添えになる危険があるから〉と言い含めて、目黒の自宅に帰らず、都内のホテルを転々としていました。

日本橋のマンダリン・オリエンタル東京、渋谷のセルリアンタワー東急ホテル、溜池のANAインターコンチネンタル、六本木のグランドハイアット東京、汐留のコンラッド東京、虎ノ門のホテルオークラ、紀尾井町のホテルニューオータニ、品川のグランドプリンスホテル高輪、そして芝公園のザ・プリンスさくらタワー東京……星付きホテルを日々漂流する異邦人になったんです。

ラグジュアリー（豪華）ホテルの匿名性が有り難かった。生活臭がまるでないあの空間は、すでにお尋ね者かもしれない僕でも、おカネさえあれば分け隔てなく笑顔で迎えてくれます。僕が生きることを認めてもらえる最後の空間でした。朝起きてシャワーを浴び、また別のホテルに移動する。電話に怯え、目線を恐れ、人声に神経を尖らせ、すべてに戦々恐々の日々。これが罪を犯すということなのか、どこにも居場所がない。いや、僕はどこまでも異邦人でいたかった。

逃げて、逃げて、寝る時も逃げていました。酒がなければ眠ることすらできない。街路で人目につきたくなかったので、車であてもなく都内を走りまわった。車だけが僕をしっかり守ってくれる、そう感じたんです。休日の朝、首都高速を羽田に向けて走らせ、ぐるっと一周して戻ってくるのが僕の気分転換で、休日のドライブコースでした」

――ハンドルを握って、何を考えていたんです？

「これで詐欺は終わった、と思っていました。もう苦しいカネ集めに奔走する必要がない。気持ちがずっと楽になりました。その時乗っていたのはメルセデスS65－AMGです。車だけが唯一残った僕の友でした。しかしこの車を含めて僕にはまだ5台の外車がある。LTTバイオ株も、自宅やマンション、別荘地などの不動産、貴金属や高級ウォッチもある。

僕の耳にこびりついていたのは〈手持ちの資産をすべて売り払え〉という友人隅谷氏の助言でした。では、どうやって現金化し、どこに預託したらいいのか。漫然と考えるだけではダメです。時間がない。換金がいちばん難しいのは株式――LTTバイオ株でした。みずほインベスターズ証券（当時）に預けていたので、売却手続きに入れば、たちまちみずほ銀行に筒抜けになる。なぜ売るのか、と藤木氏に詰問されるに決まっているので怖かった」

## NIS証券でLTT株を売却

「3月になると僕はアスクレピオス社長まで解任されるのですが、そうなれば株式売却どころでなくなることは目に見えていました。それをいち早く売り抜けようとすれば、インサイダー取引として刑事罰に問われます。元山一の証券マンですから、そこは十分承知していました。最難関と思っていたその売却を、やすやすとやってのけたのが黒崎氏だったのです」

――密室パーティーなど一時しのぎの息抜き場所を提供しただけでなく、黒崎氏は齋藤さんの資産隠しの介添え役まで買って出たということですか。

「アスクレピオス裁判での僕の容疑は、詐欺ともうひとつ、LTTバイオ株のインサイダー取引でした。でも、僕がインサイダー取引を計画したわけじゃない。黒崎氏のほうがNIS証券を紹介して、立ち往生していた僕を救ってくれたんです。もとは悪名高いＳＦＣＧ（旧商工ファンド）などと同業の商工ローンや消費者金融のニッシンで、社名が変わってＮＩＳグループですよ。あの『ミナミの帝王』主演の竹内力《りき》を起用して〈ニッシンはあなたの力《りき》になりたい〉なんてＣＭを流してました。ＮＩＳ証券はその傘下の証券会社で、黒崎氏は優良顧客だったんでしょう。危ない橋でも無理が利くようでした。

あっけらかんとした女性外交員がやってきて、とんとん拍子に話が進み、みずほインベスターズ証券からＮＩＳ証券に株式を移管すると、頼みもしないのにブロックトレードが開始されました。ブロックトレードとは、一般には大口投資家が同一銘柄を一度に大量に立会外で売買する相対取引のことです。株価の急落を防ぎながら売りさばく手法です」

――ああ、２０２２年に摘発されたＳＭＢＣ日興證券の相場操縦事件で使われた手法ですね。執行日前日に購入顧客に案件告知され（一般開示はされない）、執行日の大引け直後にその日の大引け価格で取引されますが、この1日のギャップ、つまり執行日中の立会中に空売りをかけられると売値が下がるので、ＳＭＢＣ日興はそれを防ごうと大引け前に買いを入れていた。

08年当時は存在しなかったナノ秒単位の超高速取引（ＨＦＴ）による急落を防ぐためとはいえ、これが相場操縦と認定され、ＳＭＢＣ日興は業務停止処分と元副社長ら6被告が一審で有罪判決（罰金7億円、追徴44億円）を受けました。でも、あれを株価操縦と認定できるなら、14年前のアスクレピオス株のブロックトレードもできたはずです。

「ＮＩＳ証券も市場の板などを見ながら、自己勘定で僕の株を買い取って顧客に売ったんでしょうが、委託者の僕はその説明を受けていません。たぶん黒崎氏が代理人を務め、その指示で次々と現金化したんです。不可能のはずの売却を可能にしたあの離れ業《わざ》は、さすが、と思わせました。

| ２００８年 | 株数 | 売値（円） |
|---|---|---|
| 3月4日 | ６５００ | ４２０００ |
| 3月10日 | ２０００ | ３８５００ |
| 3月13日 | ８００ | ２１０００ |
| 3月14日 | １２００ | ２２７８０ |
| 3月19日 | １０００ | １８０９６ |

アスクレピオスの破綻が知られ始め、ＬＴＴバイオ株の売値は1ヵ月で半値以下になりますが、とにかく株価急落を抑えながら現金化されていったんです。ただ、これは僕名義の保有株の半分にすぎません。残りの半分は山中氏の分として手付かずにしておきました」

――おやおや、２人は完全に決裂していたのに義理堅かったのですね。結局は紙クズでしたが。

「今ではＮＩＳグループは跡形もありません。リーマン・ショックのあと、日本振興銀行やＳＦＣＧとのババ抜きゲームの果てに、２０１２年に民事再生法を申請、のち破産手続きに移行して14年に消滅しています。そのドサクサに紛れたのか、僕のインサイダー取引の立件だけで、ブロックトレードの相場操縦には深入りせず、黒崎氏とＮＩＳの関係解明に捜査は届いていません」

――でも、黒崎氏はなぜそこまで深く株売却に関与したんですか。

「竹芝の時と同じですよ。地下銀行からスイスの口座に送るためです。4億2000万円の売却代金は三井住友銀行丸の内支店に振り込まれたので、もう築地の植田事務所を利用するわけにはいかず、キャッシュで引き出すには丸の内支店に行かなければなりませんでした。黒崎氏といっしょに二度出向きましたが、彼は銀行の監視カメラに写りたくないと言って、タクシーから降りずに待っていました。僕は支店でおろした札束をスーツケースに詰め込み、それを僕の黒いゲレンデG55－AMGに詰め込みました。ゲレンデは黒崎氏に処分してもらうことになっていたので、帰りは彼の運転で靖国通りを一路、新宿めがけて走りだしたんです」

## 『かに道楽』で書類を燃やす

――今度の行き先は竹芝じゃなかったんですね。どこへ向かったんです？

「新宿の伊勢丹裏にある『かに道楽』新宿本店です。靖国通りに面したビルの7～8階にありますが、あそこなら個室もあって人目につかない。彼の好みの密室と言えます」

――へ～え、『かに道楽』ですか。意外だな、あの脚が動くズワイガニの看板の店ですよね？

「僕が先に『かに道楽』の店に入り、億単位の札束入りのスーツケースを積んだゲレンデを近くの駐車場に停めた黒崎氏があがってくるのを待ってました。2人で何食わぬ顔をして株売却代金の引き渡しを完了させたんです」

――どこかシュールな光景だな。どんな顔をして、かに鍋をつついていたことやら。

「もう一つ、びっくりしたことがありました。かに鍋の殻入れ用か灰汁《あく》取り用の鋳物の壺で、黒崎氏が突然、紙を燃やし始めたんです。何をするのかと思いましたよ。株売却で受け取った書類をどんどん燃やすんです。〈燃やすのがいちばん証拠が残らない〉と言ってね。結構、火柱が盛大にあがって、火災報知器が鳴りはしまいかと僕はヒヤヒヤでした」

――帯封といい、密室といい、黒崎氏の警戒心は尋常じゃないな。スパイドラマ的だけど、プロの手口とも言える。齋藤さんまで証拠隠滅のために燃やしかねませんよ。

「4億2000万円のゲンナマはその日、黒崎氏に預託したんです。『かに道楽』を出てから彼は僕のゲレンデを運転して、靖国通りを走り去っていきました。僕は安堵しました。〈これで世界でもっとも安全なスイスの銀行に預けたんだ〉と。以来、僕は1銭も受け取っていない。

彼にスルーしたのに、東京地裁の判決ではインサイダー容疑でも有罪となり、この4億2000万円が追徴金として僕に科されました。いまでも分割して少しずつ、東京地検追徴課に収めているのです。これはあまりに理不尽じゃないですか」

――愛車のゲレンデごと彼に預けたんですか。

「外車5台の処分も彼に任せたのです。例のガルウィングのメルセデスは、値段が高すぎて、買い手が見つかるかどうか不安でしたが、黒崎氏の知り合いに5000万円程度で引き取ってもらったようです。手数料を取られて僕の手元には4000万円ほどしか残りませんでした。ゲレンデなど他の3台も合計で1000万円ほどになって、それが僕の海外逃亡の手元資金になったのです」

## 高級時計から不動産まで現金化

——しかし、齋藤さんは総額でいくら黒崎氏に預託したんです？

「竹芝で預託した2億円余を加えると、僕の計算では合計17億8200万円になります。まだ触れていない分の内訳をリストにしましょうか。

（1）高級腕時計　2500万円相当
ドイツ製A・ランゲ&ゾーネ（500万円）、スイス製パテックフィリップ（1000万円）、スイス製ブレゲ（500万円）、スイス製ヴァシュロン・コンスタンタン（500万円）
（2）現金5000万円　みずほ銀行株式買付用資金
（3）不動産　港区西麻布のマンション（8300万円相当）
（4）不動産　港区六本木のマンション（3億5000万円相当）
（5）不動産　軽井沢の更地（1億3900万円相当）
（6）現金2億5000万円　08年2月14日、黒崎氏の投資顧問に預託
（7）現金3000万円　08年5月に妻が目黒郵便局前で手渡し

3件の不動産は、購入したときと同じようにに黒崎氏のインテルアクトを通して売却しました。軽

井沢は例の万平ホテル近くの例の別荘地ですよ。買ったばかりで右から左へスルー。代金は僕の預託金から支払われていますから、彼の足跡は残っていません。

このインテルアクトもあとで調べたら、本店所在地が07年5月18日に銀座5丁目から日本橋兜町5－1に変更されています。実はこの住所、旧山一證券の兜町ビルなんです。しかも僕が地下銀行を通じてEFGにゲンナマを送った時期と重なるんです。不可解なことが多すぎます。

また（6）は、僕の自宅で黒崎氏に手渡ししたのでよく覚えています。札束を例によって大きなスーツケースに詰め込んで、タクシーを呼びました。重い荷物をタクシーに積むのが骨で、僕も手伝ったのですが、運転手が怪訝《けげん》そうな顔をするのです。そこでついブラックジョークで〈大丈夫ですよ、死体じゃありませんから〉と余計なことを言ったら、不審がられて弁解が大変でした」

――じゃあ、これが齋藤さんの黙秘した使途の全貌になりますか。警察や検察も黒崎氏から任意で事情聴取し、懸命に探っていましたね。資産逃避の共謀を疑っていたことは確かでしょう。

「取り調べでカネをどこへやったと追及されても、僕は〈分かりません〉とトボケ続けます。身ぐるみ資産を預けた黒崎氏の名は口が裂けても白状するわけにはいきませんでした」

# 第7章 海外逃亡

――２００８年３月は、齋藤さんが娑婆で過ごした最後の春でした。でも、人と会うのを避けてホテルを転々とその日暮らし。丸紅や司直の動きはどこから情報を得ていたんです？

「ええ、僕は奇妙なエアポケットにはまっていました。カネさえ出せば匿名でいられるホテルという要塞に立てこもり、新聞もテレビも遠い別世界でした。友人たちから携帯にかかってくる電話に、〈すべて丸紅の責任〉〈丸紅に利用された〉などと吹聴し、強がりを言うだけでした。何もかも丸紅に全面転嫁しなければ、自分が維持できなかったんです。でも、黒崎氏は毎日電話をかけてきた気がしますね」

――案外マメな人ですね。彼とはどんな話をしていたんです？

## 警察・検察の動きを耳打ち

「彼は警察や検察の動きを逐一把握していると言ってました。検察内部にも派閥があって、その派閥を逆手にとって情報を引き出せる、とね。忘れられないのは〈裏金で10億円用意してくれれば、齋藤さんがしたことは無かったことにできる〉と持ちかけてきたことですね。彼の背後にはそれなりのブレーンがいるんだと思いました」

――ハッタリでしょ？　まだ30歳前の若造が検察を牛耳れるんですか。ヤメ検弁護士あたりから仕入れた聞きかじりで、証拠隠滅にあと10億円だなんて、とことんしゃぶる気でしょう。

「検察内はすべてバランス・オブ・パワーなんだそうです。一方の派閥の失態は、敵対する他派閥の応援歌となるので、黒崎氏がゲンナマを使って巧みに操作するというのです。しかし条件が一つあるという。マスコミに出る前にゲンナマを用意しろという条件でした。

メディアは、カネではどうにもならない唯一の力なんだそうで、マスコミが書きだしたら、もう蓋をするのは難しくなる。検察内部の懐柔より困難だからという理由でした」

——買いかぶりが過ぎますね。今や権力の走狗、あるいは御用聞きにすぎません。

「とにかく僕のXデーが迫っていましたからね。1週間やそこらで10億円なんて用意できるはずもない。タイムアウトでした。彼の黒幕が誰かを聞き出すこともできなかった。日本の政治家の名前は出ていません。出たのは胡錦濤やら毛沢東やらです。

アバターさん、僕の力はそこまでだったんです。1970年代のロッキード事件で生贄となったのは丸紅でしたよね。今回は丸紅が被害者に回り、司直のメスが入ることなく、僕ばかり貧乏クジを引かされた。その構図はロッキード事件が未だに尾を引いているとしか僕には思えませんでした。

でもね、それで思わぬ仲間を得たと錯覚することになったんです。検察まで懐柔できる心強い仲間がいると思うと安心でした。毎日電話をかけてくれる人が、唯一無二の友人に思えました」

## 接近してきたメディアの「釣り餌」

——動き出した記者たちに居場所を突き止められなかったんですか。

「前年の6月から7月、LTTバイオとの経営統合前に山中氏と2人で専門誌『日経バイオテク』のインタビューに応じたと前に言いましたよね。土壇場になってその記者から、僕の自宅の郵便受けに名刺と手紙が届いたんです。〈齋藤さんのために誌面を割くので、きちんと言い分を説明したら〉という内容でした。嬉しかった。それだけでヒーローになった気分でした。

しかし、と考え直しました。僕のやってきたことはすべて矛盾ばかりで、投資家が納得できるような釈明などできるはずがない。残念だが、お断りせざるを得なかった。だから、他のメディアからの取材の電話にも一切出ないことに決めたのです」

――齋藤さんの逮捕後、『日経バイオテク』8月号でその記者がインタビューを掲載しなかった理由を書いてますね。〈LTTバイオと一緒になっても一方的に研究開発費を負担させられるだけで、アスクレピオスには何のメリットもない〉と大きな疑問を感じたからだという。また、アスクレピオス会議室の壁が高級な板材の内装で、巨大な木製の会議机に〈一脚数十万円はしそうな革張りの椅子〉が並び、グラスが贅沢なバカラ製だったことも、怪しいと記者は見たようですね。

「がっかりしました。寄り添ってくれるかと思ったのに、あの手紙が単独インタビューに呼び込むための釣り餌とは。LTTバイオの口座から無断で僕がカネを引き出したなどと記事には書いてありますが、裁判でもそういう事実は出てきませんでした。僕がピンハネしたのはゴールドマンとリーマンのカネで、LTTバイオは蚊帳の外でしたからね。確かにカネ集めは醜いですよ。でも、その泥をかぶりながらも虚勢を張る死に物狂いの中にこそ、ベンチャーの真実があると言いたい」

## ベア陥落、次はリーマンが標的

――3月19日にアスクレピオスは東京地裁に破産を申し立てました。ちょうどウォール街が16日(日本時間17日)に激震に見舞われた直後です。米国第5位の投資銀行ベア・スターンズがついに白旗を掲げ、1株たった2ドルでJPモルガンに買収されたのです。〈預金者保護のために銀行は救済しても、リスクを取るのがビジネスの投資銀行は救わない〉というのが建て前だった財務長官ヘンリー・ポールソンが、全世界を巻き込むドミノ倒しを防ぐため背に腹は代えられず、JPモルガンのジェイミー・ダイモンCEOに頼んだ事実上の政府救済でした。

したたかなダイモンの要請で、ベアの不良資産から損失が生じたら最大300億ドル(約3兆円)まで連銀が補塡する、という破格の条件でした。

大きすぎてつぶせない(Too big to fail)――ウォール街の驕慢と放縦に反発する庶民感情を反映して、米議会が態度を硬化させ、ベア・スターンズの始末がついたのに、市場はすぐ次の生贄を求め、投資銀行第4位のリーマン・ブラザーズを標的にしました。政府による救済はこれきりでリーマンは置き去り、とみた怒濤のようなリーマン株の空売りに直面しました。トレーダー出身で〝ゴリラ〟の異名を持つタフなリーマンCEO、ディック・ファルドもたじろぐ勢いでした。

「そのころはもう、僕も自分のことで手いっぱいでした。『不思議の国のアリス』に白うさぎが出てくるでしょう? いつも懐中時計を見て〈遅刻だ〉とせわしない。あれみたいに時間切れで逃げ遅れないかと焦っていた。丸紅案件で全損を被ったリーマンの、それもニューヨーク本社の行く末なんて、頭の片隅にも入る余地がない。そちらはアバターさんにお任せです」

――ニューヨーク・タイムズ紙のアンドリュー・ロス・ソーキン記者が09年に書いた『リーマン・ショック・コンフィデンシャル』（原題はToo Big To Fail）を読んだことがありますか。ウォール街がのたうちまわった08年の断末魔をこと細かに書いている。

「はい、獄中で邦訳を読んで、ディテールに圧倒されました。破局の不安に怯えていたのは僕だけじゃなかったんですね。リーマンのファルドも、ゴールドマンのロイド・ブラックファインCEOも、その他のマンモス投資銀行から商業銀行の首脳陣まで、さらにポールソン財務長官やティモシー・ガイトナー・ニューヨーク連銀総裁ら規制当局のトップも、そろって額に脂汗を浮かべ、こみあげる胃酸で吐きそうになりながら、重圧と恐怖と睡眠不足と闘っていました」

## 守りの丸紅は「詐欺犯」切り出し

――当事者は気づかなかったでしょうけど、このあたりからファルド氏と齋藤さんの軌道が同期《シンクロ》し始めるんです。ソーキンの本を読み比べるとそれが透けて見えてきます。

「ええ、ファルドと同じように、僕は見えざる包囲網がじわじわ迫ってくるのを感じていました。成田空港から出国するまでの1ヵ月間は、資産のキャッシュ化で悪あがきしています。社員も含めすれ違う誰もが僕を不審者と見ている気がしたし、社員も周りに寄ってこなくなりました。とりわけ3月7日以降は僕自身が雲隠れしたものですから、欠席裁判でどんな罪を着せられてもおかしくない状態でした。指名手配まであと何日残っているか、僕も指折り数えていたんです。

ガード固めを急ぐ丸紅は3月10日、山中氏の手引きをした嘱託社員、山浦伸吾氏ともう一人を懲戒解雇にしました。この厳罰はトカゲの尻尾切りです。主犯は僕や山中氏やジーフォルムの高橋氏と決めつけ、共犯はクビになった下っ端社員や元嘱託社員で、丸紅は被害者だったという構図です。リーマン側が出資全損に納得せず、丸紅には支払い義務があるとして訴訟を起こそうとしていましたからね（3月31日に丸紅を相手に352億円の支払いを求めて東京地裁に提訴、後に331億円に減額）。予め波及を最小限に食い止めようと、丸紅は詐欺グループを切り出したんです」

――黒崎氏は齋藤さんに張り付いて、三途の川で亡者の衣を剝ぐ奪衣婆《だつえば》役を務めていたことになりますね。齋藤さんがいつ高飛びするかは、彼にとって重大関心事だったでしょう。

「僕が捕まって洗いざらい白状したら、資産隠しを手伝った彼も危うくなりますからね。僕は妻に〈一緒だと危ないから〉と離婚を申し出て、3月後半に手続きを済ませました。長男の親権も手放した。離婚届を書いたのは六本木ヒルズのレジデンス棟上階です。向かいの森タワーには、詐取したリーマンや、未遂だったゴールドマンのフロアが見えました。

黒崎氏に〈齋藤さん、ここを使ってください〉と言われたので、彼に一時かくまわれていたんです。離婚手続きの保証人の署名も、彼の部下に頼みました」

――おやおや、すぐ隣の建物に齋藤さんがいたとは、リーマンも灯台下暗しだったんですね。

「そこまで面倒見がよかったのは、僕を海外に追いやることが、黒崎氏にとって都合がよかったからでしょう。パスポートが切れかけていたので、3月25日に僕はパスポートを更新します。その時点で海外へ逃げる踏ん切りをつけた。黒崎氏とは27日に会食します。〝最後の晩餐《ばんさん》〟ですね」

――2人でサシの会食ですか？

「僕は1人でしたが、彼は妻子を連れてきました。僕のほうは自分の家族をできるだけ遠ざけていたんですが、彼は堂々と東証一部（現プライム）上場会社のオーナー家令嬢の鏡花夫人（仮名）同伴のうえに、生まれたばかりの長女までベビーカーに乗せてきたんです。

場所は東京タワーの足元、芝公園のザ・プリンスパークタワー東京です。そこが僕の宿泊先でした。黒崎氏が自慢のマセラティ・クアトロポルテを運転して颯爽と、ホテルの広々としたエントランスに乗りこんできた。僕を主賓に仕立て、ここに真の友ありと言わんばかりに、セレブ一家がもてなすディナーです。資産隠しに協力したことを正当化してるんです」

**最後の晩餐に「家族団欒」の幻**

――へえ、演出もキャストも完璧、監督は彼自身という大芝居ですね。

「地下一階の中華料理『陽明殿』は、白を基調としたインテリアで、高い天井、開放的な空間でした。そこで豪勢な中華料理を堪能したんです。鏡花夫人が〈齋藤さんって、マフィアはマフィアでも、イタリアン・マフィアみたいね〉と笑っていたのを覚えています」

――それ、どういう意味なんです？

「さあ、僕にも分かりません。きっと事前に、今夜の会食相手はいずれお尋ね者になる、とでも耳打ちされていたのかもしれません。会話は途切れがちでしたが、その空白を埋めてくれたのが、アトラクションの中国雑技ショーでした。あっという間に早変わりするのを生で見たのは初めてでした。あの仮面の早変わりこそ、黒崎氏の正体だったのかもしれません」

——料理から演芸まで中華尽くしですか。

「僕の今後を暗示しているようですね。彼はＤＶＤも持ってきてくれました。キーファー・サザーランド主演の人気テレビシリーズ『24』でした。あれも妻を殺され、娘を守ろうとする孤独な対テロ捜査官のドラマですよね。黒崎氏によれば、サイバーエージェントの藤田晋氏の二番煎じなんだそうです。藤田氏は起業時代から堀江貴文氏と親しく、長期勾留のあと保釈された堀江氏に、励ましのＤＶＤを贈りました。それを真似してみたということで、やはり僕は嬉しかった。

当時の僕は孤立無援でしたから、『陽明殿』で談笑する黒崎ファミリーに、僕自身の家庭を重ねて見ていた。僕の家庭は崩壊してしまいましたが、かつての一家団欒《だんらん》がここにあると思いました。黒崎一家の家族ぐるみの接待は僕を安心させ、まだ生きていると実感しました。

一家を乗せたマセラティをホテルの玄関で見送ったあと、僕は急に孤独を感じました。もう日本に僕の居場所はない。寿命の来たネコは死に場所を求めて姿を隠すと言いますが、僕も妻や長男に無様な姿はみせたくない。放浪の旅に出よう。北朝鮮でも火星でも、という気分でした」

——それをストレートに黒崎氏に伝えたんですか？

「ええ、すると彼は〈1日待ってください。成田から出国できるかどうか調べますから〉と答えたんです。逆に不安が募りました。すでに僕には自由がないのか。翌日、つまり3月28日に黒崎氏から電話があり、一転して〈齋藤さん、急いだほうがいい〉と言われました。どこからの情報か分かりません。すぐ成田空港から飛び立つことにしました」

## 成田まで付き添って見届け

――荷造りはどうしたんです？

「大きめのスーツケースを一つだけ持ち歩いていましたから身軽でした。でも、冬服がない。とりあえず南へ向かおうと決めました。まずは成田突破が最優先、さよなら日本です。ホテルをチェックアウトしたら、黒崎氏が車で迎えに来てくれました。僕が預託した愛車ゲレンデです。京成スカイライナーでなかったのがせめてもの慰めで、あとは何の見通しもなかった。

グアムへのチケットは空港で購入し、黒崎氏は出発間際まで僕に寄り添っていました。別れを惜しむかのように、出発ロビーで手を振る彼の笑顔がいまも忘れられません。ああ、よかった、これで僕の資産は完璧に保全された、と思ったんです」

――実はパスポート・コントロールを無事通過できるかどうか、確かめていたのでは？

「あるいは、預かったカネで東京のどこに不動産を買おうかと舌なめずりしながら、会心の笑みを浮かべていたんですかね。それ以降、黒崎氏関連の企業が麻布や六本木界隈の不動産を買い漁っていたそうです。僕はつまり、長良川の鵜飼いの鵜だった。丸呑みした鮎をすべて吐き出したあと、ハイ、お役ご免というわけです」

――無事、日本を脱出したけれど、グアム島では何をしていました？

「あの島には何もありません。グアム唯一のアントニオ・B・ウォン・パット・グアム国際空港でホテルを予約すると、次はどこへ行くかを考えていました。綱渡りの日々から解放され、少しゆっくりしたかった。日本の携帯はグアムでも使えましたから、毎日黒崎氏と電話で話しました。〈遊びにきてくれ〉と何度も言いましたけど、無視されましたね」

## ファルドの出資提案に〝名貸し〟料

──釣りあげた魚にエサは要りませんからね。グアムに着いた翌日、日本でアスクレピオス事件が新聞などで大々的に報じられました。危うきに近寄らずだったんでしょう。

半日の時差はありますが、齋藤さんが出国した3月28日金曜夜は、ニューヨークのリーマン本社の命運が定まった瞬間でもあるんです。

バークシャー・ハサウェイのオマハ本部にいた伝説的な長期投資の名人、ウォーレン・バフェットが、リーマン・ブラザーズの総帥ファルドからの電話を待っていた。ソーキン記者の本によると、〝ゴリラ〟CEOのファルドは電話会議でこんな提案を持ちかけたんです。

「あなたも知っていると思うが、われわれは資本をいくらか追加しようと思っている。いまの株価は最低だから、きわめて大きなチャンスだ。市場はわれわれのストーリーを理解していない」とファルドは売りこみにかかった。リーマンは30億から50億ドルの投資を求めていると説明した。いくらかやりとりしたあと、バフェットはすぐに提案した──9％の配当と、40ドルで普通株に転換できる転換予約権付の優先株に投資することを考えてもいいと。その週の金曜、リーマン株は37・8ドルで取引を終えていた。

オマハの賢人の提案は強気だった。９％の配当は非常に高額だ。たとえばバフェットが40億ドルの投資をすれば、Ｉ年で3億６０００万ドルの利子が得られる。しかし、これはバフェットの名前を〝借りる〟ことの費用だった。もっとも、この条件でも確約するまえに精査が必要だとバフェットは言った。「数字をいくらか検討させてほしい。また連絡するよ」とファルドに言って、電話を切った。

（『リーマン・ショック・コンフィデンシャル』第2章、加賀山卓朗訳）

実は〈金融システムのメルトダウン〉に備えるポールソン財務長官が、前日にファルドに電話していたのです。ベア・スターンズの次の標的となったリーマンに資本増強を促したので、さっそくファルドがバフェットに増資の際の出資を要請したわけです。

21年前のＩ９８７年に当時最強の投資銀行、ソロモン・ブラザーズが買収されかけたとき、バフェットが優先株7億ドルを購入してやったことがあります。ソロモンは窮地を脱することができました。以来、資本市場の最後の〈救い手〉として、バフェットはカリスマ的な存在になりました。ポールソンはバフェットにリーマンの守護神になってほしかったんでしょう。

「しかし古き良き〝アメリカの田舎者〟バフェットは、がさつで貪欲な都会人、とりわけウォール街の人間が好きじゃありません。リーマンの財務諸表をじっくり精査して、楽観的見通しの足元を見透かしていたかもしれない。したたかな賢人は、本音では出資を断りたかったのでは？」

――まさしく29日土曜朝、ファルドが電話をかけ直すと、バフェットの提案がもっと厳しいものであることが判明し、物別れに終わります。他の投資グループから好条件で40億ドルの増資を引き出したファルドは、それをこれみよがしにバフェットに報告しています。

バフェットは祝いのことばを送ったものの、内心、自分の名を売りこみに使ったのだろうかとも思った。

その後バフェットはこの話題を持ち出さなかったが、彼には重要と思えた前週末のニュース――〝リーマン、3億5500万ドルの詐欺被害〟――にファルドがまったく触れなかったことも気になった。日本の丸紅の従業員2人が偽造文書と詐欺師を使って、リーマンから3億5500万ドルを詐取したとされる事件だった。

またしてもバフェットは、ソロモンがらみの経験を思い出した。当時、ジョン・グッドフレンドとソロモンの法務チームは、会社が巨額の国債の不正入札に関与していたことを彼に話さなかった。あのスキャンダルでソロモンはほとんどつぶれるところだったのだ。

いいいいいいいいい、ああいう連中は信頼できない。

（ソーキン前掲書）

物別れの一因が、丸紅案件の発覚を報じたロイター電だったことがこれで分かります。記事には〈エンロン事件以来の一段と巧妙な企業詐欺の一つ〉と書かれていましたから、バフェットは何食わぬ顔のファルドに不信感を抱き、ネコ跨《また》ぎしたんです。

「絶対の守護神」の切り札を失ったリーマンは、その後、バフェット以上の切り札をみつけられなかった。ファルドはそれから半年間、韓国国営の韓国産業銀行（ＫＤＢ）やバンク・オブ・アメリカ、英バークレイズなどに出資を求めて漂流を続けたあげく、どこにも匙を投げられて、９月15日に万事休すとなります。

つまり、アスクレピオス事件の報道が運命の岐路だったんです。齋藤さんが図らずもリーマン・ショックのトリガーの一つを引いたことは、切り札バフェットがその証人と言えます。

## グアムに現れた救いの女神

「アバターさん、ファルドも僕と同じく3月28日から行き場を見失っていくんですね。でも、グアムで途方に暮れていた僕の前に、ある人が現れました」

――黒崎氏でないとすると……誰だったんですか？

「赤坂『ポンジュ』の朴美林さんです。携帯に電話があり、グアムにいると言ったら、一両日で飛んできたんです。グアム国際空港で、僕に駆け寄ってきたあの笑顔。ぱっと花咲くような満面の笑みです。でも、僕は今や逃亡者です。将来のある彼女を巻き込むわけにはいかない。

僕が犯した罪のことは一言も説明しなかった。せめて彼女のためにホテル・ニッコー・グアムの少し広い部屋を取りました。退屈させないようスキューバ・ダイビングや、海に出てイルカの見物などを楽しんでもらおうと思った。ところが、彼女はカナヅチでした。韓国では体育で水泳を教えないんだそうです。〈あなた〜、わたし、泳げないんです。助けて〉と怖がって深いところへ行こうとしない。どだい無理なことに誘った僕がいけなかったんです」

――バカンスどころか、次の潜伏先も選択しなければならなかったのでは？

「グアムでは大手を振ってビーチを歩けたし、人目を気にせずにいられたのですが、日本で事件が報じられるや、僕の携帯にひっきりなしに電話がかかってきて、東京の緊迫度合いが伝わってきます。考えてみれば、グアムは米国領だし、リーマンも米国企業なので、早晩、ここでも僕は指名手配の身となる。もうグアムにグズグズしてはいられない。

美林さんは僕の右腕を引っぱって〈わたしがソウルで匿《かくま》ってあげる。ソウルに来てくださいよ〉と何度も言ってくれました。ただ、日韓にも犯罪人引き渡し条約がある」

## 香港逃亡を決め名刺を偽造

「次の逃亡先は日本からできるだけ遠く、欧州にしたかったけれど、逃亡者の考えることに一貫性はありません。黒崎氏は僕の動静が知りやすい台湾か、香港を勧めました。シンガポールも候補でしたが、最後は香港を選びました。黒崎氏から来た指示は、グアム島内のビジネスセンターで、クレディ・スイス社員の名刺を偽造せよというものでした」

――変な指示ですね。また何かなりすましの犯罪でも？

「いや、香港のグランドハイアットを黒崎氏がクレディ・スイスの社員名で予約したからです。たぶん、黒崎氏の知る実在の社員で、本人の了解を得たかどうかは知りませんが、コーポレート料金で泊まるためでした。節約なのか、足跡消しなのか。でも、グアムにビジネスセンターなんてあるのかと思いました。ＪＡＬホテルのスタッフに問い質すと、一つあるという。美林さんと向かいましたが、彼女もなんで赤の他人の名刺をわざわざグアムでこしらえるのか不思議に思ったでしょう」

——私文書偽造は立派な犯罪ですけどね。クレディ・スイスのロゴはどうしたんです？

「ビジネスセンターのアメリカ人スタッフに頼んで、何とかネットからコピーしてもらいました。行先は香港と決めたので、美林さんには大学院を続けたほうがいいと説得し、2泊3日のグアムからソウルの実家に帰すことにしました。彼女は僕に選択という自由を残してくれたんです。

空港で見送ったあと、ホテルに戻って東京の黒崎氏と、香港潜伏作戦の最終確認をします。荷造りしながら、ふと目にとまったのは丸紅案件で使ったジーフォルムの印鑑と、三井住友銀行の預金通帳でした。なぜこんなところまで持ってきたんだろう。僕は海岸へ走って、青い海へ投げ捨てました。預金通帳は細かくちぎってね。証拠隠滅です。

そして翌4月4日、グアム滞在わずか1週間で、僕は直行便で香港へ飛び立ちました。

香港国際空港は奇妙なほど森閑としていました。偽名刺で無事、湾仔《ワンチャイ》のグランドハイアットにチェックインすると、さっそく銀行口座を開く手続きを始め、湾仔近辺で住まいも探しました」

——少なくとも、しばらく長期滞在する態勢を整えようとしたわけだ。

## 赤坂『一点張』から毎晩電話

「ところが、香港へ来て1週間ほどすると、毎晩のように日本から電話が来るんです。日本時間の深夜零時ころ、発信場所は赤坂、それも決まってみすじ通り周辺でした。『ポンジュ』の近くにある韓国料理店か、『一点張』という札幌ラーメン屋からです。いつも一人で涙声なんです。朴美林さんでした。『ポンジュ』が閉まってからかけてくるんです。

〈あなた、私、寂しいです、寂しくて〉

〈ダメだよ、いつまでもそんなところにいちゃ。早くマンションに帰りなさい……ちゃんと大学院にも通わないと〉

〈あなた……〉

僕が彼女に言ってあげられるのはそんな程度です。『一点張』も僕が連れていった店で、気に入ってくれたんですね。それから1週間後、僕は恥ずかしげもなくまた、香港国際空港に彼女を出迎えに行く羽目になりました。空港で美林さんが駆け寄ってきて言うんです。

〈あなた〜、なぜ、こんなところにいるのですか。ソウルへ行きましょう〉

美林さんの言葉には、少女のような無邪気さがあった」

——韓流ドラマみたいだな。それは求婚されているのも同然じゃないですか。ソウルに潜伏する選択肢がまた頭をよぎった？

「ええ、でも、現実とのギャップは大きい。僕にできることは、香港観光のアテンドをすることくらいでした。古臭い、雑多な、屋台通りを潜り抜け、香港トラムの二階席から竹竿で足場が組まれた倒れそうな古ビルや、超近代的デザインの摩天楼や密集したペンシルビルを、大きく手を広げながら仰ぎ見ていました。彼女は建築学研究科の院生でしたから。

昔ながらの香木が置いてありそうな露店で、彼女はお土産を買いました。何だか分かりますか。

象牙の箸だったんです。不思議な縁を感じました」

## 象牙の箸に祖父の巡礼を重ねて

——へえ、齋藤さんにとって、象牙にどんな意味が？

「太平洋戦争に出征した祖父が、香港土産の象牙製の小さな馬の像を大事にしていたんです。幼い僕には戦争のことなど一言も語りませんでしたが、戦後にグアムやサイパン、香港や旧満州に〝巡礼〟の旅をしていた、と母から聞きました。祖父も戦犯として公職追放7年の処分を受けています。だから、美林さんの象牙の箸を見ると、僕の海外逃亡は今は亡き大日本帝国の跡を巡礼しているようなものだと感じましたね。

僕にとっては〈あなた、寂しいです〉の一言で十分でした。心を鬼にして、もう僕に近づいてはならない、日本に帰るよう彼女を説得するしかなかった。彼女は帰ってからも、相変わらず『一点張』から電話してきたけど、それも逮捕で途切れました」

——その後の消息は？

「アスクレピオスにいた唯一の韓国人社員が、拘置所に面会に来てくれて、『ポンジュ』の様子とともに聞きました。建築学研究の拠点を米国に移すと言って、ニューヨークへ向かったそうです。僕は嬉しかった。彼女に幸あれと祈るばかりです。

日本から持ってきた携帯は捨てました。香港で携帯を買って、黒崎氏などごく一部に新しい番号を教えたのち、東京との絆を断ち切ったのです」

――08年春、直前に別れた前妻との結婚記念日は、香港のグランドハイアットの一室で迎えたんですよね。偽名刺でもバレなかったんですか。

「はい、香港はグアムと違い国際金融都市です。そこは融通が利くんです。銀行口座の開設を最優先にしたのは、所持金が日本円で１０００万円しかなかったこと、それに観光ビザ以外のビザを取得する際、香港島にある銀行に口座を持つことが絶対条件だと自分で判断したからです。

もちろん円や米ドルを香港ドルなど他通貨に交換する際にも銀行口座は必要でした。香港ドルは米ドル相場にペッグ（固定）しているとはいえ、日常的には現地通貨を持つ必要もあったのです」

## 勇を鼓してまず銀行口座

「しかしながら僕は一介の逃亡者です。今は単なるホテル住まいで、香港に紹介者などいやしません。香港の外国銀行に口座を開けるのだろうか、と正直不安でした。しかし僕の拙《つたな》い英語で乗り切るしかない。口座開設の目的、香港滞在の目的、自己紹介・職務経歴など必要事項をすべて英文にしたためて、パスポート持参でホテルに最も近くて、香港ドルの発券銀行の一つである英系のスタンダードチャータード銀行湾仔支店に乗り込んだのです」

――パスポート持参だから、口座は齋藤さんの実名となりますね。居場所を捕捉され、本国送還となるリスクは考えませんでした？

「香港の法律に抵触しなければ、身柄を拘束されるようなことはないだろうと踏んでいたんです。パスポートがあり、口座開設の目的と香港滞在の目的さえ明確なら、香港で銀行口座を開くことはそれほど難しくない。１０００万円程度なら、すぐ預けられます。

ＥＦＧにあるはずのカネは、いずれ香港での投資資金に充てる予定でしたが、黒崎氏が窓口と信じ切っていたものですから、運用通貨を照会しただけで支店は訪れていません」

### 広東語学校で学生ビザめざす

——歯がゆいなあ。香港滞在の目的は何と書いたんですか。

「香港大学または香港中文大学の広東語スクールに通学するため、と書きました。これが功を奏したのかもしれません。約１時間で手続きが完了し、日本から持ってきた円の現金を香港ドルに交換して預けたのです。おそらく報告書が日本に送られたのでしょう。

とにかくスタンダードチャータードの口座開設には成功したのです。ついでに近場の香港上海銀行（ＨＳＢＣ）湾仔支店、シティバンク銅鑼湾《コウズウェイベイ》支店にも口座を開きました。日本のメガバンクで口座を開くのと同じくらい簡単で気軽でした」

——スクールに入学すれば、スチューデント・ビザがもらえますね。

「それも狙い目でした。１９９７年の香港返還以来、英語とともに広東語も日常的に使うようになりましたから一石二鳥です。しかしホテル暮らしで通学するのは贅沢すぎます。そこで次は住まい探しでした。エイブルという日系不動産会社に日本語の堪能な香港人がいて、そのスタッフと香港島の物件を十数件見てまわりました。

香港の人口７００万人弱のうち、日本人はせいぜい３万人足らずですが、日本人は群れたがる動物なので、香港島でも東側の太古《タイクー》や西湾河《サイワンホー》などの居住エリアに住まいが集中しています。香港で2番目に高層の国際金融中心（ＩＦＣ）や香港終審法院もある中心街、中環《チュンワン》からは地下鉄で十数分の至近距離ですし、日系スーパーもあり、生活上は便利です。しかし僕は人目につきたくなかったので、なるべく日本人が住んでいない地域を選びました。

中環に近い湾仔エリアを物色したのは、１００年以上も歴史のある英国風の２階建て路面電車〈香港トラム〉の走る風景が気に入ったからです。拠点にしようと決めたのは、湾仔星街《シンガイ》に聳える50階建てマンションの25階の一室でした。窓から対岸の九龍《クーロン》半島正面に建つ香港の代表的ホテル『ザ・ペニンシュラ香港』が一望できます」

――絶景じゃないですか。ペニンシュラは香港で最も古い１９２８年開業のホテルでしょう？香港のアイコンとして90年以上〈東洋の貴婦人〉と呼ばれてきました。

「ええ、毎朝目が覚めると、対岸のザ・ペニンシュラが見えて、逃亡者であることを忘れていられます。黒崎氏とは一日に一度は必ず電話で連絡を取りあい、捜査の状況、メディアの報道状況の報告を受けていました。彼が言うには〈齋藤さんの捜査情報が洩れている〉とのことで、〈日本の友人たちに絶対に内情を喋るな〉と釘を刺されました。

彼の情報源はおそらくヤメ検弁護士あたりでしょうが、ソースを教えてほしいと言っても無言でした。事件の弁護をお願いしたいと持ちかけると、〈齋藤さんレベルの弁護など引き受けないでしょう〉と一蹴されて、カチンときましたね。でも、藁《わら》にもすがる思いですから、何も言えない。広東語スクールに入るために、日本から中央大学の成績証明書を取り寄せたり、語学書を買って日中自習したりで日々を過ごしました」

## シェルカンパニーを三つ買う

「ガイダンスによると、香港大学と香港中文大学の広東語スクールの違いは、前者が英語で授業をするのに対し、後者は日本語と英語を交えて講義することもある点でした。幸い早稲田を出て、香港中文大学の広東語スクールを卒業した人と銅鑼湾の日本人クラブで知り合い、手続きのやり方をいろいろ教えてもらって準備だけは整いました」

——準備だけ？　すぐに広東語スクールに入学できなかったんですか。

「入学は9月だったと思います。スチューデント・ビザだって一朝一夕に取得できるわけじゃありません。結局は時間切れで、入学もスチューデント・ビザも絵に描いたモチに終わりました。でも、香港に来て1ヵ月ほど経ったころの僕は、このまま香港人として生きていけるのではないかと錯覚するようになっていましたね。

香港にはインベストメント・ビザの制度もあります。香港に投資すればビザがもらえるんです。僕はさっそくシェルカンパニー（ペーパーカンパニー）を3社買いました。候補リストから息子の名の一字が入った社名を拾っただけですが、一社5万円ほどで買えるんです。資本金が1香港ドルでしたから。手持ちの軍資金は目減りしますが、会社を持つことが必要だと思っていました」

## クレディ・スイス口座は凍結

――ペーパーとはいえ、何に使うつもりで？

「ＥＦＧのカネがおろせるようになったら、香港で本格的に投資をしようと思っていたんです。香港にはアスクレピオスの投資家もいましたが、まさか迷惑をかけた先に頼るわけにはいきません。黒崎氏からは香港島内で頼れそうな先をいくつか紹介してもらいました。でも結局、投資の夢は実現できず、３社は香港にペーパーのまま置き去りになりました。

とにかく僕は手持ち資金を増やそうと懸命でした。何とか香港に開設した口座に、銀行ルートで海外から送金してもらおうとしました。ひとつがクレディ・スイスのニューヨーク支店に預けてある６０００万円です。メリルリンチ東京にいた外国人社員に頼んで、英国領バージン諸島（ＢＶＩ）経由で送ってもらったことがあると前に明かしたでしょう？

あれですよ。あの口座から香港へ転送してもらおうと、当時は中環にあったクレディ・スイス香港支店を訪れたのです。ところがクレディ・スイスの行員は即答せず、ニューヨークの担当者から翌日コールバックするとのことでした。嫌な予感がしたのです」

――でしょうね、ちょっと天真爛漫すぎる行動ですから。

「予感は的中しました。ニューヨークの担当者が電話してきて、〈ミスター・サイトウ、あなたの名前はニューヨークで有名になっている。口座の資金を国外には送金できません。送金できるのは米国内の同名アカウントだけです〉と言うんです。お触れが回っていて、僕の口座は凍結されていたんですね。アスクレピオス事件は日本国内で報道されているだけかと思っていて、ロイター電などで世界に流れているとは知らなかったんです。東京もニューヨークも同じということは、いずれ香港にも及ぶ。ぞっとしました」

――何しろ〈エンロン以来の巧妙な詐欺犯〉とレッテルを貼られていましたからね。

「僕は黒崎氏に電話しました。彼は〈それはひどい、困っている今、資金を引き出せないのだったら、何のためにクレディ・スイスに資金を送ったのかわからない〉と僕を慰めてくれたのです」

――おやおや自分だって、地下銀行経由でEFGに送ったはずのカネを出し惜しんでいる。齋藤さんが困っているなら、EFGに用立てさせますと言えばいいのに、口をぬぐって知らん顔だ。

「口座凍結を想定していなかった僕がいけないんです。例の預託リストの(7)、僕の指示で前妻が目黒郵便局前で黒崎氏に手渡しした3000万円も、いわば苦肉の策でした。もとはみずほ銀行丸の内支店に投資信託として預けていたものですが、それを解約してシティバンク大手町に振り込み、一部をシティバンク香港へ送金するとともに、残る全額を日本のATM（現金自動預け払い機）からおろしてもらったんです」

――えっ、3000万円もATMでおろせるんですか。

「シティのATMには一日あたりの限度額がないんです。問題はシティのバンクカードが香港の僕の手元にあったことです。そこで香港から帰国する美林さんにカード入りの封筒を託し、六本木のホテルのレセプションに預けてもらいました。彼女は封筒の中身を知りません。示し合わせたとおり、後で封筒を受け取ったのは黒崎氏です。現金化して地下銀行で送ってもらう手はずでした。

ところが彼はATM引き出し役を僕の前妻に任せて、監視カメラに映らないようゲンナマの包みだけ別の場所で渡されたという案配です。電話をつなぎっ放しにして僕が香港から指図し、検察の取り調べには口を割らなかったのに、後になって黒崎氏は授受などなかったような顔をしています。〈ひどい〉のは誰でしょうか。香港潜伏は、すべてが砂上の楼閣の上に築かれた幻想でした」

## 頼りにならなかった「コックさん」

——カード一つに、前妻も愛人も〈クロサギ〉も総がかりだったのですね。香港で日常は何を？

「朝起きて、昼間は夕方5時ころまで本を読んで過ごすしかありません。たまに湾仔界隈を散歩する程度ですよ。広東語入門の語学書も読んだんですが、なかなか頭に入らない。覚えているのは〈ムコイムコイ、ムコイホイ、ワンチャイ、アー（すみません、湾仔までお願いします）〉だけですね。ムコイとは〈唔該〉と書きます。香港の深夜2時ころ、タクシーをつかまえてマンションへ帰るとき、運転手に頼む言葉がそれなんです。

香港は治安がよくて、日本人にもフレンドリーです。金曜の宵になると、銅鑼湾にある日本人経営のレストランなどに顔を出し、現地で働く日本人と会話するのが唯一の楽しみでした。1ヵ月もしないうちに、香港暮らしに支障のないような人間関係ができ、就職先まで斡旋《あっせん》されるようになりました。でも、いざ働くとなると、壁にぶつかります」

——中国通の黒崎氏には、香港人脈を紹介してもらわなかったの？

「彼にはかねがね〈香港ではコックさんを頼りなさい〉と言われていました。彼はときどき日本語か北京語か分からない言葉を口走ります。〈コックさん〉も料理人のことかと思っていたら、実は〈郭さん〉か誰か、有力者の人名だったらしい。黒崎氏本人の説明です。しかし結局、そのコックさんには会えずじまいでした。彼が口にした香港の経済人には一人も会えなかった。勢い、付き合いは日本人に偏ります」

## 酒バーや日本人クラブ

「銅鑼湾に『和幸』という鉄板焼の居酒屋がありました。そこの女性オーナーは親日の中国人で、ビザ取得などでアドバイスしてくれた唯一の香港人でした。夫が日本人だったので、5月ごろ自宅に招待されましたね。でも、広東省由来の高病原性鳥インフルエンザ（H5N1型）が香港で流行したせいか、取りやめになってしまいました」

——ちょうど胡錦濤主席が初めて日本を訪問した時期と重なっています。夏には北京オリンピックも控えていました。小泉政権時代とは空気が一変して、日中間の対話気運が高まっていたころです。

「銅鑼湾には『游』というクラブもありました。商社マンら日本人の交流の場で、日本からキャピタルフライト（資本逃避）関連の仕事をしようとやってくる人、日本人女性の出稼ぎホステスら、さまざまな人がいて、僕も出入りしていたのです。

冷や汗をかいたのは、香港警察の抜き打ち査察でした。客の僕もパスポート提示を求められましたが、そんなものを持って銅鑼湾で呑んでいる人などいません。代わりに日本の運転免許証を提示したら、それでOKでした。まだ牧歌的な時代だったのです。

そこで知り合ったのが、元伊勢丹の女性社員でした。何でも四国のうどん製造業者の娘だとかで、やり手のバイヤーでした。生地の買い出しや服の製造会社視察に、いっしょに深圳《しんせん》に行かないかと何度も誘われましたが、行けずじまいだったのが残念です」

## シンガポール往復で捜査攪乱

――確かにそれなら、香港社会に溶け込めそうな感じですね。

「ところが、僕の場合はまだ観光ビザですから、のんびりもしていられない。5月14日、ビザを更新するためシンガポールに短期出国しました。

香港で観光ビザの期限切れを迎えたら、通常、旧ポルトガル領である対岸のマカオ（澳門）に出国し、再び香港に入ります。手軽な方便ですから、マカオと往復する人は当局に不審の目でにらまれる。そこで僕は敢えて、遠いシンガポールへ行くことにしたんです。

香港から4時間の旅、2泊3日で往復する予定でした。もちろん、事前に黒崎氏に電話して、香港国際空港から出国できるかどうか確かめてもらいましたが、シンガポールでやりたいこともあった。銀行口座を開設するとかではなく、日本の捜査当局の攪乱《かくらん》です。香港潜伏を悟られないために、シンガポールから警視庁宛てに偽情報をシンガポールの消印付きで送りました」

――多少は攪乱できた？

「いや、ほとんどムダ撃ちでしたね。僕もシンガポールで我ながら忸怩《じくじ》たる思いでした。姑息な手を使ったことは、やはり当局に見破られて、後で検事から叱られました。

それでも帰りの香港入国はスムーズで、ビザも無事更新できて、当初の目的は果たせたんです。

再び星街のマンションに落ち着けたものですから、それが僕を油断させることになります」

## 足がついたHSBC湾仔支店

「突然、その日がやってきました。香港滞在2ヵ月余の6月11日です。家具やパソコンを買うため、少しまとめて香港ドルを引き出そうとHSBC湾仔支店へ行ったのです。日本の銀行店頭と同じように、書類に引出額を記入し、パスポートを添えて提出した上で待っていました。ところが1時間経っても呼ばれない。現金とパスポートが戻ってこないのです。不意に銀行の店員が僕に近づき、窓口から奥の応接室へと通されたのです。待っていたのは、見るからに銀行員とは違ったいかつい風貌の面々でした。香港警察のバッジを見て、愕然として僕は棒立ちになりました。広東語に続いて、片言の日本語で状況説明があります。

〈マネーロンダリングの容疑であなたを拘束する。本来、ブラックマスクを被ってもらうのだが、それは免除する、我々の後についてこい〉

ここはとにかく神妙に従うしかない、と悟ったのです。僕は3人の刑事に囲まれ、込み合う支店内を抜けて外に出ました」

――これが見納めか、と思った香港の市街の風景はどう見えました?

「ついさっきまで平穏にすべてを受け入れてくれていた香港が、突然、牙を剝きだして襲いかかってきたかと思いました。確かに日本から1000万円の現金を無届けで持ち込んだことは事実です。シティバンク銅鑼湾支店とみずほ銀行丸の内支店間で資金の遣り取りもしている。しかし、香港警察に身柄を拘束されるような覚えはありませんでした」

## 留置場は粗末だが可視化先行

「ただ、香港警察も犯罪者を引っ立てるといったコワモテではなかった。刑事は物腰が柔らかで、女性刑事も付き添っていたのは意外でした。取り調べもすべて可視化（録音・録画）されていました。取り調べ自体よりVTRカメラのセッティングに要した時間のほうが長いくらいです。しかも釈放時にその録画ビデオを渡してくれました。1997年に香港が中国に返還されて、まだ〈一国二制度〉下ではありましたから、英国統治の影響が残っていたんですかね」

――日本で取り調べの可視化が実現したのは、やっと2019年度からですよ。ただ、齋藤さんも経験したように〈人質司法〉といわれる長期勾留などはまだ残っています。日本の刑事司法はとても先進国とは言えない。もっとも、習近平政権が2020年に制定した香港国家安全維持法以降、ぎりぎり締め付けられている今の香港では、可視化の〝美風〟も逆行したのではないですかね。

「香港警察の勾留は3日間に及びました。初日の取り調べ以外は、ただ拘束されているだけ。湾仔署の留置施設はお世辞にも警視庁よりきれいとは言えない。布団がなく、コンクリートの床でザコ寝です。意外や房内に電話があったのですが、僕にはかけるアテもなかった。ゴキブリから逃げ惑いながら、冷房なしのコンクリートの箱で流れる汗と闘いました。それでも暴力行使とか、言葉によるイジメとか、罵倒や大声などの恫喝はなく、静かな牢屋でした」

## 帰国促す警視庁と総領事館

「でも、拘束されてすぐ、日本の警視庁から湾仔署に電話がかかってきました。その一部始終を香港の警官が僕に伝えてくれるんです。最後は電話で直に警視庁の刑事と話すことが許され、帰国するよう説得されました。犯罪人引き渡し条約がないので、強制送還ではないようです。

3日目に保釈金1万香港ドルを払って保釈が認められました。日本総領事館から館員が湾仔署に出迎えに来て、やはり帰国を促されます。与えられた時間は2日でした」

——選択の自由はあったんですね。ただし、帰国か、逃亡か、あるいは自殺か。

「署から釈放された僕は、湾仔の市街をよろよろと歩いていきました。もうおしまいだ、マンション25階から飛び降りようか……でも、後始末は誰が？

いつのまにか、香港第一夜に泊まったグランドハイアットの前にたたずんでいました。覚えず涙がこぼれた。五体が軽くなり、宙に浮いているような感覚になりました。

近くのオープンバーに入り、真っ昼間からスコッチをあおった。立て続けに3杯。そのとき携帯が鳴りました。黒崎氏でした。

〈齋藤さん、何度も電話したのに出ないので、心配しましたよ。どこに行ってたんですか〉

警察に逮捕勾留されたと告げました。僕は失意のどん底にいた。だから彼の声は、カンダタの前にお釈迦さまが垂らした銀色の蜘蛛の糸にも思えたんです。

真昼のショットバーから僕は立ち上がり、自分のマンションへ歩きだしました。家宅捜索された自室など見たくもなかったが、ドアを開けてからふと窓の外に目をやると、隣のビルの屋上に真っ黒な羽を広げ、叩きつけられたように、カラスの死骸が転がっていました。

その彼方には〈東洋の貴婦人〉、ザ・ペニンシュラが嫣然《えんぜん》として横たわっていたんです

——ちょっと出来すぎの光景ですけどね。」

## 東京の弟に引受人を依頼

「僕はカンダタのように、血の池からすこしずつ這い上がれるような気になりました。東京で働いている弟に電話を入れて、引受人を依頼しました。急いで香港に来てくれ、とも。仕事で忙しい身なのに、二つ返事でした。不肖の兄のために時間を割いてくれるんです。

香港に来てから一、二度電話で弟に近況報告したことがあります。グアム経由で来たとは告げていなかったのですが、〈香港で都会のなかに紛れているので大丈夫だ〉と言うと、〈無事でよかった〉と喜んでくれました。弟の話だと、僕の行方を追う警察にマークされて、僕からの送金は犯罪資金なので手をつけるな、と警告を受けたそうです。

香港では毎晩夜8時になると、香港島と九龍半島の間のヴィクトリア・ハーバーの夜空を縦横にレーザービームが飛び交う壮大なショーがあります。〈シンフォニー・オブ・ライツ〉（幻彩詠香江）と呼ばれていて、ＩＦＣ（国際金融中心）や中国銀行など46棟の高層ビルが呼応して、イルミネーションを輝かせる。まさに〈光の交響曲〉です。

僕はジョニー・ウォーカーの黒をロックであおりながら、その１００万ドルの夜景を堪能しまし

た。もう十分だ、日本に戻って逮捕され、刑務所に行こう、と覚悟を決めました」

## 陸路を深圳へ逃げるルート

——逃亡疲れと勾留ショックで、酔いが全身にまわったのですね。

「そこに再び携帯が鳴ったんです。声は黒崎氏でした。〈心配で電話をした〉という。驚いたことに、彼は香港からの逃走ルートを提案してきたんです。僕が香港国際空港を使えるのは明日まで。だが、陸路は閉鎖されない。深圳から中国本土へ向かうルートは空いている。陸路とは地下鉄で羅湖まで行き、そこから境界を越えて隣接する深圳に入る鉄道ルートのことでした。深圳に行けば身を隠す手だてもある、上海では偽造パスポートを1億円で手配できますよ、と」

——この土壇場でも、まだカネを搾り取る算段ですか。

「真偽を確認する術《すべ》はありません。逮捕、刑務所行きを覚悟していた僕にとって、この提案は魅力的でした。香港、上海の裏をよく知る黒崎氏は、こう言い添えました。〈深圳逃走ルートを選択するかどうかは齋藤さんの自由です〉。東京か深圳か——まだ選択の自由があったとはいえ、黒崎氏自身が僕の日本帰国をもっとも恐れているのではないか。

あのとき、深圳を選んだら僕の人生はどうなっていたでしょう。日本人を捨てて僕は中国人に化けられたでしょうか。僕を決断させたのは、日本に残してきた前妻と長男との絆でした。中国人として生きたところで、どうせ根無し草。カネがすべての人間は、どこにたどり着くんでしょうか」

——大陸本土で待ち構えているのが〈蛇頭〉という可能性もありましたね。黒崎氏も願わくは、齋藤さんが日本に戻ることなく、三途の川の彼方に消えてほしかったのでは？

「弟がにわかに成田出発となったら、警察も緊張したでしょうが、幸い足止めされなかったようです。翌14日、日本から飛んできた弟のために、僕はグランドハイアットを手配しました。そこで弟と香港最後の夜を過ごしたんです。僕は逃亡前に個人資産を秘匿して預託したと打ち明けました。〈ほんとうにそんなことをしたのか〉と弟が聞きましたが、それ以上は何も言いませんでした。

弟はただ僕を迎えに来て連れ帰るために、嫌な顔ひとつせず遥々《はるばる》来てくれたんです。結果的には弟の家族にも迷惑をかけている。この弟によって僕は兄弟の意義、家族の絆に無限の喜びを覚えました。その甘えついでに、星街のマンションの明け渡しまで弟に頼むことになります。

しかし頭の片隅では、まだ深圳の二字がちらついていました」

## 逃げても成算はなく

「一人では何もできません。何もできない自分に気づかなくてはいけないんです。でも、やはり逮捕は怖い。ただ、深圳に逃げても成算はない、と見越しただけなのかもしれない。

弟を前にして、僕は東京にいる前妻と高校2年生の息子に電話しました。しばらくは会えなくなるだろうと思ったからです。

〈いいか、これからパパに何が起ころうとも、おまえはパパとは別人格だ。おまえには一切関係ないことだ〉。それだけしか言えませんでした。当時はまだ懲役15年の判決が下るとは想像だにしていませんでしたが、多感な時期だったから、息子はきっと僕に叫びたいことがあったでしょう」

――一夜明けると15日。総領事館が期限とした2日目が来ました。

「黒崎氏の情報を記した手帳、持参した事件関連の書類を細かくちぎって、海にすべて投棄しました。ホテルのチェックアウトを済ませると、僕は弟に促されてやっとの思いで香港国際空港に着きました。携帯電話はもう用済みです。破壊しないと証拠になってしまう。足で踏みつぶし、粉々にして空港のゴミ箱に捨てました。ありがとう、グアム、香港、シンガポール、そしてソウルよ。行き先は成田しかありません。チケットを手配し、公衆電話から黒崎氏に最後の電話をかけました。〈これから帰国します。逮捕されたら当分は刑務所から出られないので、預けたカネの保管を頼みます。出所時には3億円のカネを用意してください〉と依頼しました。彼は〈2億か3億かは分かりませんが……〉と口を濁したのですが、とにかく口約束したと思いました」

――さあ、2ヵ月半ぶりの日本が待ち構えています。

「2008年6月15日19時、僕は成田空港に降り立ちました。イミグレーション（入国審査）の窓口でパスポートを提示した瞬間、係員の間に緊張が走りました。〈容疑者帰国、総員配置に着け。厳戒態勢を取れ〉という命令が、僕の耳にも届いた気がします。たちまち同行していた弟から隔離され、僕は別室へと誘導されます。

4畳半ほどの殺風景な部屋でした。そこへ僕の手荷物がすべて運びこまれました。スーツケースを開けて、一点一点、それこそパンツの縫い目に絡みついた糸くず一本に至るまで、綿密にチェックされました。これで完全に容疑者だなと思いました。

1時間以上かけた手荷物検査の後、その小部屋に警視庁捜査二課の刑事3人が入ってきました。

3人に左右を囲まれて、すぐに駐車場まで案内され、警視庁が手配したワゴン車に乗せられたのです。まだ任意同行ですから、手錠も腰ヒモもない。タクシーの客みたいにワゴンに乗りこみました。

車内では誰も口をききません。車窓から東京の夜景が次第に近づいてくるのが分かりました。ディズニーランドのイルミネーション、葛西臨海公園の観覧車、レインボーブリッジ、そして銀座周辺のネオン……どれも懐かしい東京の風景でした」

——それが娑婆とのお別れでしたね。

## 桜田門の警視庁の地下へ

「僕を乗せたワゴン車は、見慣れた桜田門の警視庁本部庁舎に着くと、地下駐車場に滑りこんでいきます。オウム真理教のグル、麻原彰晃容疑者を乗せたワゴンが警視庁に入っていったテレビ画像が頭をよぎりました。地下駐車場から迷路のような廊下を通り、上階にずらりと並ぶ取調室の一室に連れていかれました。

尋問が始まるわけでもなく、あとはひたすら部屋で待つだけ。

午前零時、日付が変わりました。途端に逮捕状を提示され、僕は逮捕されました。逮捕状の日付に合わせて待たされていたのです」

——08年6月16日、警視庁本庁舎にて齋藤栄功逮捕、との記事が朝刊を飾りましたね。

「逮捕されるや、深夜の身柄移送です。警視庁本部庁舎内に留置施設がないらしく、僕が向かったのは人形町と隅田川の中間にある日本橋久松署でした。アスクレピオスのオフィスが久松署管内の日本橋室町にあったからでしょう。警察車両で走り抜けたルートは見慣れた街並みでした。すでに夜中の2時。久松署の留置場は2階にあって、鉄格子のなかは、薄汚れたセンベイ布団が敷かれていました。人間最後は〈起きて半畳、寝て一畳〉と思ったことは忘れられません。鉄格子のなかは3人か4人が寝泊まりする雑居房になっていて、広さは6畳、奥に和式の水洗トイレがありました。それから5ヵ月足らず、そこが僕のネグラになったんです」

――とうとう檻の中にたどりついたわけだ。次の日から警察、検察と対峙するんですね。

「僕は未明に眠りに就きました。それから否応なく自己と向き合わざるをえなくなるんです」

第8章

# 檻の中の蛙

――一夜明けて、留置場初日はどうだったんですか。

「起床と同時に異変が起きたんです。久松署には〈居室〉と呼ぶ雑居房が4つある。僕が勾留された時は各居室に数人の人影があって、彼らが口々に何か言い始めたのです。

最初は何が起きているのかわからなかった。次第に留置場全体にざわめきが広がっていくんですが、鉄格子に加えて目隠しがあって、はっきりと外の様子が確認できない。どうやら、警察署の周りに人垣ができていて、カメラマンやマイクを持った報道関係者が続々来ているらしい。留置係の警官は我関せずで、そのわけを教えてくれない。

やがて人騒がせなのは僕自身だ、ということが分かりました。警察が逮捕した場合、48時間以内に身柄と事件書類・証拠物を検察に送致しなければなりません。これを〈身柄送検〉と呼びます。護送車で検察庁へ移送される僕を、報道陣は撮ろうと待ち構えているのです」

## 「引き回し」にカメラ殺到

――俗に言う〈引き回し〉または〈猿回し〉ですね。最近は顔を覆ったり、手錠にボカシを入れたりと多少の配慮はしますが、罪人をさらし者にした江戸時代の風習の名残りとしか思えませんね。弁護士会はせめて法廷内では手錠と腰縄を外せと主張していますが。

「手錠をされ、腰縄を巻かれると、勝手には20センチも動けない。時間を確認する自由もない。朝

9時ころでしょうか。僕は日本に戻って初めて陽のあたる屋外に出たんです。警官にぴたりと両脇を挟まれて、留置場から署の通用口を出た瞬間、人垣に圧倒されました。カメラの放列、マイクを持って立つキャスター……一斉に射るような視線が僕に注がれる。

僕は顔を伏せませんでした。元気だ、これから頑張る、というメッセージを関係者や支援者に送りたかった。だから堂々と闊歩しました。ワゴン車に乗りこみ、大通りに出ようとしたところで、報道陣が押し合いへし合いして車が立ち往生したんです。

カメラマンが一人、車に体当たりしてきました。僕の顔をアップで撮るためで、さすがにぎょっとしました。警官が制止し、ガラスは割れなかった。報道の自由といっても、現場は肉弾戦なのだと思い知りました。

人垣は久松署だけではなかった。検察庁のある千代田区霞が関1丁目1番地1号、中央合同庁舎の入口にもずらりと報道陣が待っていました。その殺気に空恐ろしくなったのを覚えています」

——検察官は、身柄を受け取ってから24時間以内、かつ逮捕時から72時間以内に、裁判官に勾留請求をするか、起訴するか、被疑者を釈放するかの判断をしなければなりません。

## 公判まで「接見禁止」

「僕は東京地検に出頭して、事件そのものの容疑を全面否認しました。そのせいか、僕の勾留には、これから第1回公判まで〈接見禁止〉という条件が付きました。弁護士以外、家族を含めて一切連絡を取ることができません。第1回公判などいつ開かれるか知れないので、まさしく一寸先は闇。新聞、雑誌なども制限されます。外部から遮断された〈檻の中の蛙《かわず》〉を強制されるんです。唯一の例外は、弁護士面会の時にアクリル板越しに見せられる写真や週刊誌などの記事だけ。だからいまだに僕は自分がどう報道されたのかをほとんど知りません。

自分を第三者の視点で見ることができない。鏡なしに自分の顔を想像するようなものです。ああして隔離するのも自分を見失わせ、シナリオ通りの自白を促すための仕掛けだったんですかね」

――居住空間も畳一畳分しかなく、取調室も密閉空間でしょう？

「検察庁から戻ると、久松署の取調室で連日取り調べが始まりました。留置場と同じ2階にあって、僕は並行移動で連れていかれる。大きな会議室を囲むように、3畳ほどの広さの狭い部屋が並んでいて、入り口は一つだけ。小窓が入り口正面に一つ、窓の外側には鉄格子、内側にも厚い扉があり、閉めると真っ暗闇です。天井の小さな蛍光灯がなければ何も見えない。

そこに尋問官と調書作成係、そして被疑者の3人が押し込められて、鼻と鼻を突き合わせるように向かいあうわけですから、閉所恐怖症にはとても耐えられないでしょうね。最初は警視庁捜査二課の柳川警部補と若手刑事でしたが、同時並行で東京地検特捜部の吉田久検事と橋本検事の取り調べが始まりました。僕が海外逃亡中、捜査二課・特捜部の合同捜査が始まって、タッグを組んでいたんでしょう」

**有力法律事務所は引き受けず**

――接見する弁護士は誰を選んだのですか。

「弁護士の接見といっても、顧問弁護士以外は面会できないのが原則です。なので、顧問弁護士には、京都の脅迫電話など暴力団対策で世話になった藤本勝也氏に依頼しました。

アスクレピオスの顧問弁護士だった一橋綜合法律事務所代表の笹原信輔氏にも頼んでみましたが、断られました。なぜですかね。丸紅案件のゲートキーパーだった2人の明暗が分かれたことと、何か関係があったのかもしれません。ジーフォルムの高橋文洋社長が山中氏とともに逮捕されたのに、同じ立場だった川上土地建物の川上巌社長は逮捕を免れましたからね。

ほかに、メデカジャパンなどでアドバイスを受けた西村あさひにも弁護団に入ってほしかったのですが、引き受けてくれませんでした」

――齋藤さんは06年3月に1ヵ月だけジーフォルム取締役を務めたから2人は近いとみなされたのでは？ それに、リーマン対丸紅の331億円支払い請求訴訟で、西村あさひの木目田《きめだ》裕《ひろし》・弘中聡浩弁護士が丸紅側代理人になっています。利益相反にあたると考えたのでしょう。取り調べが丸紅のシナリオに沿って進むとなると、齋藤さんも刑事と民事の両方に目配りしなければならなかったのでは？

「アバターさん、僕はあの香港の〈光の交響曲〉から、〈接見禁止〉の真っ暗闇に降り立ったばかりだったんですよ。〈リーマンの牢獄〉のトバ口にいました。何も考えないほうがいいんです。現実をある程度受け入れてから考え始めても遅くはない。

眠れなければ眠れない自分を受け入れる。部屋が狭ければ狭い現実を受け入れる。四面楚歌になっている自己を受け入れる……それをどうにか薬でコントロールしようとして、睡眠導入剤や精神安定剤などに頼ると、後戻りが利かない。

僕は拘束されてから今日まで、できるだけ薬は服用しませんでした。例外は鼻炎薬ジキニン、発疹が出て医師に処方された1週間分の抗生物質、あとは下痢止めだけです。薬漬けで抜け殻みたいになった受刑囚はいくらでも見ました。僕は何としても生き延びなければならなかったんです」

——取り調べは過酷だったんですか。

「そんなことはありません。刑事ドラマみたいに、机を叩いて怒鳴られたり、小突かれたり殴られたり、髪を掴まれたりしたことなんて一度もない。毎日午前に2〜3時間、午後もそれくらいで、昼夜ぶっ通しの拷問のような自白強要の場面はありませんでした。

食事も三度弁当が出る。トイレを我慢させられたり、便器使用を制限されるなどで自白を強要されることもなかった。冷暖房完備ですから、寝苦しいこともない。爪も毎朝切れるし、着替えも自由、本も読める。当時は取調室でタバコ休憩もあり、ある意味で贅沢な時間でしたね」

## 隣の小学校の歓声が慰め

「刑事も検事も取り調べに先立って、ちゃんと自己紹介します。人間として扱われることって大切です。人間同士と思わなければ会話が成り立ちません。久松署のすぐ裏に隣接して久松小学校がある。明治6年開校で立原道造や山田五十鈴が卒業したという、古い下町の小学校です。留置場からは見えませんが、その狭い校庭から児童たちの元気な声が流れてくるんです。心貧しき者はそれに癒やされます。自分の愚かさを痛感させられました」

――それでも留置場から5ヵ月近く出られなかったのは、なぜですか？

「容疑を全面否認しましたからね。帰国を決意したときから、長期勾留は覚悟していました。僕の中には強い思いがあり、もともと丸紅に対して役務等を提供し、その見返りの支払いに、丸紅本社が発行する保証書・納品請求受領書を充てるという取引を開始したのは僕ではない、と主張したかったのです。主犯の僕一人でこのすべてを考えて実行したというのは無理があり、あくまでも〈巻き込まれたにすぎない〉と考えていたからです。

しかも資金の使途について黙秘権を行使した僕の保釈を認めたら、隠蔽・逃亡する恐れあり、と裁判所は見たんでしょう。でも僕にとって、黙秘は自分を守ることであり、刑終了後の自分の生活を守ることでもあり、また黒崎氏の加担を隠蔽するためでもありました。彼の逮捕を避けることが、自分自身を守ることにつながると信じていました」

――しかし詐取した他人のカネですよ。少なくともかなりの部分はそうでしょ。捕まる前に預託して、それを自分を守るための黙秘と言っても世間は納得するかな。

「調達したカネを目的外に流用したことを認めたら、僕自身が根なし草になってしまう、自分自身を否定することになると思いこんでいました。丸紅の支払いは免れないのだから、被害者リーマンの実質負担はゼロになるだろうとも計算しました。どうせ僕が黒崎氏に操られていることなど、吉田検事、橋本検事、捜査二課の刑事たちはみなお見通しだったはずです。

だから僕は黙秘した。自分が間違っていたと訂正すべき、何か有力な根拠が出てくれれば別です。黒崎氏の隠蔽工作はほとんど完璧でした。時間の制約のなかで、警察も検察も捜査しなければならない。

真実は一つではない――僕は内心そう思っていました。

それは僕自身にもはね返ってくる。僕の供述だって真実とは限らない。でも、僕はその代償にこうして刑に服しています。僕が比較されたエンロン事件のCEOジェフリー・スキリングは、一審で禁錮24年の有罪判決を受け、控訴審で12年に減刑されました。検察・警察の追及を黙秘でかわしたからとも言えます。刑務所でその黙秘をアバターさんに解除するのは、僕にとって〈真実とは何か〉に解を与えることになるんです」

――ほう、それはどんな解なんです？

「留置場に入ってまだ日の浅い6月下旬だったと思いますが、得難い体験をしました。同じ『居室』に白人が入ってきた。アングロサクソン風の顔立ちで背も高い。ところがズボンは血だらけ、膝を抱えてうな垂れている。留置場の環境には、ぶつぶつ〈クレイジー！〉と呟いていました。マンチェスター大学出身で、日本ではシステムエンジニアとして働いているらしい。名前は聞けない。それが刑事収容施設のルールです」

## 「ローグトレーダー」で意気投合

「その彼が同房の僕に話しかけてきたのは、僕が香港で買った英会話の本を手にしていたからです。英語が分かると思ったんでしょう。結構、話が弾みました。

捕まった理由を聞いたら、赤坂で誰かと大喧嘩して、乱闘になって逮捕され、赤坂署が建て替え中だったため、ここに送りこまれたんだそうです。〈ニック・リーソンを知ってるか〉と聞かれました。僕がメリルのロゴの入ったTシャツを着ていたので、証券会社の人間かと思われたんでしょう。もちろん、その名は覚えています。僕が山一證券の営業マンだった1995年2月に世界を震撼させた28歳の『ローグ（不良）トレーダー』でした」

——英国で〈女王陛下の銀行〉と呼ばれたベアリングスを倒産させた男ですね。シンガポールで日経平均先物と日本国債先物の取引などを担当していましたが、95年1月の阪神・淡路大震災で日本株と日本国債が急落したため大穴をあけた。何とか取り返そうと、会社の規定を超える建玉《たてぎょく》を増やした結果、雪だるま式に損失が膨らんでベアリングスの自己資本を超えてしまう。慌てて辞表を出して、妻とともに逐電しましたが、フランクフルトで逮捕され、懲役6年半の実刑判決を受けて、書いた手記のタイトルが『ローグトレーダー』。ユアン・マクレガー主演で映画化されましたっけ（邦題『マネートレーダー　銀行崩壊』）。

「その英国人がしきりに弁護するんです。リーソンは悪くない、あれは仕方がなかった、と。転落の軌跡が僕とちょっと似ているので、なぜリーソンの肩を持つのか聞いてみました。ベアリングスの倒産は、もともとマーチャントバンクの寿命が尽きていたからだ、というのですよ」

——ちょっと待ってください。マーチャントバンクって何ですか。

「産業革命時代からロンドンの金融街シティーに君臨した証券会社のことです。貿易手形の引受業務に始まり、外債の発行や外国為替なども手掛ける近代的な証券会社の原形でしたが、大英帝国の凋落とともに、発展型である米国のインベストメントバンク（投資銀行）にお株を奪われ、シティーの起死回生をめざすサッチャー政権の〈ビッグバン〉でとどめを刺された。それでも名門の誇りにすがり、分不相応な取引で墓穴を掘ったというのです。
リーソンが庶民の出で、名門大学卒のエリートでなかったことにも共感を覚えていたらしく、同房の英国人との会話は大いに盛り上がりました。内心思ったんです。僕の詐取事件だって、業態として投資銀行が寿命を迎えていたから、〈池の中のクジラ〉の焦りがこの事態を招いたのではないか。リーソンが頂門の一針なら、僕だってそうではないかと」

## 檻の中も外も「井の中」

——マンモス投資銀行に挑んだモスキートの意地ですね。

「いまの僕は外部から遮断され、檻の中に閉じ込められた〈井の中の蛙〉だけど、遥か高みから見下ろせば、僕を取り調べている検事や刑事さんだって〈井の中の蛙〉です。事実から読み取れるのは〈一つでない真実〉です。突然、上から俯瞰する眼差しが僕に生じたんです」

——蜘蛛の糸が切れたカンダタが、血の池に落ちてお釈迦さまの目を知ったわけか。

「数日経つと、英国大使館員が面会に来て、同房の英国人は釈放されました。喧嘩相手と示談が成立、不起訴処分になったそうです。さすが〈揺りかごから墓場まで〉の国です。面倒見がいい。
しばらくして7月になり、今度は初老の男性が僕の雑居房に入ってきました。見るからに生活に疲れ、生計もままならない様子で、同房の僕らに挨拶もしない。老人の容疑は〝車上荒らし〟でした。〈居室〉に入ってくるなり、気分が悪いと言って臥せってしまいました。

不意に体格のいい男が、雑居房の鍵を自分で開けて入ってきました。横になった老人の隣に腰をおろして正座し、容体を聞いています。僕は寝そべって大沢在昌の小説を読んでいたのですが、その男が具合の悪い老人を気にかけるばかりか、脈をとったりする手際も手慣れていたので、大丈夫だと安心したのです。でも、ふとこの人は誰だろうと思いました」

## 署長自ら容体を見にくる

——鍵を持ってきて開けたんですよね、おそらく看護師資格を持った警察官とか？

「いえ、何と署長だったんです。自ら容疑者の容体を見にきた。問診をしながら何が適切な処置かを判断していました。あとで留置場係から、あれは櫻井正人署長だと教えてもらったのです。僕が判決を受けたあとの2０I０年2月15日に退職されたようですから、ノンキャリの最後のお勤めの署長だったのでしょうか。立派な人でした。

後日になりますが、東京拘置所はもちろん、長野刑務所でも、施設長自らがこんな風に囚人に寄り添う姿など見たことがない。たいがいはぞろぞろと部下を従えて大名行列のごとく施設内を練り歩くだけ。見て見ぬふりで通り過ぎるか、関与すまいと立ち去ります。会話も避ける」

——最底辺に落ちたからこそ、俯瞰する眼差しの先に慈しみの世界が開けてきた。

「僕の後輩で山一證券を4年で退職し、警視庁へ転職した楠木竜一郎君がいます。大阪市立大学出身でしたが、なぜ転職先に警視庁を選んだのかが理解できた気がします」

——でも、それは久松署2階で雑居房と取調室の間を行き来する日々だから、そう思ったんでしょう？〈檻の中の蛙〉はやはり外が見えない。外の世界は激動していました。

「9月半ばになって、親しくなった留置場係の高山警官や柳川警部補から〈世の中大変なことになってるぞ〉〈歴史に残る一大事だ〉〈齋藤さんが釈放されるかどうかはわからないぞ〉などと言われるようになりました。新聞も何も読めず、詳しい事情が分かりません。面会に来た藤本弁護士から、リーマン・ブラザーズが破綻したとの第一報を伝えられて、ごく上っ面だけど、アスクレピオス事件の〝被害者〟リーマンのニューヨーク本社が倒産したと知りました。

かといって、吉田検事は何も破綻の経緯を教えてくれないし、一つ一つ証拠を積み上げていく取り調べも変わらない。坦々《たんたん》とした日常と外部世界の激動の落差、もどかしい日々が続きました。外の世界の驚天動地は、アバターさんにお任せましょう」

――じゃあ、かいつまんで、リーマン・ショックの修羅場をおさらいしておきましょうか。

08年9月12日金曜、株価が3・57ドルまで急落し、リーマン・ブラザーズをどうするか、この週末に打開できなければ明日はない、という絶体絶命の場面が来ます。ウォール街の名だたる金融機関のCEO全員に、当局の緊急召集がかかりました。〈午後6時にニューヨーク連銀に集まれ〉。ただ、当事者のリーマンCEOのファルドにだけはお呼びがかからない。

「すでに俎板《まないた》の上のコイだったんですね」

――ソーキンの本によると、会議は45分遅れで始まります。荒天を衝いてワシントンから飛来したポールソン財務長官、コックス証券取引委員会（SEC）委員長、それに地元のガイトナーNY連銀総裁の3人がCEOたちと向かい合ったのです。

リーマンの身売り先候補で残るは、バンク・オブ・アメリカと英バークレイズの2社だけでした。バンカメは買収で損失が出た場合は400億ドルまで政府保証をつけろと譲らない。半年前にベア・スターンズを1株2ドルで買ったJPモルガンの前例適用を求めたのです。

他方のバークレイズも、英大蔵省のアリスター・ダーリング財務相が〈ロンドンを巻き添えにするな〉といわんばかりに難色を示しました。青ざめたファルドはバークレイズ社長、ボブ・ダイヤモンドに会い、合併したら自分は会社に残らないと首を差し出す覚悟を示しました。が、彼はとうに見放されていて去就など論外のことでした。

「四面楚歌のファルドには、同情を禁じ得ませんね。彼も僕と同じように最後は孤立し、焦燥だけ募らせていたんですね。

ウォール街のリバティ通り33番地に建つニューヨーク連銀は、フィレンツェのお城を模した重厚な石灰岩と砂岩の建物で、地下の金庫には6200トンの金塊が貯蔵してあるとか。まさに金融の現物と仮想の接点に聳え立つ城塞です。CEOたちが集まった南側会議室は、図らずも〝リーマンの牢獄〟と化したのですね」

**身売り先2社とも降りた**

——召集したポールソン長官も身動きがとれなくなっていました。すでに前週、サブプライムの不良債権が集中して沈没しかけたファニーメイ（連邦住宅抵当公庫）とフレディマック（連邦住宅金融抵当公庫）の2社を救うため、政府管理下に置いたばかりですからね。

議会もメディアも〈モラル・ハザード〉（救済をあてにした甘え）は許さないとの大合唱で、とてもリーマンに公的資金を注入できる状況ではなかった。バンカメまたはバークレイズによる吸収合併を、民間のコンソーシアムで支えるという折衷案を、この会議で打ち出したポールソンは、三つのグループに分けられた金融機関に、〈あなたたちだけで解決してもらう〉と凄んだ。

翌13日土曜の午前8時、各金融機関の選《え》りすぐりのチームが連銀ロビーに集まりました。ガイトナーNY連銀総裁が「私は2時間後にここに戻ってくる。それまでに解決策を見つけ、さっさと片をつけてもらいたい」と言ったそうです。

しかし互いに牽制しあって協議は難航、ようやくリーマンの不良資産の残り330億ドル分を民間コンソーシアムで分担し、10億ドルずつ出しあうことになったが、14日の日曜朝にはこの奉加帳形式も頓挫した。肝心のバンカメが降りてメリル買収に走り、バークレイズも英大蔵省やFSA（金融サービス庁）の反対を覆せず、2社の買い手が一夜で消えてしまったのです。

「絶望的ですね。買い手が不在ではコンソーシアムも空中分解します」

——ガイトナーはプランBに移り、リーマンの破綻に備えるようCEOたちに指令する。その晩、ポールソンに〈これは君の仕事だ〉と促されたコックスSEC委員長が、ファルドに電話した。取締役会の最中で出席者全員がスピーカーフォンの声に固唾を呑んでいました。

リーマンの破産は市場沈静化に役立つ——コックスは慎重かつ畏《かしこ》まった口調で言った。まるで台本を読んでいるかのようだった。そして、国にとっても最善だと述べたあと、ニューヨーク連銀の法律顧問であるトマス・バクスターに代わった。リーマンは破産を申請すべきだということで連銀とSECの意見が一致した、と告げた。

（ソーキン前掲書15章）

これがリーマンへの最後通牒です。15日未明、午前1時45分にリーマンは連邦破産法11条（いわゆるチャプター・イレブン）を申請します。ファルドの帰宅は午前2時。万策尽きて負債総額6130億ドル（約64兆円）という空前の倒産に追い込まれた彼は、妻の前で涙を流しました。半年前、齋藤さんがトリガーを引いた銃弾が、ファルドの眉間を撃ちぬいた瞬間です。

「〈最後の救い手〉バフェット氏はどうしていたんです？」

――リーマンではなく、同時並行で破綻が迫っていた保険最大手AIGへの出資を打診されていました。こちらもCDSで6000億ドルの損失が見込まれ、この世界的な金融のカナメが万一破綻すれば、7000億ドルの株主価値が消滅するほか、全世界にドミノ倒しのように連鎖して21世紀版の大恐慌になるのは必至の形勢でした。バフェットはここでも言を左右させ、AIGの財務諸表はよく分からないなどと言って、支援を断っています。

待ったなしの状況になったガイトナー総裁は、あれほど〈リーマンは救わない〉とポールソンが胸を張ったその舌の根も乾かないうちに、銀行以外の金融機関にも緊急融資できる連邦準備法13条3項を適用して850億ドルをAIGに融資することを決め、その代わり株式リンク債を使って、AIG株の79・9％を占める大株主になってしまうのです。

残るモルガン・スタンレーは三菱UFJに駆け込み、最後に残ったのは投資銀行業界1位のゴールドマン・サックスでした。齋藤さんのモスキートが引いたトリガーは、ゴールドマンというマンモスの最高峰を窮地に追いやっていたのです。

ゴールドマンはすでに銀行持ち株会社への転換を認められ、連銀貸し出しの対象になっていましたが、何とか自立を維持しようと〈オマハの賢人〉にすがります。50億ドルの優先株を買ってもらい、10％の配当を支払うという破格の好条件に、バフェットが同意しました。

優先株は現時点の株価より8％も安い115ドルで普通株に転換できるので、ファルドが半年前に呑めなかった条件をまんまと実現したと言えます。〈最後の救い手〉バフェットの正体とは、修羅場で敵の足元をみて、いちばんおいしい獲物をせしめる抜け目のなさにあったのです。

## 日本は直ちに国内保有命令

「しかし日本は？　日本のリーマン・ブラザーズはどうなったのですか」

――財務省、金融庁の動きは迅速でした。

リーマンが連邦破産法11条を申請したのは、日本時間で9月15日午後。金融庁は直ちに金融商品取引法56条の3と51条に基づき、日本の子会社、リーマン・ブラザーズ証券に対し、資産の国内保有命令と業務改善命令を発令しました。

日本の債権者と投資者を守るため、リーマンの米国親会社に吸い上げられないよう、保証債務を含む負債から非居住者への債務を控除した額を凍結すると命じたのです。

「土壇場ではなけなしの資産を確保しようと、各国が一刻を争う分捕り合戦になりますからね」

――リーマン・グループは50ヵ国で2985法人により構成されており、日本法人も以下の4社が翌16日に民事再生手続き開始を申し立てました。

・リーマン・ブラザーズ証券（ＬＢＪ）
・リーマン・ブラザーズ・ホールディングス（ＬＢＨＪ）
・リーマン・ブラザーズ・コマーシャル・モーゲージ（ＬＢＣＭ）
・サンライズファイナンス（ＳＦ）

しかし従業員の大半が野村證券に移籍することになったため、事業継続の見込みがなくなりＬＢＪは11月に解散を決議します。リーマン対丸紅の訴訟は清算人に引き継がれました。

ウォール街の緊迫した状況は、財務省の〝眠狂四郎〟こと篠原尚之財務官も、金融庁の佐藤隆文長官も十分ウォッチしていて、万一の事態に備えていたんでしょう。

全世界のリーマン・グループは、グループ全体で資金調達の円滑化を図るため、特定の会社が窓口となって資金を調達し、それを米国の持ち株会社が吸い上げたうえで、グループ全体に供給するという集中的な資金管理システムでした。持ち株会社が破綻すると、グループ企業は資金繰りが立ちゆかなくなる。迅速な遮断は日本の財務省・金融庁のお手柄だったと思いますね。

「まあ、アスクレピオス事件の発覚で、リーマン日本法人の危うさも分析していたでしょうから、予行演習があったのかもしれません。しかし問題は政治空白にありました」

――まさにそこです。つい半月前の9月1日、福田康夫総理が政権発足1年足らずで、突然辞任を表明して政権を投げ出したからです。

もともと潰瘍《かいよう》性大腸炎の悪化で退陣した第一次安倍政権の後を継いだ〈背水の陣内閣〉でしたが、参議院とのねじれに苦しみ、民主党の小沢一郎代表との連立工作も実らずじまい。3月の日銀総裁人事では福井俊彦氏の後継が決まらず、苦肉の策としてダークホースの白川方明氏を充てる醜態ぶり。さらに福田問責決議案が参院で可決される屈辱を味わい、とうとう総辞職したのです。

にわかに行われた自民党総裁選挙はリーマン・ショックの真っただ中、麻生太郎幹事長が351票で勝ちますが、参院では小沢代表が首班指名と早くもねじれの洗礼を浴びた。9月24日に組閣しますが、間近と予想される解散総選挙までの〈選挙管理内閣〉という位置づけでした。

財務相兼金融担当相には〝酔っ払い大臣〟中川昭一氏が指名されますが、永田町は総選挙一色で、官僚のご進講にも上の空、リーマン危機はまだ対岸の火事だと思っていました。

しかし急激な金融収縮で、格付けトリプルAのトヨタ自動車ですら資金調達難に陥っていたのです。日銀理事から金融子会社トヨタファイナンシャルサービス（TFS）に天下っていた平野英治副社長が、政府金融機関を駆けまわってデフォルト（債務不履行）を回避しようと必死でした。

「アバターさん、檻の外は想像を絶する惨状だったのですね。せっかくリーマン日本法人からの資金流出を止めても、日本経済の資金融通が干上がっては何にもならない」

――この手記の監修者（阿部重夫）は、麻生外相時代のスピーチライターだった谷口智彦氏（元日経BP編集委員）と語らって、新総理にレクしようとしました。松濤の麻生邸は記者を上げないので、10月5日の日曜夜、帝国ホテルの一室で密会することになりました。ケミカル銀行やJPモルガンを経て03年に日銀に入行した河合裕子氏にも声をかけて、3人で会っています。新総理は中二階のバーの裏を抜け、お忍びでエレベーターを上がって来ました。河合氏がシャドーバンキング（影の銀行）のリスクをレクし、3人で提案したのは、総理・財務相・日銀総裁の3人で共同会見し、あらゆる策を講じると発表して、動揺する市場を鎮めることでした。

麻生総理はメモを取りながら、ニタリとして「ピンチはチャンスだな」と一言。解散をしばらく延期し、危機対応に専念して機をうかがおうと決意したのはその瞬間でしょう。

ところが、日銀に帰って報告した河合氏は、白川総裁に勝手な行動を叱責され、共同会見は実現しませんでした。日銀が利下げを迫られるとみて警戒したんです。数日後に中川財務相が〈利下げっていうのは0・1%刻みはダメなのか〉とボヤいていました。日銀の政策金利は当時0・5%でしたから、白川氏がなけなしのプラス金利を守ろうと頑強に抵抗したことが分かります。

案の定、10月8日に米欧6中銀が協調利下げして、日銀は置き去り。日経平均株価はつるべ落しとなって、10月28日に6994円90銭のバブル後最安値、円相場は31日に1ドル=75・32円の史上最高値を記録します。日銀総裁の意固地の報いです。結局、日銀は0・2%の利下げに追い込まれ、あとは総崩れで米欧に追随するのです。

この出遅れは景気悪化の谷を決定的に深くしました。金融は仮死状態、鉱工業生産は劇的に落ち込み、麻生政権は30日に解散延期を正式表明して、経済立て直しの補正予算編成を最優先します。だが、内閣支持率は09年2月に13・4%、不支持率は76・6%（共同通信調査）に達し、解散のチャンスはついに訪れない。

とうとう衆議院の任期切れが迫る09年7月に事実上〝追い込まれ解散〟となった結果、惨敗を喫して民主党鳩山由紀夫代表に官邸を明け渡す羽目になりました。以来、解散先送りは麻生氏にとってトラウマになります。

「その密会の翌日、10月6日にディック・ファルドが米下院の公聴会に呼ばれていますね」

――全米一の嫌われ者として、テレビ中継でさらし者にされたんです。市民団体が押しかけ、〈恥を知れ〉とか〈救済より監獄〉などの抗議のビラを振りかざしました。

〈私はみずから下した決断や、自分のしたことについて全責任を負います。誰も時計の針を戻すことはできないが、いま改めて考えます。私には違う対応の仕方があったのだろうか、と〉

（2008年米下院監視・政府改革委員会の公聴会議事録よりファルド証言）

ファルドは〈なんでリーマンだけ救済を拒まれたのか〉という不満顔の謝罪でした。結局、政府は連鎖破綻を防ぐのにI・I兆ドルを費やしました。ポールソンやガイトナーの首尾一貫しない対応は何だったのか。なぜ自分だけが針のムシロなのか、と。

「すでに音楽は鳴りやんでいた。椅子取りゲームで、椅子がなかったのはリーマンでした。それでも、ファルドは訴追されなかったでしょう？

彼がCEOとして得た巨額報酬が追及されましたが、ほとんどが自社株でしたから、破綻で10億ドル相当が紙屑同然になりました。自宅や所蔵美術品なども売りに出ています。

しかし罪の償いはそこまで。サブプライムを野放しにした法的責任は、当局はおろか、彼を含めて金融界の誰も問われなかったのです。そのトリガーの一つを引くことになった僕だけが、刑務所で罪を償わされた。アバターさん、罪と罰がバランスしていないのは理不尽ですよ」

## パノプティコンの威圧

「２００８年11月４日、僕は久松署から東京拘置所に移送されました。その日から管轄が替わり、警視庁から法務省管轄のいわゆる〈小菅〉へと移ったのです。

手錠と腰縄を巻かれたまま、満員の護送バスに乗せられ、綾瀬川と荒川に挟まれた葛飾区の東京拘置所の正門をくぐった瞬間に感じました。ここは警察署とは違う、閉鎖的で抑圧的だ、と。

東京ドーム約４・５個分に相当する広大な敷地に、誰ひとり歩いていない。たまに見かけるのは刑務官ばかりです。これまで見たこともないほど殺風景な場所で、一般社会とは隔絶された、未決囚と死刑囚しかいない密閉空間に肌寒くなりました」

――とはいえ、東京拘置所は１９９７年から10年以上かけて建て替えられ、従来あった高いコンクリート塀が撤去されて、外周はフェンスだけの一見開放的な施設になったんです。ところが、未決囚は独房に入れられて外を出歩けるわけじゃない。

「まさしく、12階建て、高さ50メートルの聳《そび》えるような中央棟は、一目見たら忘れられないほど威圧的でしたね」

――ああ、それは近代監獄がパノプティコン（一望監視施設）の系譜だからです。〈最大多数の最大幸福〉を唱えたジェレミー・ベンサムが考案したそうですが、徹底した功利主義の設計なんです。中央の監視塔から一望で囚人が見えるよう、ぐるりと円環状に独房を並べ、最大多数の囚人を最少限の看守（刑務官で最下位の肩書）で監視する。円環状でなくとも、監視しやすい放射状の一望式監獄が明治以降、日本でも網走や奈良など各地に導入されました。

「リニューアルした東京拘置所も、放射状の独房の列がX字に交差していて、中央のハブに取調室などが集中しています。独房が直線的に並ぶ廊下は常に逃げ場がないという感じで、コンクリート塀がなくても移送初日に僕が予感した恐怖はそれなんです」

――絶対王政下の近世に生まれたパノプティコンは、監視の視線を放射することで20世紀の全体主義を先取りしていました。囚人は〈完全に個人化され、絶えず可視的〉になるので、ビッグブラザーが万人を監視するジョージ・オーウェルの『1984』のような世界が出現するんです。

「僕ら未決囚を乗せた大型バスは、急な傾斜路を降りて地下の入り口に向かいました。そこにも人影はなく、巨大な鉄の扉が機械的に開いて、バスが滑りこんでいきます。完全に娑婆とはお別れです。ガチャンと大きな音を立てて、錆びた鉄の扉が閉まると一瞬真っ暗になる。護送バスから降ろされましたが、腰のロープに全員が数珠《じゅず》つながりなので、どこにも逃げようがない。随所に看守と監視カメラの目が光っていました」

## 騒げば刺股と猿ぐつわ

――いよいよ、拘置所の本丸ですね。

「ただ囚人が何十人と立ち尽くすだけで、ベニヤ板でできた電話ボックスのような暗箱に、一人ずつ押し込められます。外は見えない。番号が呼ばれるまで下を向いて待つ。他に説明はない。10秒も経てば吐き気に襲われます。とうとう来てはいけないところに来た、と思わされるんです。たまらず大声を上げれば、刺股《さすまた》と猿ぐつわが待っている。たった1人の囚人を押さえこむため、20人もの看守がわっと飛びかかるんです。石川五右衛門の捕り物そっくりで大げさなんですが、気がつけばあたりは非常ベルだらけ。もう僕らは人間扱いされていないんです」

――番号を呼ばれて、暗箱を出るとどうなるんですか？

「身体検査です。持ち物はもちろん、全身を隅々までチェックされます。1人の例外もなく、睾丸《こうがん》を持ち上げ、その裏を調べられ、四つん這いで尻の穴を広げ、肛門を検分される。こんなことに何の意味があるのか、と口にしたら最後、刺股に猿ぐつわです。大勢の看守が馬乗りになり、首に太い腕を巻かれ、さらなる暗闇へと引きずられていく羽目になる」

――香港警察や久松署では、ペニスや肛門のチェックなどなかったのですか。

「アバターさん、あるわけがないでしょう。あるのは拘置所と刑務所だけです。管轄する法務省矯正局は偏執的なんです」

――拘置所での取り調べはどうでした？

「僕はA棟7階の独房に入れられて、翌日から取り調べが始まったんですが、初日はなぜか警視庁捜査二課の刑事2人が拘置所の取調室にやってきました。一人は僕の事件の責任者とも言うべき係長で、警視庁の取り調べはすでに終了したはずなので意外でした。

彼らの最大の関心事はやはりカネの行方でした。僕の愛車ゲレンデで最後に向かった先はどこか。質問はその一点に集中していました。最後に運転していたのは僕ではない。成田で別れた黒崎氏です。額に脂汗がにじみましたが、僕は沈黙を貫いたのです」

――警察のNシステムで察しがついていたにせよ、齋藤さんから直に証言を取ろうとしたのですね。背後の影を突き止めたくて、最後のチャンスに賭けた。

「時間と冷や汗の戦いでした。僕は最後まで黙秘した。明かりとりの吹き抜けにおろしたブラインドを透かして、陽が傾いてきたと思えたころ、とうとう係長が重苦しい沈黙を破りました。

〈分かった。よし、それで十分だ。それに基づいて証拠を固めよう〉

何が分かったのか、僕は不安でした。僕があくまでも口を閉ざし続けるのをみて、警視庁は匙を投げたのか。最後に、係長が僕に貴重なアドバイスをしてくれました」

――国を甘く見るな、とか……そんな捨て台詞ですか。

## 警視庁刑事の最後の助言

「いえ、違います。〈齋藤さん、ここから先は閉ざされた場所です。職員は何をするか分かりません。もし、齋藤さんが暴行を受けた時には、警視庁まで連絡してください。すぐに対応します。十分気を付けてください〉。とっさに何のことか理解できませんでしたが、僕の身柄が拘置所から刑務所へ移されるにつれて、どれほど有り難い言葉だったかを思い知らされました。あれが警視庁刑事のプライドと思いやりなんでしょうか」

――誰も見ていない密室がいちばん危険だということですね。久松署の温情は例外で、世間から隔離されると、どんな理不尽な目に遭うか知れないという警告ですか。

齋藤さんのように接見禁止、取り調べの拘束期間が長いと、いわゆる〈ストックホルム症候群〉に陥りかねない。長時間監禁された人質が犯人に親近感を覚えてしまう弱者の心理のことです。１９７３年にストックホルムで起きた銀行強盗事件で人質が犯人をかばったケースから命名されました。翌74年には映画『市民ケーン』のモデルとなった新聞王ランドルフ・ハーストの孫娘が過激派に誘拐され、人質から転向して銀行強盗まで共にした事件との共通性が話題になりました。

１９７０年に赤軍派が起こしたよど号事件でも、小林旭の『北帰行』を歌ってハイジャック犯を励ました乗客がいましたよね。黙秘した時点で齋藤さんは想像していなかったでしょう？

「その次の日から検察官による取り調べに入りました。すでに久松署でも東京地検特捜部から吉田検事らが来ていましたが、東京拘置所でも何人かの検事が不定期にやって来て、供述調書を取っていきます。ほかにインサイダー取引容疑では、証券取引等監視委員会の担当官による聴取もありました。これは地検に告発するためでしょう」

――拘置所での取り調べは、久松署のときと何か違いがありましたか。

「それは検事との具体的なやり取りから見たほうがわかりやすいでしょう。

久松署での吉田検事の取り調べは、〈吉田です〉という非常にシンプルな自己紹介から始まりました。最初はほとんど取り調べになりませんでした。吉田検事もいきなり調書を取る気はなかったのでしょう。

〈黙秘権を行使するときはそう仰《おっしゃ》ってください〉

何も語ろうとしない僕の強情な態度に、早めに切り上げて帰っていったのが印象的でした。その後の取り調べでも僕は〈裁判官や傍聴人のいる公開法廷ならいいが、検察官とサシの取り調べには応じない〉と供述を拒み続けました。吉田検事の言った一言が記憶に残っています。

〈齋藤さん、法廷にみんなを集めて最初から証言してもらうんですか、時間がかかりますよ〉

これが俗に言う〈訴訟経済〉ですか、さっさと効率よく事件を片付けたいのが検事の本音かと思いました。接見した藤本弁護士から〈検察官は自分の中にあるシナリオ以外には耳を貸さないから〉と助言されていましたから、当初の取り調べはギクシャクして、まるで意思疎通ができない状況でした。まさに〈話にならない〉と形容するのがぴったりだったのです」

## 二つの質問で〝雪解け〟

「供述調書に指印を押すこともなかった。吉田検事にとっては完全にムダな時間を過ごすことになったでしょう。僕が意図してそうしたわけではありませんが」

——でも、そのうちに供述調書に指印を押すようになりましたよね。なぜですか？

「突然、吉田検事から聞かれたんです。

〈齋藤さんは、なぜ会社では自分のことを『社長』と呼ばせず、『齋藤さん』と呼ぶように指示したのですか〉

正直、この質問がツボにはまったのです。社長と呼ばせなかったのは、会社をフラットな組織のままにしたい、人間関係をフラットな状態で維持したい、という僕の思いからです。たとえ丸紅案件に乗っかって、自転車操業を続けざるをえなかったアスクレピオスであっても、社長も専務も肩書で仕事をしているわけではない。そこに僕のこだわりがありました。会社設立時の僕の初心、それを吉田検事はみごとに言い当ててくれた。それが取り調べの膠着状態を破ったんです」

——ははあ、割と簡単にオチたんですね。敵はなかなか手練《てだ》れだな。

「それともう一つ、〈メデカジャパンはなぜメディカではなくメデカなのですか〉とも聞かれました。アバターさんは何も感じないかもしれないけれど、小さなイが入るか否かは、メデカジャパンを育てあげた神成裕社長のこだわりなんです。僕と同じ疑問を抱き、それを素直に聞いてくれた吉田検事に、僕は感激したんです。僕を取り巻く状況を理解しようと寄り添う姿勢がなければ、とても思い浮かばない質問でしょう？」

——しかし長期勾留と接見禁止で、知らず知らずのうち、齋藤さんがストックホルム症候群に陥っていたのでは？　強情を張って重苦しい沈黙を続けるより、顔も見慣れてきた検事と雑談したくなって、〈完落ち〉（全面自白）でなければまあいいか、と自分を許す気になったのかもしれない。

「吉田検事から二つの質問が出たころには、隠したカネの行方には口を緘《かん》しても、あとは全面的に吉田検事に協力してもいいという意思を固めていました。証拠調べが終わったわけではなく、むしろそこから本格的な供述調書の作成が始まったと言えます」

## 逆質問に切り返しの一言

「本来なら開口一番、証拠で圧倒してから、後は検事ペースに引きずりこむのが定番のはずです。

でも、その時は違ったのです。〈これまでの取り調べのなかで何か質問はありますか〉と吉田検事に低姿勢で聞かれたので、こちらから質問をぶつけてみました。

〈吉田検事、検察官のアカウンタビリティー（説明責任）って何ですか〉

容疑者のくせに生意気すぎる逆質問ですよね。僕のほうが事件を俯瞰する眼差しで先手を取ろうとしたせいかもしれません」

――それがすでに甘えかも。議論をふっかける時点で、お釈迦さまの手のひらの上です。

「ええ、藤本弁護士からも事前に忠告されていました。〈齋藤さんについている検事は、第一級の検事ですから、十分気を付けてください〉。久松署の留置場係も〈あの検事は今まで見たことがないほど切れ味が鋭いです〉と言っていましたから」

――で、吉田検事は議論に乗ってきましたか。

「それがたった一言、返ってきただけです。

〈齋藤さん、法廷は真実を明らかにする場所ではない〉

ほかに何の説明も前置きもない。これは今にいたるまで僕のなかで尾を引いています。あれはどういう意味だったんだろう。法廷で真実はこうだと主張して争おうとしている僕に対し、国家を敵に回してもムダだと言っているのか。やはり〈真実は一つではない〉から、法廷は事実認定だけで真実究明などできないと諭しているのか」

## あくまで裁判官の「心証」

――必ずしも検事が逃げたとは言い切れませんね。人は何のために裁かれるのか、という根源的な問題です。宗教なら裁くのは神、あるいは天か閻魔《えんま》さまか何かでしょうが、地上の法廷は何が根拠になるのか？　憲法や法律は人為的な擬制であって、それだけで絶対的な根拠とは言えない。では、被害者になり代わって、司法は復讐や賠償を委託されているんでしょうか。

「そうした難しい法律論は苦手です。たまたま獄中で龍谷大学法学部の浜井浩一教授の文章を読んで、ようやく吉田検事が言ったことの意味が分かった気がしました。浜井教授は法務省で刑務所や少年院など矯正施設の実務経験があり、日本犯罪社会学会会長も務めている学者で、僕ら受刑者の気持ちがよく分かってくれる人と思えます。

浜井氏は〈裁判は法的（価値的）な判断をする場であり、科学的な視点で真実を究明する場ではない〉と言い切っています。僕は獄中でそれをメモに抜き書きしました。

> 刑事事件であれば、検察は起訴した以上有罪を求め、ある特定の証拠を強調し、有罪に間違いないと主張する。弁護側は、その問題点を探したり、別な証拠を強調したりして、有罪は十分に証明されたわけではない、つまり合理的な疑いが残ると主張する。どちらも、自分の主張に都合の悪い証拠は無視する。そして、裁判官は、どちらの議論の方が説得的かを判断する。つまり、科学的検証ではなくあくまで裁判官の心証である。
>
> （浜井浩一『2円で刑務所、5億で執行猶予』光文社新書）

いわんや、加害者が何を考え、どんな人間であるのかなど一切関係ないというんです。加害者が侵害した法益の構成要件に合致する事実が欲しい、というのが検察官に求められるアカウンタビリティーなのでしょう。近代的な刑事裁判では、刑事犯罪は国家秩序を乱し〈法益〉を害する行為として扱われ、国家が原告なんだそうです」

——でも、〈法益〉も人為的な概念です。それを支えるのは国民という名の社会または国家の擬制であって、人格ではありません。見ようによっては、人為的な概念の堂々巡りですね。

「テレビニュースのワンシーンに、勝訴、敗訴などと書いた紙を持ち、裁判所から飛び出してくる姿をよく目にします。あんなことをして何の意味があるんです？

何が勝訴で何が敗訴かって考えたことありますか。あのシーンを見るたび腹立たしくなります。法廷に勝敗なんてない。法廷に横たわっているのは生きた人間の人生なんだ、と言いたいんです。法廷で勝っても負けても、人は生きていかなければならない、大事なのは生きること。そのために個々人の立場から、真実が何かを明らかにする必要があると思っていました」

## 情状酌量を狙う作戦

——しかし吉田検事は法律論で時間を浪費せず、容赦なく齋藤さんを追い詰めていったんですよね。対抗する齋藤さんと藤本弁護士がどんな作戦だったかは、弁論要旨でおおよそ分かります。齋藤さんが早々と詐欺容疑を認めてしまったので、情状酌量を狙ったんですよね。でも、黙秘権を行使しては台なしです、裁判所も心証を悪くして、〈反省していない〉と断じることになる。

法廷で真実を明らかにすると公言しながら、自ら真実を隠すのは明らかな矛盾ですよ。少なくともそれでは裁判に勝てない。よくても痛み分けが精いっぱいです。

「確かに甘かった。僕の供述調書の書き出しは〈私はこの事件に巻き込まれたに過ぎないのです〉という文章から始まる。それ以外はすべて検察官による作文にひとしいのですが、僕は冒頭の書き出しだけで十分でした」

――そこが大間違いですよ。書き出しなんて気休めです。あとは検察の作文だといくら言いはっても、所詮は遠吠えになってしまう。齋藤さんを主犯とするシナリオに沿って自白したことになっているじゃないですか。

「冷静に考えれば、ストックホルム症候群かもしれません。ささやかな譲歩を得たと勘違いして、供述全体をコントロールされているのが目に入らない。詐欺罪よりももっと重い罪に問われたらどうするかという不安もありました。組織犯罪処罰法の適用が一番怖かった」

## 分離公判で「囚人のジレンマ」

――もうひとつ不利だったのは、山中氏が原形をつくった丸紅案件に〈巻き込まれた〉という主張が、被告団の分離公判で証明しにくくなったことですね。

「ええ、山中氏側からの申し入れで、彼らと僕は分離公判になりました。LTTバイオの取締役解任などの軋轢《あつれき》もあり、やむをえなかったとはいえ、山中氏の代理人になったのが、被疑者の黙秘権行使や取り調べに弁護士立ち会いを求める〈ミランダの会〉元代表の高野隆弁護士でした。法廷で決着をつけようと黙秘した僕と敵対する側にいたのはつくづく残念でした。結局、双方が主犯をなすりつけ合いしたため、検察が漁夫の利を得たんです」

——ああ、〈囚人のジレンマ〉ですね。互いに隔離された密室にいて、協力したほうが有利なのに、自分だけ罪を免れようとして共倒れになってしまう……堀江貴文社長と宮内亮治ＣＦＯを分断、双方実刑となったライブドア裁判と同じ構図ですね。

「ええ、特捜も最初は齋藤主犯説に８割方傾いたそうですが、捜査が進むにつれ〈五分五分に押し戻された〉と検事も言っていました。双方をお手玉に競《せ》り合わせた特捜の勝ちでしょう。

僕はリーマンが丸紅に３３１億円の支払いを請求した民事訴訟に期待していました。僕が刑事責任をすべて受け入れたところで、どうせ丸紅も責任は免れないだろうと踏んでいたんです。つまり刑事事件の構成要件を満たしても、丸紅が支払うことになれば被害者の実質的な負担はゼロになり、僕の罪も減じられるという確信です。

丸紅側は西村あさひのヤメ検、木目田裕弁護士ら強力布陣でしたが、リーマン側も代表清算人に大江橋法律事務所の上田裕康弁護士らがつきましたから、勝てるだろうと信じていました。藤本弁護士もリーマン側に僕らとの共闘を呼びかけてくれたのです。

しかし、民事裁判はリーマン倒産で資産回収の一環になってしまったので、刑事裁判の結論待ちになったようです。09年９月14日に僕の実刑判決が出たのを見計らって、東京地裁民事部は１年半後の２０１１年４月６日に丸紅全面勝訴の一審判決を出しました。すでに存在しない米投資銀行の言い分には耳を貸そうとしなかったんです。木目田氏の目論見通りでした。

東京高裁の二審でも12年2月29日に一審判決を支持する判決が出ました。最高裁への上告はなく判決が確定して、丸紅はしてやったりのリリースを発表しましたが、僕はがっかりしました。僕らだけ切り出して有罪とし、丸紅を無罪放免として、ダメージを局限しただけだったからです」

——刑事訴訟は検察に強制捜査権限があり、丸紅の全面協力もあったでしょうから、証拠も証言も圧倒的に乏しい民事は後出しジャンケンに傾きがちです。検察はロッキードで丸紅につくった〝借り〟を、アスクレピオス事件で返した形になりました。民事訴訟が決着したときは、齋藤さんも山中氏もすでに刑務所に送られて蚊帳《かや》の外でしたね。

「最高検察庁は11年9月30日、〈検察の理念〉と題する検察基本規程を公表し、検察の出直しを宣言しました。09年に大阪地検特捜部が証拠を偽造するなどの不祥事が起き、検察が針のムシロに座らされたからです。僕の事件はしかし〈理念〉以前でした。長期の勾留と取り調べを体験した僕に言わせれば、〈理念〉は立派すぎて眉にツバをつけたくなる言葉が目につきます。

・被疑者・被告人等の主張に耳を傾け、積極・消極を問わず十分な証拠収集・把握に努め、冷静かつ多角的にその評価を行う。

・取り調べにおいては、供述の任意性の確保その他必要な配慮をして、真実の供述が得られるよう努める。

・犯罪被害者等の声に耳を傾け、その正当な権利利益を尊重する。

東京地検特捜部長を経験した〝現場派〟として〈検察の理念〉をまとめた笠間治雄検事総長のもとで、取り調べの可視化などがある程度進んだとはいえ、まだ道遠しだと思いますね」

## 動機の裏付けが乏しい

――それなら、齋藤さんの事件で〈理念〉の実態を検証してみましょうか。

「検察側の論告要旨は実にあいまいな書き方で、詐取に至る過程で僕の動機が何だったかについて、証拠を提示するなどの事実の裏付けが乏しいと思います。動機面から事件を組み立てると、事件における僕の責任の重みが下がってしまうからでしょう。論告要旨は、まず齋藤主犯説ありきでシナリオができあがっていますから。

藤本弁護士の調査では、丸紅案件は山中氏が僕と接する前の２００３年ころから始まっていて、丸紅のノルマ達成のために山中氏がジーフォルムの高橋氏から資金を借り入れたのが発端です。彼らは商社ビジネスを知っていても金融は素人ですから、短期の運転資金を返済に充てればすぐ回収を迫られることが分かっていなかった。証券投資では運転資金を充てるようなことはご法度です。元証券マンの僕がそんな無茶なスキームを主導するはずがないんです。

ところが論告要旨では、05年1月ごろに突然、僕が山中氏と高橋氏の詐欺スキームに参加するようになったと書かれています。でも、僕がこのスキームに積極的に関わる動機が明らかにされていない。このスキームで僕は法外な収入を得て、アスクレピオスの事業資金、上場企業の買収資金に充てていたことになっていますが、当時の僕はこれから個人的なリベートを得ていません」

――丸紅案件を洗練させていく過程で、齋藤さんに協力してくれたメリルなどの友人たちもみなボランティアでした。利益追求が動機ならつじつまが合わない。

「前にも申しましたが、このスキームの中には誰も損する人がいないんじゃないか、そんな夢のような商品に巡り合えたと思ったのが、最初の動機と言えば動機です。ノーリスク、ハイリターンのおいしい商品など、この世にないはずだけれど、一つぐらい例外があってもいい、最終リスクは丸紅が負うという〈特異点〉を持つ商品だから、と思ったのです。

詐取を認めた僕には言う資格がないことかもしれませんが、逃亡前に隠した17億円だって、集めた資金の総額1500億円の1%程度。手数料としてみれば法外な金額じゃありません。

もうひとつ、公判では言えなかったことですが、黒崎氏が僕にEFGの口座を開かせたとき〈10年で資産を2倍にするから〉と約束していたことです。山一證券時代に散々聞かされた〈七二の法則〉は、年率7・2%で複利運用すると10年で資産がちょうど2倍になるという法則でした。僕が預けた17億8200万円は、年7・2%の複利で10年間運用すれば35億7154万円、15年なら50億5626万円になる計算で、黒崎氏はその運用成果を保証していたんです。

捕らぬタヌキかもしれませんが、リーマン危機という資産の底値を拾うには絶好の投資機会を、僕自身は黒崎氏に奪われた被害者でもあったわけです」

## 詐欺認識時期を1年繰り上げ

――公判の争点の一つは、齋藤さんが詐欺スキームに丸紅が関与していないと認識したのがいつかでした。検察側は一日でも早く、詐欺と認識したうえで実行したことにしたい。でないと、齋藤さんが主犯にならないからです。

「そうです。論告要旨では〈山中の説明する病院再生事業に丸紅が関与していないことを未必的に認識したのは平成18年〔2006年〕6月ころであり、これを確定的に認識したのは同年末ころである〉とありますが、この時期は丸紅からアスクレピオスに出資したいと打診があったころですよね。出資が破談になって詐欺スキームを認識したとみたのでしょうか。唐突に〈未必的〉という法律用語を使うのは、半ばこじつけと白状しているようなものです」

――いや、齋藤さんが最初から山中氏の弁を丸呑みして、内容証明を丸紅経理に送るなどで徹底追及しなかったのはやはり問題です。福田氏の偽造印騒動などいくらでもチャンスはあったはず。検察は早くに詐欺スキーム加担が意識にのぼったとみて、〈未必的〉と呼んだんじゃないのかな。無意識下の意識、そこがキモだったのでは？

「僕が〈確定的に認識した〉のは、それから1年以上後の07年11月、植田事務所で山中氏が白状したときです。それまでは丸紅案件の〈特異点〉が伏せられているという漠とした不安を、丸紅主導のスキームだからという安心感でくるんでいたんです。

それを強引に時計の針を1年以上も巻き戻したのは検察です。〈その後も複数の投資家からの詐取を繰り返し〉〈常習的な犯行〉と指弾したいがためでしょう。

そのほか、僕が詐欺の実行行為に関わっているかに見えて、実はまったく埒外《らちがい》なのに、カネだけ入ってくるケースが存在したんです。それが対ゴールドマンの交渉です。丸紅応接室の監視カメラの映像によれば、僕はミーティング中にほとんど喋っておらず、ただ座っているだけでした。あれは山中氏主導だったから当然なんです」

――なるほど、論告要旨は確かに大仰で断定的表現が多い。例えば〈本件犯行は、被告人らの専門的知識および信用ある立場等を存分に悪用した計画的かつ組織的なもので、欺罔《ぎもう》の手口も大胆かつ巧妙であり、犯行態様は極めて悪質である〉といった一文は、盛り過ぎで浮ついてますね。

このように巧妙な手口で行われた詐欺の被害にあった者にこそ落ち度があるという主張は、まさに、「だますよりも、だまされた方が悪い」という理屈であり、弁護人をしてこのような主張をさせている被告人には、自己が積極的に欺罔行為や詐取金の資金移動に関わり、被害会社に巨額の損失を被らせ、被告人個人でも多額の利得を得て、それに対する賠償もほとんどしていないにもかかわらず、その刑事責任の重大さを認識していないことの現れであり、反省の情が乏しいものと考えざるをえない。

（アスクレピオス事件論告要旨より）

「盗っ人猛々《たけだけ》しいといわんばかりのお叱りです。リーマンの桂木明夫社長の調書から〈このような詐欺行為は絶対に許せません。米国のリーマン・ブラザーズ証券の強い希望もあります。被告人らを厳重に処罰してください〉というくだりを抜き出して、〝被害者〟感情を強調しています。でも、破綻前のリーマンのディストレスト投資など褒められたものではなかった。無謀なほど高利を貪って〈池の中のクジラ〉化するスキームは、僕らモスキートも彼らマンモスも大差なかった。

僕らを巧妙な手口と言いますが、案件ごとに投資家として加わった投資銀行家の仲間たちが知恵を出し合い、自らの手で精緻なものへとつくり変えていったからです。少なくとも故意ではない」

## 使途追及、途中で切り捨て

「僕は丸紅ライフケアビジネス部長とともに各地の医療機関を視察して回りました。論告要旨は〈欺罔行為に真実味を持たせ、詐欺を成功へと導くための自作自演的行為だ〉と非難しています。これはあんまりでしょう。沖縄出身の薬局経営者とファクタリングを通じて懇意になり、沖縄の医療機関を何件か紹介されました。共同事業にできないかと丸紅に紹介し、部長と出張したのは純粋にビジネス拡大のためです。〈自作自演〉は丸紅を共犯から外すための検事の作り話です」

――特捜は371億円の行方をどう見ていたのですか？　警察は最後までこだわりましたが。

「吉田検事に言われました。〈齋藤さん、残り8億円が合わない〉。カネの出と入りを詰めていくと8億円の行方がわからないというのです。植田事務所でスーツケースごと渡された額を思い出して、僕は舌を巻きました。さすが日本の検察庁、特捜検事だけある。8億円はすべて黒崎氏が地下銀行経由でスイスのEFGに送ったはずですが、捜査は真実まで肉薄していたんです。現に黒崎氏も任意の事情聴取を受けて、調書を取られています。

でも、吉田検事はそれ以上深追いしませんでした。詐欺の構成要件としては、詐取したカネの使途など不要、と割り切っていたのかもしれません。論告要旨でもカネの行方には一言も触れていない。どこかで立件の対象からばっさり切り落としたんでしょう。

主にLTTバイオ株のインサイダー取引を捜査していた橋本検事は、それに不満だったようで、暗に〈手ぬるい〉と批判していました。株を売って得た4億2000万円がキャッシュで引き出され、ゲレンデで運んだことまで突き止めて、何とか共犯者を捕らえたかったんでしょう。最後まで粘った捜査二課の刑事たちも、歯軋《はぎし》りは同じだったと思います」

――要するに吉田検事の役割は、この事件の枝葉を切り詰めて、頃合いの範囲に切り取ることだった？　アスクレピオス事件を詐欺とインサイダーの二つの罪状に集約し、丸紅の企業犯罪とはしない方向性をまず決めて、元嘱託社員と僕の共謀という手ごろな事件に仕立てたんです。背景には64兆円のリーマン破綻とそれに連動した大不況があって、地下銀行やマネロン（資金洗浄）、大恐慌前夜のトリガーを引いた責任まで含めたら、収拾がつかなくなると思っていたんでしょう。丸紅が邦人企業で、リーマンが外資という〝国益〟意識も働いたかもしれない。

「だとすると〈法廷は真実を明らかにする場所ではない〉とは、言外にそれを言っていたのではないですか。最高裁の有名な判決があります。医療過誤の損害賠償を請求した〈東大ルンバール〉訴訟で、裁判で必要な科学的な因果関係の目安が示されました。

それによると、訴訟上の因果関係の立証は、一点の疑義も許されない自然科学的証明ではなくとも、〈通常人が疑いを差し挟まない程度に真実性の確信を持ちうるものであることを必要とし、かつ、それで足りる〉そうです」

――浜井教授はこの判決を「言語明瞭、意味不明」の典型だと批判しています。真実性の判断基準に触れていないからで、〈裁判官である私が、その経験に従って真実だと確信すれば、それで十分だ〉と主張するにすぎず、もっともらしさだけの司法のニヒリズムに通じる気がします。

## 併合罪適用で検察の完勝

「まさに吉田検事は〈俯瞰する眼差し〉を捨てて、局部だけで事件を構成していました。単なる詐欺犯なら金融に疎い裁判官にも分かりやすい。それが奏功して検察側の主張が全面採用され、2009年9月14日、東京地裁刑事12部の裁判官井口修、室橋雅仁、熊谷浩明の3裁判官が下した判決主文はこうでした。

被告人を懲役15年及び罰金500万円に処する。未決勾留日数350日をその懲役刑に算入する。その罰金を完納することができないときは、金1万円を1日に換算した期間被告人を労役場に留置する。〔中略〕被告人から金4億1223万2000円を追徴する。

詐欺の最高刑は懲役10年ですが、刑法45条（併合罪）まで適用されて刑期が1・5倍になりました。詐欺とインサイダー取引は実質的に一つの法益侵害とみなされるという〈包括一罪〉を弁護側は主張したのですが、裁判長はそれを退けて併合罪を適用し、目いっぱいの法定刑を科したのです。経済犯としては殺人犯並みに重い異例の処罰となり、検察の完勝でした。

分離公判の判決は僕の判決の約1年後の10年10月6日になりましたが、山中氏も僕より1年短い懲役14年（求刑は同15年）の実刑判決を言い渡されました。まさに特捜の能吏が仕組んだ通り、2

人ともみごとに〈囚人のジレンマ〉にはめられたんです」

――やはり371億円という巨額と、齋藤さんがカネの使途を黙秘したという2点が、裁判官を懲罰的な重い判決に導いたと言えます。資産隠しとインサイダー取引を共謀した黒崎氏の存在を最後まで伏せたために、〈包括一罪〉の立証を困難にしたとも言えますね。法廷でどう思いました？

「愕然としました。藤本弁護士の尽力で、刑期の年数はひとケタだろうと内心期待していたんですが、15年という想像もつかない長期の懲役でした。生きて刑務所を出られるのか。目の前が真っ暗になり、頭は真っ白で何も考えられない。判決を読み上げる裁判長の声も、どこかへ遠のいていきます。僕はじぶんの体を支えるのがやっとでした。

手錠と腰縄をつけたまま、霞が関の東京地裁から小菅の拘置所に帰った護送バスの車窓から、ぼんやりと敷地内のコスモスの花を眺めていました。

判決に　コスモスの花　揺れていた

その日詠んだ俳句です。必死に生にしがみつこうとしながら、心はふわふわとさまよっていました。結局、吉田検事が言ったとおり、法廷には真実も何もなかったんです」

## 控訴せず検察庁呼び出し

――齋藤さんが控訴しなかったのは、裁判所への失望からですか。

「検察側にとっては意外だったようです。一審判決では彼らの満額回答だったので、必ずや被告は量刑不当で控訴するとみていたんです。でも、僕は公開法廷でこれ以上、さらし者にされたくなかった。手錠をされ、腰縄を巻かれて入廷するのは、被告人には屈辱的です。もうほっといてくれ、一人にしてくれという気持ちが強かった。

判決正本受領日の翌日から2週間、控訴手続きをとらなければ刑が確定します。僕は黒崎氏に託した隠し資産を守り抜いたことで自分を納得させるしかなかった。ところが、刑が確定した翌日、検察庁に呼び出されました。余罪をまだ追及されるのかと最悪の事態も考えました。小菅から霞が関まで護送バスは首都高速を走るのですが、朝のラッシュ時だと1時間はかかります。建設中だったスカイツリーを横目に見ながら、事故にでも巻き込まれないかと祈っていました。

検察庁に到着し、何の表示もない部屋が並ぶ無機質な廊下を通って、最上階に近い一室に連行されると、眼下の日比谷公園越しに銀座の街並みが見渡せる眺めのいい部屋でした。待っていたのは4人の検察官です。最初に自己紹介があり、公判についての説明が続きます。

最後が堀検事でした。刑執行中の心構え、社会全般の話題から、検事自身の生きる上での哲学などを語り、僕は何の抵抗もなく、その場の和やかな雰囲気を楽しみました。自分が収監されることなど忘れたほどです。が、堀検事はやおら雑談を切り上げて、表情を改めて切り出しました」

――いよいよですか、何を言われたんですか。

「忘れられません。堀検事が愛読するのはスポーツ紙で、そこに人間の真の姿が宿っているというのです。赤と青の派手なスポーツ紙の紙面を振りかざして、こう力説したんです。

〈齋藤さん、今、齋藤さんは自分のことをどうしようもなくダメな人間だと思っていると思う。そのどうしようもなくダメな自分を、齋藤さんが一番大切にしている人に見せてあげてください。人

間なんて、みんなそんなに立派なものではないのだから〉

僕はあっけに取られました。何を追及されるかと身構えていたので、意外な言葉にとっさに反応できませんでした。ただ、一番大切な人、と言われたところで、僕の脳裏に映しだされたのは妻と子供でした。その瞬間、体中がかーっと熱くなった」

**検事の一言を夜ごと反芻**

——秋霜烈日に、微かに血が通うのを感じた回心の瞬間ですか。

「僕も生きていていいのか。『罪と罰』のラスコーリニコフが自首を決断する場面があるでしょう？　聖なる娼婦、ソーニャにこう言われます。

〈今すぐ十字路に行って、そこに立つの。そこにひざまずいて、貴方が汚した大地にキスをするの。それから世界中に向かってみんなに聞こえるように、私は人殺しですって言うの。そうすれば、神様がもう一度貴方に命を授けてくれる〉

堀検事の言葉も、僕の耳にはそう響いたんです。あれからその言葉に僕は一体どれだけのエネルギーをもらったでしょうか。百回、二百回、いえもっとです。僕は独房で夜ごと目を閉じると、堀検事の言葉を思い返しました。僕はそれを繰り返し唱えることで救われたのです。香港から日本に帰ってきたのは間違いではなかった。感謝してます」

——驚きましたね。あれだけ完敗の裁判でも、齋藤さんは検察を恨んでいないのですか。

# 第9章
# われ深き淵より

――刑が確定して未決囚から既決囚になると、昔は赤い囚人服を着せられたので、〈赤落ち〉と言うんだそうです。判決から2週間後の2009年9月28日、齋藤さんは赤落ちになりました。

「ところが、1ヵ月経っても、2ヵ月経っても、僕は刑務所に移送されませんでした。元丸紅課長の山中譲氏ら共犯者の分離公判で、検察側証人として出廷するために、東京拘置所のC棟7階の独房にとどめ置かれたんです」

――すでに受刑者の身なのに中途半端ですね。これまでと待遇は同じでしたか。

「いえ、拘置所内で漫然と過ごすことは許されず、与えられた手作業をしなければなりません。僕は独房でせっせと袋づくりをさせられました。

一日の日課は朝6時30分起床、朝食を済ませ、独房の食器口から作業材料が入ってくると、作業スタートです。企業のロゴ入りの紙袋を一人でこしらえるのです。途中、独房から出られるのは、屋上で運動する40分間だけ。昼食後は再び午後4時30分まで袋づくりを続け、〈作業やめ〉〈配食用意〉のアナウンスがあると一日が終了となります。

5時30分には夕飯の〈カラ（食器）下げ〉が終わり、9時まで余暇時間です。本を読むなり、ラジオを聴くなり自由です。ほとんど他人と話すことなく一日が過ぎていきます」

## 一人でフクロ張り浪人

「来る日も来る日も、カサ張り浪人ならぬ、フクロ張り浪人を続けたのですが、なかなか法廷からお呼びがかからない。そのまま、どの刑務所に行かされるのかも明かされず、半年が過ぎました。翌10年3月、見ず知らずの看守に突然告げられました。

〈命《めい》によって長野刑務所に護送する〉」

――何の予告もなく、説明もなしですか?

「はい、その一言だけです。3人の受刑者が手錠をかけられ、腰縄で固く結ばれたうえ、刑務所が用意したマイクロバスで小菅を出ました。いったい時速何キロで飛ばすんだ、と怖くなるほどの猛スピードで関越自動車道を長野へひた走るのです。

群馬県の藤岡ジャンクション近くのサービスエリアに立ち寄り、トイレ休憩したのが悪夢でした。手錠や腰縄を観光客がじろじろ見ていて、いたたまれない。しかもトイレ内でも解錠してくれないので、ちょっと大きな動作をすれば全員びしょ濡れになる。

関越道から上信越自動車道に入ると、インターチェンジ〈碓氷軽井沢〉の表示が目に飛び込んできました。ああ、別荘地の夢よ、今いずこ、早く通り過ぎてくれ、とひたすら祈っていました。

須坂長野東インターで高速道路を降りると、目立つのはリンゴなどの果樹園らしき畑です。長野刑務所があるのは、JR長野駅から東に10キロほどの須坂市です。刑務所は市の中心地にあって、近くには高校や富士通の工場、それにイオンの大きな看板が見えました」

――3月の奥信濃はまだ冬景色でしたか?

「刑務所に着いて、マイクロバスから降ろされると、凍《い》てつくような風に全身が硬くなり、頬に刺すような痛みを覚えました。長野刑務所は専ら初犯者を収容するところと聞いていましたが、冬の寒さに耐えることも重要な刑罰の一つでした」

## スパルタ式を叩きこむ

「新人の入所者を待っているのは、東京拘置所と同じく厳しい身体検査です。陰嚢《いんのう》の裏表や、ペニスに真珠が入っていないかどうかをチェックする、看守の食い入るような視線にさらされます。有名な〝カンカン踊り〟はもうないが、陰嚢を上げたり下げたりはある。待機場所はまたもや、大人一人がやっと入れるベニヤ製の暗箱でした」

――新人は刑務所のイロハをどう教育されるのですか。

「入所すると一人の例外もなく、1ヵ月間は新人訓練工場（新訓）で徹底して〝スパルタ式作法〟を叩きこまれます。それから各工場に配置され、本格的な刑務作業が始まります。僕は第7工場でした。携帯電話の解体、和服収納袋を製作する工場です。

〈1364番、齋藤栄功です。本日より第7工場に配役《はいえき》となりました。よろしくお願い致します〉。我ながらびっくりするような大声で、工場担当の刑務官に挨拶しなければなりません。体育会系というか、軍隊式なんです。懲役10年以上は囚人番号4ケタ、未満は3ケタで、重罪犯とすぐ分かるので嫌でした。

でも、工場配役と同時に、僕だけ特殊な日々が始まりました。長野刑務所に東京地検公判部、前橋地検刑事部、東京地検刑事部、国税局査察部などの係官が次々にやってきて、それぞれ僕を取り調べるのです。これでは懲役の作業に専念できません。やがて10年5月のある日、長野から東京拘置所に逆送されました。証人出廷の呼び出しがあったからですが、〈なんだ、また来たのか〉と拘置所の看守に言われました。公務なのにあんまりですが、囚人はただ耐えるしかありません」

## 逆送されて証人出廷

「また拘置所の独房で袋づくりの日々に逆戻りです。刑務所と違って、拘置所の独房にテレビはありません。そして予告なく、東京地裁出廷の日が来ました」

――有印私文書偽造及び行使で起訴された山中被告の分離公判ですね？

「ええ、検察側証人として証言台に立った僕に、被告側の高野隆弁護士が最初にぶつけてきたのは、丸紅案件第I号をめぐる質問でした。〈あなたはなぜ、内容証明付郵便を山中さんに送ったのですか、脅しのためだったのでしょう？〉。検察と被告の争点を知らずとも、この質問で山中氏側のシナリオが、主犯の僕が丸紅嘱託社員だった山中氏を脅したうえに、詐欺事件に巻き込んだという筋書きだと分かりました。僕は言下に否定します。

〈いいえ、私はメリルリンチ時代から株主にとって不都合な事実を知った場合、その場で記者会見を開く覚悟が必要だ、と教えられてきました。債務存在の有無を確認する内容証明は当初、山中氏だけでなく、丸紅本社へも送付するよう三田証券管理部門の岩佐健一常務に指示していました〉

それこそが事実だからです。仮にあのとき丸紅本社に内容証明を送っていれば、その時点で山中氏単独犯による単純な取るに足りない詐欺事件で終わっていたでしょう、と陳述しました。検察はそれで十分と判断したのでしょう。出廷は1日で終わり、僕はまた長野へ移送されました。証人の日当は800円、長野の新人受刑者の約10ヵ月分の高収入になりました」

――さあ、10年7月からいよいよ本格的な懲役の開始ですね。

「受刑者の身体を拘束して自由を奪う〈自由刑〉に服した自分と、僕は向き合うことになりました。中世や近世のような残酷な身体刑はもう廃され、産業上の需要から受刑者を工場労働力として使う労働刑の道が開かれました。僕も第7工場では労働力です。

刑務所の日課も拘置所と似たり寄ったりですが、工場で集団作業をするところが違います。起床は6時40分、独房や雑居房でそれぞれ朝食を摂り、受刑囚800人が約500メートル先の工場まで50人ずつ集団で行進し、7時45分には20工場に分かれて入棟します。それから16時30分まで作業です。17時までに再び全員で行進して独房または雑居房に戻り、18時に夕飯の〈カラ下げ〉が終わると、あとは余暇時間です。21時まで読書できます。毎日がその繰り返しでした」

## 一挙手一投足も許可制

「朝の出役時は、通勤ラッシュ並みに渋滞が発生します。冬は吹雪の中を、夏は照り付ける日差しの下で立ち尽くし、渋滞が解消されるまで待つしかない。隊列ごとに距離を保ち、熱中症で倒れようが、しゃがみ込もうがお構いなしです。時は止まっている。

自由だの、解放だの、近代に生まれた概念は刑務所では通用しません。呼吸の仕方ひとつまで、先輩の受刑者から徹底的に叩きこまれる世界が厳然としてあります」

――一挙手一投足まで監視が徹底しているところが、単なる工場労働とは違うんですね。

「所内の工場では懲役席というクッションのない丸いパイプ椅子に座って作業します。椅子の前には、簡単には動かせない重い工場用のスチール製テーブルが置かれています。勝手に椅子のバーに足を掛けて姿勢を崩すと、不体裁な態度として懲罰の対象になります。

机の上には山のように作業用材料が載っています。ひとつは和菓子の老舗、赤坂の『とらや』の紙袋の材料でした。もし誤って床に落としたらどうすべきか、アバターさんはご存じですか？」

――身をかがめてすぐ拾って、汚れていたら拭き取ります。素早く作業を再開すれば見咎められないのでは？

「とんでもない、たちまち懲罰です。罪名は無断離席、脇見などいくらでも付けられます。最悪の場合、20人ほどの看守に囲まれて羽交い絞め、刑務所内刑務所である〝営倉《えいそう》〟に放りこまれ、10日くらい出てこられない。そこは中央棟にあって〈中単〉(中央単独室)と呼ばれていて、看守まで〈あそこは行きたくない〉という場所です。正座したまま、1ヵ月でも暗闇に閉じ込められる。食事は出ますが、あとは何も許されません。保護房だと、がんじがらめに身体を固定されるらしい。拘束衣みたいなものでしょうか。叫び声が聞こえたこともあります。

なので、懲役席から一歩でも動くときは、看守の許可が必要なんです。右手を挙げ〈お願いします〉と声を上げる。看守から〈用件〉と言われた場合のみ、〈お願いします、材料拾いお願いします〉とか〈器具拾い許可願います〉と言えます。〈よし〉と言われてはじめて拾えるのです。周りの様子などうかがったら、たちまち脇見とされ、お詫びを口にすれば、不正交談となる」

## 看守の胸三寸で懲罰

——看守が気づいてくれなかったらどうするんです？

「何度も〈お願いします〉を繰り返すと、反復要求となって〈中単〉送りです。分かりましたか。懲役受刑者として存在しているだけで、いかようにも処分、懲罰の対象になりうる。懲罰は看守の恣意に委ねられているんです。呼吸も不自由なこの境遇から逃げることはもちろん、放棄することも、移動することも、自殺という最終手段すら難しいんです」

——呼吸の仕方まで自由でないとは、どういうことですか。

「理想の呼吸方法があります。静かに音を立てることもなく、息を出し入れする。もちろん、他人に息など吹きかけてはなりません。それは嫌がらせ、暴力に相当するとみなされ、口論、喧嘩の原因となります。ため息などもちろんご法度。咳もクシャミもシャックリも、鼻づまりや洟《はな》をすすったりなど、余計な音が出る一切の行為はすべて禁止です。

万が一音を出してしまった場合、〈失礼しました〉と周りに声を掛けなければなりません。この〈失礼しました〉だけは不正交談には当たらないとされています」

——想像を絶する息苦しさだな。

「娑婆では〈善〉とされている行為がここでは逆になるんです。食欲がなくてリンゴやオレンジを隣の人にあげたら懲罰。洟をかむチリ紙を人に借りたら、これも懲罰です。作業中、雑巾で机を拭くために許可なく水道を使用したらやはり懲罰です。これらが発覚するのはすべて、同囚からの密告なのでこれが油断ならないんです」

## イジメを看守は見て見ぬふり

――ということは、受刑者間のイジメもあるんですね。

「あります。無神経に音を出し続けた場合、周りから孤立し、村八分にされ、工場にいられなくなる、つまり〈飛ぶ〉こともあります。看守の懲罰より同囚の村八分のほうが深刻です。外国籍だと攘夷的なんです。例えば、コンゴ出身でフランス国籍の受刑者は〈デオ〉と呼び捨てられ、毎日イジメられていました。刑務所には囚人同士を監視させるシステムもあります」

――うーむ、同士討ちのチクリを奨励しているんですね。

「自由の代わりに刑務所にあるのは平等、あるいは悪平等なんです。平等をすこしだけ不平等にすれば、囚人を思うがままにコントロールできる。裏返せば、平等ゆえに問題が発生するのが刑務所だと言えるかもしれません。受刑者は自分だけは一日も早く仮釈放される有利な立場にいたい、そのためには所内の〈係〉にありついて、刑務官の覚えを少しでもよくしておきたいのです。

渋沢栄一が言ったように〈不平等即平等〉なんです。人間を平等に扱ったら平等を実現できない、不平等に扱うからむしろ平等なんだ、という意味だと思います。だから誰もが何かの〈係〉になって看守を手伝うことに極めて敏感になります」

## お気に入りは計算係か衛生係

——一日も早く仮釈放を認めてもらいたいからといっても、そもそも仮釈放は他の受刑者と比べて相対的に決まるものじゃない。仮釈放の決定は、地方更生保護委員会に委ねられていて、刑法28条、29条、昭和49年法務省令、更生保護法などの規定に基づき、地方更生保護委員会に委ねられているんですがね。

「でも、委員が刑務所の現場を見にくることなんかめったにない。受刑者の行状について報告を上げるのは看守ですからね。だから、所内ではみな仮釈放をめぐる競争状態にあるのです。看守にすり寄ることで得られるのは、看守を手伝うポスト……計算係、衛生係、配食係、作業班長、作業副班長などの〈係〉です。係や長と名のつく地位に就くには、看守から気に入られていなければなりません。係になれば比較的自由に動き回ることができるようになる。他の囚人とは別格の存在となって優越感に浸れるし、報奨金もアップする。結果の平等を是とする刑務所にあって、囚人支配層を自負するエリートになることができるわけです」

——齋藤さんが一時務めた計算係って、何をする係なんです？

「基本は勤務表をつける役目です。実は班長よりも実権があって、工場の最終的なとりまとめ役です。工場担当刑務官の右腕であり、配下の受刑者のことなら何でも知っています。個々のイジメとか報奨金の多寡もね。座る席も作業の隊列と向かいあい、隣は衛生係ですからこの2人が別格扱い。ときに〈あいつの面倒を見ておけ〉〈内情を調べておけ〉などと看守に頼まれることもある。

衛生係は看守に代わって老人や障碍のある受刑者を世話する役で、各工場にいて僕も1年ほどやりました。ライブドアの堀江貴文氏は、第15工場の衛生係でしたね。僕より後から入所して服役中は『刑務所なう。』をメールマガジンで配信してましたけど、あれは支援者が面会して、その話を代理で発信していたんです。看守を刺激しないよう気を配ったからこそ彼は〈係〉にありつけたんでしょうね。賢い人ですよ。

一般の計算係からさらに抜擢されて、中央計算室の計算係になると、800人の受刑者の勤務表を一括管理する立場になり、おいそれと近づけない存在です。本当のエリートで、情報を絶対漏らさないと信頼されて初めてなれるんですが、興銀出身の公認会計士が選ばれていました。彼が出所したあとは、看守から〈おまえも後釜候補だぞ〉と言われましたが、雑用が多いので断りました」

——刑期中、一度も〈中単〉送りになったことがなかったのは、〈係〉で優等生だったから？

「懲罰を食わないよう、同囚に舐められないよう、コツをつかんでいたからです。それでも第7工場の班長になったころ、一時排除されました。トラブルはだいたい〈係〉をめぐって起きる。通称〈親父〉と呼ばれる看守から〈係〉を仰せつかると、それだけで偉くなった気になる受刑者がいるんです。工場から〈飛ばされる〉まで追い詰められた受刑者の最後の反撃は、敵に襲いかかり2人とも〈飛ぶ〉ことです。いわば自爆テロですよ。

狭くて密集した刑務所のなかで、僕は何度もそんな光景を見てきました。刺し違えは覚悟とはいえ、大声で怒鳴りあった場合、最悪なのは暴言を吐いたことで精神安定剤を投与されることです。無力化するのみならず、廃人同然になる恐れがあります。クスリは怖いんです」

## イジメを避ける9原則

「暴力の度が過ぎると、事件送致になることもあります。工場内にはハサミ、金槌など凶器となる器具が置かれていて、ワイヤーによって固定されていますが、絶対安全などということはありません。看守の目の届かないところで殴る、蹴るは日常茶飯事です。

じゃあ、どうするか。僕はイジメ対処法の原則を九つ決めました。

1. 自分を守ること、そのために懲罰にならない程度に大声を上げる
2. キョロキョロしない、イジメられていることをあいまいにしない
3. 強そうな人にぶら下がることもときに必要
4. 自分の盾をつくる、嫌なやつでも相手のことを聞き出す
5. イジメの相手とは四つに組まない、排除するしかなくなるまで追い込まない
6. 小さなイジメなら1ヵ月は我慢する
7. 安易に負けを認めたり妥協したりしない、弱虫とみられるとイジメが長期化する
8. 看守に下手に泣きつかない、チンコロ（密告）と疑われる
9. イジメで排除されそうになったら、排除されるのも一つの手

〈係〉なんかにこだわらず、さっさと降りればいいんです。重要なことは〈作業拒否〉とか、独房

に残って作業しない〈残房〉とかによって、中単に逃げ込まないことです。それは裁判所の決定に反する懲役逃れになります。僕は第7工場から第8工場へ移動になり、刑務官には〈お前の点数は良いようだから、計算係をやってもらう〉と言われ、〈係〉の頂点に立ったのです」

——刑務所にも立派な処世術があるんですね。

「僕は入所1年半で2等工になりました。徳竹刑務官と気が合ったからで、異例に早い昇進でした。〈等工〉には10等工から1等工まであり、等級をつけて受刑者をコントロールする仕組みの一つです。決める権限を持つのは刑務官で、どう決めるかの基準はあいまいです。

ほかにも階級分けの仕組みがあって、それが報奨金、つまり労働に対する月々の給料に影響します。割増率を加算して報奨金に差がつくんです。受刑者の間では〈ヅケ〉と呼んでいました。どんなに割増金が増えても月1万5000円程度が天井のようです。僕は7年目で割増金が5割になり、その後は変動がありませんでした。下がらなかったのは懲罰が一切なかったからで、上がらなかったのは係を一切引き受けなくなったからでしょう。

僕は5年ほどでありとあらゆる係を経験しましたが、看守に媚びてその使い走りになるのが嫌さに、係の地位をすべて捨てました。担当刑務官からいろいろな係へのお誘いがあったことは事実です。しかし僕は以後一切引き受けることなく、孤独と無冠を貫きました」

## 弱者を助けるのは「反社」勢

「所内には、弱者を助けようとする受刑者もいました。お年寄りや障碍者に手を差し伸べ、保護し、援助して、輪の中へ取り込んでいこうとする人たちは、元ヤクザと呼ばれている連中が多かった。組織の厳しさ、組織から排除され孤立することの怖さを知っているからでしょうか。

担当刑務官に堂々とモノ申して、所内の隠された悪事を明るみに出し、改善していこうとするのも彼らだった気がします。反社会的勢力どころではない、勇気ある真社会的勢力です。第8工場にも稲川会系と称する組の御曹司がいて、お年寄りの面倒を見て介護士の資格まで取ったそうです」

――そうした内部事情は、慶應大学の中島隆信教授が書いた『刑務所の経済学』に詳しい。

「ええ、法務省が2003年から刑務所改革を始めていたことも、知られざる暗黒大陸に光を当てる動機になったようです。2018年に女性初の法務省矯正局長になった名執《なとり》雅子氏は、大学の後輩だそうです」

――獄中記といえば、同性愛が犯罪だった19世紀末の英国で、作家オスカー・ワイルドが書いたものはご存じですか。空前のベストセラーになりました。

原題は『われ深き淵より』で、旧約聖書詩篇の一つから採ったのですが、齋藤さんの〈深き淵〉の衣食住はどうでした？　まず〈衣〉からどうぞ。

「独房で着る囚人服と、工場の作業服は違います。囚人服は薄緑色がベースで、一見爽やかそうですが、社会復帰したら緑のポロシャツなど二度と着ようとは思いませんね」

## 暖房なしは厚着でしのぐ

「天気予報の気温を見ていると、長野は札幌並みに寒い。房内に暖房がなかった長野刑務所では、薄手のベスト、メリヤスの下着が山のように貸与され、保管に困るほどでした。幸い、僕の下着はすべて自弁でしたが、家族や弟、父母のおかげです。

それ以外の寒さ対策は、室内で手袋をし、手をこするだけ。手袋だと本のページを繰ることもできない。霜焼けで手足が真っ赤な受刑者もいました。

しかし寒冷地長野にあって、心を温めてくれたのは意外や雪でした。窓から外の景色は完全には見えませんが、降りしきる雪で真っ白になっていくのがわかります。東京の薄汚れた雪と違い、何もかも真っ白に消してくれる雪でした」

——次は〈食〉について。よく〈臭い飯〉と言いますけど。

「刑務所では一日のカロリー摂取量が決まっています。ふだんは麦メシですが、大晦日には年越しソバとしてカップ蕎麦が出るし、正月三が日は〈銀シャリ〉、つまり白米が出ます。お餅は高齢者が喉に詰まらせかねないとのことで中止になりました。正月三が日は食べる物に不自由することはありません。食事は受刑者の唯一の楽しみですが、考えることはいつも同じで、指折り数える残刑期です。

拘置所と違い、外部から食品の差し入れなどは一切できません。三度の食事以外に許可を得て摂取できるのは唯一、独房や運動場で飲めるカルキ臭のする水道水だけです。入所当初はこれで下痢になる人が多い。僕もやられました。

毎日の食事以外に、祝日に配られる〈祝日菜〉、いわゆるお菓子があります。年末年始には飴、チョコ、菓子など3種類3袋が特別に給与されます。僕は娑婆では菓子などまったく口にしませんでしたが、刑務所では決して残すことなく、毎回すべて喫食《きっしょく》しました。中でも甘いもの、チョコレートなどは3分以内に完食します」

## 交談禁止の階層社会

――喫食とか摂取とか、なんだか響きがいかにもまずそうですけど。

「刑務所では食事中も交談禁止です。食事は楽しむものではなく、あくまでもカロリー摂取行為なんです。食品を囚人間で授受したら、すべて懲罰の対象です。摂取しないのなら、捨てる以外の選択肢はありません。受刑者は1類から5類までの階層に分けられて、1類は月3回、2類は月2回、3類は月1回、4類はゼロ回、500円分のお菓子を摂取する機会を与えられます。懲罰を食ったらすぐ降格です。

500円分のお菓子を、与えられたメニューから購入し、決められた日に集まって約1時間以内に摂取することになります。それを〈集会〉と呼びますが、交談は許されません。黙々と喫食し、見たくもないテレビを視聴させられるのですが、それくらいしか息抜きがないのも事実です」

――だとすると、受刑者間でトラブルも起きる？

「8畳ほどの広さで4人から7人が寝起きする共同室（雑居房）では、イジメの手段としてよく食品が使われます。これを刑務所では〈シャリ上げ〉と呼んでいます。支給された食品なら何でも、弱者から取り上げてしまうわけです。密室でのことですから、雑居房でげっそり痩せた囚人がいたら、シャリ上げの犠牲となっている可能性があります。

とにかくカロリーが制限されていますから、口さみしくなる。僕自身は歯磨き粉を舐めていました。フッ素が入っているので虫歯予防にもなる。

刑務所では決められた時間以外に食品を保管しておくことは隠匿、不正所持として懲罰となります。自分でいろんなものを作ろうとする人も少なからずいるようですが、すべて懲罰の対象です。食があれば排泄《はいせつ》もある。性欲とともにおざりにできません」

――尾籠《びろう》な話とはいえ、人間は生理的存在ですからね。

「工場では午前中1回、午後1回、昼食前、運動時間中の一日4回、用便の機会が与えられています。横暴な看守はそれ以外の用便であれやこれやと理不尽なことをして、憂さを晴らすんです。

通常は作業中に大小便を催したとしても、看守の顔色を見ながら、使用許可が出るまでトイレをめざして動くことすらできません。唯一許可なしで使っていいのは独房や雑居房に備え付けのトイレですが、トイレの水を流す際にも細心の注意が必要となります。刑務所の壁は厚く頑丈ですが、音は建物全体に響き渡るからです。

便器の蓋の上げ下げで発生するガタンという音は禁物です。便器を汚したら必ず自分で拭き取る。就寝時間の夜9時以降、水を流さない。雑居房では臭いなどもトラブルになります。それぞれルールが異なり、村八分にならないよう気を遣うんです」

――受刑者間ではそうでしょうが、看守のトラの尾を踏んだらどんな仕打ちが待っている?

## 嫌がらせに用便許さず

「そこが厄介なのです。ある日、初老の男性が小便をするために、工場内のトイレの使用許可を求めて、担当台の宮島看守の下へ行きました。挙手して用件を述べるなどちゃんと手続きを踏んだのですが、看守は許可しませんでした。彼は刑務所内ののど自慢大会でいつも受賞する美声の持ち主なんですが、看守は刑務作業中の決められた時間以外は、小便をさせないと決めていて譲らない。

それを知らなかった男性はつい〈おーい、小便もさせないってどういうことだよ〉と叫んだのです。途端に〈連行！〉の一声。〝のど自慢おじさん〟は看守に暴言を吐いたとみなされ、羽交い絞めにされて〈中単〉の闇に消えました。因みに刑務所のトイレに鍵はありません。アクリル板の窓がついていて、いつでも踏み込めます。

僕も似たような看守のイジメに遭いました。作業中でなく40分の運動時間中で、いつ排泄の用を足してもいいはずですが、昼食時に配られた牛乳で腹が緩くなり、金子看守に用便のトイレ使用を申し出たところ、にべもなく却下されました。

〈ダメだ、席に戻れ〉。畳みかけるように〈ダメだって言ってんだろう。戻れ〉と言われては、これ以上ダメ押しすると反復要求にされかねません。席で我慢できるか。便意が収まる気配はない。しばらくしてもう一度、金子看守に申し出ました。

〈ダメだっつってるんだ。大便する時間ぐらいあっただろ、戻れ〉。結果は同じです。絶望というより、体が宙に浮くような思いでした。ここで大声を出したり、仁王立ちの金子看守を押しのけて、トイレに駆け込んだりしようものなら、十数人の看守に組み敷かれ、糞まみれになりながら暗闇に放り込まれるに違いない。

僕はゆっくりと、肛門を刺激しないよう、冷たいパイプ椅子に座りました。あと5分、いえ、あと3分、もう我慢しきれない。やっとの思いで金子看守の許へ行き、最後のお願いをしました。〈もう無理です。大便に行かせてください〉。トイレへまっしぐらでした。

背中から金子看守の声が追いかけてきました。〈だから、用便には行かせるなって工場担当（宮下看守）から言われたんだよ。用便に行ったことは担当に報告しとくからな、覚えとけよ〉」

——結局、懲罰は食わなかったのですか。

「ええ、でも、ある元ノンキャリ国税職員の受刑者が、夜の9時に独房で金子看守のことを〈税金泥棒め〉と罵《ののし》ったら、他の房に聞こえてしまい、一発〈連行！〉でした。

僕は２０１４年10月22日から用便の日付、時刻を全て記録しています。いつ便意や尿意を催すかを予測し、不慮の事態を防ごうとしたのですが、人間の生理現象は繊細です。１秒先の便意すら予測できないことが分かりました。

そのノートを検閲した湯本看守からは〈テメー、こんなもの書いておく必要あるのか〉と言われました。ノート提出を求め、１週間に及ぶ検査をしたのは彼だけです。彼の怒声は窓ガラスが割れるかと思うほど絶叫調で、かと思うと担当台で泣き出したりと情緒不安定なんです。

用便を許可するに際しても〈アッチャー〉〈ヤッチャッター〉〈キチャッター〉〈またか〉〈注意しろ〉〈おかしいんじゃねーか〉〈こんなことしてたら刑務所では生きていけねーぞ〉などと言いたい

放題。カッとして椅子を投げつけた受刑者がいたようで、もちろん〈中単〉送りですが、第6工場が閉鎖され、第8工場に合体されました。なので長野では第6工場が欠番なんです」

## 私物は60リットルまで

——性欲をどう処理するかを、刑務官と小人数で議論することもあったそうですけど、どうも話が一段と尾籠になるのでここらで切り上げましょうか。

「はい、週2回は風呂に浸かれますが、大きな浴槽に一度に200人もの受刑者が入ります。浴槽に異物が浮かんでいたこともあったくらいで、衛生上も気持ちのいいものではありません。

居室や工場には水道の蛇口がありますが、看守の許可なく、ハンカチ一枚すら洗えません。歯を磨くこと、水を飲むこと、顔を洗うことのみが可能です。しかし独房、雑居房を一歩でも出たらすべて許可制なので、勝手に蛇口をひねり、たとえ一滴でも水を使えば不正使用です。

さて、最後は刑務所の〈住〉について説明しましょう」

——齋藤さん、刑事収容施設及び被収容者等の処遇に関する法律第37条2には、〈各種被収容者の居室は、処遇上共同室に収容することが適当と認める場合を除き、できる限り、単独室とする〉と書かれている。実態はどうなんです?

「僕は共同室、俗にいう〈雑居房〉の経験がほとんどありません。僅かな経験から判断すると、雑居房にプライバシーなどありませんよ。みんな一心同体です。まれに雑居房を好む人もいます。それ以外は看守が秩序を保つ手段として、雑居房に割り当てるか独房かを使い分けています。

居室で所持できる私物も厳格に定められています。受刑者は60リットルまで、本を含め私物はすべて貸与されるボストンバッグに入れなければなりません。

独房（単独室）は3畳プラス洋式水洗トイレで、計4畳の部屋で生活します。存外広いと感じます。窓はあっても外が見えないようになっている。冬は屋外で氷点下になりますが、居室棟は二重窓なので氷点下にはなりません。

独房に押し込められて最初に克服しなければならないのは、3畳のコンクリート壁の威圧感です。壁と壁に押しつぶされるような錯覚に襲われ、吐気と目まいで自分がコントロールできなくなる。壁を見なければいい。それに早く気づかなければならないんです。

3畳の畳には縦30センチ、横60センチの小机がある。僕はそこで活字を読むことに集中して、刑務所にいることすら忘れるようにしました。

単独室は一人1台、共同室には一部屋に1台、テレビが設置されています。19時から21時まで、一日2時間の視聴が可能です。そのほか、ラジオ放送を聴くことができます。

——設備はビジネスホテル並みですが、レンタル料やNHK受信料は負担せずに済む。

「いや、これも平等の弊害と思えます。僕のようにほとんどテレビを見たり聴いたりしない者にとっては無用の長物です。そうした受刑者は少なからずいたでしょう。とはいえ、僕だってNHKの大河ドラマや、リーマン・ブラザーズを追い詰めた空売り劇を描いた映画『マネー・ショート』や、ホームレス暮らしから再起するウィル・スミス主演の『幸せのちから』などの放映は、目を凝らすようにして見ましたし、年末の紅白歌合戦も見ていました」

## 慰問よりも大事なこと

――刑務所には慰問という制度があります。2014年に亡くなった俳優、高倉健さんも慰問に積極的だったそうですが、生きているうちは、自分の刑務所慰問を公開したがらなかったそうです。やはり慰問に熱心な杉良太郎氏は、法務省特別矯正監の肩書をもらっています。

「法務大臣から表彰された女性デュオ、ぺぺの慰問は僕自身、何度も見たことがあります。でも悲しくなったのは、刑務所ライブの回数をギネスブックに申請しようとしていると、自慢げに話していたことです。僕らはダシにされているのでしょうか。

青木ひろし音楽事務所のグループも、毎年のように慰問に来ます。僕はどちらかというと郷土民謡などにひたむきな、彼らの音楽に心を揺さぶられました。しかし慰問のアトラクションより刑の執行状態を見直すべきでしょう。そして加害者でなく被害者慰問に道を開くべきです」

――怖い看守ばかりじゃないでしょうけど、理不尽が野放しなのは匿名だから？

「刑務官や看守はけっして名乗りません。裁判官とよく似ています。恨まれて出所後、お礼参りされないようにとの配慮でしょうが、いつも名無しを隠れ蓑にマウントをとる。彼らの名前は同囚たちから口づてに聞くしかありませんが、僕らも囚人番号でしかない。ちゃんと名乗る検事や警官とそこが決定的な違いですね。キャリア刑務官だった龍谷大学の浜井浩一教授も〈刑務官が匿名では教育にならない〉と言っています」

――24年4月から、刑務所や拘置所で受刑者ら全員を「さん」づけで呼ぶようになりました。批判を受けて見直したようです。

「だから、僕もあえて看守の個人名を挙げて語っているのです。要は刑務所自体が閉鎖性を改めて、外部とどう接するかなんです。受刑者にとっても、外部と交流できれば心が休まります。手紙はもちろん、本、写真などの差し入れや面会は、僕らにとって最も胸が躍る瞬間なのです」

## 雪の日に面会に来た母

「でも誰かと面会するとなると、手続きだけでも時間と手間がかかる。まず面会希望者に受刑者宛ての手紙を書いてもらい、それを受けて受刑者が、信書の交流か面会の許可を申請するのか、書類を提出しなければならない。面会希望者の名が身分帳に載ってはじめて面会できるのです」

――それでも、どういう人が面会に長野まで足を運んでくれたんですか？

「小菅から長野に移ってもずっと面会に来てくれたのは、アスクレピオスの元従業員や、元警視庁捜査四課の加藤裕彦氏です。そして山一證券の後輩が3回、さらに豊川稲荷で僕の命運を占ってくれた足利尚子さんも4回面会に来ました。

なかでも嬉しかったのは家族です。香港まで迎えにきてくれた弟は、小菅から長野まで僕の心と生活のすべてを支えてくれました。面会回数は計Ｉ６０回を超えています。コンタクトレンズが割れたときもすぐ手配してくれ、母の手を引いて面会室に現れたのも弟です。その母が雪が降りしきる2月、突然一人で電車に乗り、杖をついて来たこともあります。もう80歳代。冷たいパイプ椅子に腰をおろした母の肩に、はらはらと散った雪ひらが溶けて雫《しずく》になっていたのを覚えています。

　雪が舞い　罪を背負って　母が来る

下手な俳句ですが、罪を背負っているのは僕なのか、曲がった母の背なのか、とにかくアクリル板の彼方では手も差し伸べてやれない。僕の前妻も毎年、面会に来てくれました。

例の黒崎勉氏も入所して間もなく、続けて2回来ています」

——おやおや、律儀ですね。やはり収監後の様子を見に来たんでしょうね。

「僕はまだ彼を信じていました。小菅にいたときも、〈保釈金2億円は用意してあった〉と言っていましたから、預けたカネはちゃんと口座に保管されているんだと思っていました。

それに、東京藝術大学をめざしていた僕の長男が、渋谷区の私立大学に合格すると、黒崎氏がそのバイトの世話をしてくれたんです。その長男を連れて、僕の山一の後輩と3人で長野刑務所の面会室にやって来ました」

### アクリル板の向こうの長男

「僕の事件があって、息子は高校をすぐ転校したと聞きました。人生の針路を狂わせた父に、さぞかし言いたいこともあったろうに、気丈にこう言ってくれました。

〈藝大出たって、世界で活躍できるのは一年に数人。大したことないよ〉

その一言が忘れられません。本来なら、僕は土下座して謝らなければならない。でも、辛うじてアクリル板の障壁が、涙の愁嘆場を押しとどめてくれました」

——黒崎氏はそんな親子の再会をどんな目で見ていたんだろう。

「分かりません。刑務官が背後で会話をメモしていますから、隠し資産のことなど問い質すわけにはいきません。突っ込んだ会話はできずじまいで、彼の肚《はら》は読めませんでした。でも、受刑者への差し入れには現金も認められていて、彼は上限の3万円を差し入れてくれました。爪に火を灯すような受刑者にとっては有り難い金額ですが、黒崎氏にどんな下心があったのかは知るよしもない。

長男のほうはそれからもう一度、大学4年のときに面会に来ました。NHKの番組制作に関わるなどして日本の〈映像作家I00人〉に選ばれたと言って、掲載誌を持ってきてくれました。涙がこぼれかけました。でも、やはりアクリル板のおかげで、何とか冷静を保てたんです。さりげなく30分ほど言葉を交わし、しゃれた服を着た長男の後ろ姿を見送ったとき、ふと堀検事の言葉を思いだしました。

〈どうしようもなくダメな自分を、一番大切にしている人に見せてあげてください。人間なんて、みんなそんなに立派なものではないのだから〉

僕はそうした自分の姿を見せたのだろうか。長男にも妻にも……胸が痛みました」

——入所から5年経って係という係はすべて経験し尽くしたから、以後は係を断わって孤独と無冠を選んだと言いましたよね。齋藤さんは人間関係を捨てて、何を得ようとしたんですか。

「文字、活字、要はコトバです。実は東京拘置所に収監されたころから、経済学を学び直そうと心に決めていたんです。なぜ経済学かって？　山一證券入社以来、金融界に20年もずっと身を置きながら灯台下暗しでした。ここで歴史を振り返りながら経済学にもう一度立ち返り、付け焼き刃だった原理を学び直して、出所後の将来を考えようと思ったからです。

ヒントは、ちくまプリマー新書に東大大学院経済学研究科の柳川範之教授が書いた『独学という道もある』という本でした。柳川氏も慶應義塾大学の通信教育課程を卒業した人です。僕も２０１３年に慶大通信教育課程に学士編入したいと申請し、刑務所の許可を得ました。徳竹氏、竹原氏、佐藤氏の３刑務官の尽力が大きかったと言えます。

受験や面接に出向くわけにいきませんから、入試テストは小論文でした。第一が〈なぜ経済学を選んだか〉を７２０字、第二は課題図書を選んで論評するもので７２０字、第三はなぜ慶應かを１５０字以内で書くのです。僕が選んだ図書は、リフレ派の一人で学習院大学教授から日銀副総裁に就任した岩田規久男氏の『デフレの経済学』でした。デフレ脱却には物価目標を定めた金融緩和しかない、と主張するリフレ派の理論的根拠を知りたかったんです」

## 慶大の通信講座に獄中合格

――アベノミクスの号砲で、黒田東彦《はるひこ》日銀総裁がバズーカを撃ち放った時期ですね。

「ポイントは貨幣論でした。アスクレピオスでは資金繰りの綱渡りでしたから、嫌というほど身につまされました。僕自身、独房で考えていたのは、貨幣とは何なのか、貨幣は人間にどういう作用を及ぼし、その貨幣から解放される方法はあるのか、という問いでした。

２０１４年４月、慶大から合格通知が届き、長野刑務所処遇部門審査会の決定で、受刑生活と学業の両立を図ることになりました。名執矯正局長が法改正に携わった刑事収容施設及び被収容者処遇法第39条２で、刑事施設長に被収容者の余暇時間の活動を援助する義務が課せられたのです。

身柄が拘束されているので入学式こそ出席できませんでしたが、長野刑務所に大量の書籍が送られてきました。ケインズからアダム・スミス、リカード、ワルラス、フリードマン……巨人たちの説を読み漁り、日本人では宇沢弘文や岩井克人、佐伯啓思……さらに菅直人政権のブレーンだった大阪大学の小野善康教授も読みました。岩井さんの本は『経済学の宇宙』『岩井克人「欲望の貨幣論」を語る』『貨幣論』など何冊もうなされるほど読んだことを覚えています。『経済学の宇宙』は夜中に独房で読み耽って看守に注意され、Iヵ月間テレビが見られなくなったくらいでした。その他の本も赤線の引きまくりで、僕は経済学の言葉に飢えていたんです」

——獄中エコノミストですか？　融通無碍《ゆうずうむげ》な経済学のコトバで刑務所の塀を乗り越えられますか。

「刑務所の高く厚いコンクリート壁は、一般社会と刑務所を物心両面で仕切るためです。分断し隔離する境界です。米国の刑務所では囚人が新聞を発行して、外の社会に発信しているそうですが、日本では矯正施設の情報公開なんて見せかけにすぎません。聳え立つ塀の存在が、刑務所がいかに閉鎖的で、特殊異様な空間であるかを証明しています。僕はせめて心だけでも牢獄を脱したかった。経済学の通信講座は、監獄の格子窓から人知れず外側におろして精神を脱獄させるロープでした」

——その気持ちを絵にしたら、レディング監獄跡のレンガ壁に、神出鬼没の覆面アーティスト、バンクシーが描いた落書きになりますね。

「えっ、バンクシーの落書き？　どんな絵なんです」

――獄中記を書いたオスカー・ワイルドも投獄されていた古い監獄跡が、今は博物館になり、その聳え立つ塀に最近、シーツをロープ代わりにして脱獄する囚人の落書きが出現しました。いかにもバンクシーらしい機知は、何やらぎっしり書きこんだシーツの先にタイプライターがぶら下がっていることです。コトバの創造は牢獄をも破る――というメッセージでしょう。2021年2月28日に出現して〈クリエート・エスケープ〉と名づけられ、今やロンドン近郊の観光名所です。

「いや、このリアルな落書きには参りましたね。しかも2月28日は僕の誕生日です。僕の気持ちを一目で代弁してもらえる絵ですね。百万言費やしても、こうは表現できない」

## 「ナッシュ均衡」の数学

「僕は通信教育課程に入って半年ほどで数学の存在に気づきました。慶應が必修科目に統計学を入れてくれたおかげです。宇沢積分、ゲーム理論……とても難しかったけれど、ナッシュ均衡もそこで知ったので懐かしさがこみ上げてきました。でも、やはり忘れられないのは、類いまれな頭脳がほとんど再起不能のどん底からよみがえる映画『ビューティフル・マインド』ですね」

――齋藤さんが陥った〈囚人のジレンマ〉もナッシュ均衡の一つですから、身をもってプリンストン高等研究所の天才の数学を体験したことになります。

「でも、頭のなかで経済学の世界を気ままに歩いているだけじゃありません。通信教育課程入学と同時に〈係〉をすべて辞めてから、他の受刑者との関係にも変化がありました。本では大勢の経済学者に出会える。所内の人間関係は捨てても、多くの知り合いが増えます。おかげで冷静に受刑者を見る目が養われるようになり、罪を犯して生きてきた一人の人間として、他の受刑者と話ができるようになりました。

もちろん、本を読むインプットだけでは不十分です。僕が選んだアウトプットは二つ、一日40分間だけ許されている運動時間に会話できる相手を探すことと、もう一つは書くことです。慶應へのレポート提出に始まり、最後は小説を書き始めることになりました」

――単調な毎日のなかで、胸襟《きょうきん》を開ける会話相手はみつかりましたか。

「工場内には50人しかいません。入れ替わりが激しいとはいえ、その中から毎日40分間、それも2人だけで話すことができる相手を探すことは容易じゃありません。一年にせいぜい2人か3人くらいかな。相性が合わなければ2〜3回話すだけで苦痛になります。相手がいなければ、刑務所が用意した読売新聞を読んで運動時間を終わらせるだけです。

気になった受刑者のなかに、年齢で言うと25〜26歳、まだ少しあどけなさの残る青年がいました。彼とは約1年間毎日語り合いました。ただそこまで至るのに約半年かかりました。話しかけず、黙って観察していると、手の使い方、足の運び、他人を見る優しい眼差し、さりげなく他人を気遣う態度、決して自分を許そうとしない雰囲気……常に姿勢を正し、全神経を研ぎ澄まして体を硬直させ、自らを許すことなど片時もないように見えました」

## 殺人・レイプ未遂犯との交流

「彼の名は笠原真也です。２０１４年11月、岐阜県関市で老夫婦の家に侵入、夫婦2人を殺害し、その孫娘に強姦未遂を起こした無期懲役囚です。犯行時の年齢は20歳でしたが、僕らのような有限の懲役囚とはどこかが違っていました。

検察の求刑は死刑だったのですが、判決は無期懲役になりました。そうした事情も知らず、半年経ってから声をかけてみました。

〈貴方のことが気になっています。こちらは自分のことをすべて話しますから、あなたのことも教えていただけませんか〉

返事は〈1日待ってください〉。でも、翌日になっても返事がありません。無理かなと思っていたら、2日目に〈やはり、話すべきですね〉と寄ってきました」

——老夫婦2人殺害とレイプ未遂とは、なかなかの重罪ですよ。

「死刑は免れても、笠原君本人は一生それを背負うことになるでしょう。同時に自分の死と向き合いながら、殺害した2人の老人の死と向き合うことになる。

当初、彼の顔には表情が全くありませんでした。視線がうつろでどこを見ているのかわからない。しかし、あどけなさが残っていた。最初に話が盛り上がったのは、虫を食べる話でした。セミ、クモ、川にいる昆虫、カブトムシ、ゲンゴロウ……どんな虫でも食べたそうです。ちょっと不気味に思えましたが、とにかく彼が心の中に隠しているものを吐き出させてあげたかった。彼の母親はフィリピーナですが、夫と長男と彼を残して帰国してしまった。中学にもほとんど通わず、20歳まで自宅に引きこもり、すっかり孤立していたらしい。

何で虫なんか口にしていたんだろう？　海の虫ともいえるエビやカニには抵抗がないのに、陸の昆虫を食べるのはなぜか気が進まない。笠原君が笑いました。

はじめて彼の笑顔を見ました。それから彼の笑顔を引き出すことが、僕の使命と思うようになりました。彼の心の闇に火を灯してあげたいと……」

——事件や捜査のこともポツポツ話すようになったのですか。

「彼は警察に逮捕、勾留されると、精神鑑定のため病院に収容されて長い時間を費やしたようです。一般病院とは違い、極めて厳しい管理下にありました。彼自身の口から〈僕は精神鑑定など必要ありませんでした〉〈もちろん、僕は正常でした〉という言葉を聞きました。正常であればあるほど、背負いきれない罪を自覚し、恐怖が募ってきたのでしょう。突然、ポツリと漏らしました。〈生きたかったです〉

孫娘へのレイプ未遂も〈幸い彼女は逃げてくれたんです〉と語ってくれました。ふとみると、気づかれないようそっと涙をぬぐっていました。

〈小さいころから甘やかされ、こんな人間になってしまいました〉という反省の言葉が彼の口癖です。彼のお母さんは祖父母と折り合いが悪かったそうですが、母が日本人から差別されたので、その報復に君は弱そうな日本人を殺したのか——と思い切って聞いてみました。

〈いいえ、それはありません〉と答えました」

——彼も心のよすがを求めて読書していたのですか。

「〈アドラーに救われた〉と言ってました。〈アドラーがいなければ、僕は今ごろどうなっていたか分かりません〉とも。ほかにアリストテレス、プラトン、モンテーニュ、ニーチェなど、哲学者のことも口にしていましたから、いろいろ読んでいたのでしょう」

――個人心理学のアルフレート・アドラーは、フロイトと決別したオーストリアの精神医学者ですね。劣等感を持つ個人が努力によってそれを補償するという理論は、アドラーの弟子たちが大戦前にアメリカに亡命したこともあって西欧で信奉者を増やしました。

「笠原君がアドラーに救いを求めたのも頷《うなず》けますね。でも、彼の家族だけでなく、法廷で証言してくれた小学校の先生、同級生、支援者の存在も大きい。僕も自分の裁判にがっかりした経験があったので、笠原君の弁護士がどう弁護したかも聞いてみました。

弁護したのは、岐阜の地元弁護士である穏やかな所寿弥《としや》氏と熱血漢の村井亮英《あきひで》氏でした。彼らも法廷で真実を明らかにし、何とか死刑を回避しようと懸命だったそうです。僕は〈2人の弁護士にお礼の手紙を書いたらどうだろう〉と提案して、握手を交わしました。無期懲役を言い渡した裁判長も最後に言ったそうです。〈あなたには待っている人がいます〉と」

――アルベール・カミュの言葉を思いだしますね。〈自らの中に自らの幸福を見出せ〉。しかし笠原君以外にも、齋藤さんが真剣に語り合った同囚の仲間がいたんですか。

## 「信じています」の言葉残し消える

「ええ、有名大学を卒業し、一流企業に就職しながら、30代という若さで、誰にも看取られることなく、長野刑務所の〈中単〉、その保護房でたぶん身体を拘束されたまま亡くなった人がいます。刑務所側の正式発表ではなく、噂が流れてきたというのが、僕には納得できない点の一つです。ともに励ましあい、更生を誓った友が突然亡くなるなんて辛すぎます。敢えて2人の実名で呼びましょう。

高橋温君は早稲田大学法学部を卒業し、日本郵船勤務だったそうです。帰宅女性を狙い乱暴した容疑で有罪とされました。父上の話をよくしていましたから尊敬していたのでしょう。早大ゴルフ部にも在籍していたそうで、ゴルフの話や映画『幸せのちから』で盛り上がりました。

彼は心優しいけれど、〈中央大学出身でもメリルリンチに入れるんですか〉などと口を滑らして、僕の機嫌を損ねるくらいですから、世渡り上手な人ではありませんでした。性犯罪者は刑務所内で〈ピンク〉と呼ばれて、看守からも受刑者からも蔑《さげす》まれて辛かったはずです。

そのうえ、パーキンソン病らしき症状に悩まされ、看守からイジメにあっていました。手が震えて食事も一人ではままならないからです。もうすぐ出所だったのに、たまたま看守と目が合っただけで僕の目の前で連行され、〈僕は齋藤さんのことは信じています〉が最後の一言でした。自分のことで精いっぱいなのに、僕を元気づけるためだったかと思うと、今でもいたたまれません。

独房でかなり苦しみ叫んでいたようですが、それがぱたりとやんだ。周囲の受刑者がおかしいと感じたのですが、2時間近く放置されたうえ〈休養中〉の札が掛けられたそうです。責任者は口止めを命じ、医務担当は1年ほどで転勤、イジメていた看守も北海道に異動になりました」

——なぜ刑務所は追い詰められた受刑者の死に、ほっかむりするのでしょうか。

「もう一人の福永浩義君は、国立の電気通信大学を卒業し、富士電機で技術者として働いていたそうです。女性宅に侵入し手錠をかけて乱暴した容疑で逮捕され、刑に服しました。彼も高橋君と同じく読書好きで、一日40分の運動時間に互いの考えをぶつけあいました。福永理論なるものを構築すると豪語していて、日立で原子力担当だった経歴を持つ別の受刑者と議論していましたが、その死は自殺だったと囚人仲間では囁かれています。雑居房で同囚と喧嘩したのが原因だそうですが、何が彼を死に追いやったのでしょう？

刑務所には本来、自殺の自由もありません。独房にも〈中単〉にも首を吊れるようなフックがなく、角という角はすべて丸くなっています。彼は行進ができなくなり、クスリを投与されて心を病み、自傷行為に出たあげく、シャツを千切って喉に詰めて窒息死したという噂ですが、デマであってくれと祈るばかりです。神戸から年に2回、ご両親が面会に来ていました。いつか彼のことを報告して、ご冥福を祈りたい」

——名古屋刑務所では、2001年に受刑者の肛門に消防用ホースで放水して死なせてしまったり、02年には革手錠で腹部を締めつけて死亡させた事例があり、22年にも刑務官22人が受刑者に暴行を加えていたことが発覚しましたが、警視庁の刑事さんが小菅で警告してくれたように、誰も見ていない密室はやはり危険なんですね。

「僕自身が刑務所の現場職員の処遇で最も驚いたのは、一人一人がメールアドレスを持っていないことです。アドレスがないのですから、携帯端末、タブレット端末、パソコンなどがないということです。刑務所で最も重要な任務の一つが工場担当ですが、彼らですらパソコン1台貸与されていません。現場の重要な声が、矯正局長、法務大臣などには絶対に届かないようになっています。

匿名の虐待が蔓延するのは、刑務官自身もメルアドがなく、労働基本権もないという具合に人間扱いされていないからです。いくら個人情報の漏洩を防ぐためとはいえ、携帯ひとつ持てず、すべて固定電話による連絡という石器時代のような境遇です。固定電話が鳴っても、その刑務官が何かに従事していれば、いつまでも鳴りっ放しでした。接続エリアが限定されるLAN（ローカル・エリア・ネットワーク）でいいから、指揮命令くらい電話よりメールですればいいんです。

今の刑務所はルールによる支配ではなく、人によるヒエラルキー支配です。個人を尊重していない。僕のような通信講座を受講する白いカラスは、陰に陽にイジメの標的になりかねないし、腹の底では〈囚人のくせに生意気〉と反感を募らせているに違いありません」

――勉強の虫になるのも薄氷を踏む思いなんですねえ。

## 母が封筒に忍ばせたゴミ

「こんなことがありました。毎日午後2時に工場担当刑務官から、手紙などの来信の告知があり、受刑者にとって胸の高鳴る瞬間なんですが、1月末のあの日は湯本看守から〈1364番齋藤、来信〉と呼ばれたんです。担当台に行くと、母の手紙でした。その場では確認して指印を押すだけです。すると看守に〈ゴミが入っていたようなので、明日確認のためそれを持ってくる。手紙にゴミなんか入れるな、と親に言っとけ〉と言われました。何のことだろう？

受刑者は刑務作業が終了し、舎房へ帰る準備がすべて整わないと、手紙を受け取れません。この日の僕も独房に戻り、3畳の畳の上で鉄扉が閉められるまで待ちました。

〈ありがとうございました〉と刑務作業終了の挨拶をして、はじめて母の手紙が読めます。ひと通り読んで、やっとゴミの意味が分かりました」

――何だったんです？

「アバターさん、こんな歌詞をご存じですか。

恩賜の煙草いただいて　あすは死ぬぞと決めた夜は
広野の風もなまぐさく
ぐっと睨んだ敵空に　星が瞬く二つ三つ
すわこそ行けの命一下　さっと羽ばたく荒鷲へ
なにを小しゃくな群すずめ
うでまえ見よと体当り　敵が火を噴くおちてゆく

まだ5番まで続くんですが……面会室で母が突然口ずさんだことがあります」

――威勢のいい軍歌ですね。戦前の歌でしょう？

「第二次大戦が始まった1939年の11月、コロンビアなど5社が共同発表した軍歌『空の勇士』です。同年夏のノモンハン事件で戦った陸軍航空部隊を称える歌詞で、霧島昇や藤島一郎らが戦意高揚のために歌っています。当時、母は4歳でした。それから80年近く経ってもまだ覚えている。冒頭の〈恩賜の煙草〉が、手紙に忍ばせたゴミと関係があるんです」

## 恩賜の菊花紋章

——へえ、どういうわけで？

「実は母の手紙を封筒から抜き出すと、微かにチョコレートの香りがしました。ピンと来ましたね。母はお正月の皇居一般参賀に行ったんです。東御苑にはお土産売り場があり、そこで菊花紋章の十六葉八重《やえ》表菊《おもてぎく》をかたどったチョコレートを買ったんでしょう。息子にせめてその移り香でもと、金銀の包み紙を同封した。それがゴミ扱いされたんです。

翌日、工場で郵送物などを検閲している看守から呼び出されました。〈おめえのお袋、頭おかしいんじゃね〜か？　ゴミなんか送ってきやがって。よく言っとけ〉。湯本看守も合流して、２人で僕を笑い飛ばしました。くやしいですね、母が背負ってきた人生が全否定されたんです」

——〈恩賜の煙草〉には、齋藤さん母子に通じる意味があったのですね。

「面会室のアクリル板の向こうで、母は近衛師団にいた父親、つまり僕の祖父のことを語ってくれたのです。近衛師団は帝国陸軍最精鋭の師団で、祖父は部隊とともに満洲国に派遣されました。地元の子どもたちに〈八紘一宇《はっこういちう》〉〈五族協和〉を教える教育係だったようですが、戦況悪化のせいか１年余で帰国を命ぜられ、そのとき〈ご苦労さま〉という意味で恩賜の煙草を賜ったようです。本来は一本一本、菊花紋章を金箔で捺してあるのですが、そのころは物資不足で〈賜〉の黒字になっていました。母は帰国した祖父にその煙草を見せてもらった記憶があるそうです。吸わずに大事に満州から持ち帰ったのでしょう。

戦後になって、祖父はGHQ（連合国軍総司令部）から公職追放7年を命じられました。母は刑務所の僕を励まそうと、面会でその逸話を打ち明けたうえ、さらに一般参賀で買ったチョコレートの包み紙を〈恩賜の煙草〉代わりに封筒に忍ばせてくれたのです。

その母の思いが無残に踏みにじられました。工場の検閲係だって、包み紙に菊花紋章の透かしがあることくらい分かったはずです。刑務所は法務省の出先機関であり、天皇を国民統合の象徴とする国家の法執行の第一線なのに、菊の御紋がゴミとしか見えないとは。敗戦国日本はそこまで堕ちたのかと悲しくなりました」

——東御苑といえば、丸紅本社の役員室から見下ろせる皇居の一角です。それもまた奇しき縁といえます。この逸話自体が小説みたいですが、独房で小説を書き始めたとか。

「今まで生きてきた経験、刑務所内外のことを書き続けることで、僕は救われるような気持ちになったんです。最初に書いたのは『山一證券とねこのきもち』という長編です。どうすれば山一證券を救うことができたのか、僕なりに小説にしました。

刑務所にはたくさんの囚人の人生があります。まるで小説のような現実があるんです。ノンフィクションもフィクションも、今まで原稿用紙30枚程度の短編を20編ほど書きました。パソコンは持ち込めませんからA4のノートに経済学の抜き書きや本の引用、その他もごっちゃに書いていたんですが、小説用のノートを決めて書いていくと、どんどん筆が進むんです。うち一編を集英社主催のコバルト短編小説新人賞に送ってみましたが、没でしたね」

——そりゃ、小説家になるには修練と才能が必要で、齋藤さんは波瀾万丈の人生という素材のほうは豊かだけど、いきなり文章のプロをうならせるものは書けませんよ。

「いいんです。バンクシーの絵と同じく、僕が落ちた〈リーマンの牢獄〉を脱するためのクリエート・エスケープですから。そうでしょ、アバターさん」

## 購読紙日経を強制廃棄

——破綻して11年弱の19年8月28日、リーマン・ブラザーズ日本法人4社の清算がやっと完了しました。代表清算人、上田裕康氏と泉範行氏の両弁護士によると、累計負債額4兆1646億円のリーマン・ブラザーズ証券（ＬＢＪ）の総弁済率は99・5％でした。ダメージが最小限になったのは、金融庁の素早い遮断のおかげでしょう。他のグループ会社はＬＢＣＭが総弁済率44・9％、サンライズファイナンスが53・2％、ＬＢＨＪが50・8％でした。

「でも、そのトリガーを引いた身からすると、リーマンと丸紅の民事訴訟には決着がついたのに、僕は身をもってまだ償い続けているのです。巻き添えにした関係者への謝罪の気持ちに変わりないとはいえ、アスクレピオス事件はさすがに遠くなりました。

僕も懲役15年から未決勾留350日を差し引いた14年余の刑期満了が、しだいに近づいてきました。そして2020年8月29日、僕の刑務所生活の総決算ともいえる事件が起きました」

——総決算というからには、何か重大なことだったんですか？

「僕は刑務作業から得られる報奨金の一部を割いて、刑務所内で新聞を自費購読していました。収監早々の10年は読売しか取れませんでしたが、13年ころから朝日と日経が加わりました。以来、僕はずっと日本経済新聞を購読しています。経済学の貴重な教材ですからね。

新聞を自費購読しているのは5人に1人くらい。残りはお上が用意した読売を読んで済ましています。スポーツ紙や週刊誌も購読できますが、購読で一番多いのは日経でした。受刑者が自費購読で読む新聞の重みは、外の社会では想像できないほどです。ネットは完全に遮断されています。窓のない刑務所で唯一、外とつながる窓が新聞ですから。

ところが20年8月29日土曜午前10時、僕の独房内にあった8月25～29日分の日経と、スクラップしていた過去記事を強制廃棄させられたのです。ある看守の命令でした。

理由が思いあたらない。どうせやっかみだろうと思いました。30分ほどして看守が告げた理由は、遵守事項第15条（物品等不正使用）違反でした。〈使用を許されている設備若《も》しくは物品の管理を怠り又許可なくこれらを本来の使用目的と異なる用途に用い、若しくは定められた使用方法に反して使用してはならない〉という内規があるのですが、僕が余暇時間に線を引きながら日経を読んでいるのを見て、不正使用と決めつけたわけです」

## 線を引いたら「目的外使用」

——白いカラスをいじめる看守の嫌がらせですかね？

「はい、新聞は本来の折り目以外に折ってはいけない、紙面を線やマーカーで汚したら不正使用で懲罰だ、という理屈です。新聞本来の意義って情報を伝えること、考える材料を提供することでしょう。それを達成する手段として線を引いたり、スクラップして保管したりしておくのは、目的外使用でしょうか。本だって同じことです。

新聞や本の読み方まで逐一指図する、これが先進国でしょうか。あんまりだと思ってその看守に名を聞きました。〈教える必要はない〉と一蹴されます。あとで同囚から杉野と知りました。刑務所の内規にすぎない遵守事項15条と、刑事収容施設及び被収容者処遇法30条の〈その者の年齢、資質及び環境に応じ、その自覚に訴え、改善更生の意欲の喚起及び社会生活に適応する能力の育成を図ることを旨として行うものとする〉のどちらが大事なのでしょうか」

——刑務所には不服申し立ての仕組みはないのですか。

「僕は線引きやスクラップを〈二度としません〉という誓約書を書かされました。僕以外の人は新聞を読みながら無意識に線を引いたりはしないのかと、真剣に悩みました。しかしどうにも腹の虫が収まらない。刑事収容施設及び被収容者処遇法7条で設置が定められた第三者委員会〈視察委員会〉に手紙を書きましたが無視されました。誰がそこに属しているのかも分からないし、あるのかないのか、機能しているのかいないのか、全くわかりません。アテになどなりませんよ。

20年10月に僕は監査官に口頭で苦情を申し立てました。が、その先に巨大な壁が立ちふさがります。僕らには決して顔を見せない刑務所の中間管理職です。彼らは刑務官の声すら聞かずに、処分を決定するんです。3ヵ月後の12月に回答が告知されました。〈不決定、そのような事実はない〉には、内心笑っちゃいましたよ。申告した内容の事実があったから苦情を申し立てたのに、結果はそのような事実はない、と木で鼻をくくったような結論でした」

——うーむ、カフカの『城』か『審判』みたいですね。暖簾《のれん》に腕押しが果てしない。

「第8工場担当の鈴木刑務官が相談に乗ってくれました。苦情について何らかのヒアリング、調査が行われたかどうかを確認しましたが、何も行われていませんでした。現場の刑務官も無視されたうえに、名なしの中間管理職は調査なしで処分を下すんです。まさに伏魔殿です。

出所後に裁判を起こそうかと考え、面会に来た弁護士にも相談しました。時効は23年8月までの3年ですが、証拠資料となる1週間分の新聞もスクラップも残っておらず、〈あとで取り返すから保存しておいてくれ〉と僕が要望した記録しかない。弁護士の判断では〈訴訟は難しい〉でした。

僕に残された手段は一つしかありません。法務大臣への直訴です。最終判断を下すのは法務大臣ですから、手紙を書いて伏魔殿の壁を飛び越えるしかない」

――法務省トップへのチャレンジか。一か八かですね。

「自由のない国家の密閉空間にいて、その国家に対し不服を申し立てるのは勇気が要ります。肚を固めるのに時間がかかりました。僕の独りよがりでないことを示すために、直訴状に21年6月28日付の日経朝刊1面のコラム『春秋』を引用しました。朝日でいえば『天声人語』にあたるコラムです。80歳で亡くなった〈知の巨人〉立花隆氏を悼む内容でした。スクラップが禁じられていたので、ノートに書き写しておいたのです。

庄司薫さんの小説「白鳥の歌なんか聞えない」に、主人公の青年が、病で亡くなろうとしている老人の家を訪ねる場面がある。書庫に並ぶ書物に圧倒され、全ての本に傍線や書き込みがあるのを見て心が揺さぶられる。知性とは。命とは。自らの行く末に思いをはせる。

▼訃報が伝えられた立花隆さんも本を「かなり汚しながら」読むと著書「読書脳」で語っている。線を引き、記号をつけ端を折る。電子書籍には近しさを感じず、形のある本の色や手触りとともに内容を覚え、保管する。増えた本で家の床が2度抜けたため、書庫兼書斎の通称「猫ビル」を東京・小石川の坂の途中に建てた。(以下略)

あの立花氏でも本に線を引き、書き込みをしているという事実に、僕はほっとしたんです。立花氏と東京大学附属図書館の石田英敬副館長との対話篇『読書脳』でも、本人が〈結局、「考える」という行為は頭の中で言葉を並べて行く行為ですから、言葉を並べることで著者の思考過程を伝えるメディアである本を読むことが考えるのにいちばん役に立ちます〉と語っています。そのほかに慶應大学教授陣の教科書の中にも〈書籍、新聞への線引き、書き込みは対象物を個性化する〉という記述があり、それも直訴状に盛り込みました」

**法務大臣宛ての直訴状投函**

「刑務所でこんな不条理なことが起きたのに、受刑者が何もしないで愚痴をこぼすだけだったり、自分が置かれた状況を見つめ直すことなく黙って刑期を全うするだけでは、刑務所に来た価値がないではないかと思いました。だから自分を鼓舞して所定の用紙に、線引きを目的外使用として新聞やスクラップを廃棄するのは不当だと克明に記し、21年秋、私封筒に入れて千代田区霞が関1ノ1ノ1の法務大臣宛てに投函しました」

――それで直訴状は法務大臣にお目通りがかなったかな？

「回答が出るまで8ヵ月かかりました。仮釈放間際の22年6月です。当時の法務大臣は岸田文雄内閣の古川禎久《よしひさ》氏でした。1965年生まれ、建設省などを経て2003年に宮崎3区で当選、今は当選7回の衆議院議員で石破派から茂木派に移っています。僕は所内の狭い個室で法務大臣の代理人という職員から、大臣決定を告知されました。

たった一語、〈採択〉です。質問は許されません。

どういう意味だろう？　戸惑いを隠せない僕を独房へ連れ戻す職員が、小声で説明してくれたのが救いでした。〈齋藤さんの申し立てが通ったということです〉。つまり、刑務所側の非を認め、以後気をつけるという意味だそうです。

ああ、日本には道理が生きている。杉野看守の行為は非とされたのです。それでも廃棄されたスクラップは返ってこず、〝黙殺〟した中間管理職から謝罪もなく、大臣決定までにかかった時間を考えると、釈然としない部分は残ります。ただ国民の代表であり、刑務所を管轄する法務省の代表者である法務大臣によって採択されたことは重要です。法治国家で適切な手続きに則り、自己主張する方法を身に付けることが、他人の権利を守ることにもつながると思っています」

――オスカー・ワイルドも1896年、レディング監獄から内務省宛てに減刑を嘆願する手紙を送っています。そこで当時の英国の監獄制度の欠陥を指摘しました。残念ながら、彼の内務省嘆願書は功を奏さなかったらしい。同性愛を嫌悪する当時の世論が減刑を許さなかったのでしょう。ワイルド本人のクリエート・エスケープは失敗に終わったのです。

「古川法相は物証なしでも、僕の申し立てをちゃんと〈採択〉してくれました。ワイルドも果たせなかったことだったんですね。古川氏は東大法学部出身の官僚あがりでお堅いイメージですが、愛読書は矢沢永吉の『成り上がり』だそうです。貧しい境遇から這い上がった人生に共感を覚えたのかと、つい頬が緩みました。これも日経書評面の〈リーダーの本棚〉で知った豆知識です。あの『春秋』を書いたのは石鍋仁美・論説委員兼編集委員だそうですが、感謝の言葉もありません。

もう13年になろうとする服役に、これで一区切りがつきました。慶應大学の通信教育課程は最後に試験があるのですが、刑務所では受験できませんから卒業は諦めていました。なので日経廃棄事件の決着で、もって瞑すべし、長野での僕の使命は終わった、と感じたんです」

## 仮釈放へ手続き始まる

「残るは仮釈放しかありません。仮釈放の決定は地方更生保護委員会の専管事項と考えられますが、刑法28条には刑期の3分の1を過ぎると仮釈放の準備を開始できるとあり、僕にも保護観察官と保護司が面接に来ていました」

――いよいよですね。伴走してきたアバターのお役御免の日も近いということです。

「僕の仮釈放に関する書類提出、面接などが始まったと考えられるのは、刑期の約80%が過ぎ、残刑期が3年になった20年11月からです。まず仮釈放に関する調査報告書（仮称）の提出を求められました。刑務所ではこの用紙を〈仮免〉と呼んでいます。僕のように刑期の長い受刑者は、この仮免用紙の提出が2～3回あります。刑務所サイドが準備するのは〈就労支援セミナー〉などです。

21年9月27日、仮釈放に関する調査報告書の2回目の提出があり、10月1日に関東地方更生保護委員会の保護観察官面接がありました。この時点で僕の刑期は85%が終わっていました。観察官面接で印象的だった質問は〈齋藤さん、資本主義って何だろうか?〉です。僕もそわそわしてきました。

しかし仮釈放は関東更生保護委の3人の委員の合議で決まるので、委員面接はこれからです。10年以上の長期刑の受刑者は、最低2回の委員面接があります。

10月1日は〈受刑生活の反省と出所後の問題点〉というA4用紙の提出を求められました。10月13日には、その書類に基づき第1回の委員面接が実施されました。

最初に委員の自己紹介があります。小諸市出身の依田委員です。依田委員とは、ジョン・レノンが万平ホテルのファンだったという話で盛り上がりました。しかしそれは表面的なことで、相手はあくまでも決定権を持つ委員であることを忘れてはなりません。

11月2日は〈反省と問題点〉の2回目の提出、同4日には依田委員と2回目の面接があり、仮釈放のおおよそのスケジュールが告げられます。

翌22年6月8日、一般房舎から所内の釈放前施設である通称〈釈前〉へ移動することになりました。〈釈前〉では刑務作業はありません。この時点で僕の刑期は約92%終了していました」

——だんだん、娑婆の自由に慣らしていくんですね。

「〈釈前〉に行きますと、ドアを自分で開閉でき、電話もかけられるようになります。布団も枕も一般房舎のものとは全く違い、ビジネスホテルよりいいかもしれません。10年以上の刑期の者は

〈釈前〉で３週間過ごし、22年６月29日はいよいよ長野刑務所とのお別れです。僕が〈採択〉の大臣決定を告げられたのは〈釈前〉に移ってからでした。本当にぎりぎり滑りこみだったんです。

僕は思いました。刑務所とは犯した罪を背負う覚悟をする場所だった、と。罪を償うとは、罪を背負い続けることなんです。人間であることを確認し、真の自由とは何かを追求することでもありました。人間は一人で生きていけません。それだけに信頼を裏切った代償は大きい、しかし、その罪の重さを、社会と遮断された刑務所で実感することは困難です。その意味で罪を償うとは、社会で生きることによって、初めて実現できる厳しいものという気がします。

そうじゃないですか、アバターさん？」

――そこまでたどり着けるかと、長い長い対話を続けてきました。齋藤さんの人生をあれこれ論評して、ときに批判し、ときに疑い、ときに突き放したのも、それを覚悟してもらうためでした。ファウストとメフィストフェレスみたいな多重人格の一人漫才も、そろそろ用済みですね。

ほら、ワイルドに『幸せな王子』という童話があったでしょう。美しい王子の銅像にツバメが寄り添い、王子の言いつけに従って、ひとかけらずつ像を飾る宝石や金箔をついばみ、恵まれない人びとに施しているうちに、夏が過ぎ、冬が来て南国に帰りそびれてしまう。アバターも齋藤さんの虚像を裸にしてきました。それが新しい出発点になるなら、冬のツバメは影の国に帰りましょう。さあ、墨坂神社で弟さんと会ってください。アバターは沈黙します。さようなら！

# エピローグ　クロサギとのこと

僕はリセットされて、須坂の墨坂神社に帰ってきた。

２０２２年6月29日朝、スズキのワンボックスカーを弟がスタートさせる。リンゴの果樹園など田園風景を走り抜けて、向かったのは長野市だった。

「遠くても一度は参れ善光寺」。運転する弟に参拝を勧められた。

が、その前に長野地方検察庁に寄って、保護観察官に更生を誓わなければならない。そこから歩いて5分の更生保護施設「裾花寮《すそばな》」に1ヵ月間入り、社会復帰のウォーミングアップをするのが、仮釈放の条件だった。

コロナのせいか、善光寺の表参道は人影がまばらだった。本堂前で大香炉に線香を投げ込み、煙を浴びて参拝した。これで厄落としができればいいが。

普段着や日用品を買いに、弟と『しまむら』に寄った。商品のバーコードを読み取る方式で、現金でなくスマホ決済だった。戸惑った。弟のスマホで払ってもらったが、先が思いやられる。

それから上田市の実家まで1時間半、弟の車に揺られていった。父は5年前に亡くしているから、母が一人で住んでいる。千曲川を渡り、山間に大きな家が見えてきた。呼び鈴を押すと、「はーい」と懐かしい母の声がした。

少し腰を曲げながら出てきた母に、「ただいま」としか言えなかった。15年間で５００通を超える手紙をもらったのに、深呼吸しても言葉がでてこない。お茶の味は昔と変わらず、畳の上で大の字になった。やっと家に帰ってきた。が、すぐまた寮に戻らなければならない。せっかく再会できたのに、と玄関に立って見送る母に、弟が長めにクラクションを鳴らし、後ろ髪を引かれるように走り去った。

裾花寮は確かに自由と拘束の中間だった。外出は許可制、コンビニでの買い物も、万引きさせないよう、レシートと買った物をチェックされる。

僕は7月7日から3泊4日の外出許可を申請した。東京にいる別れた妻と長男に会いにいくのだ。午前6時45分、長野発あさま604号。「東京行き」の電光掲示板に目がうるんだ。午前8時24分到着。東京駅は人、人、人だった。

風景がすっかり変わっていた。高層ビルが林立し、地下鉄はおしゃれな内装になっている。自由が丘の元妻の家に、15年ぶりに家族3人が集まった。服役中に僕の留守番役を務めてくれた飼いネコの話題に花が咲いた。家族への謝罪の言葉は十分でなかったかもしれないが、元妻と長男が必死に生きてきた生活力のようなものに圧倒された。

翌8日、鮫洲で運転免許の更新手続きを済ませたあと、知り合いから番号を聞いた黒崎勉氏の携帯に電話をかけた。僕の声が意外だったのか、ぞんざいな物言いが気になった。「7月は忙しいから、8月にしてくれ」と言う。ランチでも一緒にしながら、と。

僕も7月中は裾花寮暮らしだから、8月6日に会うことにした。

7月28日、裾花寮を卒業する際、感想文を提出した。「刑務所の工場にいたときのほうが自由を感じた」。自由を手に入れて不自由を感じたのは、自由には責任が伴うからだと書いた。

山間の一軒家で86歳の母との2人暮らしが始まった。最初にしたことは、これまで母が一人で住み続けた小さな暗い部屋から、家でいちばん明るい部屋へ移ってもらうことだった。庭の木々や、少し離れた場所を通る国道の車が見えて、みんなとともに生きている実感がする。

父が亡くなってから、隠れるように暮らしてきて、母の楽しみと言えば、好きな五木ひろしの演歌を聴き、本を読み、日記をつけ、獄中の僕に手紙を書くことだけだった。

むかし撮った写真を刑務所に送ってきたこともある。メリルリンチ時代、母を連れてロサンゼルス、サンタバーバラ、ビバリーヒルズなどを遊覧した時のもので、母はそれをご近所や親戚に見せながら、漬物をお茶受けに世間話に興じていたという。

朝6時から僕のために食事をこしらえ、庭の草木に水をやり、雑草を刈っていた。早朝から頰被りをして、家の周りを掃除する姿は昔と変わらない。羽振りが良かったころの僕が着ていたダンヒルのスーツをとりだし、虫食いのあとを器用にかがって、ボタンをつけ直してくれた。

少し離れた山中の倉庫に、大量に僕の荷物が置いてあり、母と整理しに行った。生まれて初めて、親子水入らずの貴重な時間だった。土曜には車で母を連れ出し、佐久、軽井沢、白樺湖などへドライブした。もう一度、母と故郷の長野県を感じてみたかった。母は流れていく景色を眺め、昔を語り続ける。近くの温泉にも毎週のように連れていった。

ありがとう母さん、ごめんね母さん、許してくれ母さん……。

だが、僕は上京して黒崎氏とケリをつけなければならない。

8月6日の直前になって、西麻布の焼肉レストラン「叙々苑」本館の予約が取れないと連絡が来た。場所なんてどこでもよかったが、個室にこだわっているらしい。銀座コリドー街の「叙々苑」に変更され、豪華なテーブルを前に待つこと20分、やっと現れた黒崎氏に、思わず僕は言った。

「あれ？　ヴィトンのスーツケースがないですね」

黒崎氏はちらと苦笑しただけだ。意味は分かったはず。香港からの最後の電話で「出所したらとりあえず3億円は用意してくれ」と頼んであったからだ。かつてのように、ヴィトンの革製ケースに詰めて、ゲンナマを運んでくるとばかり僕は思っていた。

手ぶらで来たということは、地下銀行に預けたカネはどこへ消えたのか。黒崎氏の表情はどことなく虚《うつ》ろで、誰を相手にして喋っているのか、よく分からなかった。焼肉をつつきながら、何度となく彼の携帯に電話がかかる。相手の名はハシモト、らしい。

「今は大変な状況にあってね。それさえなければ、金庫には現金が山のようにあった。今の問題が終わるまでそれどころではない。タイミングが悪い。スイスEFGバンクは霧島に任せてあった。霧島が勝手にやったことで俺は知らない。今でも俺の資産は36億円ある。信じて欲しい。待ってて欲しい。今の問題を乗り越えれば齋藤さんにも何とかできる」

霧島は黒崎氏の右腕のはずだが、白馬村のスキー場で不審死を遂げている。彼とはろくに話したこともなければ、現金をやりとりした覚えもない。すべて黒崎氏が窓口だったのに、丸投げしていたと言い張るのは、もはや死人に口なしで確かめようがない。

「現金2億円はどうしても必要だ」と告げたが、待ってくれ以外の言葉はなかった。それどころか、黒崎氏は「その前に10億円返してくれ」と言い出した。

07年末から08年初にかけて最後の丸紅案件に香港と上海から送金された7億5000万円がアスクレピオスの倒産で回収できなかったと言いたいらしい。その損を預託金で相殺《そうさい》して回収したと言っているのか？

不安に襲われた。しかし目の前にいるのは、僕の逃亡を助け、成田まで見送ってくれた黒崎氏本人に間違いない。

四文字が頭をかすめた。「クロサギ」、または「ネコババ」である。

途方に暮れている僕に、黒崎氏が10万円を差しだした。「困ってるんだろ。いや、これは形ばかりだから。もっと貸してやってもいい。運転手にあなたを雇ってもいいんだが」

貸すといってもたかだか数百万円だ。預けたカネの0・5%にも満たない。これは涙金か、口止め料か。しかし背に腹は代えられない。もとは僕から騙し取ったアブク銭なんだし……。

僕はうなずいていた。8月下旬、彼から電話があって、現金の受け渡し場所に指定されたのは、彼の実家が沿線にある南信濃の辺鄙《へんぴ》な駅だった。本人でなく父親が来るという。

長野県辰野から東三河の豊橋まで、伊那谷をつたって195キロの飯田線は、全線94駅を走るのに7時間もかかる。北信濃の上田から見れば、伊那谷は秘境だった。

8月31日正午前、伊那市駅に着いた。駅前も寂れていて、人影が見えない。喫茶店はもちろん、食堂さえない。がらんとした駅前に、松本ナンバーのシルバーの小型乗用車が停まった。だいぶ年季の入った、ポンコツと言っていい車だ。

車から降りて僕に向かってきたのは、農作業のせいか、顔が日焼けして深い皺の入った老人だった。これが父親か。男の身振りで、駅前のペンキの剝げかかった一つだけのベンチに、二人肩を並べて座った。

たどたどしい日本語に、どう反応していいか分からない。ほとんど中国語しか話せないと知るのに、そう時間はかからなかった。黒崎氏の一家は１９８０年代に、中国黒竜江省牡丹江市から帰国したという。彼は中国人なのか、残留孤児なのか。

とりたてて話すこともなかった。男から差し出された一枚紙の借用書に署名し、三文判を捺して手渡した。代わりに茶封筒が渡された。3分とかからなかった。

黒崎氏の父親とはもう一度会った。9月21日正午、おなじ伊那市駅である。やはりほとんど言葉も交わさず、また茶封筒を受け取った。

誰も目撃者はいない。不思議な光景だった。この手の込んだ対面は何のためなのか。カタコトしか喋れず、おそらく僕が何者かを知るよしもない父親まで動員するとは?

クロサギ黒崎勉にまんまと騙されたシロサギ齋藤栄功——僕はどうしてもカネへの未練が捨てられず、まだ「リーマンの牢獄」にいるのか。

もう一度、黒崎氏本人に会った。22年12月6日、東京の街はクリスマスの華やかなイルミネーションに飾られていた。僕が手記を書き始めたことを知って、黒崎氏は警戒していた。「六本木の交差点近くのサウナで会おう」と言ってきたのは、ボイスレコーダー、またはスマホで会話を録音されないよう、裸になる場所を選んだのだろう。

彼の話は終始弁解だった。8月に報道されたトラブルが尾を引き、「今はそのやり繰りが大変だ。カネを貸してくれないか」とまで言った。おまけに「顔面神経痛になった」とその診断書まで見せる始末だった。また舌をそよがせている。僕は確信した。カネを返す気などない。


母との平穏な暮らしは長く続かなかった。母はいよいよ腰が曲がり、体が小さくなり、笑顔が減っていった。急速に衰えているのがわかった。僕が出所するのを首を長くして待ちつづけた母は、ほんのささやかな幸福を味わっただけで十分だったのか。それが親不孝のせめてもの償いになったと思いたい。母の最期のメッセージが聞こえた気がした。

「エコウ（栄功）、もう十分だよ、ありがと」

23年1月、母が倒れた。近所に知り合いがまだいる山里の病院に入れて、僕は東京で一人暮らしを始めた。キーボードを叩いて、手記をひたすら書き進める。

6月、弟から「ハハキトク」の知らせが入った。上田の病院に飛んで帰ったが、3日後に逝った。享年87。驚いたことに、母は二男の僕を喪主に指名していた。

もう失うものは何もない。23年9月29日、15年の刑期満了の日を迎えた。保護観察が終わり、これで正式に出所者となった。手記はその直前に書き終えた。だが、「リーマンの牢獄」はまだ終わっていない。この理不尽、野放しでいいのか。

天網恢恢《かいかい》、疎にして漏らさず。僕はもう逃げない。第二幕が始まる。

# 本書の成り立ちと監修の弁

阿部重夫（ジャーナリスト）

どんな怪物が現れるのか——２０２２年９月、伊藤博敏君を通じて来意を告げられたとき思った。齋藤氏と面識はない。３７１億円の巨額詐欺事件は覚えていたが、懲役15年の実刑判決を受けて、それから獄中14年、つい３ヵ月前に仮出所したばかりだという。

不撓《ふとう》不屈《ふくつ》の巌窟王か、ふてぶてしい詐欺師か、塀の中で正気を失った亡霊か……。

現れたのはごくありきたりの、群衆に紛れると見分けのつかない、ただの人だった。飄々として懲役の歳月を感じさせない。何かを書きたいらしい。それだけだった。

なるほど、バブルに顔はない。こういう人に始まり、こういう人が「悪の陳腐さ」the Banality of the Evil の果てに、世界を崖っぷちに立たせたのだ。書いてごらん、と助言した。何でもいいから、思いのたけを。

それから彼は毎日、しゃにむにキーボードをたたき、ランダムに改行のない、いちめんびっしりの字を、馬に食わせるほど送ってきた。紙を惜しむ刑務所式で総量は本書の倍に達したろうか。

４ヵ月経って、もういいと言った。時系列に沿ってシノプシス（筋書き）をこしらえる時期だった。全文を書き直せ、プロローグと本文９章にエピローグをつけて。

冗長な文章を容赦なく切り詰めた。毎週土曜、書き直した箇所を質問責めにし、足らざるを埋め、口を濁せば切り口上で問い詰めた。作業はほとんどタンデム、それが本人とアバターの対話形式という、手記としては珍しい〝二人羽織〟を選んだ理由だ。

総ざんげの言い訳集にも、居直りの自慢話にもしたくなかった。めざしたのは、フレデリック・L・アレンの『オンリー・イエスタディ』と『シンス・イエスタディ』の日本版である。アレンは１９２９年の大恐慌に至るバカ騒ぎと、その反動で失業者が巷《ちまた》に溢れて戦争に突入する30年代を活写したドキュメンタリー作家兼編集者だ。日本も30年余のデフレ塩漬けに苦しみ、あがいては深みにはまってきたが、アレンのように密着して「接写」したい。

バブルの戦記は枚挙にいとまなく、マクロな通史か、専門家による行政や政策の分析、そしてジャーナリストが追った個別事件のドラマは数々ある。だが、彼のような無名人が一生を棒に振った「個人のバブル通史」はまだ書かれていない。

それを書くには「俯瞰する眼差し」が必要になる。出獄した彼を照魔鏡として、獄中の本人に根掘り葉掘り質すバトルが不可欠だった。リーマン・ブラザーズ破綻は単なる時代背景ではなく、結果として自分ばかり身をもって贖《あがな》ったという、歯ぎしりがあって初めて書けることだ。

これが正史だなどと言うつもりはない。トリガーは無数にあったろう。本書は実名と仮名が混在しているが、原則として直接間接に捜査対象となった事件関係者及びその周辺は実名とした。ただ、特段の事情があると認めた場合は仮名とした。

あまりにも長い歳月は随所に「空白」を残すことになった。残念だったのは、分離公判になった丸紅元課長の山中讓氏の代理人、高野隆弁護士が沈黙したことだ。便箋5枚に及ぶ手紙で丁寧に面談をお願いしたが応じてもらえなかった。東京地検特捜部で捜査を担当した吉田久元検事も、個別案件にはお答えできないとの通り一遍の理由で断られた。丸紅にも質問状を送ったが、広報部報道課長は「何もお答えすることはありません」と取りつくシマもなかった。仕方ない、異論にはいつでも門戸を開けておこう。

いまはなき彼の会社アスクレピオスは、杖に蛇が巻きつくギリシャの医神の名だが、ソクラテスが臨終《いまわ》の際に言い残した謎の言葉でもある。プラトンの対話篇『ファイドン』では、毒杯をあおったあと、ひざ下から冷たくなってきて、横になって布をかぶったソクラテスが、不意に布をのけて友人に呼びかける。

「アスクレピオスに借りがある。鶏を一羽お供えにあげといてくれ」

それきり無言になり、布の下で冷たくなっていたという。人生は一度きり、解けない「空白」は残ったが、本書が捧げる供物は「リーマンの牢獄」の罪滅ぼしである。

初出　「ストイカオンライン」２０２３年４月３日～10月11日
適宜加筆・修正を行った。

**齋藤栄功**（さいとう・しげのり）
一九六二年、長野県生まれ。八六年に中央大学法学部卒業後、山一證券入社。同社自主廃業後は信用組合、外資系証券会社などを経て、医療経営コンサルタント会社・アスクレピオスを創業する。二〇〇八年に詐欺とインサイダー取引容疑で逮捕され、懲役一五年の実刑判決を受け、二二年六月に仮釈放された。

# リーマンの牢《ろう》獄《ごく》

二〇二四年五月一六日　第一刷発行

著者　齋藤《さいとう》 栄功《しげのり》

監修　阿部重夫
発行者　森田浩章
発行所　株式会社講談社
東京都文京区音羽二-一二-二一　郵便番号一一二-八〇〇一
電話〇三-五三九五-三五四四（編集）
〇三-五三九五-四四一五（販売）
〇三-五三九五-三六一五（業務）
印刷所　株式会社新藤慶昌堂
製本所　大口製本印刷株式会社

定価はカバーに表示してあります。
落丁本・乱丁本は購入書店名を明記のうえ、小社業務あてにお送りください。送料小社負担にてお取り替えいたします。なお、この本についてのお問い合わせは第一事業本部あてにお願いいたします。

ISBN978-4-06-535036-2　N.D.C.916　431p　20cm